刺客信条：英灵殿
盖尔蒙德之章

法国育碧娱乐公司 著
红房子 霍一桐 译

新 星 出 版 社　NEW STAR PRESS

第一部分

平平无奇的小刀

第一章

在牡鹿倒地的瞬间,狼群也出现了,盖尔蒙德开始思考他们到底被这些野兽跟踪了多久。就在不久前,他的兄弟朝牡鹿的侧腹部射了一箭,可惜准头不够好,这头受伤的动物便一边哀号一边逃窜,一路留下的清晰血迹成为了两名猎人的指引。在经历了漫长的追逐后,牡鹿最终发出一声低沉的哀鸣,吐完最后一口气后就跌倒在了初雪之中。它死前的叫声和气味传到了附近的山岭和峡谷深处,对于狼群来说,这无疑是在吹响战争的号角。

"你看到了多少头狼?"哈蒙德问道。

盖尔蒙德注视着森林,现在是傍晚时分,暮色渐浓,四周黯淡无光。长着橡树的低地早已变成了茂密的山林,各种野兽都潜伏在这里。在这片寂静朦胧的林地里,松树和桦树像石柱一般立着,盖尔蒙德和他的兄弟就像是两个不请自来的客人。这里既没有炉火也没有皂石灯,就算这儿有个国王或者酋长,不管他是山怪还是幽灵,这个统治者绝不会庇护两位闯入者。

"我看到了五头。"哈蒙德答道。

那只是狼群想让他们看到的数量。盖尔蒙德拔出他的剑,解开了斧头。"藏在后面的狼可能是你看到的两倍。"

"藏在后面?"哈蒙德皱起了眉头,"你是说这些狼跟突袭小队一样,还懂战术?"

"它们生来就是这样,这就是它们的本事。"盖尔蒙德瞥了眼狼群的首领,后者在林间潜行,并在一处视野开阔的地方停下。领头狼凝视着盖尔蒙德的眼睛,她想让敌人确信她已经看穿了他们的一切。领头狼的颈毛竖起,颜色近似于潮湿浮木的颜色。虽然她是个大个子,但她的狼群里还有体形更大的,看来她并不是单纯靠强壮得到的领袖地位。"它们可能不坐长船出海,但性子跟维京人一个样。"

哈蒙德接着嘲弄道:"它们还会从侧翼包抄我们,你是不是想说这个?"

"它们肯定会这么做的。"

现在被哈蒙德这么一嘲笑,盖尔蒙德的脾气也上来了。

"要是你少花点时间喝酒,少跟父亲那帮拍马屁的头领们鬼混,你就会知道狼群是怎么狩猎的。"

哈蒙德脸上的笑容消失了,没有再回嘴。盖尔蒙德估量着兄长的沉默,他知道自己很快就要为这次无礼作出交代。但在如今的险境下,惩罚绝不会降临。有几头狼已经肆无忌惮地向他们接近,它们低着头,嘴唇卷曲,喉咙中发出低吼。

"它们想要这头鹿。"哈蒙德说道,"要不我们让给它们得了。"

盖尔蒙德扫视了脚底的猎物,这是头年轻的牡鹿,没经历过角斗,也还没拥有过自己的雌鹿群。现在是早冬时节,它的茸角还在,而且够大。就算不能当作战利品，用来雕刻些有用的器物也是绰绰有余了。它干净的红皮毛还保持着柔软的光泽，它的肉也足够让人饱餐一顿。

"你要把你的猎物让给它们？"盖尔蒙德问道。

"那你要为了这头鹿去送死吗？家里的食物还有一大柜呢！"

哈蒙德的一针见血让盖尔蒙德不得不重新考虑，从离开他们在阿瓦斯尼斯的大殿算起已经过了三天了。最初只是小打小闹的短途捕猎，结果却很快变成了野心勃勃的追猎。他们发现附近的大型猎物很少，就沿着奥尔峡湾向东北出发，历经长途跋涉，最后才在霍达菲尔克边境附近的奥隆德村西南方找到了一块高地。如果这场战斗陷入不利，他们唯一的营地也要一天的行程才能到达。盖尔蒙德没有在风中闻到烟味，也没见着周围有炊火，能闻到的味道除了树木的芳香，也就剩雪下湿土的麝香了。

"我们大老远跑这儿来还不是因为你，是你想要一头雄赤鹿的。"盖尔蒙德说道。

"但把我们的命搭进去就不值了。"

盖尔蒙德有点被兄弟的说法打动，但领头狼却在此时再次现身。她像尼福尔海姆的迷雾一般寒冷和死寂，她现在是狼群中和他们距离最近的一头狼。紧接着，她大步冲出了他们的视野，行动矫健的她抬起了头，盖尔蒙德在她的瞳孔中窥见了穆斯贝尔海姆的火苗，炽热且无所畏惧。那目光是一种对他们的挑衅，领头狼的饥饿感已经没法单靠这头鹿就填满。这头狼了解猎人，她曾经狩猎过他们。盖尔蒙德感觉得到她那无情的憎恶，她把他们两人当作擅自闯入她的山岭的猎人，她认为这片森林是她的领地。

但这些山岭并不属于她，这头鹿也不是她的猎物，势必要让她明白这个道理。

"我们现在逃走的话。"盖尔蒙德说道,"它们会跟踪我们,在我们睡大觉时撕开我们的喉咙。"

"不会这样的。"哈蒙德说道,但他看上去毫无说服力。

"我还可以跟你打赌,奥隆德人很了解这头狼。"

"那又怎么样?"

盖尔蒙德转身面向他的兄弟,眉头紧锁。"他们属于吕加菲尔克,对我们的父亲效忠,奥隆德人是我们的子民,终有一天,你会成为他们的国王。"

哈蒙德抬起头来面对着他的兄弟,后者差点儿就把指责说出口。现在,哈蒙德的荣耀虽然岌岌可危,他未来的命运却早已注定。

"来吧,兄弟。"盖尔蒙德咧嘴一笑,举起了他的武器,"你是想爽快打一架,还是要为了这头鹿尝试和平的贸易谈判?"他朝着狼群点点头,"它们倒是很乐意开条件,但肯定对我们没好处。"

哈蒙德从背后取出了他的紫杉木弓。"你可能会吃惊,兄弟。但我在旅途中学到了不少有用的东西。"他从箭袋取出一支箭,搭在弦上,"比方说,我学到了人无法和大海谈判,不管你开出怎么样的条件都没用,狼群也是如此。但我并不觉得所有的猎人都懂得这个道理。"

盖尔蒙德走近他的兄弟。"这次瞄准一点,别像射刚刚的牡鹿那样了。"

"别让它们靠近我,我会瞄准的。"

盖尔蒙德转身与哈蒙德背对背,在狼群围成一个圈寻找他们防卫的弱点和破绽时,两人也站稳了脚跟准备迎战,狼群的吐息在空中形成了一团团雾气。在傍晚结束前的最后几分钟,幽冷的阳光变得更加脆弱,这给狼眼带来了优势。

终于,其中的两头野兽发动了先锋进攻,它们从两个相反的方向同时冲来。就在这一瞬间，盖尔蒙德听到兄弟拉弓的声音从背后传来，紧接着的是一声哀号。随后另一头狼扑向了他持斧的手臂，在闪身躲避之余，他挥剑刺中了这头大公狼的左前腿。当这头野兽撤退时，它的动作变得一瘸一拐，那悬在小腿上的前爪正在流血，伤口延伸到了皮毛下的深处。

盖尔蒙德扭头看了一眼兄弟的目标，它蜷曲地躺着，头埋在了身体下方的雪地里，在颈部和肩部之间插着一支显眼的箭，这是迅速而致命的一击。

"干得好，兄弟。"盖尔蒙德说道。

"你呢？"

"我这头也打跑了，但我们——"

盖尔蒙德话音未落，另一波狼群的冲锋已经开始，四头狼打头阵，其余的三四头则围住了他们，挥舞着尖牙利爪，蓄势待发。哈蒙德射出一支箭，又从箭袋里取出一支来。盖尔蒙德发现最早进攻的那头狼进入了他兄弟的安全距离，便用斧头劈向了它的头部。哈蒙德的箭也射中了一头狼，但并没有致命，受伤在地的狼跟跟跄跄地站起来，马上又倒了下去。而被盖尔蒙德劈中的那头在地上滚了一下就一直静静地躺着了。

"在你后面！"哈蒙德大喊道，拉开了他的弓。

盖尔蒙德闪身躲过呼啸而来的箭，一声闷响和一声呻吟相继传来。但他没时间转身观察情况，第四头狼已经扑向了他，他甚至来不及举起任何一把武器就被重重地压倒在地。他的耳边是锋利狼牙的撕咬声，鼻子也闻到了一股腐臭。盖尔蒙德抬起持剑的手臂，不让狼咬到他的颈部，对方便咬住了他的手臂，尖牙扎进了他的肉里，刺穿了手臂上的皮革、羊毛以及皮肤。盖尔蒙德很清楚，它的上下腭足以咬碎自己的骨头。

他睁大眼睛，对着狼的耳边大吼，哈蒙德也跟着咆哮起来。突然，这头狼抽搐了一下，松开了盖尔蒙德的手臂。它摇摇晃晃地蹦了几下，用爪子抓起了自己的脸，一支箭头从它的眼眶中穿出。在近距离的战斗中，哈蒙德把箭头当作了匕首使用，所以箭柄部分没有插进狼的脑袋深处，没能一击毙命。哈蒙德决定再补一箭，他的注意力集中在了这头挣扎的动物身上。

盖尔蒙德还没站起来，第五头狼便冲进了两人防卫的空隙。他拼命地起身，拖着流血的身躯在雪地上滑动，却还是来不及赶到兄弟的身边。那头狼扑向哈蒙德，咬住后者拿箭的手臂，狼牙咬进了肉里，并将他拽倒在地。

"不！"盖尔蒙德大喊道，剑从他的手中脱落了。他便握着斧头向那头狼扑了过去，双手持斧劈向狼背的中线，砍断了后者的脊骨。那头狼嗥叫着，拖动着它无力的后腿试图逃跑。盖尔蒙德立刻结束了它的痛苦，转身准备面对下一次突袭。

但什么也没发生，战斗突兀地中断了。狼群就这样消失了，至少目前如此，只剩那些死伤的狼留在场上。盖尔蒙德捡起他的剑，解决了那两头还在抽搐和痛苦的狼。就在这时，他发现了最后向他兄弟进攻的那头狼身上有着他熟悉的特征，它几乎要被砍断的爪子悬挂在左前腿上，这显然是最开始被他的斧头重创的那一头狼，它的伤势不但没有阻止它重振旗鼓，还让它变得更加勇猛和凶残。也可能是它知道自己死期将近，所以决定露出獠牙，直面命运的最后一刻。不管是哪种情况，它做出的都是光荣的选择。盖尔蒙德崇敬地跪在这头狼身边，随后这份崇敬便悄然转化为了一种遗憾。

"它们离开了吗？"哈蒙德问道。

盖尔蒙德点点头。"已经离开了。"

"它们还会回来吗？"

"它们总是卷土重来。"盖尔蒙德说道，"但不会是今天。"

"你的手臂伤得有多重？"

盖尔蒙德低头一看，他那被鲜血染红的破袖子里有个白色的东西。最初，他以为是自己的骨头，但他马上就意识到了那只是一颗狼牙。他把它拔了出来，握在手心观摩，这是颗有些发黄的尖牙，牙龈上还沾着血。"我要活下去。"他说道，随后转身观察兄弟的伤势，后者正紧盯着他，目光中还残留着战斗时的慌乱。他还注意到哈蒙德身边的雪地渗出了一块红色的污迹。"恐怕你的伤比我严重。"

哈蒙德把目光从盖尔蒙德受伤的手臂上移开，低头看着自己。"我也想活到他日再战一场。这些血只是看起来吓人，情况没那么糟糕。"

"你确定？"

哈蒙德吸了口气，点点头，随后目光扫过战场。"我们干掉了六头。"

盖尔蒙德把手放在狼身的侧面，五指嵌入它厚实的皮毛，直到感觉到它的肋骨。"它们瘦得几乎只剩骨头了。"他说道，"它们的牙齿也松了。"

它们并非因为嗜血、邪恶，或是仇恨而行动，它们只是极度渴望食物。但盖尔蒙德知道这并不会改变结局，便握紧了手中的尖牙。即便他在狼群首领的目光中瞥见的蔑视和愤怒是假象，吕加菲尔克也没有足够的土地和猎物来喂饱所有生灵的胃。战斗和死亡是不可避免的。

盖尔蒙德站了起来。"我们需要扎营生火，清洗我们的伤口，然后给这些动物剥皮。我们明早就得返程。"

哈蒙德眨了眨眼，点头表示同意。他们在太阳落山前腾出了一块地方，还砍了一些枯萎的树枝。接着，哈蒙德用一个漂亮的点火器来引燃木堆，而盖尔蒙德负责把狼的尸体拖进火坑。哈蒙德在和父亲去往东方芬兰的一次旅行中拿到了这个点火器，它有一个闪闪发光的青铜把手，上面雕刻着两位骑着马相向而立的骑手。但比起盖尔蒙德使用的普通钢铁，它华丽的外表并不能帮助它更好地产生火花。哈蒙德的生火工作看起来不太顺利，他用火石引燃木头的效果甚微，然而就在盖尔蒙德准备插手时，那块木头终于冒出了几缕烟雾。完成点火的哈蒙德缓缓起身，他的步伐看起来摇摇晃晃的。

"你看起来不太妙。"盖尔蒙德说道。

哈蒙德点了点头。"我感觉……"然而，他没能把话说完。

"坐下，我来给你看——"

哈蒙德就好像浑身的骨头突然被人抢走一样，失去支撑倒在了地上。

盖尔蒙德立刻冲向了他的身边。"看着我。"他一边说一边拍打着他兄弟苍白的脸颊，在后者已经半闭的眼睑之中，只有微微转动的眼球在回应。

哈蒙德衣服侧面的数层都潮湿和沉重。盖尔蒙德用小刀切开了它，发现在他兄弟的手臂下方还有一个很大的伤口仍在流血。看到这番惨状，盖尔蒙德从牙缝里吸了一口气，随即跃至火坑边上。他让斧头的刃部落在越发炙热的火焰中，然后用皂石杯盛满了雪。他让杯子靠近营火，让雪水逐渐融化变热。接着他再回到哈蒙德的身边，按压住后者的手臂尽全力地止血。

"哈蒙德，你这个蠢货。"他低声叹道。

没多久他就取回皂石杯，用热气腾腾的雪水清洗伤口，接着他又拿起他的斧头，在上面撒了一些雪测试斧刃的温度，当雪沫嘶嘶作响地消失时，他严肃地点了点头。

"我不知道你能不能听到我的声音。"盖尔蒙德站在兄弟身边说道，"但你一定要振作起来，这会很疼的。"

说完，他弯腰抓住了兄弟的手腕，随后举起这只胳膊好让伤口完全裸露出来。盖尔蒙德用斧背压住撕裂的伤口。哈蒙德发出了呻吟，但他并没有退缩。这时，滚烫的金属已经烫焦了哈蒙德的皮肤，烟味和熟肉香气传到了盖尔蒙德的鼻子里，知道这气味的来源让他感到作呕。

过了些时间后，他轻轻地让斧头和哈蒙德的伤口分开，那个丑陋恐怖的伤口已经止住了血，这让盖尔蒙德松了口气。他希望血没有逆流进对方的腹部和胸腔，如果真变成这样他也无力回天。他卷起一块布料，在自己身上还剩下的那点蜜酒里浸了一下。他把这块布料紧贴在他兄弟胳膊下方的伤口处，并把整只手臂和上身绑在一起。这样敷料会固定在合适的位置，保持对伤口的压力。

"现在我得想个法子带你离开这地方。"他念叨着，注意力转向了那些死去的狼身上。

他挑选了两头体形最大的狼，其中一头便是差点儿被他切断爪子的那头。盖尔蒙德把它们的尸首悬挂起来，借助营火的光线来剥皮。他细心又迅速地进行着这项野蛮的工作。一般情况下，他会把狼的肚子和腿部剖开，让毛皮舒展开，随后放平。但他现在打算让毛皮保持完整，这需要时间、细心还有力气。他选择从腿部开始，先从狼皮上切下了几个小片，再从切口把整块狼皮剥下来，这好比在脱下一件紧缩潮湿的绑腿。他不时地动用全身的力气才能把狼皮从尸体上撕开，即便现在天寒地冻，他也累得汗流浃背，不过最终盖尔蒙德还是收获了两卷柔软的毛皮。然后他用斧头劈倒了两棵小桦树，每棵树的树干都有他手腕那么粗，倒地的两棵树又接着被他各砍去一半。每棵树剩下的长度都和哈蒙德的身高一样。盖尔蒙德将两卷狼皮首尾相接，两根杆子用来穿过狼皮，当桦树的树干被他往两侧撑开时，狼皮也会被拉紧，从而变成坚韧柔软的雪橇，把冷空气和地面的积雪隔绝在下方。

盖尔蒙德把这张可移动的床铺拉到哈蒙德身旁，轻轻地推动后者的身体到床铺上。接着又把哈蒙德的身体、弓箭和其他武器都绑在了雪橇上，他们要准备离开这里了。

走夜路虽然不安全，但盖尔蒙德担心在营地逗留会更加危险。不仅是因为附近有狼群，也因为他的兄弟濒临死亡。哈蒙德需要阿瓦斯尼斯的高明医生，一位知道如何阻止伤口腐烂的医生，对他的治疗刻不容缓，再拖延下去的话，他多半会死掉。

盖尔蒙德把狼的尸体丢弃在雪地里，如果狼群还回来的话，这些就当是留给它们的。他知道狼有时也是会吃掉它们的同伴的，当然它们会优先选择吃那头雄赤鹿的尸体。盖尔蒙德只从雄赤鹿的后腿上割下来几大块肉，这个量刚好够兄弟二人在这趟返程中吃饱，剩下的部分则被他留在了这片雪地里。

随后他取下捆狼用的绳子，在桦树的树干上绕圈，再把绳子绕过自己的肩膀和胸前。这样一来，他就可以用背部来承担大部分的重量，腾出双手来抓稳杆子，保持雪橇水平。就在他第一次抬起这些重物时，哈蒙德的身体加上狼皮和白桦树树干的重量让他喘不过气来，还没迈出第一步，他就绊了一跤。

"索尔，请给予我力量。"他低语道，竭尽全力地站起身来。

片刻过后，他出发了。

第二章

　　两个昼夜过去了，盖尔蒙德的肩部肌肉变得僵硬，绑在身上的绳子像是无情地要把斧刃勒进他的皮肤里一样。重压让盖尔蒙德的脚跟深陷地面的积雪中，他的双脚也因此开始感觉到麻木。他的后背嘎嘎作响，如同在风暴中摇摇欲坠的一棵老橡树。桦木杆刮破了他的袖子，擦伤了他的手。在他发热的胸膛深处，被吸入的冰冷气息与肺部的灼热气息发生了碰撞。

　　这一晚，盖尔蒙德终于跨过了被岩石和积雪填满的山岭。在第三天黎明时分到来时，他已经身处开阔的低地，这儿的原野和草地为他减少了麻烦。有些被雨水浸湿的茂盛草地形成了天然的光滑地板，使他能很轻易地拉动雪橇，这也让接下来的行程暂时变得比较顺利。

　　但这种顺利并没能维持到最后。

　　接近正午的时候，盖尔蒙德在雪山上经历的痛苦被一个更致命的敌人所取代。他四肢的肌肉因为疲惫而发颤，关节和韧带也感到松弛和磨损。痛苦如同来自正面的刺客,他可以振奋精神与之对抗。而疲劳则是一场无止境的围攻,它会耐心地等你用光所有的精力,直到你倒下为止。要承受住疲惫的进攻,他就需要充足的睡眠,但现在他更希望自己能马不停蹄地赶往阿瓦斯尼斯。到目前为止,他只允许自己在检查哈蒙德的状况时简单地休息一下,顺便烤些鹿肉,吃上几口来缓解饥饿。这期间他只合过两次眼,连梦都不敢做,但现在他意识到自己别无选择,他的身体已经吃不消了。

他注意到前面几亩长①的地方有一个小池塘,池塘旁边是一排榛树,他决定把那里作为休息的地方。一到达选好的位置,他就把他的兄弟从雪橇挪到了地面上,后者的身下是潮湿的树叶和坏掉的坚果壳,被腐烂的植物所发出的潮湿香气所笼罩。

在他允许自己入睡之前,他先检查了哈蒙德的脸色和发烧状况。他兄弟的暗褐色肌肤看起来依然苍白,但前额摸起来并不热,盖尔蒙德觉得这是个好兆头。自打他兄弟的意识模糊后,间歇地会出现神志不清的症状。有时是喃喃自语,有时是向别人喊叫,但一直都没有呈现出理智的状态。盖尔蒙德认为他兄弟此时的状态是命运的仁慈,如果他一直是神志清醒的,那必然会感觉到痛苦和不适,而且意识的混乱也并没有预示着任何不利。正因如此,盖尔蒙德一直没有试图唤醒对方,现在他也不会这么做。毕竟,他终于能在自己的脑海里乘船起锚,任凭梦的潮水带他远航。等他再次睁开眼睛时,天色已晚,而他的身体也在瑟瑟发抖。

那个叫痛苦的敌人回来了,但盖尔蒙德很欢迎它的回归,他现在又恢复了足以对抗痛苦的意志。他咬紧牙关起身,拾来一些木柴,生了个小火。盖尔蒙德准备借着火光检查下他兄弟的状况,顺便暖和一

---

①亩长,原文为 acre-length,即英制单位浪(furlong)的旧称。1亩长约相当于200米。

下身子,之后再努力走完返程的最后一段。但他却有了惊讶的发现,哈蒙德醒了,并且在看着他。

"你感觉怎么样?"盖尔蒙德走近他问道。

"痒死了,这些狼皮上有跳蚤。"哈蒙德勉强露出笑容,"如果能让我去拉一泡的话,我会感觉更好的。"

盖尔蒙德轻声一笑,解开了把他兄弟绑在雪橇上的绳子,然后扶着他站了起来。"注意你的手,别随便举起来。"

"就算你不绑着它,我觉得我多半也举不起来。"

哈蒙德一瘸一拐地走到了火光范围外的地方,等了一会儿盖尔蒙德才呼叫他回来。作为回应,哈蒙德沉默地回到了雪橇上,刚躺下就发出一声痛苦的呻吟。盖尔蒙德把之前烤熟后吃剩下的已经变冷的鹿肉拿给了他,至于是昨天还是前天烤的,他也很难记清楚了。

"我们在哪儿?"哈蒙德问道。

盖尔蒙德坐在火堆的对面。"我希望明天晚上能赶到大殿。"

他的兄弟停止了咀嚼。"这一路都是你拉着我过来的?"

盖尔蒙德又往火堆里加了一块榛木,顿时从中迸发出了火花和一缕厚重的烟雾。"那你要我怎么办?是你懒得走路啊。"

"确实怪我。"哈蒙德笑了一声,抖了抖身体,又咬了一口鹿肉,"我怕我现在还是走不动路。"

盖尔蒙德能感觉到他兄弟眼中的骄傲和关心,他对兄弟的了解就像是对自己一样。哈蒙德没力气走路,却不想成为他的负担。盖尔蒙德耸了耸肩说:"我再拉着你走一天也没什么事。"

"但我有事。"哈蒙德说道,"我可不想再被跳蚤咬了。"

"你早就被跳蚤咬过了。你的跳蚤氏族和狼氏族都能组一个阿尔庭议会①了。"

哈蒙德轻笑起来，再次抖擞了下身子。"别逗我笑了。"

"等我们出发之后，我看你就笑不出来了。"盖尔蒙德起身用双手捧起一丛打湿的树叶，把它们扔到了小火堆上。熄灭火焰之后，他把烧剩的榛木也丢在了暗处。"你准备好了吗？"

哈蒙德抬头看了看夜空中的星星，像是在确认离天亮还有多久。"现在就走？"

"没错，我们必须动身了。"盖尔蒙德掸掉手上的树叶，他的语气不由自主地变得严肃起来。"你需要比我技术更好的医生。"

哈蒙德缓缓点头。"那我们是该出发了。"

盖尔蒙德再次把兄弟捆在雪橇上，这是最后一次了。但这次哈蒙德是醒着的，所以会禁不住地痛苦呻吟，这声音唤起了盖尔蒙德的同情，但该做的事情还是要做。而对哈蒙德来说，他本可以提出任何抱怨，但他却选择了一声不吭，仅仅是紧闭着双眼和双唇来熬过折磨。但在盖尔蒙德完成他的捆绑工作后，哈蒙德还是提出了一个请求。

"把我的剑给我。"

盖尔蒙德顿了一下。"你的剑？"

"用来垫我的手。"

盖尔蒙德马上就意识到了这个愿望背后的含义，于是他试着驱散他兄弟心中的恐惧。"命运不会这样对你的，父亲也不会，他肯定会亲自去英灵殿把你从——"

"拜托了，兄弟。"哈蒙德把手伸到胸前，"我需要我的剑。"

不管这是否必要，盖尔蒙德找不到理由拒绝他的兄弟。如果他的生命在到达阿瓦斯尼斯之前就到达了尽头，他有权拥有手中宝剑的荣

---

①阿尔庭议会是冰岛人发明的一种议事制度，一般认为在公元930年形成。

耀。盖尔蒙德心中暗暗发誓，他的速度一定要比命运三女神的剪刀更快。同时，他解开了哈蒙德的宝剑并将其从剑鞘中拔出。这把宝剑的剑刃由法兰克的精钢锻制，是他们的父亲在哈蒙德第一次海上航行前送的礼物。据盖尔蒙德所知，这把剑还没沾过人或动物的鲜血。剑茎用皮绳缠绕，剑柄镶嵌着错综复杂、金银交织的环形图案。在冰冷的剑身上环绕着卷曲的波纹和旋涡，仿佛星光下的长河闪闪发亮。

"如果你不小心掉了，我可不会帮你拿回来。"盖尔蒙德假装认真地说道。

"我知道。"

盖尔蒙德把剑尖的一端插在他兄弟膝盖附近的皮带下面，这样就算后者没有抓稳，至少能把宝剑固定在合适的位置。随后他便把剑柄放在了他兄弟张开的手心里。

"谢了。"哈蒙德握紧拳头，把剑柄拉向心口的位置。

盖尔蒙德点头表示回应，随后走到雪橇的前方，屈膝将绳子套在了肩上。当他把他的兄弟抬起来的时候，绳索的重量加剧了他肩上的酸痛。他不禁开始思索，等到他能在自己的船上扬帆起航的时候，不知道还能不能划得动桨。

"我想你变轻了。"他说道，"感谢你把那些脏东西给拉出来了。"

哈蒙德在他的身后一阵轻笑，但很快便被自己的呻吟声所覆盖，当盖尔蒙德全身都倾向绳索，雪橇也随之向前移动时，哈蒙德的声音也变得更加强烈了。

他沿着北面的奥尔峡湾和南面的斯乔尔达峡湾之间的低地行进，尽可能走在平坦的地方。但四周一片黑暗，他没法不撞到身后的载人雪橇，每一次颠簸都让哈蒙德的呻吟声更响。在这一夜的大部分时间里，盖尔蒙德是通过星星来辨认方向的。但在临近黎明的时候，一团厚重的云层带来了雷雨，使他失去了向导。尽管盖尔蒙德在被打湿的地面上滑倒了更多次，但哈蒙德那边却变得安静了。于是前者停下脚步，想看看他的兄弟是不是又意识迷糊了，但他却发现对方只是很冷静而已。

"你至少可以盖住我的头。"哈蒙德咬牙说道，面朝天空，双目紧闭，睫毛里夹着雨滴。

"当然，我早该这样——"盖尔蒙德把哈蒙德披风上的兜帽用力地往上拉，一直拉到鼻尖上方。"抱歉，我只能做到这个程度了。"

哈蒙德勉强地点了点头，他握着宝剑的指节变得苍白。

盖尔蒙德叹了口气，像公牛犁地一般抬起他的"牛轭"。雨滴又重又冷，渗透了他的披风、毛衣以及皮革的接缝处，还好他最终走到了一个有路的农村。在村子的东南方，一大片岩石嶙峋的土地呈现出光秃秃的灰色景象，他重新调整路线，绕着这片土地向南前进，南边离斯乔尔达峡湾的海岸很近。随着天色渐明，雨势也变小了，薄雾从高处滚落，聚集在低地和水面上方。盖尔蒙德沿着峡湾的海岸线前进，来到了一片湖泊的边界。

"有在附近看到房子吗？"哈蒙德问道，"或者是可以避一避的地方？"

"还没呢。"盖尔蒙德一边说，一边把手放在胸前，艰难地呼吸着，虽然他的确闻到了一股木头燃烧的烟味，"就算……这儿有房子，我还得……还得给你找医生来……这样太花时间了。"

盖尔蒙德从膝盖处使力，再次站稳了脚跟。

"我可以在这里等。"哈蒙德说道，"找个地方把我放下来，然后你再去找医生来。"

盖尔蒙德再次套紧身上的绳索。"我不会把你一个人丢在这里的。"

"但是你不能——"

"我说了,我不会——"盖尔蒙德想要说得更大声点,但这样的努力却只让他喘不过气来,"我不会丢下你的。"

他想把雪橇从道路上挪开,找个更容易走的地方,但周围是已经收割过的麦田,看上去比眼前的这条路更难走,除了继续前进,他已别无选择。即便他已经摔倒了一千次以上,但眼前就剩这条充满泥泞的路,他必须走完剩下的部分。很快,他不再在意与远处山丘和树木间的距离,他的思考仅存于每一步的间隙。除了努力迈出他那虚弱的步伐,他不再去想别的事情。他甚至忘记了自己之前越发确信的一点:他的兄弟活不了多久,他们回不了家了。现在的他只是不停地向前行进。

最终,云消雨散,阳光使得湿润的世界呈现微光。当到达弗里斯峡湾的最北端时,他们转向西南方向,沿着海岸线向卡姆湾和他们的家前进。尽管现在没那么冷了,盖尔蒙德并没有因为天气的变化恢复体力,现在他发现自己不得不眯着眼睛前进,以抵抗路上无数水洼反射而来的强光。

"你听到了吗?"哈蒙德问道。

"听到……什么?"

"马蹄声,骑兵。"

盖尔蒙德停了下来,努力倾听这震耳欲聋的声响。哈蒙德说得没错,听这声音,他们的前方似乎有一队旅行者赶来,而且就在下一个拐弯处,他们的马蹄声回荡在泥泞的道路上,像是在诅咒着泥土和雨水。

"对亡命徒来说,这动静有点太大了。"哈蒙德说道。

他这话也没错,亡命徒只会埋伏在僻静的地方,等旅行者经过的时候谋财害命，他们不会大张旗鼓地在道路上前进。但盖尔蒙德还没来得及回神思考是否应该避开这些不速之客，旅行者就已经出现在了他们的视线里。没多久，骑兵就注意到了他们，大声喊叫起来。盖尔蒙德觉得他听到了施泰因诺尔弗粗犷而熟悉的声音，当骑兵们向他们冲来时，他还怀疑自己可能是在发疯或者精神错乱。但当眼前的队伍靠近，盖尔蒙德不仅看到了施泰因诺尔弗，还看到了他年轻的部下史凯裘——那个失明左眼上有着明显伤疤的小伙子，跟这两人一块骑马来的还有四个阿瓦斯尼斯的男人。两人走在他们的队伍和盖尔蒙德之间，仿佛这儿是他们的主场。看到他们让盖尔蒙德如释重负，他的身体也随之变得摇摇晃晃。

"停下！"施泰因诺尔弗大喊道，在还有几步之遥的位置拉动了缰绳。"盖尔蒙德，是你吗？"

"是我。"盖尔蒙德答道，他的双臂一阵颤抖。

"你拖着的雪橇是什么？"施泰因诺尔弗下了马，大步走向他，"哈蒙德在哪儿？"

"哈蒙德就在这个雪橇上。"哈蒙德说道。

史凯裘也下了马，两个男人一同冲向了盖尔蒙德，从后者手中接过雪橇的杆子。他们不得不把木棍撬出来，并不是因为盖尔蒙德拒绝放手，而是因为他已没办法张开他的手指。接着史凯裘用他的手臂承担起雪橇的重量，而施泰因诺尔弗为盖尔蒙德解开了肩膀上的绳索。

"诸神保佑。"他看着盖尔蒙德的眼睛低语道，"你们这是怎么了？"

"是狼群干的。"哈蒙德说道。

"狼群？"史凯裘缓缓地把雪橇放在地上。"在哪儿？"

"从这里骑马过去，大概一整天就到了。"盖尔蒙德说道，"在奥隆德附近。"

"奥隆德?"施泰因诺尔弗摇了摇头,"你们不是去捕猎松鼠的吗?你父亲派了很多人找你,他们都没找到奥隆德那么远的地方。"

"我们想要比松鼠更好的猎物。"哈蒙德说道。

"施泰因诺尔弗,听我说。"盖尔蒙德终于想到了他要说的事,"我的兄弟胳膊受了重伤,伤口在手臂下面,他需要一个医生。"

施泰因诺尔弗低头看着哈蒙德。"你能骑马吗?"

"我可以坐在马上。"哈蒙德说道,"不过这只能走很短的路程。"

"他需要有人帮他稳住身体。"盖尔蒙德说道。

队伍里一个叫埃伊尔的人插话进来:"我的马可以带着海拉海德①。"

盖尔蒙德忽略了埃伊尔使用的称呼,尽管他痛恨别人这么做,但是对方并没有带着恶意地使用它。

施泰因诺尔弗点头道:"埃伊尔的马是最强壮的。"他示意骑手过去,并让史凯裘把哈蒙德从雪橇上解开。接着他又回头看向盖尔蒙德。"那你呢?你的那只胳膊可得注意点。"

盖尔蒙德低头瞥了一眼,他都忘记自己也同样受伤了。现在他袖子上的血已经干了,在布料和皮革被撕破的地方,血与泥土已经混在了一起。"我还没处理这个呢。"

"让我来帮你吧。"施泰因诺尔弗说道,"等我先派人送走你的兄弟。"

然后盖尔蒙德便看到埃伊尔靠近他那匹强壮的马,那是匹有着金色皮毛和鬃毛的种马。接着好几个人一起把哈蒙德抬上了马鞍,安置在骑手的前面。解决了哈蒙德的问题后,施泰因诺尔弗向他的同伴下达了指示。

"史凯裘跟我还有盖尔蒙德会在后面追上你们,你们必须在日落之前把哈蒙德送到约尔国王的大殿。"

①原文为Hel-hide,意思是"冥界皮"或者"黑皮"。根据北欧萨迦的记载,盖尔蒙德兄弟继承了来自母亲的"黑皮肤"。

骑手们点头表示回应，没一会儿，盖尔蒙德便看着他们带着他的兄弟疾驰而去，飞奔的马蹄使路边的泥土溅到了空中。

"我得跟他们一块走。"他说道，"我必须……"

"在我看看你的胳膊之前，你哪儿也别想去。"施泰因诺尔弗坚持带着盖尔蒙德离开道路，来到一棵梣树的树荫下。盖尔蒙德已经筋疲力尽，无力反抗。"等处理好你的手。"施泰因诺尔弗补充道，"我们可以聊聊你的理由，为什么你没有让哈蒙德留下等死。"

第三章

盖尔蒙德跨坐在桦树的树根上，背靠着它的树干。它稀疏的树枝长得又高又远，金黄的树叶掉落在这个男人的身边，这棵树就仿佛陷落在地上的皇冠一样。在他的左面是阳光四射的弗里斯峡湾，海岸线水深约有一百英寻[①]，而在他右面的则是被农田和草地覆盖的低丘。

施泰因诺尔弗在树边摆了一个小火堆。这位年长的战士每每提及过去的战斗和伤痕时，他的表情都会显得十分僵硬。他们的年龄差了十岁，盖尔蒙德时常觉得，在这十个夏天的岁月里对方的生活绝对不会是风平浪静，其中蕴藏着对方错综复杂的经历。施泰因诺尔弗的棕色胡子已经发灰了，而他的皮肤就算变成了皮革，也并不适合拿来做衣服。他常常作为朋友或是顾问和盖尔蒙德交流，有时候两者都是。记得有一次他喝醉了，回忆起了他在划桨时的事情。盖尔蒙德曾因此怀疑施泰因诺尔弗可能当过奴隶。但对于意识模糊和言语不清时说的

[①] 1英寻约为1.829米。

醉话，事后再追问显得很不友好，盖尔蒙德便把这个问题藏在了心里。

"你看起来没有发烧。"施泰因诺尔弗从他的火绒袋里取出一撮黑色的火绒，还有打火石。"你现在觉得有多痛？"

"就一点点而已。"盖尔蒙德答道，但这是一个谎言。在卸下他兄弟的重担后，他才察觉到胳膊肿胀得厉害，手臂只要动起来就是一阵剧痛，即使保持静止也会隐隐作痛。但他不想向施泰因诺尔弗抱怨这些，他想快点回到阿瓦斯尼斯，想赶紧去照看哈蒙德。"我们不需要生火，没时间干这些了。"

"你不需要担心时间的问题了。"老战士在火绒上擦出火花，然后用嘴轻吹，直到火焰能自行燃烧，"你的兄弟会有医生照顾的，他会活下来。就算他没有做到，那也是命运的安排。你现在做什么都无济于事，现在你只需要我们给你处理伤口。"

盖尔蒙德无言以对，只能默默向命运三女神祈祷。她们决定着哈蒙德病情的结果，也许现在她们还会回心转意。

"好了。"施泰因诺尔弗对着火点头，似乎很满意，随后瞥了盖尔蒙德一眼，"我知道你没有在担心你的兄弟，你是在担心你父亲会生气吧。"

盖尔蒙德绷起了脸。"我当然担心我的兄弟。"

施泰因诺尔弗只是双臂交叉地站立着，他在等盖尔蒙德点头。

"不过，我的确也担心我父亲会生气。"他承认了。

炉火的暖意渗透进了他靠近火焰的左侧衣服，但另一边依然是湿冷的。他打颤的脊背上仿佛有一条金伦加裂口[①]，将他分成了两半。

"等我父亲看到哈蒙德的时候，"盖尔蒙德说道，"他一定想找到我，再骂我一顿。"

[①]金伦加裂口，指北欧神话中混沌初开时位于其核心的无底深渊，金加仑裂口以北为雾之国尼福尔海姆，以南为火之国穆斯贝尔海姆。在这寒热交错的地带，诞生了霜巨人尤弥尔和名为欧德姆布拉的巨大母牛，他们被认为是生命的起源。

24

施泰因诺尔弗放下交叉的手臂，走向对方。"不管你在不在场，他都会骂你一顿。"

史凯裘这时候回来了，他带着从峡湾里取来的两袋新鲜冰冷的水。"谁会骂你？"

"我父亲。"盖尔蒙德说道。

"他要骂你什么？"史凯裘问道。

"骂他喜欢打听跟他没关的事情。"施泰因诺尔弗说道，"现在先往火里加点石头吧，孩子。"

史凯裘瞥了一眼盖尔蒙德，与后者相视一笑。然后他便开始收集大小合适的石块，把他们扔到火焰的边缘来加热。

"行了，让我看看你的伤势吧。"施泰因诺尔弗说道。

他和史凯裘依次脱去盖尔蒙德的皮甲和毛衣，在衣服举过后者的头顶时，他们小心翼翼地把这两层衣物从对方的手臂上剥离。盖尔蒙德抽搐了一下，因为衣物擦到了他的伤口。但脱下两件衣服后还是没见到裸露的伤口，其下的亚麻内衣显然更麻烦。这件织物已经被鲜血渗透，和他撕裂的皮肉融为一体。为了让衣物与皮肉的接合处软化，史凯裘从火中取出滚烫的石头，把他们放进之前带来的水袋中，水袋便沸腾和膨胀起来。然后他把热水洒在盖尔蒙德的胳膊上，施泰因诺尔弗则尽可能地揉搓和松开他的内衣。盖尔蒙德咕哝了一声，咬牙忍住疼痛，尽管它还是持续了一阵子。最后，他们总算脱掉了这件内衣，能够好好看他的伤口了。

"你流了很多血，这抓痕上到处都是。"施泰因诺尔弗说道。

盖尔蒙德喘着粗气，看向他的手臂，随后大笑了起来。比抓伤更糟糕的是咬伤，狼牙留下了醒目的弧状伤口，撕裂的皮肤周围因灼热的、化脓的瘀伤而发黑。"我相信你见过更严重的。"他说道。

"我确实有过更重的伤。"施泰因诺尔弗说道,"你眼前的这个孩子也一样。"

史凯裘保持着沉默,他在处理盖尔蒙德的伤口时面色冷漠。他显然没做过类似的事,但他眼部的那道扭曲疤痕证明他见过这种创伤,甚至是更糟糕的惨剧。他记得那棵几乎夺走了他视力的树倒下时,他的父亲被压碎了。他已到了手持长矛的年纪,但还没有胡子。但他不会像盖尔蒙德那样,至少等他的后代脸上长出标志着成年的毛发时,他肯定会长出胡子的。

"他毕竟是约尔国王的孩子。"施泰因诺尔弗叹了口气,碰了碰史凯裘,希望能让这孩子开心点,以平息他不安的心情,"所以我们得像照顾小狗一样细心,如果他出了什么事,我们也得承担责任。"

"我想也是这样。"史凯裘表示同意,但语气很平静。

"现在。"施泰因诺尔弗说道。望着盖尔蒙德的胳膊皱眉。"我想你还是更希望留下这只手吧。"

"没错,如果可以的话。"盖尔蒙德说道,"我的剑会很想念这只手的。"

"会吗?剑是需要供养的,我敢打赌你的剑会很庆幸找到另一只更有能力照顾它的手臂。"

"就像你的?"史凯裘咧嘴一笑,问道。

施泰因诺尔弗耸了耸肩。"也许吧,但我有自己的剑了,所以我会尽全力保证盖尔蒙德的手继续和他在一起。"话音刚落,他便把轻松的心情从他的目光和举止中放走,"但和你兄弟一样,我们回去后你也得去看看医生。"

盖尔蒙德点了点头。"也许这会让我的父亲火气小一点吧。"

"也许吧。"施泰因诺尔弗转向史凯裘,"再去找点水来,如果你看到母菊的话，也摘一点来吧。"

史凯裘把袋子里的石头倒出来后就匆匆离开，盖尔蒙德等到他走远了才开口。

"你把我留在这儿不是为了帮我处理胳膊，你是有话要对我说。"

"你说对了。"施泰因诺尔弗把那些倒出来的石头扔回了火里，"我想说的是：没有人会讨厌你，也没有人会责怪你。"

"为什么？"盖尔蒙德把这问题当作是一种挑战，因为他其实很清楚施泰因诺尔弗的意思。

这位老战士擦了擦额头，叹息道："死人是很正常的事。"

盖尔蒙德向他俯下身，火焰的炙热已经传到了他的脸上。"他是我的兄弟。"

施泰因诺尔弗点头，用一根树枝戳了戳石头和余火。"兄弟战死也是很正常的，在南方，我的家乡——"

"这里是吕加菲尔克。"盖尔蒙德喉咙发紧，"你现在已经不在阿格德尔了，在你说这些之前你应该记得这一点。"

"我是你的誓约者，盖尔蒙德，如果我都不能和你说清楚，那还有谁可以呢？"

盖尔蒙德望着他的眼睛，感受不到任何的狡诈。这在他父亲的大殿里的那些人身上是很少见的。"那就说清楚，也别再失言了。"

施泰因诺尔弗犹豫了一下，像一个准备穿过春雪的人一样。"几年前，在你比现在的史凯裘还年轻的时候，我碰巧看到你和哈蒙德在搏斗，我观察了你们一段时间。之后我就直接去找了约尔国王，请求他让我成为你的誓约者。"

盖尔蒙德依然记得父亲介绍施泰因诺尔弗给他的那一天。尽管后来盖尔蒙德开始看重这位老战士的陪伴，但当时却对他很反感。盖尔蒙德一直认为他是来监视自己，不让自己捣蛋的。毕竟在很多个日子里，施泰因诺尔弗看来都对这份责任很厌烦。盖尔蒙德从来没想过对方是出于自愿来做这份工作的。"为什么？"盖尔蒙德问道。

施泰因诺尔弗轻声笑着。"为什么呢？是啊。你们的胳膊当时细得像树苗，连一把训练用的木剑都挥不动，话虽如此。"施泰因诺尔弗露齿一笑，朝着盖尔蒙德摇了摇手指，"但你吓到我了，我能在你的眼中看到渴望，看到永不熄灭的愤怒之火。我那时候就知道你注定会成为国王，而我从来没在哈蒙德的眼睛里看到这一点，那时不行，现在也不行。这就是为什么我选择了做你的誓约者而不是他的，因为你的命运就是成为国——"

"够了。"盖尔蒙德说了一句，随后平静地坐着，琢磨着接下来该说什么。老战士的话让他心中同时充满了突然的骄傲和隐藏的愧疚。与忠诚相矛盾的情绪，将他的思考往各个方向拉扯得四分五裂。随着脑海中的骚乱平息，他开始因愤怒和痛苦而颤抖。"谢谢你对我坦白。"他说道。

施泰因诺尔弗点了点头。

"现在我也要跟你说清楚，以后不允许你对我或任何人说这样的话。哈蒙德并不只是一个誓约者，他还是我的兄弟。"盖尔蒙德的声音变得尖锐而危险，"你以后也不要再提你在他身上看到过什么，或者是你发现了他有什么欠缺。你永远都不会明白，在我父亲的大殿里，我曾和他肩并肩地战斗过。"

老战士顿时有些目瞪口呆。盖尔蒙德知道，施泰因诺尔弗曾经听过兄弟俩如何在满是老鼠的稻草里生活的故事，但并不了解全部的真相。

"你并不懂得我兄弟的渴望和愤怒。"盖尔蒙德说道，"你也不曾真正了解我。"

施泰因诺尔弗的目光垂向下方，点了点头。他显然感受到了，在不付出永久代价的情况下，这已经是他能为自己的目的所尽的最大的努力了。

过了一会儿，史凯裘气喘吁吁地跑了回来。他的脸颊像他的头发一般红，施泰因诺尔弗从他的手里抓过水袋。男孩退缩了一小步，在他们两人之间来回看了看，手中抓着一些夏天残留下的干枯母菊。他似乎察觉到了他不在场时发生了些什么，并且这些事情是他最好不要去过问的。施泰因诺尔弗走到火边，把石头再次收回水袋里。然后用手握住了盖尔蒙德受伤的手臂。

"尽量不要叫出来。"他说道。

盖尔蒙德艰难地咬紧牙关，努力不发出任何声响或是抱怨，尽管痛苦在让他迷失。施泰因诺尔弗把热水倒在伤口上，然后用干净的亚麻布尽可能地把伤口擦干，一些伤口重新裂开，流出了污浊的脓水和血液。施泰因诺尔弗挤压伤口，直到流出的血变成纯黑色。接着他煮了些母菊敷到伤口上，随后包扎绑紧。

"我想你的手臂应该会愈合得很好。"在完成了伤口处理后，这位老战士说道。

盖尔蒙德点点头，汗水顺着他的额头流了下来。"谢谢你。"

"如果我有带麦芽酒或者蜜酒就好了。"史凯裘说道，"可以减轻你的痛苦。"

"就算你带了，量也不够。"盖尔蒙德说道。

他们把盖尔蒙德的衣服重新穿到他头上，等后者着装完成，他们便朝着阿瓦斯尼斯出发了。在施泰因诺尔弗的坚持下，盖尔蒙德骑在史凯裘的马上，而男孩在一旁的泥泞道路里艰难前行，好在他们保持着史凯裘可以轻松跟上的速度。盖尔蒙德和施泰因诺尔弗之间的分歧依然存在，虽然两人没再谈起，但这种对立仍在持续。在两人沉默的旅行中，仅有史凯袭偶尔地来两句话茬，点评着这片土地和它的季节变化。最终，男孩问他们是否听说过一个叫古思伦的丹族人。

"我听我父亲提到过这个名字。"盖尔蒙德说道，"我想他是一位领主。"

"你为什么问起他？"施泰因诺尔弗问道。

史凯袭眯起眼看向施泰因诺尔弗。"有一艘商船上的几个人提到了这个名字。"

"那为什么你现在才想起他？"盖尔蒙德问道。

"就是忽然想到而已。"男孩伸手摸了摸挂在身上的斧头，"他们说古思伦正以丹族国王波尔希的名义招募船只和人手。里面不仅有丹族人，也有诺斯人，可能还有哥特人和斯维尔人。"

"他们的目的是什么？"施泰因诺尔弗问道。

"加入哈夫丹的军队，征服撒克逊人的土地。"

"是哪块土地？"盖尔蒙德问道。

史凯袭耸耸肩。"我想是所有的吧。"

盖尔蒙德瞥了一眼施泰因诺尔弗，这位老战士凝视着前方的道路缄默着，但盖尔蒙德知道他的想法。施泰因诺尔弗经常谈到拉格纳·洛斯布鲁克之子们，歌颂他们纵横大海的成就。他们逐渐地不再满足于夏日劫掠，他们开始夺取撒克逊人的王冠和土地。如果不是施泰因诺尔弗已经向盖尔蒙德宣誓效忠，他很早以前就会毫不迟疑地渡海加入战斗，并且赢得自己的房子和家园了。

盖尔蒙德低头看向史凯袭。"我从你的声音里听到了渴望，你想加入这个丹族人吗？"

男孩犹豫了，他的目光扫向盖尔蒙德身后的施泰因诺尔弗。"也许是这样吧。"

"我不怪你。"盖尔蒙德说道,"实际上,我也有这样的渴望。"

"那我们就去吧。"施泰因诺尔弗低声说道,"问你父亲要一艘船。"

"你知道他不会给我一艘船的,更不用说是为了劫掠。"

"为什么不能借船来劫掠?"

盖尔蒙德摇了摇头,不知道要怎么样解释真相,才会听起来不违背忠诚。

"这不是劫掠,你知道的。"施泰因诺尔弗在马鞍上转头直视着盖尔蒙德的双眼,"约尔国王应该也很清楚,即便他选择了与众不同的道路,他的身上仍然流着他父亲及祖父的血。你的请求与背叛无关,作为次子必须这样做,这样才能开拓属于他自己的道路。"

现在盖尔蒙德转头盯着前方的路,有好一会儿都没出声。施泰因诺尔弗说的是对的,盖尔蒙德没办法否认。而盖尔蒙德的梦想也是真实的,他一直都希望自己能乘船从吕加菲尔克起航,去外面的广阔世界见证自己的命运。但他的内心依然有着矛盾,他不能就这样把自己的兄弟抛下。

"我考虑看看吧。"他最终说道。

施泰因诺尔弗顿了一下,点点头,又补充道:"那就考虑看看吧。记得问问你自己内心真正想要的是什么,我相信你知道的,无论你考虑多久都不会改变这一点。剩下的就是用行动去实现了。"

之后他们没再提起这个话题,继续骑马前进,一路上还吃了些烤鱼。不久他们就来到了熟悉的村庄。当太阳在他们面前落山时,他们已经穿过了阿瓦斯尼斯的农场和田地。如果他们乐意的话,本可以在这儿挑一个地方过夜,但盖尔蒙德还是想尽快见到他的兄弟。因此,在太阳落山以后,他们在黑暗中继续前行,路上只有一轮浅月和远处的炉火为他们照明,直至他们抵达深褐色的卡姆湾。

狭窄的海峡从阿瓦斯尼斯向南延伸了近二十海里[①]到庞大的博肯峡湾,在另一个方向上,它通向了北方的鲸路[②]和贸易路线。卡姆湾的另一侧是盖尔蒙德的家,它坐落于长长的盾岛卡姆岛上,这儿的古代国王曾经追溯过他们来自神的血统。岛屿外侧的大海汹涌澎湃,迫使几乎所有向北航行的船只都必须沿着卡姆湾的航路前进,潮水的流向也让船只不得不在阿瓦斯尼斯停靠,从这里获取补给和进行维修。他父亲那蕴藏着财富和力量的大殿就坐落于此。

他们靠近了卡姆湾的最窄处,从五根古老的石柱下方经过。这些石柱在离海岸线五十英寻的地方排成了宽阔的阵型。在月光下,它们全都像肋骨一样又白又细。没人记得它们是被谁立起,又或它们甚至是巨人还是神的杰作,但蕴藏在其中的力量却可以清晰地感受到。它们现在的位置据说是雷神索尔穿过卡姆湾的地方,这里有一艘渡船在载着旅行者们上岛。带着哈蒙德的先头队伍,肯定事先通知了人们盖尔蒙德即将到来,因为他们发现正有一条船等着载他们过河。

当他们靠近对岸时,在北方夜空的照耀下,盖尔蒙德能够看到远处的黑色轮廓,那是他祖先们的坟墓。其中最大的坟墓属于他的祖父哈夫。登上小岛后,他们转头往南沿路走了一英里[③]来到了小海湾的另一侧,终于抵达了阿瓦斯尼斯。

明亮的火把挂在城门上燃烧着。他们刚看到城门的时候,它便被打开了。卫兵们无疑已经得到了通知,要好好注意他们的到来。他们一进城,大门又在身后关上了。盖尔蒙德发现主干道上也亮着光,一支举着火炬的队伍从东边的大门一直延伸到了主干道的尽头。从这儿

[①] 1 海里约为 1.85 千米。
[②] 鲸路,即海洋。
[③] 原文为 rest,维京人用于表示两个休息站之间的距离,这个距离因地形而异,但约相当于 1 英里。本书中维京人均使用 rest 表示这一距离。

穿过城镇再爬上山脊，就到了他父亲的大殿，他父亲就是在这里统治着整片卡姆湾。

"看样子他们在等我们。"史凯裘说道，"这也许是件好事。"

恐惧开始升上盖尔蒙德的心头，但他还是勉强笑了笑。"也可能是在警告。"

"最好是等到你的迎接来了再下判断。"施泰因诺尔弗说道。

他们跟着火炬的指引穿过城镇，路过的门口和窗户里有一些熟悉的面孔，这其中有很多人都在为盖尔蒙德两兄弟祈祷。他们周围弥漫着木柴的烟味和炊火的香气。还能从几间房子里听到低沉的笑声，甚至是音乐声。

在他们准备要爬上他父亲的大殿时，盖尔蒙德注意到他们上方有动静。一个黑影出现在竖立的石柱群中。这些石柱早在他的祖先在这儿建立居所之前，便已矗立于山顶。它们不像盖尔蒙德等人在卡姆湾经过的那些石柱，这里的石柱的高度是人类的三倍，并且紧紧靠在一起，如同从大地伸出来的龙爪。他父亲的大殿有着从山脊延伸出来的长长的弓形的屋顶，比那些石柱还要高，它们的存在产生了一种介于敬畏与轻蔑之间的异样感。当盖尔蒙德和他的同伴到达山顶时，石柱群中的黑影也从中现身，进入到火光的范围里。

"盖尔蒙德·海拉海德。"他们下马时，黑影走近他们说道。

盖尔蒙德认得这声音，他认出了渥尔娃女巫[①]的山羊头巾和猫皮外衣，尽管在黑暗中看不到她的面容，他却能想象出那个女人让人心悸的、冰冷的蓝色眼睛。"于尔萨。"他说道，"是我父亲召唤你来的吗？"

"不，他没有召唤我。"这位先知大步朝他们走来，她裸露脚趾上的银戒指在草地上闪闪发光。直到她靠得足够近，盖尔蒙德才注意到

[①]渥尔娃女巫是一种北欧的女先知，她们在人类世界的地位如女神弗蕾亚在阿斯加德的地位一般。她们通常会嫁给以奥丁为偶像的维京战士，并在他们出战时为之祈福。

她的脸上和亚麻布胸衣上有血。希望这血是来自祭品而不是他的兄弟吧。"哈蒙德回来的时候我就在这了。"她说道，似乎没有被夜里的寒意所影响，"我知道你们会需要我，所以我一直在等着。"

"当然。"施泰因诺尔弗双臂交叉，他对这个女人保持谨慎而不信任的态度。他见过那些自称是神与人的桥梁、传达神谕的巫师们，他对这些人的态度都是一样的。"如果你早就知道哈蒙德会受伤，你为什么不在他去打猎之前警告他呢？"

先知冷冷地笑了，害怕的史凯裘躲进了施泰因诺尔弗的影子里。

"我只是知道有人需要我的帮助。"她说道，"但我并不知道理由。"

"就算是这样。"施泰因诺尔弗并不服气地说道，"国王需要一个女巫能有多少理由？"

"我相信我父亲很感激你在这里。"盖尔蒙德说道，希望能让这位老战士冷静下来。他也曾经怀疑过一些先知和巫师，他们的预言总是模糊不清和自私自利，但他毫不怀疑于尔萨的力量。"我的兄弟怎么样？"

"他会活下来，他会康复的。"她说道。

史凯裘鼓起勇气向前迈了一步。"盖尔蒙德也受伤了，你能看看他吗？"

这名渥尔娃女巫转向盖尔蒙德，低头看了眼他的手臂，随后走得离他更近，抬头看着他的眼睛。盖尔蒙德不知道她的年纪，有时候她看起来比自己的母亲还年长，有时候又显得很年轻，但她那双眼睛却永恒不变。"没有这个必要了。"她说道。

盖尔蒙德不知道她的话意味着什么，是代表自己会痊愈；还是代表自己会毁灭，没有什么能阻止自己的死亡。但施泰因诺尔弗抢在他提出疑惑之前开口。

"你为什么这么说？"他问道。

于尔萨依然注视着盖尔蒙德的眼睛,后者也一样注视着她。"因为他的命运和他的兄弟是绑在一起的。"她说道,"他们的生命线会在未来的岁月里多次交织,只要一个人活着,另一个人也会没事。"

施泰因诺尔弗嘲笑道:"那如果其中一个人死了呢?"

现在这位先知把尖锐的凝视转向了这位老战士,后者不由自主地向后退了一小步。"在我看到他们的死亡之前,我看到的是他们伟大的成就。"她说道。

施泰因诺尔弗咳嗽了一下,点点头。"至少我们在这一点上想法一样。"

"谢谢你,于尔萨。"盖尔蒙德说道,"感谢你在这儿。"

她点点头,转身离开。但在下山之前她又补充了一句:"总有一天,埃吉尔①会将你吞噬,但他也会把你吐出来。盖尔蒙德·海拉海德,前往鲸路航行的时刻已经到了。"话音刚落,她的身影便消失了。

史凯袭的脸色苍白。"她怎么知道的?"

"知道什么?"施泰因诺尔弗问道。

"就你让盖尔蒙德去要一艘船那事。"

"她的原话可不是这么说的,不是吗?"施泰因诺尔弗拽住男孩的肩膀,把他拉到身边。"现在听我说,这些预言者说话的时候,其实是想让你们去弥补他言辞上的漏洞。但你绝不能给他们提供额外信息,否则他们的预言就会变得更加完整。真正的先知才不需要其他人的帮助,她只不过说了她知道的事情罢了,任何像盖尔蒙德这个年纪的国王之子,都应该指挥一艘船了,做出这种推断是很正常的,你懂了吗?"

史凯袭点点头,却还是眉目紧锁。

---

①埃吉尔,北欧神话中的海神。

"很好。"施泰因诺尔弗松开了男孩的肩膀,"现在去照看下马匹吧,给它们吃点东西再喝点水。"

史凯袭再次点头,然后牵着缰绳,领着他们的马向马厩走去。

"你真是这么相信的吗?"盖尔蒙德问道,"认为她说的话没什么了不起?"

施泰因诺尔弗嘟囔了一下,随后解释道:"我相信我刚刚跟那个男孩说的话,但那个女人也确实让我害怕,我一直都不喜欢被吓着。"

"'当你告诉我有人无所畏惧的时候,我会说你是个傻瓜。'提醒你一下,这可是你以前说过的。"

"看来我一直都是个傻瓜。"

盖尔蒙德笑了,然后低头看了看受伤的胳膊。"你也许是个傻瓜,但我还是得好好谢谢你。我会请医生来观摩下你的包扎工作,希望不会冒犯到你吧。"

施泰因诺尔弗笑道:"当然不会,是我坚持要这样做的。"

盖尔蒙德点点头,转身准备去面对他的父亲,但老战士却拦住了他。

"让这个傻瓜再多说两句吧。"他说道,视线越过盖尔蒙德,跳到了屋子的门上,"他可能会怪你,会对你生气,训斥你。但不要在意这些,今晚好好休息,你挽救了你兄弟的生命,这份荣耀已经足够弥补任何他推到你身上的错误了。"

盖尔蒙德吸了口气,再次点头。"今晚该好好休息的是你,因为你几乎救了我们两个人的命。"

"我希望明天早上有人能奖我一个臂环。"施泰因诺尔弗说道。

盖尔蒙德轻声一笑,领头走向了大门。在开门之前,他昂首挺胸振作精神。接着他便和施泰因诺尔弗两人踏进了他父亲的屋子。

第四章

  大殿里光线充足,温暖明亮。远处的炉火上叉着剩下的猪肉,骨头和最后的肉片外表已经变成了深褐色,香味弥漫在整个大殿。盖尔蒙德进门时狗叫了起来,几对男女从长凳起身迎接他,拥抱着他的胳膊、肩膀和双手。在他父亲屋子里的这些人,有的是他父亲的亲族,有的是向他父亲宣誓效忠的人,但人数最多的还是贸易贩子和商人,还有一些来自其他国王和土地的使者。所有人都对盖尔蒙德平安回来感到欣慰和高兴。

  他向众人表示了感谢,他并不想冒犯他们。但当他们碰到他受伤的胳膊时,他还是会下意识地退避一下,他不想和这些人一直待在门口。施泰因诺尔弗很清楚他的想法,在还没听到那些人说话的时候就明白了。

  "欢迎时间到此为止。"等他们迎接了一会儿,施泰因诺尔弗这样说道。他穿过人群,为盖尔蒙德清出了一条路。"让他过去,现在他母亲会想亲吻他那没有胡子的脸颊。"

盖尔蒙德向老战士感激地点点头，随后便逃开了。他穿过长长的屋子，经过被烟雾熏黑的横梁——支撑着高高的橡子和屋顶的，以及他父亲从法兰克带回来的编织挂毯。那些在门口觉得自己不应该靠近盖尔蒙德的来访者，既不是盖尔蒙德的熟人也没有什么地位。这些人在盖尔蒙德经过的时候向他颔首致敬，而盖尔蒙德也点头表示回敬。

他们中的一个人引起了盖尔蒙德的注意，那是个和他年纪差不多的女子，可能比他稍大一些，穿着战士的服装，是一名盾女。她的左脸颊和脖子上有一道伤疤，金色的发辫被屋内的火光染成了古铜色。他以前从未见过这个女子，她的身边是一个男人。盖尔蒙德知道这个男人是斯蒂比约恩，一个从斯塔万格向南行进的领主。布拉吉·博达森站在两人边上，他是一位来自哥特兰的老吟游诗人。当盖尔蒙德从三人面前走过时，他们也一样向他颔首致敬。盖尔蒙德从那个女人的眼睛里看见了好奇，那模样就像是第一次看到约尔国王的儿子，第一次看到拥有海拉海德名号的人一样。

他向三人点头回应，心中思考着这个女人是谁，并继续走到大殿的尽头。他走过他父亲高高的座位，绕过将大厅和家庭成员私人地盘分割开的刻纹隔墙。

他在议事厅找到了他的兄弟，他的父亲在那里接待了一些规模较小的使者团，并正和顾问们商讨。哈蒙德躺在一块简陋的板子上，身体上铺着一层从他卧室里取来的毛皮。盖尔蒙德估计他一直躺在这边的地板上而不是床上，为了让站在他身边的两个女医者能更方便地照料他。他似乎睡得很沉，胸口像潮水一样缓慢而平稳地起伏，汗珠在他的额头上闪烁。

约尔和卢芙文娜就站在哈蒙德的跟前，他们彼此靠得很近，背对着盖尔蒙德。但是他的母亲转过了头,就好像她察觉到了盖尔蒙德的存在。

"盖尔蒙德!"她大喊着冲过去,将他紧紧地搂在怀里,"感谢诸神让你平安回来。"

盖尔蒙德用双手拥抱了她好一会儿才发问:"我兄弟怎么样了。"

"于尔萨预言他会活下来。"他的父亲说道,"但是他还是发烧了,蒂拉医生说他流血过多。所以我们杀了一头猪,按照她的建议给他吃了一块猪血,现在他在休息。"

"他的伤口呢?"盖尔蒙德说道,"我已经尽力处理过了,但是——"

"我们已经包扎好了。"蒂拉说着,手指指向了他的兄弟。他顺着望过去,看到他兄弟那层毛皮被子下有新的裹布。"因加帮我一起包扎的,但是你之前的处理也做得很好,盖尔蒙德。我相信伤口会痊愈的,而且他那只胳膊以后依然可以拉弓。"

当她这么说的时候,盖尔蒙德心中仿佛失去了什么。一股他没有意识到的恐惧撕扯着他的内心。"谢谢你。"他说道。

"可是你怎么办呢?"他的母亲上下打量了他一番,然后轻轻举起他的胳膊,"哈蒙德醒着的时候说过,你也受伤了。"

"没错,施泰因诺尔弗帮我处理了。"

"施泰因诺尔弗?"蒂拉问道,"那个老阿格德尔人?"她大步从房间里跨过来,像是要奔赴战场一样,"拜托了,盖尔蒙德,让我看看吧。"但她并不是在请求他的许可,相反,她直接将对方推到了房间里的长桌前面,让他坐在了他父亲的椅子上。她撸起他的袖子,检查施泰因诺尔弗处理后的结果。"噢,母菊。"她的语气带着一些赞许,"不过这个包扎带已经脏了,因加,去拿些新的亚麻布来。"

在盖尔蒙德看来，施泰因诺尔弗的包扎带并不算脏，但蒂拉的女儿已经拎来一个篮子了，篮子里装满了她母亲的医用工具，盖尔蒙德知道这时候他最好还是不要争辩了。

"用这个会更好。"这位老医生说道，"又新又干净的亚麻布。"她在他的伤口敷上一些她自制的药膏，这些黏稠物让他的皮肤感到一阵灼热的刺痛，随后女医生为他重新包扎起胳膊来。

"这可不是轻伤。"卢芙文娜站在儿子旁边，把手放在他的肩膀上。

盖尔蒙德抬头看了看她，注意到她眼圈红红的，可能是哭过，也可能是失眠，又或者两者都有。而且在房间里的光线照耀下，他注意到母亲乌黑的头发上仿佛出现了更多的银丝，比他出发去打猎之前看到的还要多。"抱歉，我让你难过了。"他说道。

"你还是冥顽不灵。"他的父亲说道。

约尔站在几步之遥的位置，双手在背后紧握，他的表情看上去也很疲惫，他的皮肤在深棕色的胡子映衬下显得苍白。但盖尔蒙德并不会因为他父亲的关心而心怀愧疚，毕竟他父亲大部分的关心都给了他的兄弟。即便如此，他还是勉强说道："我为发生的这一切感到抱歉，父亲。"

"现在重要的是你们俩都在这里，你还好好的。"他的母亲用肯定的语气说道。她的话语就像是一个短暂的休战标志，他的父亲也只能哼了一声接受了。

过了一些时候，蒂拉处理好了盖尔蒙德的手臂，他的母亲感谢了医生，并带着她们回到主厅，给她们找了长椅和毛毯来过夜。她们至少得待到哈蒙德退烧为止，可能会更久，这取决于国王和王后的意愿。医生离开房间后，盖尔蒙德依然沉默地坐在他父亲的椅子上，他把胳膊搭在桌子上休息，等着父亲开口。

"你的兄弟现在虽然睡着了，但他已经把事情经过跟我们说了。"

"是狼群干的。"盖尔蒙德心不在焉地点头,他的目光一直盯着木桌深深的纹路。"哈蒙德打得很漂亮。"

又是一阵沉默,他的父亲靠近了桌子,盖尔蒙德差点儿下意识地站起来,他该把国王应坐的座位让给父亲的,但他心中怨恨和愤怒的情绪让他没有动弹。可让他惊讶的是,他的父亲竟然就默默地坐在了他旁边的椅子上,耷拉着身子,显然已经疲惫不堪。国王叹息了一声,揉揉眼睛和前额,而盖尔蒙德用施泰因诺尔弗在大殿外给他的材料加固了他的护臂。

"'哈蒙德打得很漂亮。'"他父亲说道,"这些就是你要说的全部了吗?"

在盖尔蒙德还没回应之前,他的父亲又继续说道。

"如果我的父亲还活着,他会告诉你,即使是血浓于水的亲人,也无法抵御嫉妒和奸诈。"他转头望着主厅的方向,"不要怀疑,那儿的很多男男女女都认为你是个傻瓜,认为你冒着生命危险救你的兄弟是愚蠢的举动。他们觉得你恪守忠诚,这没有错,但他们也同样觉得你是傻瓜。"

"那你呢?你觉得呢?"

国王的眉目紧锁起来。"我从来没怀疑过你的忠诚,你缺少的是耐心、智慧和克制。在很多方面你都是个笨蛋,并且做事鲁莽冲动,你毫无防备地走进了群山,走进了危险中。"

盖尔蒙德没法反驳这一点,但他也不想屈从于父亲的判断。"我的陛下,您的儿子们当然懂得怎么打猎——"

"闭嘴!不要否认这里每个男人和女人都明白的事情,包括你的誓约者施泰因诺尔弗。你的愚蠢行为如果只是危及你自己,那是另一回事,但你却危及了你兄弟的生命。"他端坐起来,身体前倾,"你把未来吕加菲尔克国王的生命置于危险之中。"

蒂拉的药膏带来的灼热刺痛减轻了，取而代之的是一种可恨的瘙痒。但盖尔蒙德依然把他的手放在桌子上，拒绝去挠它，在父亲面前保持不动如山。"但我也救了他的命，我早就知道对您来说什么是最重要的了，我的陛下。"

他的父亲深吸了一口气，身体往后倚靠，摇了摇头。"你的言行证明了你生来就在你应有的位置。作为一个父亲，对你说这些让我很痛心，但作为国王我必须告诉你，你缺乏作为统治者的智慧和气概，可我最担心的是你连服从也不懂。"

这时候盖尔蒙德的母亲回来了，身后跟着她的忠犬斯旺，这只大型猎麋犬跨步进了房间。那外貌让盖尔蒙德想起了几天前他和兄弟一起抵抗过的狼群。当这只狗看向他的母亲时，目光里只剩下了忠诚，这便是它被驯服的标志。

"好吧。"王后边说边来回扫视着盖尔蒙德和他的父亲，"看来你俩还是没和好呢。"

国王看着盖尔蒙德。"我倒希望是这样。"

"但愿如此。"盖尔蒙德回应道。

斯旺跑到了哈蒙德的身边。用鼻子嗅了嗅他的肩膀。然后在他边上趴着，发出一声尖锐的哀号。

"他会没事的。"盖尔蒙德的母亲对着狗说道，"别太担心了。"

狗转头望了她一会儿，然后便像一名战士一样静静地盯着大门。王后对着猎犬笑了笑，转头看向了盖尔蒙德的父亲。

"斯蒂比约恩在等着。"她说道。

"时间不早了。"他父亲说道，"我不能明天再和他谈吗？"

"这要看你和他谈的时候，你希望他的心情是什么样。"王后在国王对面的椅子坐下,盖尔蒙德正好在两人中间,"如果他不得不等的话,他会等的。但现在他知道哈蒙德和盖尔蒙德已经平安返回,而且现在也还不到午夜,他觉得你没有什么理由拒绝这次会面。"

盖尔蒙德的父亲脸色凝重了起来,但还是点了点头。"很好。"他转向盖尔蒙德,"去,把斯蒂比约恩请来。"

当盖尔蒙德起身时,他的母亲想顺手扶着他的胳膊。但他离开得太快了,她没能出手帮忙。他大步走出议事厅并回到主厅。他在之前碰见他们的地方找到了斯蒂比约恩,他现在和那名盾女坐在一张长凳上,布拉吉已经走到别的地方去了。这两人抬头注意到盖尔蒙德的靠近,盖尔蒙德尽力掩饰着心中挥之不去的怒火,以尊重的语气向领主说话。

"我父亲现在想接见您。"他说道。

斯蒂比约恩将剩余的麦芽酒一饮而尽,随后站立起来。他的个子很高,肩膀很宽,但年纪已经过了体力最旺盛的时期。"你父亲很幸运,他的两个孩子都还在。"他说道。

盖尔蒙德怀疑对方话里有话,甚至可能在隐晦地侮辱他。但他也没有足够的自信对此进行反击,反而是默默地低下了头。斯蒂比约恩起身去了他熟悉的议事厅,盖尔蒙德看着他离开,突然感到有些沮丧。他意识到即使是在睡觉和发烧的时候,哈蒙德也能待在他不能待的地方。

"你是弟弟吧。"盾女抬头看着他说道,"盖尔蒙德·海拉海德。"她指了指长凳左边斯蒂比约恩坐过的空位,"坐吧。"

虽然很累,但盖尔蒙德对她的行为充满了好奇。炊火和大殿中央长长的炉火笔直相交,两人就这样面对着炊火的尽头聊了起来。

"这让你很心烦吗?"她问道。

"你在说什么?"

"被人称作海拉海德。"

他没有耐心回答这样的问题。"这是我父亲赐给我们两兄弟的名字。"

"这不算回答我的问题。"

盖尔蒙德转过身来注视着她,她不仅是在年纪上比他年长。她身上还散发着烟味和大海的气息,她的双眸让他有种熟悉的感觉,像是一种族亲的纽带吸引着他来到她身边。

"你是谁?"

她露出爽朗的笑容,她知道对方依然在回避自己的问题,但她已经决定接受了。"我是艾沃尔。"

"很荣幸认识你。"盖尔蒙德鞠了一躬,"我都不知道斯蒂比约恩还有个女儿。"

"我不是他的女儿,虽然过去的十一年是他把我养大的。"

"你真幸运。"他说道,"那你的亲生父亲呢?"

她突然把目光移开,视线沿着主厅的长廊直到大门。他以为是自己的问题冒犯了她。"原谅我的愚钝,我太累了,有点精神恍惚,你千万别在意,如果——"

"我父亲已经死了,但这也不是什么秘密了。"她朝着他微笑,但脸上却没有一丝愉快的感觉,"如果你去问问的话,我相信这儿有不少人知道这事,比如跟在你身边的那个阿格德尔人。"

"施泰因诺尔弗?他怎么会知道?"

她举起角杯喝了一大口麦芽酒。"因为杀死了我父亲的就是阿格德尔国王科约特维。"

盖尔蒙德咽了口唾沫,不知道该说什么好。

"科约特维袭击我父亲的大殿是为了杀死斯蒂比约恩,国王当时在我们那里做客。他没能得逞,但我父亲的生命却被他夺走了。"

"你父亲叫什么名字?"

艾沃尔对着麦芽酒皱眉,然后摇了摇头。"无所谓了,他死得像个懦夫。"

这直白的辱骂让他很是吃惊。"你这话说得可真是随便啊。"

"我说的是实话。"她说道,"口无遮拦和表里如一的人是有区别的,我只对其中的一种有耐心。"

盖尔蒙德坐了一会儿,心中已经发现了他对这个女人感到熟悉的原因。就像他一样,她生命中的符石①已经变成了一个恐怖的地方,被鬼魂所困扰,铭刻着她无法逃避的过去。她的诚实鼓舞了他。

"它确实让我很心烦。"他说道。

"你说什么?"

"被人叫作海拉海德。"

她把自己的角杯递给了他。"那我不会再这么叫了。"

盖尔蒙德接受了她分享的酒杯。"关于你来这儿的原因,也能告诉我真相吗?"他知道斯蒂比约恩的大殿在博肯峡湾另一侧的斯塔万格,在和阿格德尔的交界线。斯蒂比约恩的土地包括了吕加菲尔克南部延伸的区域在内。这位领主甚至可能认为自己是吕加菲尔克的国王,但这种主张缺少后盾支持。一如既往地,吕加菲尔克属于控制卡姆湾水路的那个人,也就是盖尔蒙德的父亲。

"斯蒂比约恩想要讨论哈拉尔德的问题。"她说道。

"哪个哈拉尔德?"

"松恩的国王。"

盖尔蒙德低头沉思。松恩位于吕加菲尔克以北,在霍达菲尔克的另一边。有传闻说松恩的国王哈拉尔德和霍达菲尔克的国王艾瑞克有

---

①符石在维京文化中通常指带有铭文的立石,其多是作为纪念死者的碑存在,这一传统始于4世纪。

荣耀之争，在边境制造了紧张的局势。"为什么是哈拉尔德？"盖尔蒙德问道。

"斯蒂比约恩不信任他。有太多的战士去了英格兰，霍达菲尔克和阿格德尔因此变得脆弱。斯蒂比约恩认为，为了不让哈拉尔德的野心膨胀到无法遏制，他们现在必须得采取一些措施。"

"所以并不是为了古拉庭的事。"

"哈拉尔德控制着古拉庭。"

盖尔蒙德将装着麦芽酒的角杯还给她。"所以按你的意思说，这是一场战争。"

她耸了耸肩。"没错。"

她谈起这个话题的轻松自如与她的战士服装相符，她的皮衣和环甲上都显示出频繁使用的痕迹。"你看上去是个身经百战的人。"他说道。

她转过身来，摆出一副观察他的样子。她打量着他的脸，他的手，他的指节和他受伤的胳膊，好像在有意地评估他的实力。"你看上去就像打过一两场仗，但还想去打更多仗的人。"

"你说话可真直接。"他说道。

"你的劫掠准备得怎么样？你应该有你父亲给你的船和人手吧？"

盖尔蒙德没有作声，但沉默已经代表了回答。艾沃尔困惑地朝他皱了皱眉，然后喝光了剩下的麦芽酒。接着是几分钟的沉默，炊火的热气和慢慢烧焦的猪骨的味道混在一起，让他感到一阵恶心，他开始觉得又累又晕。她对他来说是个陌生人，是他父亲对手的守卫。但她身上有着某种东西，让他觉得他可以信任她。他想相信她，即便这样的想法有些冲动鲁莽。

"我没有船。"他最终开口道，"我已经长大了，但我父亲还是没有给我一艘船。"

她保持着沉默，等着他继续说完。

他向前倾斜了下身体，突然感觉到有什么东西戳了下他的屁股。他想看看是什么东西，却突然回想起了这是他放在随身袋子里的狼牙。"这里的土地和猎物不够喂饱所有的肚子。"他悄声说道。

"你想说什么？"

"没什么。"他说道，"只是那些人觉得我是傻瓜，因为我救了我的兄弟。可能你也同意吧，也许我真的是傻瓜。但是，如果要我说实话的话，我会说待在阿瓦斯尼斯对我没有任何好处。"

"那么你一定得去别的地方。"她说道，"为什么你会没有船？"

盖尔蒙德凝视着炊火的火焰和灰烬。"我父亲不相信通过劫掠能建立长久的王国。他说过，一个王国不能只靠掠夺来建立。所以他通过联盟和贸易让吕加菲尔克和阿瓦斯尼斯更强盛。他在法兰克有很多生意，他知道那里做事情的规矩，那儿的人是不会通过劫掠来建立国家的。"

她轻蔑地哼了一声。"在法兰克，他们可是直接把劫掠叫作战争。"

"我知道。"他的眼睛开始灼痛和流泪，他在火光前闭上了双眼来对抗炉火的热度和他胸膛的灼痛，"但这些也无所谓了。"

过了一会儿，他听到艾沃尔站了起来。他睁开眼睛，发现对方正低头看着他，柔和的脸上带着怜悯的神情。

"斯蒂比约恩和我会随着明早的潮水离开。我累了，所以我现在要找个地方睡觉。但我很喜欢和你聊天，盖尔蒙德。你要知道，即使我偏好说实话，也不会泄露我们之间的悄悄话的。"

"谢谢你。"盖尔蒙德低下了头，"艾沃尔，我也很喜欢和你聊天。我会祈求诸神保佑你和斯蒂比约恩一帆风顺。"

她点了点头，像是要离开却犹豫了一下，随后转过身来。"如果这儿真的没有你追求的东西，那就好好想想我说过的话。"她露出了温柔的笑容,"你必须到别的地方去。"接着她走了,盖尔蒙德看着她离开,直到她的身影在人群里消失。

他还没开始去找自己的床,施泰因诺尔弗和史凯裘就站在了他的面前。

"你和你父亲谈得怎么样了?"这位老战士一边问着,一边啃着从猪肉上扭下来的一大块焦了的关节肉。

"正如你所料。"盖尔蒙德说道,"但我没有心情讨论这个了。"

"如你所愿。"施泰因诺尔弗说道,"需要我们先离开吗?"

"先别走。"盖尔蒙德放低了声音,"我需要你召集人手。"

史凯裘那只好的眼睛睁大了一些,但他什么都没有说。在他旁边的施泰因诺尔弗啐了一口,把骨头扔到了一边,当然这块骨头很快就会被斯旺发现。"你需要什么样的人?"他问道。

"会划船和战斗的人。"盖尔蒙德说道,"愿意为了金银财宝,离开我父亲和阿瓦斯尼斯的人。"

"这样的人倒是很好找。"施泰因诺尔弗说道,"但你应该不想要那些背弃誓言的人追随你吧,你需要的是自愿向你效忠的人。"

"这样的人你能找到吗?"盖尔蒙德问道。尽管施泰因诺尔弗早就暗示过他,只要是盖尔蒙德要求的,他都会准确地执行。"能凑够一船的人吗?"

施泰因诺尔弗看着史凯裘,后者的眼睛睁得大大的,咧着嘴笑,既害怕又兴奋,就好像他等待这一刻已经很久了。

"这需要些时间。"老战士说道,"但我相信我们能做到的。"

"干吧。"盖尔蒙德说道,"但是记得低调行事。"

"所以,你有一艘船了吗?"史凯裘问道。

"现在还没。"盖尔蒙德说道,"但我会有的。"

第五章

盖尔蒙德的伤口愈合得很好,哈蒙德也一样,只是速度慢一些。

寒冬来临,季节性的暴风雨也随之而至,大部分船只被迫停泊在港口的浅滩上。由于在鲸路上航行的船少了,阿瓦斯尼斯的旅人和游客也变少了,约尔国王的大殿被笼罩在一片寂静之中。尽管如此,施泰因诺尔弗还是取得了进展,他招募了一批准备向盖尔蒙德宣誓的船员。等到盖尔蒙德带来一艘船,到夏天船员们便会跟着他扬帆起航。

但直到现在,他还没把船弄到手。

他拿出了自己所有的积蓄,却还是不足以购买或制造一艘船。即便他可以在父亲不知道的情况下造船,这件事也难以实现。他有考虑过寻求母亲的帮助,她手上有一些财宝,她也许会因为他的理由而同情他,但盖尔蒙德对此还是没有十足把握,也就没去询问母亲。这样就只剩下哈蒙德一个可能的盟友了,但盖尔蒙德不想把计划告诉他的兄弟。他跟施泰因诺尔弗还有史凯裘说过,他不想在哈蒙德完全康复之前打搅他。他确实是这么想的，但还有一部分原因他没有说，甚至连他自己也不太清楚，他已经开始怀疑自己的兄弟是否值得信任了。

这种怀疑是由那些狼皮引发的。

在经过清洗和修剪后，哈蒙德在大殿里将狼皮作为礼物公开赠送给了父亲。他还当众讲述了自己为约尔国王的荣耀而战，打败野兽的故事。有几头狼是盖尔蒙德杀死的，剥取的狼皮也是他提供的，但这些好像都不值得在哈蒙德的演讲里提及一样。关于赠礼和演说的计划，哈蒙德更是和自己的兄弟只字未提。盖尔蒙德虽然很生气，但他还是保持了沉默，但从那以后，他就对他兄弟的忠诚产生了质疑。

当寒冬对海与风的肆虐结束后，海上又有了船只的踪影，古思伦的消息也传了过来。丹族人正向约尔国王的大殿赶来，号召诺斯人加入波尔希的船队，为征服英格兰而战。听到这个消息后，盖尔蒙德决定加快行动，为了拿下一艘船，他邀请了哈蒙德一起去钓鱼。继上一次宿命般的狩猎之后，这是两人第一次出来捕猎动物。

他们没有走太远，只是来到岛上另一侧的一个小海湾。在他们父亲的领地西边两英里处，那里树木稀疏，红脚鹬用它们长长的喙在岩石缝里啄食。他们两人骑着马往前走，一路上很少说话，到达目的地之后两人依然沉默了一段时间。小海湾的水是深蓝色的，使人心平气和，周围的数个小岛像守卫一样保持着乘风破浪的势头，默默守护着它的宁静。尽管这片水域有很多鱼，但直到中午他们也没能钓上一条。

"看来埃吉尔在跟我们作对呢。"哈蒙德终于开口说道。由于在床上休养了一段时间，他的身体也瘦弱了许多，但他棕色的皮肤已经恢复了一些红润的光泽。

"也许神并没有阻挠我们。"盖尔蒙德说道。

哈蒙德头转向他，一脸困惑。

"大海提供了其他的机会。"盖尔蒙德说道,"有一笔财富在等我们,就在英格兰。"

哈蒙德放下了他的钓竿,同时从北面吹来了一股风,带着海水的咸意,诉说着这块土地永不褪去的寒冰传说。"你到底在说什么?"他问道。

"你听说过那个丹族人古思伦吗?"盖尔蒙德问道。

"当然,整个王国都知道古思伦,他怎么了?"

盖尔蒙德现在注视着水面,视线越过西边的礁石,直达远方辽阔的大海。"如果你和我跟着他一起出海呢?"

这时哈蒙德转过了身,怀疑地盯着盖尔蒙德,随后他笑了出来,就好像突然听到了一个笑话一样。但很快他的笑容就无影无踪了,他开始意识到盖尔蒙德是认真的。

"在波尔希的船队里能获得荣耀。"盖尔蒙德说道,"我们会在英格兰声名显赫,就像我们的祖父哈夫一样,约尔国王和卢芙文娜王后的孩子们,将会把失去的财富和名声带回阿瓦斯尼斯。"

北风越发强劲,它卷起的海浪激荡着海湾中平静的水面。当哈蒙德仰望天空的时候,北风拉扯着他的辫子,天上的云层也形成了一道厚厚的屏障。他蹲下身来,开始收回钓线。"我们应该在下暴雨前离开。"

"不,兄弟,听我说。"盖尔蒙德翻过岩石,来到他兄弟的身旁,"古思伦就要来父亲的大殿了,我有一批向我们宣誓的船员。我现在只需要一艘船,接着我们就能出海了。"

"你有船员了?"哈蒙德站着不动,手上还拿着湿漉漉的钓线,"都是些什么人?"

"自由之人,他们想要我承诺的东西。"

哈蒙德没有说话,直到他把一无所获的钓线收起卷好,接着站起身来。"你能给这些人什么呢？"

"古思伦和波尔希向我承诺过，胜利之后我们将得到那些撒克逊人的土地和财富。我保证过你会得到这些土地和财富，他们当然也有份。"

"可你还没有船。"哈蒙德走到盖尔蒙德的钓线旁边，帮他的兄弟收起来，在做这些的时候，他僵硬的手臂依然疼得往后缩了缩，"我现在明白为什么你要找我一起钓鱼了。"

"没错。"盖尔蒙德说道，"我需要一艘船，我想让你问父亲要一艘，他会听你的话。"

"所以你要的船是父亲的，你要带父亲的人出海，而他们是吕加菲尔克的人？"

"我告诉过你，他们是自由之身。"

"他们愿意成为你的誓约者？"

"是的。"

大风在他们周围怒号，云层也几乎覆盖了天空，遮住了日光。在钓线被完全卷好后，哈蒙德走向了马匹，盖尔蒙德也跟着过去。

"他们也会成为你的誓约者。"他说道，"如果你跟我一起出海的话。"

哈蒙德把钓具收回马鞍，望着天空，给他拴在松树上的马解开绳子，随后骑了上去。"如果我们骑得够快，也许能躲过这场大雨，但是这暴风——"

"兄弟。"盖尔蒙德说道，伸手抓住哈蒙德的缰绳，"我感觉这是我的命运，它在召唤我，你愿意帮助我吗？"

哈蒙德抬起下巴说道："我尽我所能吧。"

"我想我不能要求更多了。"盖尔蒙德说道，他骑上了自己的马，两人开始迅速地往回赶。他们一路上被大风鞭策着，在他们抵达阿瓦斯尼斯的大门前时，雨刚好降下。

六天后，古思伦带着一长船的丹族人到达这里。

他们在大殿里举行了宴会，炉子里火光熊熊。盖尔蒙德的母亲披着来自法兰克的丝绸，戴着金银璀璨的饰品，依次把装满蜜酒的角杯传给他的父亲和古思伦。古思伦坐在约尔国王旁边的座位上，这个丹族人看上去完全是另一种类型的统治者。他的手臂上满是臂环，手指上戴满戒指，肩膀上裹着毛皮，束腰上有着刺绣，腰带上挂着珠宝，这些无疑是他多次掠夺而来的战利品。他的年纪看起来像是经历过四十多个夏天，从他身上遍布的疤痕来看，这其中一定有很多煎熬的日子。他吃东西和大笑时表现得情绪激昂，和盖尔蒙德想象中的他在战场上发怒的模样差不多。

"看来吕加菲尔克的女士很友好的传闻是真的。"古思伦说道，"卢芙文娜王后，您的美貌与优雅众所周知，然而我现在却觉得那些故事对您的评价不够公正。"

他的母亲颔首说道："感谢您的赞美，古思伦领主。"

盖尔蒙德很清楚，每一个来到这个大殿的男人，都觉得去表达对卢芙文娜的赞美是他们的义务。尽管他们私底下讨厌和不信任他母亲的肤色，以及她的发质和眼型。但古思伦的赞扬看起来是真诚的。

"如果迦尔米亚的女人都像您这么美的话。"丹族人继续说道，"我很奇怪您的孩子们为什么还没坐船去那里找个妻子。"

盖尔蒙德的母亲大笑道："如果您对每个大殿里的女人都这么奉承的话，我会奇怪您为什么还需要船，古思伦领主。"

古思伦咧着嘴笑道："那您知道我为什么来这吗？"

"我们当然知道。"约尔国王说道，声音听起来有些受了侮辱的感觉,"不过,我们还是等酒足饭饱后再讨论这件事吧。"

丹族人伸手指向宽阔的主厅。"我相信吕加菲尔克的男男女女都很乐意听到我到这里来要说的话——"

"不。"国王说道,"我们私下再谈。"

丹族人从牙齿里挑出了点东西,随后颔首道:"如您所愿。"

在他们提到古思伦的目的时,盖尔蒙德看向哈蒙德,向他轻微地点头以确认他们的理解是否一致,哈蒙德飞快地瞥了父亲一眼,然后他也点头作为回应。

布拉吉,这位坐在盖尔蒙德身旁的吟游诗人向他靠拢。"当碎环者①说话时,武器的气象②也在被他们改变。"

盖尔蒙德转身看着这位老诗人,十四年以前他来到约尔国王的大殿时,他的胡子已经白了。他的眼神涣散,面容苦闷,人们一度认为他上了年纪,大脑变得迟钝了。但盖尔蒙德知道他还是一如既往地机警聪明,他那双眼睛不会漏掉任何东西。盖尔蒙德欣赏布拉吉,并且一直都很感激他能来到阿瓦斯尼斯。

"你预感到什么战争的变化吗?"盖尔蒙德问他。

"我不是先知。"布拉吉说道,"但我一想到农耕就会继而想到战争,寒冬到来,无论是国王还是奴隶,他们都只能靠他们夏天收获的作物养活自己。"

"这点我不能信服。"盖尔蒙德吃完了盘子里的最后一块猪肉,然后嚼了块扁平的面包,来缓和口腔的油腻感,肥肉的味道就好像坚果和黑森林的尘土混在了一起。"战争总会找上国王,不管它是否被人邀请。"

"你说得没错。"布拉吉喝了一口麦芽酒,"杂草也是不请自来,但

---

① 即国王或酋长,指统治者弄碎胳膊上的金环以奖赏给追随者。
② 即战争。此处布拉吉使用了古诺斯语中惯用的比喻。

细心的农夫知道如何防止它们破坏庄稼。"

"那洪水和饥荒呢?"

"啊!你现在说的这些是诸神的安排,是命运。"

"那我们该怎么办呢?"

"懦夫相信只要逃避战斗,自己就能永远活下去,殊不知,人和死亡之间是不可能休战的。"布拉吉将手放在了王子的肩膀上,"当你看到自己的命运时,只有一件事可以做——面对它。"

盖尔蒙德笑了,夜色也更深了。阿瓦斯尼斯的客人们很快清光了盘子,他们吃东西就跟食物上桌一样快,麦芽酒和蜜酒的汁水像瀑布一样从他们的颈部和胡须流淌下来。但马上就是会谈的时间了。国王从座位上起身,领着大殿的众人向议事厅走去,后面跟着盖尔蒙德的母亲,然后是古思伦,最后是哈蒙德。盖尔蒙德也正要跟上去,布拉吉却拉住他的胳膊把他拽了回来。

"我年轻的时候。"他看着其他人离开的方向说道,"也参与过这些事情。"

盖尔蒙德依然是个年轻人,他很急切地要加入这场会谈。"你要我帮你问我父亲——"

"呸,不是。"布拉吉松开了他的胳膊,"在我年轻的时候,我确实对这些事也很感兴趣,但我现在已经不那么想了。"

盖尔蒙德皱起了眉头,说:"那你的意思是——"

"我想让你去你祖父的坟前见我,在明天日出的时候。"

"见你?"盖尔蒙德摇摇头,"我不明白。"

"非常简单。"布拉吉说道,"我想和你谈谈,但不是现在,我想交给你一些东西,但不是在这里。我希望这些能在你祖父的墓前完成,在日出的时候。"

盖尔蒙德点点头，但他依然很困惑。"好吧，我——我会去的。"

"很好。"布拉吉挥手示意他可以走了，"现在，去谈谈战争的气象吧。"

盖尔蒙德既困惑不解又十分好奇，但他还是离开布拉吉去了议事厅。如果他父亲想要把他赶出去的话，那他已经做好反驳的准备了。但事实证明这并没有必要，在他进来时，坐在国王对面的古思伦正在讲话，他进来后，丹族人就停了下来。

"抱歉，打断了你的讲话。"他说道。

"不用道歉。"古思伦说道，"来吧，加入我们的会议，最好能让两位王子都听到我要说的话。"

盖尔蒙德在他兄弟的对面就座，紧挨着他的母亲，然后他父亲让丹族人继续说下去。

古思伦伸出了手，像是要去拿他的麦芽酒，这显然是出于习惯的无意之举，但桌子上什么都没有，所以他只是把抓空的手放在了铺桌子的亚麻布上。"看样子我来这儿的原因已经不是秘密了。"他说道，"我想谈谈英格兰，那里的丹族人带着少量诺斯人，在诺森布里亚大胜撒克逊人。哈夫丹·拉格纳森稳固了约克，他在那边刚刚征服了东盎格利亚，他很快就要夺取麦西亚，然后就只剩下了韦塞克斯。"

"当然，我们已经听到他们旗开得胜的消息了。"盖尔蒙德的父亲说道。

"麦西亚和韦塞克斯可不会轻易被攻陷。"丹族人补充道，"韦塞克斯有位叫埃塞尔雷德的强大国王。所以我的国王波尔希正在召集一支比以往更庞大的船队，准备出海和约克的丹族人会合。波尔希和哈夫丹的军队将一同征服所有撒克逊人的土地，包括韦塞克斯。"他看了看哈蒙德，又看向盖尔蒙德，"任何加入我们的吕加菲尔克战士都能得到名声、财富和土地。"

这就是盖尔蒙德想要的富裕。如果阿瓦斯尼斯注定是哈蒙德的,那他就必须去寻找其他的土地和农田,否则他永远没有属于自己的东西。但他知道古思伦要的不只是他的剑,作为约尔国王的儿子,他应该要带着载满船员的船加入战场。但盖尔蒙德不想主动开口,他也不想给父亲一个将他从会议里赶出去的理由。

"麦西亚和韦塞克斯都很强大,我也知道通过劫掠可以赢得那里的财富。"约尔国王用手势示意众人看向周围,"这个房间是用银打造的,材料就是从航路东方的库尔兰和芬兰劫掠而来的。"

"哈夫丹和他同伴的成就声名远扬。"古思伦说道,"即使在丹族人这边,你的父亲也名声很大。"

盖尔蒙德挺直腰板,骄傲地抬起了头。

"这些都是很多年前的成就了。"国王说道,"那是个不同的时代,现在你所说的可不仅仅是劫掠和银钱,而是王冠。你我都很清楚,就算所有的撒克逊王国都落入波尔希和哈夫丹手上,英格兰的王冠也只会戴在丹族人的脑袋上,而不属于诺斯人。"

"你揣测得太多了吧,约尔国王。"古思伦张开双臂,举起他的双手,手指上金光闪闪,"波尔希和哈夫丹是恪守荣耀的人,他们会奖励那些活下去的人,歌颂那些在战争中牺牲的战士。我向你发誓,你为波尔希船队带来的土地和财宝会得到公平的分配。"

"如果丹族人没能打败麦西亚和韦塞克斯的撒克逊人呢?"国王说道,"战败者会开始为诺森布里亚和东盎格利亚的沼泽地争执,不是吗?"

"你的质疑是对所有丹族人的侮辱。"古思伦的下腭和嘴巴绷紧,但他的表情还没有完全紧皱,"我们一定会打败撒克逊人。"

"也许你们会吧。"盖尔蒙德父亲停顿了一下,"也许你们胜算更大,但是吕加菲尔克不会把船和战士派给你,这里需要他们。"

"需要他们做什么?"古思伦的面容变得明显不满,他的声音也变得刺耳起来,"保护你在这养的鱼和羊?还是守卫你的码头,好让你继续欺骗那些需要修理的过往船只。"他的手指指向盖尔蒙德的父亲,"别以为你的把戏没人注意到。"

盖尔蒙德不知道他的父亲会如何回应,但身体前倾来回答的却是哈蒙德。"古思伦领主,不要以为这里没人注意你的无礼。需要我提醒你一下吗?今天你可是作为我父亲的客人过来的。"

"我没有忘记。"古思伦说道,"但我不能让你父亲对丹族人的不敬就这样毫无交代地过去。"

如果说古思伦突然的敌意扰乱了盖尔蒙德的父亲的话,那对方并没有把情绪表现出来,声音和举止依然保持着冷静。"据说松恩的哈拉尔德计划向北道的其他国王开战,这就是为什么我拒绝加入波尔希的船队,在我们土地面临的威胁结束之前,吕加菲尔克不能外派任何的战士和船只。"

"是啊,当然如此。"古思伦说道,"哈拉尔德国王想得到阿瓦斯尼斯的理由就跟你的父亲和祖父一样,而正是这个理由让他们变得强大。"古思伦扬起眉毛,假装关心地软化了语气,"可是你要怎么办呢?如果你的土地处于危险之中,你肯定想要向哈拉尔德开战,你必须在哈拉尔德变强之前先发制人,否则你们的险境就会倍增。"

传言在早冬时期,斯蒂比约恩来拜访时也提出过类似的策略。但是盖尔蒙德那一晚没有听到任何内容,他整晚都在和艾沃尔聊天,他知道约尔国王永远都不会发动战争。现在听着古思伦的话语,他想起了布拉吉在主厅里和他聊起的关于田地和杂草的话题,他想知道这个丹族人是否找到了正确的方向。

"显然你们已经不能再拖了。"古思伦说道。

王后清了清嗓子说道:"无意冒犯,但我想说的是,这件事什么时候需要丹族人提意见了?这里不是你的土地,这儿的人民也不属于你,哈拉尔德也不是你的问题。"

"没错,我确实是丹族人。"古思伦站起来,在长桌前俯身,两个拳头压在身前,"但我们丹族人并没有在我们的大殿里变得软弱,我们对战争很熟悉。在霍里克国王死后,我们的怨恨和野心又回来了,从那以后我们就一直在流血。"他开始因为回忆的怒火而战栗,但他并不想掩饰这份情感,"十五年来,除了战争我什么也不知道,这就是我去英格兰的原因,如果我必须发动战争,那我宁愿去杀撒克逊人也不会去杀丹族人。如果我必须战斗,那么我将为获得土地而战,为我期望得到的长久和平而战,并将它们传递给我的子孙后代,生生不息。"

"我钦佩你的目标。"盖尔蒙德的父亲现在也站了起来,他的身体如磐石一般坚定而立,"我也有同样的愿望,我也想为我的孩子和孙子留下一个强大而恒久的吕加菲尔克,这正是我不能派船和人给你的最大原因。"

"如果哈拉尔德打败了你呢?"古思伦问道,"当阿瓦斯尼斯被夺走之后,你还能给你的孩子留下什么呢?"

盖尔蒙德以为他的父亲会否认哈拉尔德胜利的可能性,但他却保持沉默。盖尔蒙德很想知道北方的阿瓦斯尼斯和南方的斯塔万格达成了什么协议。他看向他的母亲,她也在看着他的父亲,等着他开口。但盖尔蒙德的父亲还是没回答,她便回头看向古思伦。

"我相信我说得已经很清楚了,哈拉尔德跟你或是丹族人没关系。"

古思伦摇摇头。"你是在损害你孩子们的——"

"我来决定什么对我的儿子有利!"约尔怒视着对方,他的忍耐终于到达了极限,"而不是缺乏土地、对战争狂热的丹族人。"

古思伦用拳头猛捶了一下桌子。盖尔蒙德本能地跳起,准备迎战。哈蒙德和他们的母亲也站了起来,王后的手握着腰带上的匕首,但是丹族人马上就向后靠了一下,手掌向上摊开。

"请原谅我的急躁。"他说道,仍然红着脸,咬紧着自己的嘴唇,"我来这是为了结盟,而不是树敌。"

"我们不是丹族人的敌人。"盖尔蒙德的母亲说道,"我们只是拒绝给你船只和人手,这不值得我们之间剑拔弩张。"

古思伦的下巴垂到了胸前,他摇摇头说道:"我很遗憾,波尔希国王可不会这么大度,卢芙文娜王后。他会把你的拒绝视为一种侮辱,我希望你们已经准备好应对这种结果,哈拉尔德在你们北边,而波尔希就在你们南边。"

盖尔蒙德注意到哈蒙德的身体紧绷,双手握拳。他能感觉到他的兄弟对丹族人的怒火,但他惊讶地发现自己并没有相同的感受。古思伦从开始到现在都没有对他们撒过谎,波尔希国王需要船只,而古思伦只是执行国王下达的命令。如果盖尔蒙德在吕加菲尔克接受同样的任务,他也会用这种方式谈判。而且对于父亲阻止他去英格兰的做法,他也认为这是在损害他的未来。

"古思伦领主,你辜负了我的招待。"国王现在恢复了冷静,但这股冷静将他变成了一条盘旋的毒蛇,"波尔希知道你以他的名义威胁北道的国王吗?"

古思伦笑了。"告诉我,如果你在路上遇到一个旅伴,他跟你说明前方的危险,他算是在用危险来威胁你吗?不,他没有,因为警告和威胁是有区别的,如果我的国王不相信我能替他说话,他就不会给我这个使命。但我不会再辜负你的招待了,约尔国王,我已经明白你的答复了,我知道你不会再动摇,我的人今晚会睡在我的船上,我也跟他们一块。明天早上我们就从阿瓦斯尼斯起航离开。"

"往哪个方向?"哈蒙德问道。

"为什么问这个?"丹族人露齿一笑,"你担心我乘船去松恩吗?你觉得哈拉尔德会回应波尔希国王的号召吗?"他捋了捋胡子,作出夸张的沉思表情,"让我们来考虑一下吧,如果哈拉尔德愿意派战士去英格兰帮助丹族人,这就意味着在吕加菲尔克作战的战士会减少。"他停顿了一下,"但如果他派战士去英格兰,他也许能获得充足的撒克逊银钱,足以购买他需要的船只和战士,从而在整个北道征战。"

"哈蒙德这么问是因为潮汐。"国王说道,"没别的原因,你只能按照你的国王要求的路线航行。"

古思伦低下了头,但动作里带着嘲弄的意味。"我也必须这么做。"他转向哈蒙德,"我会向南航行,海拉海德,在我到这里之前我去过阿格德尔,和你父亲一样,科约特维害怕松恩的哈拉尔德。看来继续前往霍达菲尔克已经毫无意义,至少在诺斯人找到他们父辈的勇气之前是这样,在这儿我根本没有看到任何哈夫的孩子。"

没等任何人回复他,他就转身大步走出了议事厅,哈蒙德跟在他后面,不一会儿就听到丹族人大声命令他的人离开大殿。他们必然是马上就回应了,因为哈蒙德很快就回来,并点头表示他们已经离开了。

"我们要派人去监视他们的船吗?"卢芙文娜问道。

国王仍然站在原地,一只手放在桌上思考着。"派两个人就够了,以防万一。派太多战士监视他们会让他更加生气,我怀疑他会惹出什么麻烦来。"

"你去办吧,哈蒙德?"王后问道。

他的兄弟再次转身离开了房间。

"哈蒙德，等等。"盖尔蒙德说道，他需要他兄弟的支持，这样才能去问他想问的。

哈蒙德停下脚步，转过身来等着他的兄弟开口。然后他意识到盖尔蒙德想说的话，压低了声音说道："不，现在的时机不合适。"

"你答应过我的。"盖尔蒙德说道。

王后走近了他们。"什么事情时机不合适？"

"没什么。"哈蒙德说道，他的眉毛低垂，眼睛紧盯着盖尔蒙德，"对吧，兄弟？"

盖尔蒙德的心中掀起了一场风暴，他的犹豫化作了海浪和狂风，击打着他内心深处。但他有自己的抱负，知道自己的目的地在何处，所以他必须勇往直前。"我想和古思伦一起走。"他大声说道，"我想加入波尔希的船队去英格兰。"

哈蒙德闭上了眼睛，肩膀垂了下去。盖尔蒙德的父母只是盯着哈蒙德，随后国王摇了摇头，看向他的妻子，难以置信地开口问道："是我的耳朵听错了吗？"

"盖尔蒙德，"王后说道，她的声音平静而疲惫，"你喝了太多麦芽酒了，我想这件事我们应该明天再讨论。"

"没有。"盖尔蒙德说道，"我并没有喝多，我要去英格兰，我要在那里夺取撒克逊人的土地，为了——"

"你哪也去不了。"他父亲说道，"除非你像乖孩子一样去床上睡觉。"

"父亲，我有自己的想法，我和你不一样。"盖尔蒙德摊开他的双手，"你知道我不适合这里，这儿没有属于我的东西，你从来不把任何重大的使命交付给我，不给我任务，也不给我责任——"

"我只能给你你所能遵守的那些命令。"他父亲说道，"如果你想要更多，你必须证明你的——"

"但我不想再听更多你的命令了,我不想再向你证明什么了,相反,我要追寻我自己的命运。"

"你要怎么做?"他母亲问道。

"我只需要一艘船。已经有人愿意宣誓跟随我了,我别无他求,只求你给我一艘船。"盖尔蒙德咽了口唾沫,瞥了一眼哈蒙德,他兄弟的目光正盯着地板。"哈蒙德也支持我,也许他会选择跟我一起出海去英格兰。"

现在盖尔蒙德的父亲转头看向了哈蒙德,眼睛睁得大大的。"这是真的吗?"

哈蒙德抬头看了看国王,又看了看盖尔蒙德,最终目光又回到了地板上,盖尔蒙德觉得胸中仿佛有一块冰。

"我确实支持盖尔蒙德这件事。"他的兄弟说道,"他应该得到一个追寻自己命运的机会,我知道我们需要吕加菲尔克的战士和船只,但是我相信我们能为他空出一艘船来。"他抬头看向王后,"但是现在我见过了古思伦,我的想法改变了,他侮辱了你,父亲,他威胁了我们整个王国。我拒绝提供给他或者丹族人任何事物,尤其是我兄弟的帮助。"

王后叹息了一声,点点头,好像很感激哈蒙德的回答。

"你很聪明,哈蒙德。"国王说道,"不像你的兄弟,盖尔蒙德,你不会得到船,也不会得到人手,这件事已经解决了。"

这样远远算不上解决,有那么一会儿,盖尔蒙德对他兄弟的背叛感到非常震惊,这导致他一时间哑口无言。他站在原地,露出难以置信的表情。然后一股怒火在他的心头升起,他知道如果他继续待在这个房间里,他的情绪迟早会失控,最后只会导致他遭受暴力对待。"你是一个破誓者,哈蒙德。"他说道,随后又大声喊了一句,"看着我,你这个懦夫!"

哈蒙德畏缩了一下，接着抬起了头。

"毕竟我们一起经历了那么多。"盖尔蒙德的手指指向了国王和王后的方向，"在他们对我们做的一切后，在他们对你做的一切后，你竟然背叛了我，站在他们那边？"

"兄弟，我——"

"别那样叫我，你不再是我的兄弟了。"

王后屏住气息说道："盖尔蒙德，你的意思该不会是——"

"是的。"盖尔蒙德转了半圈看向她，"你也不再是我的母亲。"

国王怒吼一声，冲向他，想给他脸上来一拳，却被对方轻易地闪开了。盖尔蒙德本可以反击，但他却选择了退后。他的母亲开始哭泣，颤抖地向他伸出了半只手。他的父亲走到了她身边，哈蒙德没有移动，但他眼中的恨意超越了他对古思伦所展现的。

"我现在明白这些是不可避免的了。"盖尔蒙德说道，"我真傻，竟然希望事情会有任何转机，命运先是让我成为了奴隶的孩子，然后又把我变成了国王的次子，现在就让我看看英格兰之旅会将我变成什么吧。"

接着，他就像古思伦一样，没有等待任何人的答复就离开了议事厅。

第六章

借着黎明前微弱的星光,盖尔蒙德从阿瓦斯尼斯出发,向北骑马来到他祖父的坟前。夜空中能看见的只剩那最亮的一颗星,那是穆斯贝尔海姆逐渐熄灭的最后火苗。施泰因诺尔弗和史凯裘坚持要陪他一起去,但他们同意在能看到坟墓的位置停下来等他,因为布拉吉想和盖尔蒙德单独见面。

他们三人默默地骑着马,盖尔蒙德描述了昨晚发生的事情,他们也没什么好说的。过去的事情已经过去了,它不再是盖尔蒙德命运的一部分,没有必要过多地追究。施泰因诺尔弗实际上因为这事变得更轻松了,似乎是由于他长期害怕的事情终于发生并结束了,所以他心里的石头也落了地。让盖尔蒙德惊讶的是史凯裘的反应,这个年轻人对哈蒙德的背叛感到愤怒。这孩子本来脾气温和,很容易宽恕别人,但他却用从未用过的言语咒骂了哈蒙德的行为。不过在几个小时之后,他还是冷静了下来。

施泰因诺尔弗的视线越过卡姆湾,望向东方地平线上的群山。"如果你想和古思伦一起出海航行的话,我们就必须在太阳完全升起之前赶到码头。"

"我们没有船。"盖尔蒙德说道,"古思伦是我们去英格兰的唯一办法。"

"丹族人可不会等我们到了才出发。"

"你召集的那些人还会加入我们吗?"

"正如你说的,我们没有弄到船,那么国王想把吕加菲尔克的战士留在身边的消息就会传开。"

"那就只剩下我们了。"

施泰因诺尔弗沉默了一会儿。"你知道布拉吉想要你做什么吗?"

"不知道。"盖尔蒙德说道,"不过他提到要交给我什么东西。"

"布拉吉真是个怪人。"史凯裘说道。

施泰因诺尔弗轻声笑道:"他是个吟游诗人,性情古怪也很正常。"

从阿瓦斯尼斯骑行两英里后,他们来到了山脊。在这里能看到过往国王的古墓耸立在水面上方,任何驶过航道的船只都能发现。三人瞥见远处哈夫的墓穴下方有火光闪烁,便喝止了马。随后,盖尔蒙德与同伴分开,孤身过去,直到马蹄踏进火光的范围中。他看见布拉吉裹着熊皮,靠着燃烧的火盆席地而坐。吟游诗人在眼前平坦的岩石上摆起了板棋①棋盘,上面放着骨头和不同颜色的石头,他示意盖尔蒙德到棋盘另一侧加入他。

"抱歉,我现在没有时间下棋了。"盖尔蒙德说道。

"我很快就可以打败你。"吟游诗人说道,"坐吧。"

盖尔蒙德叹了一声,下了马。当他坐下的时候,发现草地是冰冷

---

① 一种发源于北欧的棋类游戏,其变种在国际象棋问世之前就在中世纪的欧洲流传。棋盘上有两股不同的势力,入侵方要试着捕捉另一方的国王;守卫方要保护国王,帮助他成功脱逃。

的,而且已经被露水打湿了。"你要选哪一边?"他问道。

"你应该是国王。"布拉吉眨了眨眼。

"你在想我兄弟的事情。"盖尔蒙德是先手,他首先采取了佯攻,想让布拉吉相信他是在让国王逃向棋盘下方的一个角落,但他真正的策略是跑向右上角。

"我并没有说你会成为阿瓦斯尼斯的国王。"布拉吉进行了反击,但他的这一步是试探性的,盖尔蒙德并不知道这位吟游诗人是否进了他的圈套。"也许你会成为撒克逊人的国王。"布拉吉说道。

盖尔蒙德抬头,视线从木板转向了对方。"你还跟谁说过这话?"

"没了,昨晚和你聊了后我就上床睡觉了,但你不是要跟古思伦一起出海吗?"

盖尔蒙德接着走了第二步和第三步棋,布拉吉也依次给予了反击,这位吟游诗人对战士的布局很精妙,就好像他早已看穿盖尔蒙德隐藏的真正策略。随着游戏的进行,盖尔蒙德明显将要输掉。他想起了自己在小时候就想问的事情,并意识到他可能没有下一次机会向这位老人提问了。

"你是先知吗,布拉吉?"

吟游诗人的目光仿佛在随着火盆里的火焰一同闪烁。"诸神和三位女神都不曾和我交流,如果你想问的是这个的话。我只是活得太久,所以能看懂天气的变化。"

"你看棋的时间也挺久的。"

"我保证过这盘棋会下得很快。"布拉吉移动了一名战士的位置,马上就把盖尔蒙德的国王给两面夹击了。"如果我没看错天气的话,你父亲拒绝古思伦是因为他对哈拉尔德的恐惧。"

尽管盖尔蒙德对他的父亲很愤怒,但他不喜欢听到国王也感到害怕的事实，尤其这话还是来自一个讲故事的吟游诗人口中。挫败的心情让他的下一步棋变得鲁莽和霸道。

"我对你的父亲并没有冒犯和不敬的意思。"布拉吉说道，"约尔害怕哈拉尔德是正确的，他并不是唯一有这种感觉的人，正是他在恐惧中的行为决定了吕加菲尔克的命运。"吟游诗人又移动了棋盘上的一名战士，封锁住了对方国王的第三条逃跑路线。"但我认为你不会和阿瓦斯尼斯同命运，你要跟丹族人走，对吧？"

盖尔蒙德调动他的一名战士，为国王的撤离清出道路。"是的。"

"我早就料到事情会变成这样，所以我才把你叫到这来。"布拉吉在进行下一步棋之前停顿了一下，转身抬头看了看古坟。它的周围升起了一层薄雾，还有一只渡鸦在附近发出嘶哑的叫声。"关于你的祖父，你父亲跟你说过多少？"

"很少。"盖尔蒙德说道。

布拉吉缓缓点头。"这也在意料之中，你的父亲甚至禁止我在哈夫建造的这个大殿里讲述他的故事。"他用鼻子深吸了一下冰凉的空气，"但现在我们并不在大殿里面。"

"讲给我听吧。"盖尔蒙德说道。

布拉吉继续说道："哈夫第一次前往鲸路航行的时候比你更年轻，传说中他只从那些能在大石磨上抬起磨盘的人中挑选船员，他和他的战士们将刀剑收在怀里，以便在战斗中更加接近敌人。当他们的船在风暴中下沉得很严重时，每一个哈夫的战士都会为了荣耀而战，奋不顾身地跳海去救其他落难的伙伴。"

"这是真的吗？"

布拉吉露出了微笑。"哈夫和他的人都很勇敢，这点是真的。"布拉吉从熊皮中取出一把配有皮鞘的小刀，"据说哈夫和他的战士在他们的劫掠过程中没有伤害任何女人和孩子，如果有战士想给自己找一个女人，你的祖父就会让他娶了那个女人，还会给那个女人送上一份厚礼。"

布拉吉从刀鞘中拔出了小刀，盖尔蒙德惊讶地发现它细小的刀身是古铜色的，但除此以外，这就是一把平平无奇的小刀，有着木制刀柄和简单的铜制刀格。

"哈夫的人连续去劫掠了十八个夏天，赚了数不清的银钱，并且在海上威名赫赫。在这段时间里，他的继父奥斯蒙德代替他统治吕加菲尔克。在哈夫回归王座的那一天，奥斯蒙德热情地拥抱了他，并为他和他英勇的战士们举行了盛宴，他们一边吃肉，一边喝酒，欢庆至深夜的时候，他们又开始一边唱歌一边讲故事。最后，当哈夫和他的人睡觉的时候，奥斯蒙德在外边把大殿的大门闩上，并点起了一簇火。"

"什么？他的继父——"

"没错，奥斯蒙德谋害了你的祖父，在那个血腥的夜晚，只有两位战士幸存了下来，一位是乌斯坦因，另一位被称作'黑手'洛克。这两人集结了一支军队，消灭了奥斯蒙德，为他们死去的国王报了仇。他们还为哈夫年幼的儿子约尔夺回了阿瓦斯尼斯。"

盖尔蒙德早就知道他祖父的死亡是源于一次严重的背叛，但他从来没听到过这些细节，也从来没敢向他父亲询问真相。这个故事充满魔力，它既可以改变一个人的自我认知，也可以改变别人对自己的看法，所以国王从来都不和他分享这个故事。盖尔蒙德真心希望他的父亲能更加开诚布公地谈及此事，但现在这一切都太迟了。

布拉吉把小刀收回鞘中，递给了盖尔蒙德。"这是我给你的礼物。"

"噢。"盖尔蒙德接受了礼物，并极力掩盖着自己的困惑，"我很……感激。"

"你没有。"布拉吉说道。

盖尔蒙德低头看向棋盘,吟游诗人的战士们从三个方向包围了国王。他知道自己没法对这个老人撒谎,他怀疑没有人能在对方的眼前隐瞒内心。"这是把好刀。"他说道。

"但你却认为这只是件平平无奇的礼物。"

"是的。"

"这把小刀的确很普通,它不是用钢制造的。我已经用了它很多年,对它的刀刃打磨了无数次,就在昨晚我还用它来切肉。我把它交给你正是因为它很普通。"

"我不明白。"

"既然你要离开你父亲的大殿,而且已经到了必须出发的时刻,那就带着你祖父的记忆一起上路吧。虽然我不认识他,吕加菲尔克里却还有不少人记得他,他们在你身上看到了很多他的影子。"布拉吉的手越过板棋棋盘,放在了盖尔蒙德的胳膊上。"在你进入任何一扇门之前,都要注意四周的环境,好好观察,弄清楚大殿里哪些人是你的敌人,他们坐在什么位置上。在战场上,一把普通的小刀和斧头或者剑相比确实是毫无价值,但当在暗处挥舞它时,它就会成为无比致命的武器,更可怕的是,你不该信任的人往往会在靠近你的时候使用它。"

盖尔蒙德握紧了小刀的刀柄,他开始有点理解对方的用意了。"谢谢你,布拉吉。"

吟游诗人收回他的手,低头重新关注这场棋局。"轮到我下了。"

"没错,但我觉得你显然已经赢了。"

"还没呢。"吟游诗人说道,"但我会在这一步结束这盘棋,我会给你的国王留下一条生路,这样他就可以出去迎接自己的命运,同时避免一场血仇的发生。我可不想让任何人成为我的敌人。"

盖尔蒙德点点头,就在这时,拂晓的第一缕阳光从地平线升起,为哈夫的墓穴顶部戴上了金色的皇冠。施泰因诺尔弗一定很着急,不知道为什么要等这么久,而且盖尔蒙德在登上古思伦的船之前,还得去拜访一个人。

盖尔蒙德起身将吟游诗人给他的小刀系在腰带上。"我常常会想一个问题,如果你没有来到我父亲的大殿,我现在的生活会变成什么样呢?"

布拉吉耸耸肩说道:"命运三女神编织的命运是不可抗拒的,但我为自己在你的故事中扮演的角色感到自豪。"

"我们的未来可能不会再有交集了,这让我感到伤心。"

"她们不会这么安排的。"吟游诗人披着沉重的熊皮缓缓起身,"我很快也会离开吕加菲尔克。"

"你要去哪里?"

布拉吉看向了东方。"我感觉就像世界树在晃动一样,盖尔蒙德。现在的战争并不只发生在诺斯人和丹族人以及撒克逊人之间,这也是诸神之间的战争。我要回到我的家乡,回到乌普萨拉的土地去。"

"愿诸神保佑你一路顺风。"盖尔蒙德说道。

"我也会为你做一样的祈祷的。"

他向老人再次点头,然后走向了他的马。

"我还有一个建议给你。"布拉吉说道。

盖尔蒙德爬上了马鞍。"我会用心听的。"

"小心海人。哈夫的父亲约尔雷夫有一次在海里用网抓住了一个海人,这个生物给出了一则预言,那个预言后来救了国王一命。"

盖尔蒙德很疑惑,但他没有时间了。"再会了,布拉吉·博达森。"

过了一会儿,盖尔蒙德重新回到了施泰因诺尔弗和史凯裘的队伍中,三人加速朝着南边的阿瓦斯尼斯前进,在他们进城之前,太阳几乎已经完全升起。在远方的码头上,盖尔蒙德注意到古思伦的船附近已经有动静了。

施泰因诺尔弗在马鞍上倾身靠近盖尔蒙德,压低声音说道:"你还打算去找她吗?"

盖尔蒙德点了点头。"你们先骑马过去,告诉古思伦我在路上。"

老战士似乎是想张嘴反对他,但最后还是点头默认了。

"告诉他我很快就到。"盖尔蒙德说道。

"待会儿见了。"施泰因诺尔弗接着对史凯裘说道,"跟我来,孩子。"

他们沿着道路策马狂奔,而盖尔蒙德这边骑了几英寻远便来到了一条朝西的小路,前方是一座长满草的小山,小路通向山脚下的一片小树林。在进入林间前他下了马,牵着马沿着小径步行,每走一步他都会感觉到腹部紧绷,他担心自己是不是来得太早了,但一闻到烧柴的烟味他就放心了。看来他要拜访的人已经醒来,并且点燃了炉子。

很快映入眼帘的是一栋靠山而建的简陋房屋,尖尖的屋顶上披着柔软的草皮。盖尔蒙德牵着马来到屋子南边扩建的空马厩里,把缰绳系在旁边的杆子上。奥佳儿正拿着一袋饲料出来喂鸡,看到盖尔蒙德把她吓了一跳,手上的袋子也掉在了地上。她把一只手放在胸前叹息了一声,随后露出了笑容。

"盖尔蒙德,你这个顽皮鬼。"她说道,声音低得像是在说悄悄话,"你吓死我了。"

"抱歉。"他也压低声音配合对方,"洛奥哈特在——"

"他在睡觉。"她走近他,把她又细又长的黄辫子甩到肩上,"我们最好别吵醒他。"

自去年夏天起，盖尔蒙德就没有来过这个地方了，上次来还是在他和哈蒙德经历那场命运的狩猎之前。他对自己这段时间没有来拜访感到不安，这种感觉就像他想着要见她时的不安一样。她依然穿着他上次来时穿的那身连衫围裙，衣服上的红色几乎都褪成了棕色，但是他给她的那枚银色胸针还是闪闪发亮，没沾上任何污渍。她的那双眼睛是如同风暴的灰色，眼眶周围的皱纹似乎加深了不少。

她紧紧握住他的一只手，带着他远离了房屋。"你还好吗？我听说你受伤了。"

"我确实受过伤。"他说道。

"我向奥丁祈祷，希望他能让你康复。"

"我已经康复了。"

"那我会再做一次祈祷，向神表示感谢。"她微笑着放开了他的手，"是什么风把你一大早吹到这里来了？"

盖尔蒙德感到尴尬，他在她面前总是这样，经常忘记要说什么，甚至忘记自己的来意。但他知道这件事自己必须要说出来。"我要离开阿瓦斯尼斯了，奥佳儿。"

"哦？"她纤细的喉部绷紧，"你要去哪里？"

"去和撒克逊人交战。"他说道。

"你——"她咽了口唾沫，"那么，你要离开一段时间了。"

"是的，我来这里是为了向你告别。"

她点了点头，双手抓紧自己的身体。"你让我觉得很荣幸。"

"不，奥佳儿，"盖尔蒙德向她走近一步，"这是我的荣幸。"

她的眼睛被泪水沾湿了。"哈蒙德会和你一起去吗？"

"不会。"他不知道她最后一次看到他兄弟或是听到他兄弟的消息是在什么时候，但她肯定有好些年没听到任何音讯了。而且他没有时间向她解释,也不想让真相的重担压在她的身上,所以他只是简单地做出了回答:"他会留在这里,待在约尔国王身边。"

"还有他的母亲。"她补充道。

盖尔蒙德犹豫了一下。"是的,他也会陪着王后。"

"理应如此。"她摇摇头,眨了眨眼把泪水挤走,"你什么时候出发?"

"今天。"他说道,"就在这个早上。"

"这么快?"

"这事是昨晚才决定的。"这是另一件他不想解释的事情,为了转移话题,他用手指了指马厩,"我想把我的马给你。"

"什么?"她睁大了眼睛,"盖尔蒙德,我不能要——"

"你可以的,它的名字叫加姆①,但它的性情却很温和。如果你不需要它也可以把它卖了。我还有一件东西给你。"他从腰带里掏出一个装满银钱的小包,塞到她的手里,"拿着这个。"

她微微颔首,又摇了摇头,试着把小包推回去。"盖尔蒙德,我不想——"

"拿着它。"他说道,"求你了,接着吧,我希望我能为你多做些什么。你值得拥有更多,毕竟我母亲对你做过那些事。"

"她没有对我——"奥佳儿把小包推回了盖尔蒙德的手里,整理了一下自己的连衫围裙。"那些事很早就已经解决了,王后已经弥补了过错。"

但是她遭受过的不公和伤害是一直存在的,无论多少黄金白银都无法治愈这道伤痕,即便阿尔庭议会为他们做过补偿也一样。"那就把它当作礼物吧。"他说道,"我送给你这些银钱,还把加姆交给你,这

---

①加姆,北欧神话中为海拉看守大门的魔犬。

并不是为了弥补过去,这是我向自己的第一位母亲表达感激和敬意的方式。"

"盖尔蒙德!"她扫视了一下四周,好像要确保没人偷听他们的对话,"你不应该说这种话的。"

"我只是说了我想说的而已。"尽管这个想法是盖尔蒙德刚刚才意识到的,"你本来没有必要把我们当作你的儿子看待,奥佳儿。"他伸手指向了房屋,"洛奥哈特把我们视作害虫,我并不怪他。但你却为我们尽了你最大的努力,我之所以能站在这里,就是因为你的努力。"

她低头沉默了一会儿,仿佛在斟酌自己要说的话。"我看到你就感到自豪,就像一位母亲对自己的孩子感到自豪一样。"

盖尔蒙德能感觉到自己的眼泪在升腾,他意识到自己来这里不仅是为了倾诉,也是为了倾听。"我会继续让你感到自豪的。"他说道。

"我知道你会的。"

他又试着把装满银钱的袋子塞进她手里,这一次她接受了。

"愿诸神保佑你。"她说道。

"你也一样,奥佳儿。"

盖尔蒙德转身沿着树林的小路往回走,直到远离那座房屋他才跑了起来,他拼命向着古思伦的船所在的方向狂奔。他的靴子和地面摩擦发出砰砰声,与他的心跳同步。这声音帮助他击退了悲伤和痛苦的海浪,大风也吹干了他的眼睛。他跑得越快越用力,就越能将自己和过去的一切隔绝,现在最重要的是向前迈进。

他很快跑到了码头,发现古思伦的船还停靠在那里,但已经快准备好起航了。施泰因诺尔弗和史凯裘已经把他们的马送回了马厩,他们站在码头附近的甲板上等着盖尔蒙德,手里拿着沉重的包裹,里面装着他们所有的装备。施泰因诺尔弗还拿着一把熟悉的剑。

盖尔蒙德走近他们时,靴子发出了咚咚的响声,他看着老战士手中的剑。"哈蒙德来过这吗?"他问道。

"是的。"施泰因诺尔弗说道,"他让我把这个交给你。"

他猜测哈蒙德的这份礼物是为了表达背叛之后的内疚,同样因为这份内疚,他让施泰因诺尔弗转交这把武器,而不是亲手交给他。

"他说了什么吗?"盖尔蒙德问道。

"没有。"施泰因诺尔弗说道,"他没留下什么话,但我也许可以替他说明,我想他之所以把这个交给你,是因为他知道你会把剑喂养得更好,而他可能没机会做到了。"

如果哈蒙德再多等一会儿,亲手把剑交给他的话,那盖尔蒙德可能会拒绝这件武器。因为任何礼物都没法抹去兄弟对他的背叛。但既然哈蒙德已经把剑留在这里,盖尔蒙德就不能把它扔在码头上。从他父亲将这把剑赐给哈蒙德的那天起,他就一直很想拥有它。

"这是国王的剑。"施泰因诺尔弗说道。

"这是一把好武器。"史凯裘说道。

盖尔蒙德低头看着这个男孩。"我想你也是时候拥有自己的剑了。"他解开自己的武器,将那把优质的钢剑交给了史凯裘,"这把剑虽然不如哈蒙德的那把,但它帮过我很多忙,如果你让施泰因诺尔弗教会你如何使用它,它也会对你很有帮助。"

很少有战士能在初次劫掠前买得起一把剑,史凯裘接过武器的时候,感觉它就像金子做的一样。"谢谢你,盖尔蒙德。"他说道。

施泰因诺尔弗嘴角上扬,露出欣慰一笑,并朝着盖尔蒙德赞许地点了点头。

"海拉海德!"

盖尔蒙德转头看向船，古思伦站在甲板上，他身后的船员升起了桅杆，并将其固定在合适的位置上。

"我听说你想和我一起出海。"这个丹族人说道。

盖尔蒙德走近了一些，但还没有上船。"是的，古思伦领主。"

"我承认我看到你很吃惊。"古思伦说道，"毕竟你父亲昨晚刚刚冒犯过我。"

"我和我父亲不一样。"盖尔蒙德说道，"所以我不会替他道歉。"

"很好，没人需要为别人的过错道歉，每个人都必须为自己的行为和荣耀负责。"古思伦低头看向施泰因诺尔弗和史凯裘，"可是你没有自己的船，只带了一名誓约者和一个男孩来见我。"

"我们有剑。"盖尔蒙德说道，"而且我现在发誓，他们也将为你而战。"

"你会用那把剑吗？"丹族人问道，低头看着那把哈蒙德的剑。

"我做过剑术训练，但我还没有用它取走别人的性命，这样够了吗？"

古思伦耸耸肩道："够了。但在你杀人之前，轮你来划桨。不要误会了，海拉海德。你虽然是哈夫的孙子，但在你证明自己之前，你不能领导任何一个丹族人。"

"我不会奢望更多。"盖尔蒙德说道，"但不要误会的是你，古思伦领主。总有一天，你也会害怕跟随在我身后的战士们。"

丹族人笑了，挥手示意他们上船。"我会像等待着石头长满青苔那样，等待着那一天的到来。"

盖尔蒙德从码头的甲板跳上了船，施泰因诺尔弗和史凯裘也紧随其后，他们三人在船头的甲板找到位置，和船员们坐在了一起。盖尔蒙德观察了一下这船的长度，它的每一侧都有十六支桨，第一批桨手坐在他们的储物箱上，准备接受船长的指令划桨。舵手站在船的右舷，身边围着一群后备桨手，他们会在第一批桨手划桨上千次后接力。瞭望员此时已经在船头就位。过了一会儿后,古思伦下令出发。

船长站在桅杆附近,对着船侧边的船务工们大声发号施令,这些船务工沿着船来回移动,解开系在船上的海象皮索具,用长长的杆子推动着船离开码头。紧接着,桨手把桨伸进了水里,船长开始指挥他们移动,让他们把船从码头划向卡姆湾的水流中,那儿的水花也溅在了船的薄木板上。

桨手划着船,先是向西,随后向南。他们绕着约尔国王的大殿所在的半岛前进,尽管这艘船是在这座建筑的注视下离开,但盖尔蒙德有生以来第一次觉得离它如此遥远,他感觉到了自由。

古思伦向海中倒了一杯昂贵的酒,祈求拉恩①让他们安全上路。然后他穿过船甲板来到盖尔蒙德身边。"如果你现在想挥手告别的话,我不会嘲笑你的。"他说道。

"不,你会的。"施泰因诺尔弗说道,朝着丹族人咧嘴一笑,"而且我也会加入你。"

盖尔蒙德笑了笑,没有说话。他并没有挥手,而是沉默地告别,这意味着他关上了一扇永远不会再向他敞开的门。在他的后方是阿瓦斯尼斯,东边和西边都是卡姆湾的海岸,这让盖尔蒙德有了三面受困的感觉,但他还是集中视线看向了那唯一向他敞开的道路。没过多久,船长便下令借着北风扬帆起航,桨手们划动他们手中的桨,让船向着南方驶去。

---

①拉恩,北欧神话中的海之女神、埃吉尔的妻子。拉恩在古诺斯语中为"大海"、"强盗"之意。

第二部分

横　渡

第七章

得益于女神拉恩的庇佑,在从吕加菲尔克到日德兰的这段航程中,大部分时间海面都保持着平静。由于风力很大,船能够满帆航行,盖尔蒙德只需要转几下桨就够了。但即便是这么简单的动作,盖尔蒙德的手还是擦破了皮,他的胳膊、肩膀和背部的肌肉也因此拉伤。在他抱怨起来的时候,施泰因诺尔弗告诉他,他还根本不了解海洋真正的愤怒和残暴。当风暴袭向船只时,它会把你身边的桨和人一起卷走。海浪就像连绵起伏的山脉;它会像拧湿抹布那样把船只变得扭曲破碎。

古思伦的船被命名为"海浪情人",但有时候船员们也会叫它"海浪痴女",这个叫法是源于船员们的幽默和拉恩之女[①]的气质。盖尔蒙德仍未被船上的人信任,他注意到他们警惕地盯着自己所在的方向,他们很少和他说话,但他还是记住了其中几个人的名字。

船长是个叫作雷克的人,他的头上有一道横布前额的伤疤,就像

[①] 海神埃吉尔和拉恩生下了九个女儿,这九个女儿代表着海浪的九种人格化,她们生性张扬痴狂,喜欢在水面嬉戏,常常追逐在维京人的船身边,帮助他们达成目标。

有人要把他的头盖骨撕开一样。每当轮到盖尔蒙德坐着划桨时，他就会咒骂和抱怨起来，并且他常常在无所事事之时就生出莫名的愤恨。船长还有一个兄弟在船上，是个身材高大的男子，有着宽大的脊背和有力的肩膀，他的脾气似乎不像雷克那么暴躁。他的名字是埃斯基尔，在船上仅仅只是个桨手，但其他桨手对他似乎很顺从。埃斯基尔并不像其他船员那样对盖尔蒙德充满疑虑，当盖尔蒙德注意到他的凝视时，他会点头回应，而不是转移视线。

航行的第四天，他们到达了日德兰西海岸的里伯，在那里他们加入了一支由两百多艘船组成的船队。海岸上的潮水先是将海浪推向长满草和芦苇的土地，随后又拽着海水向后退去，雕刻出一条条水槽，露出大片的沙地和淤泥。盖尔蒙德从未见过这样的景象，古思伦说他们至少要再航行三天才能到达弗里斯兰那片泥海的尽头。

他们的船在离海岸较远的深水域中徘徊，直到傍晚时分，他们才利用潮水把船驶向岸边，和船队的其他船只一同停泊在半湿不干的陆地附近。等到潮水再次退去时，"海浪情人"和其他船只变得就像搁浅在沙滩上的鲸鱼一样。

他们搭了一块木板，踩着它从船上下来，木板也因为船员们的体重变得弯曲了。接着他们艰难地穿过一簇簇海藻，踏过埋着许多蟹类和贝类的盐沼泽。骄傲的白鹳在这片土地上漫步，它们先用嘴从泥土里抓出猎物，再往上叼起来吃掉。这里的风带着鱼和盐水的味道，坚实的土地让船员们的双脚有些不适应，毕竟他们在颠簸的海面上跟跄了一段时间。

"你觉得我们会在这儿待多久？"史凯裹问道。

"这取决于领主们何时到齐。"施泰因诺弗说道，"但丹族人至少会等到风浪的形势变得有利以后再出发。"

史凯裘回头瞥了一眼船只的方向。"现在海上的形势就挺有利的。"

"往南边开确实有利。"盖尔蒙德说道,"但接下来我们要往西边前进了。"

到了潮滩的边界,他们脚下的沙子变干变白,随风飘来的流沙在这筑成了不少沙丘。他们三人从沙滩往上攀登,来到了高处的一片草原。他们在这里发现了船队的营地,它们遍布在数百英亩的土地上,几乎占据了盖尔蒙德的全部视野。营地里传来的吵闹声像是低沉的雷声在远方不断轰鸣。

"现在有好风景可以看了。"史凯裘说道。

"海拉海德!"古思伦也从沙滩来到了平原,他示意盖尔蒙德跟着他,"跟我来。"

盖尔蒙德点头回应,但在离开之前,他吩咐施泰因诺尔弗在古思伦的人附近扎营,但尽量要离水远点。如果晚上有风暴来袭,他可不想醒来时发现自己要在海里游泳。接着他便跟着古思伦来到一条宽阔的通路,这条通路位于各式各样的营地之间,直达驻扎营地的核心。这一路上他们看到了在临时搭建的铁匠铺里打铁的铁匠,看到了管理毛皮和木材的工匠,看到了裁缝和织布工,看到了屠夫和篝火。他们走得越深,营地里的生活气息就越浓厚,这儿就像一个比阿瓦斯尼斯大得多的可移动城镇。

在走过的这段通路上,他们还看到战士中有很多盾女,盖尔蒙德仔细观察着她们的脸,想知道艾沃尔是否也在其中。战士们都向古思伦领首致敬,而盖尔蒙德的到来则吸引了沿途经过的帐篷里的目光,古思伦也发现了这一点。

"他们以前没见过这么丑的人。"他说道。

"他们没见过雷克吗?"盖尔蒙德问道。

古思伦笑了起来,声音就像山羊号角发出的巨响。"雷克在你旁边的时候,我很担心你会出言不逊。毕竟你暂时还得跟他一起工作。"

盖尔蒙德也有同样的担忧。

"我理解他们为什么盯着你看。"丹族人说道,"你看起来不像一个诺斯人。"

"别人也是这么说的。"

"约尔是你的亲生父亲吗?"

这个单刀直入的问题让盖尔蒙德定住了,他没有马上回答,甚至还差点停下了脚步。

"还是说,在你母亲离开迦尔米亚的时候,你就已经在她的肚子里了?"古思伦说道。

这次盖尔蒙德真的停住了脚步,他竭力控制自己的手不去抓他那把新剑的剑柄。"请你收回刚刚的话,古思伦领主。马上!"

丹族人转过身来,站得更加挺直,他的头歪向了一边。"你在说我?"

"说的就是你,你可以侮辱我,但你不能侮辱我的母亲。"

两人紧张地对峙了一会儿,然后古思伦点点头。"好吧,我收回刚刚那句话,那关于约尔的问题呢?"

"他是我的父亲。"盖尔蒙德继续在营地间穿行,闻到了被栅栏圈起来的家畜的气味。"所有人都知道,我们兄弟俩是在母亲来到阿瓦斯尼斯一年后出生的,我们继承了她的外表。"

丹族人似乎接受了这个说法。"在你决绝地离开了他们之后,你却还把他叫作父亲?他还是你的国王吗?"

盖尔蒙德还没问过自己这些问题,至少他没用这样的话语问过。"说实话,我不知道要怎么回答你。"

"你的做法很需要勇气。"古思伦说道,"像个乞丐一样来到我身边,没有船,也没有跟随你的战士。"

"我没有向你乞求。"盖尔蒙德反驳道。

"我不是在侮辱你,我钦佩你的勇气,但勇气不等同于荣耀。即便是叛徒和破誓者也一样能展现勇气,我只想知道你把忠诚放在什么位置。"

"你说得很有道理。"盖尔蒙德看到远处有一顶大帐篷,猜想那就是他们的目的地。"但我想说的是,荣耀也一样不等同于忠诚,有时候为了荣耀是必须牺牲忠诚的。"

丹族人皱起了眉头,对于这个说法的真实性他依然有所怀疑。"也许吧。"他说道。

"但我已经向你宣誓过了。"盖尔蒙德说道,"以我的荣耀起誓。"

古思伦盯着他看了一会儿,点点头,随后指着通路那头的大帐篷。"接下来我会带你面见我的君主,在波尔希国王问你之前,你什么都不要说。"

"遵命,大人。"

他们来到了帐篷前,发现入口处有两名身穿环甲,装备长矛、剑和斧头的战士值守着。他们认出了古思伦,向他领首致敬。但正当两人要进入帐篷的时候,盖尔蒙德被守卫拦住了。

"你的同伴是谁,古思伦领主?"其中一个守卫问道,另一个守卫的视线集中在盖尔蒙德的身上,他已经握紧武器准备好随时战斗了。

"他是盖尔蒙德·约尔森。"古思伦说道,"吕加菲尔克的国王之子。"

两个守卫交换了一下眼色,随后为他们放了行。

盖尔蒙德跟着古思伦,两人走进了一个昏暗的围栏。帐篷的中央附近摆着一盆燃烧的炉火,蓝色的烟雾缓缓飘向帐篷顶部的通风口。

盖尔蒙德注意到一些挂毯和地毯来自远方的撒拉森和土耳其。装饰华丽的高大木制折叠屏把整个帐篷内部分成了几块小区域。有六个人在炉火边分别坐着和站着，其中有些人拿着装满麦芽酒的镀金角杯，从他们穿戴的毛衣和戒指来看，这些人都是领主。

"古思伦！"其中一个人大喊道，同时笨拙地从帐篷内部的另一侧走来，抓紧了古思伦的肩膀。他的胡子和脸颊红红的，声音很响亮，显然是这个帐篷里最强势的人。他比古思伦和大多数丹族人都要高大，可能不是一个敏捷的战士，却非常强壮。盖尔蒙德马上认出了他就是波尔希。"感谢奥丁，你平安回来了。"丹族人的国王说道，"你从北道为我带来了多少艘船？"

古思伦低下了头。"一艘也没有，说出这个事实让我感到痛心。"

"没有？"

"诺斯人都有他们自己的麻烦，我拜访的每个大殿都一样，他们都在谈论和松恩的哈拉尔德之间的战争。"

"那他们就更应该加入我们，寻求新的土地。"

"我也提到了这一点，但说服不了他们，只有一个人例外。"古思伦指向盖尔蒙德那边，"这是约尔·哈夫森和卢芙文娜的其中一个儿子。"

"一位海拉海德？"波尔希德低头看向盖尔蒙德，他笑容满面地张开了大嘴，露出了他的两排牙齿。"你是兄弟中的哪一个？"

"我是盖尔蒙德。"

"你带来了多少人给我，盖尔蒙德·约尔森？"

盖尔蒙德犹豫了一下，在回答之前瞥了一眼古思伦。"两个。"

"是一个半。"古思伦说道。

波尔希的笑容消失了，双目紧锁起来。

"我违抗了我的父亲，加入了你们。"盖尔蒙德补充道，"所以我没办法从他那里得到任何东西。"

其他的领主静静地站立着，就像冬日的松树一般沉默。此时的波尔希正从下往上地打量着盖尔蒙德。"他给了你一把看起来不错的剑。"国王最终开口道。

比起纠正对方，盖尔蒙德想到了更好的说辞。"它渴望撒克逊人的鲜血。"他说道。

波尔希再次露出了笑容。"它会满足的，你的剑将会沐浴在撒克逊人的鲜血中，只要它愿意的话。"然后他转身对着其余的领主们，"既然古思伦回来了，我们该考虑横渡的事情了。"他大步走到帐篷内的一侧，在一个高高的台子上方坐下，座椅在他的重压下咯吱地响着，"哈夫丹现在要穿过麦西亚，去泰晤士河边一个叫作雷丁格姆的地方，我们也要开船渡河去那里。如果诸神庇佑，哈夫丹在和我们合流之前就能拿下那个地方。但是我们的船在河里行驶会很容易被袭击。"波尔希身边站着一位年老的领主，他的头发灰白，腰间悬着一把粗短的撒克逊剑，国王对着他喊道："奥斯伯恩，你在萨尼特和伦敦博格的人有什么最新消息吗？"

在年老的领主回答时，古思伦倾身靠近了盖尔蒙德。"我的人驻扎在营地的西南角。"他说道，"去找他们，饱餐一顿，然后整装待发。"

盖尔蒙德想留下来了解更多战况，但他还是点头退出了这场会议，然后离开了帐篷。

来到外边，太阳已经落山，薄暮降临在了营地上方，分散的营火和火把照亮了营地。盖尔蒙德按照他和古思伦来时的路线折返，然后朝着能看到大海的西方前进，四周充斥着狂欢的声音，狂热的战士们对战争与征服已经迫不及待了。

在营地的边界，泥海映入了眼帘，遍布在盖尔蒙德眼前的还有在等待出征的船只的黑色轮廓。他转身向南,在一簇簇帐篷之间徘徊,观察着他经过的战士们的面孔,寻找他在古思伦的船上认识的人,最后他发现埃斯基尔坐在一堆小篝火前面,周围还有二十多个丹族人围成一圈。

他走近战士,问他是否见到过施泰因诺尔弗。埃斯基尔抬头看看盖尔蒙德,点点头,沉默地指向了他的右边。盖尔蒙德表达了他的谢意,随后朝着对方所指的方向走去。

"海拉海德!"一个粗哑的声音从人群的另一边大喊道。

盖尔蒙德转过头来,他认出了那声音。"怎么了,船长?"

雷克站了起来,倒了一点麦芽酒。"跟我说说,你母亲家乡的人能打吗?"

"我不知道。"盖尔蒙德说道,"我从没去过迦尔米亚,你问这个干什么?"

雷克踏进丹族人围成的圈子,绕过篝火走向盖尔蒙德。"我只想知道你是个什么——什么样的货色,因为你显然不是诺斯人。"

"到此为止吧,兄弟。"埃斯基尔在盖尔蒙德的身后说道。

但雷克却继续着他的挑衅。"在我满意之前不会停下的,兄弟。"

"你要怎样才满意?"盖尔蒙德问道,他拒绝卑躬屈膝,也绝不会退让半步。

雷克背对着篝火朝他靠近,径直地走过来,面对面地凝视着盖尔蒙德的眼睛,吐出一口带有麦芽酒味的气息。"这得看你的毅力了,混血种。"

这时候其他一些丹族人也站了起来,准备好迎接即将发生的一切。但盖尔蒙德清楚接下来会发生什么,这种事情以前也发生过很多次。"你是在考验我吗?"他问道,耳边仿佛响起了愤怒的心声,"如果你坚持这么做，我会——"

"你！雷克！"这时候施泰因诺尔弗走进了圈子，伸出了胳膊，"是不是想考验下我的毅力？"

"行了。"埃斯基尔也走进了圈子，声音听起来有些恼火，"你们都坐下。"他说道，怒视着包围在篝火边的丹族人。

战士们坐回了原来的位置，但显得很不情愿，盖尔蒙德很好奇一个桨手怎么会有这么大的威信。现在就只剩埃斯基尔、雷克、施泰因诺尔弗和盖尔蒙德还站着。把古思伦的船带到日德兰的那股北风吹过了营地，搅动着篝火中的火花和余烬。

船长指着盖尔蒙德。"你是个灾星，海拉海德。"他说道，人群中也传来了一阵赞同的低语，"我会除掉你的。"

施泰因诺尔弗向前走了几步，双手交叠地站在盖尔蒙德前面。"如果你继续用这种口气说话，他就会成为你的灾星。我们可以很轻易地除掉你。"

"难道他不敢替自己说话吗？"雷克问道，"还要总是躲在他的——"

"够了！"埃斯基尔大声呵斥道，雷克退缩了。

"兄弟，我只是——"

"你喝了太多麦芽酒了。"埃斯基尔对他说道，"我建议你回到你的帐篷里去，趁着你现在还能找到路。"

有些丹族人不禁笑了起来，雷克的脸涨红了，他瞪着盖尔蒙德，愤怒得全身发抖，但最后他还是转身大步离开了人群，进入到夜幕之中。埃斯基尔摇摇头，然后回到他之前坐着的地方。盖尔蒙德能感受到其他丹族人目光中的沉重。

施泰因诺尔弗扫视了一圈。"回去吧。"他说道，"那孩子肯定在想我们跑哪儿去了。"他朝着他之前现身的方向点了点头。

但盖尔蒙德感觉自己依然是备战状态，就好像装备了长矛和箭一样，他需要的只是一个新的目标。他转过身来，又看了一眼埃斯基尔，对方却只是在盯着篝火。然后他又观察了一下其他丹族人的脸色，并没有新的挑战者出现，似乎没人愿意面对他。他咒骂了几句，跟着施泰因诺尔弗经过许多布料和毛皮做的睡袋，走到了长满一大片鼠李的地方。

"你肯定想远离雷克一段时间。"这位老战士说道，"就像所有海上的粗汉一样，他会寻找各种矛头，而且他总能找到这些东西。"

"我要怎么才能'远离'他呢？"盖尔蒙德问道，"他可是船长。"

"在'海浪情人'上是这样，但我一直有和丹族人聊天，雷克的确是一个技术熟练的船员，不过所有人都很清楚，他的兄弟才是更好的战士。在海上，埃斯基尔选择和船员们一起划桨，但在陆地上，他的权威仅次于古思伦。"

他们来到一处较微弱的营火前，焦躁不安的史凯裘在营火周围踱步。

"谁是古思伦的副手？"男孩问道。

"这就解释得通了。"盖尔蒙德说道，他想起了其他桨手是怎样服从埃斯基尔的，想起了刚才他的兄弟唯唯诺诺的样子。"古思伦为丹族国王召集了多少战士？"

"他们说他有四十艘船。"施泰因诺尔弗坐在火堆旁边，示意史凯裘也坐下，"冷静点，孩子，你让我有点心烦了。"

史凯裘眨了眨眼，但还是闭上嘴坐了下来，然后盖尔蒙德也加入了他们。施泰因诺尔弗从他们的临时储备里取出了食物，包括几块干腌肉、一些松脆的黑麦面包、硬奶酪和果干。在他们充饥的时候，老战士继续讲述他得到的情报。

"古思伦的大多数船都是像'海浪情人'一样的小船，但也有一些是有六十支桨的大家伙。"

盖尔蒙德计算了一下船能运载的战士的数量。"所以古思伦的军队至少有两千人。"

"是的。"施泰因诺尔弗说道,"你算这个干什么?"

"我在比较他和波尔希还有其他领主的实力。"

"想确定我们是不是跟对了这个丹族人?"这位老战士说着又往里扔了一块木柴。

"古思伦就是我们该跟的那个丹族人。"盖尔蒙德说道,尽管他还不能解释为什么他会这么想,他只知道是命运把他安排在了古思伦的帆船上,"我们应该抓紧时间睡觉,我想我们很快就要起航了。"

他们展开用海象皮包裹着的睡袋,盖尔蒙德单独用一个,另一个则是施泰因诺尔弗和史凯裘共用。当然,每个睡袋都缝制得足够大,可以容纳两个成年男人在里面。尽管这片营地附近没有多干木头剩下了,但史凯裘还是把他们的最后一块木柴扔进了火里,随后便和老战士一起钻进了袋子里。

"到明天早上之前不准放屁,孩子。"施泰因诺尔弗说道,仰面躺在了睡袋上,闭上双眼,双手交叉着放在胸前。

盖尔蒙德对着史凯裘笑了笑,他很清楚谁的前科更多,所以他想让史凯裘也明白这一点。然后他便爬进了自己的睡袋,但他并没有马上入睡,他抬头看着星星,思考着布拉吉跟他说过的人与诸神的战争,他想象着群星黯淡无光的景象,想象着那最终的决战,奥丁、索尔以及所有的阿萨神族和华纳神族[①]命运的终结,那之后天空留下了一个巨大的深渊,在万物陨落的世界出现了一个崭新的金伦加裂口。盖尔蒙

[①] 阿萨神族和华纳神族是北欧神话中的两大神族,彼此之间长期仇视,经历过一场被称作"阿萨-华纳战争"的大战后,他们签订了和平条约。但在之后的诸神黄昏中,两大神族近乎灭绝。

德就这样迷迷糊糊地任由他的思绪飘荡,直到他几乎睡着。但随后不久,史凯裘便低声呼唤着他的名字,把他给叫醒了。

"怎么了?"他向男孩问道。

"为什么我们要向撒克逊人开战?"史凯裘问道,"是因为血仇吗?"

盖尔蒙德叹息道:"有些人可能是这么说的,说撒克逊人杀害了农民和他们的家人,而丹族人只想安定下来,过和平的日子。"

"为什么撒克逊人会杀害丹族人?"

"因为丹族人杀害过撒克逊人。"施泰因诺尔弗被两人的谈话吵醒,低声咆哮了一句,"没错,这是血仇。孩子,双方都不会同意是自己挑起的战争。你可以一直醒着想这个问题,但请不要说话,让其他人能安静地休息。"

在这之后,史凯裘便沉默了下来。

盖尔蒙德闭上眼睛,尽管海岸线刮起了风,海象的兽皮却让他感到温暖。他睡得很香,尽管他的身体和梦境都记得前几夜在海上的颠簸。

接下来的三天时间,他们都在训练史凯裘如何使用他的新剑。虽然身形瘦小,但男孩的四肢很强壮,所以他学得很快,他已经能够以鹰的速度出击了。在这段时间里,他们三个人基本上都和丹族人保持距离,这样盖尔蒙德就避免了和雷克的第二次冲突。但他很清楚,这只是让无法避免的事情延后罢了,除非他愿意去恳求古思伦把他安排到别的船上,但他不愿意这么做。总之,盖尔蒙德很少见到古思伦,这位领主大部分时间都在和波尔希及其他领主商议局势,每天的潮水都会带来一些落后的船只和战士,但他们的加入对整个军队来说就只是一亩田地里多出了一根大麦的变化。

在里伯的第四天,盖尔蒙德在营地中寻找有没有卖盾牌的商人,他们三个在离开阿瓦斯尼斯的时候并没有带上盾牌。他花了一个早上四处询问，却都是毫无结果的线索。他们的营地庞大又杂乱，直到中午，他才找到了一个愿意出售盾牌的弗里斯兰人。

他提供的盾牌是被人用过的，但质地很结实，是用云杉木制成的。环绕在边缘的皮革缝得很紧，盾牌上的铁箍也上了油以避免生锈。盖尔蒙德原以为他找到的盾牌要花很多钱。但弗里斯兰人似乎并不想加入波尔希，只想在船队离开海岸之前卖掉他的货物。所以盖尔蒙德只用两枚银钱就买下了三个盾牌。

在返回古思伦领主所属的营地区域的路上，他经过了几个帐篷，里面的女人用不到一枚银钱的价格交易自己的身体，其中一个女人向他招手并叫住了他，有那么一会儿，她的金发和红润的脸颊吸引了他。但现在他带着三个盾牌，背上背了一个，两手各提着一个，而且他带了太多的银钱，很难不被这些女人的朋友们偷去，所以他做了最保险的选择——继续返回他的帐篷。

又过一天，他和施泰因诺尔弗准备向史凯裘展示如何用盾牌保护自己，但他们才刚开始教授，营地里就传来了船队起航的消息。然后古思伦出现在了人群之中，带着香醇的蜜酒，正式命令他们向诸神献上这美丽甘露，并登船准备向英格兰入侵。

第八章

　　船队在平静的海面上航行了两天,但在第三天,北方的风暴毫无预兆地呼啸而来。咆哮的狂风和凶猛的海浪冲散了船队,每一艘船都要各自为战。雷克命令降下"海浪情人"的船帆,防止它被大风吹走,每个桨手也都在拼命地划桨。

　　盖尔蒙德一会儿划桨,一会儿又要提着水桶去倒水,这样循环往复着,直到他的腿和胳膊变得像浸透的芦苇一样无力。暴风、骤雨和涌溅的海浪刺激着他的眼睛,导致他几乎什么也看不清。看不到太阳意味着没有白天,只有眼前无止境的暴风雨。盖尔蒙德很快就迷失在了有节奏的划桨声中,没法分辨到底过去了多少时间。

　　"海浪情人"是一艘精工制造的船,能在翻滚的海浪中坚挺前进。不管是在涌起的浪头还是凹陷的漩涡中,它都能逃出生天。但有时候海浪和激流还是会让船头及船尾一百八十度打转。船身如此大幅度地旋转自然会让甲板断裂,致使船体进水。施泰因诺尔弗曾经有过一段航海经验并对船有一定的了解，古思伦得知这些过往后，就命令这位老战士用涂了焦油的羊毛布料来堵住船上漏水的地方。史凯裘也赶来帮忙，并且很快就学到了诀窍，施泰因诺尔弗便把这个任务留给了男孩，自己则跑去划船和倒水。但一切都徒劳无功，史凯裘每补好一个地方，就会有两个新的地方进水。

盖尔蒙德正在古思伦边上忙着倾倒源源不断涌进来的海水，雷克跟跄地跑到他们身边大喊起来。

"埃吉尔和拉恩想要吞噬我们，他们想要我们死。"

古思伦大笑起来："别管他们，奥丁会守护我们的！"

雷克看向盖尔蒙德。"奥丁会拯救带着海拉[①]之子的船吗？"

船长提出疑问的时候，风向似乎也改变了。古思伦心中的怀疑正在摧毁他的勇气，盖尔蒙德察觉到了这一点，而这种心境的变化几乎马上就蔓延到了所有船员身上。

"我们把海拉海德献给埃吉尔吧！"雷克说道，"让这位约顿巨人[②]得到他的身躯。"

"不！"施泰因诺尔弗放下手中的桨，拼命穿过颠簸的甲板，"要杀就先杀我，我发誓我会带着几个丹族人一起上路的。"他用手指向了雷克，"首先从这个懦夫开始。"

这边的争执吸引了埃斯基尔和史凯裘，盖尔蒙德不需要成为先知就能预感到这件事的结局。

"兄弟，给我住手！"埃斯基尔喊道。

"不！"雷克捶打着胸膛，眼睛睁得大大的，"这艘船由我做主！"

"古思伦领主才是发号施令的人！"施泰因诺尔弗说道，但盖尔蒙

[①]海拉是洛基与女巨人安格尔波达的女儿，后来被奥丁贬入黑暗的冥界成为死亡女神。盖尔蒙德的称号海拉海德（Hel-hide）的前缀 Hel 正是来源于海拉的名字。
[②]海神埃吉尔在北欧神话中属于一支古老的巨人族。

德发现船员们明显都站在雷克这边。

古思伦望着盖尔蒙德,水滴在他的前额流淌。盖尔蒙德知道自己该怎么做了,他看得出来,古思伦对这场风暴和他的船员感到恐惧。盖尔蒙德不会拒绝船长的挑战,但不论结果如何,接下来必然是一场血战,施泰因诺尔弗和史凯裘会陪他一起死在这里,即使他们能干掉几个丹族人也没用,船员的人数是他们的十倍。盖尔蒙德决定阻止这场战斗的发生,他能想到的就只有一种办法。

"再见了,我的朋友。"他说道,然后从船舷跳进了海中。

海浪的冲刷仿佛一只冰冷无情的大手紧紧地攥着他。然后他被拖到了海面底下,耳边的一切突然变得安静起来。但当他奋力地冲出海面时,海浪愤怒的咆哮声又再次冲撞着耳膜。施泰因诺尔弗俯身在船舷上,大声喊着盖尔蒙德的名字。就在老战士准备跳海去营救盖尔蒙德时,埃斯基尔拉住了他。

急流拽着盖尔蒙德远离船只,求生本能让他抓住了一支从眼前漂过的桨,他拼命想要活下去,但很快他的胳膊就缩了回去,不管是桨还是船都漂到了他够不着的地方。

在他离开父亲的领地时,并没有想到自己的生命会如此轻而易举地终结。

但是很显然,这就是他的命运。

在古思伦的船还没离开盖尔蒙德视线的时候,盔甲和衣服的重量就让他不断下沉,海水淹没了他的嘴巴,灌满了他的鼻子。他呛了一口海水,又喘了一口气。但他已经没有力气和大海搏斗了,即使他有也无济于事,没人能反抗三位命运编织者的决定。

当你看到自己的命运时,只有一件事可以做——面对它。

他冷静下来,决定接受命运的判决。盖尔蒙德将小刀从皮鞘中拔出来，作为一位战士，他现在只能握着这把唯一的武器来面对死亡。他停止了挣扎，深呼了最后一口气，任凭大海把他往下拽，进入黑暗，进入海底那道金伦加裂口的无尽深渊中。暴风再也触碰不到他了，海神埃吉尔的冰冷铁手会将他的身躯捏碎，而不会在乎他是诺斯人、撒克逊人或是丹族人。

盖尔蒙德屏住呼吸，他不再思考，可他的身体依然在绝望地挣扎求生，但很快他就别无选择了。海水挤压着他的头颅，刺痛着他的耳朵，肺部的灼烧感蔓延到了全身，每一块肌肉和每一处关节都感觉到了对空气的饥渴。当他睁开眼睛时，他看到冰冷的黑暗中绽放着火花，仿佛穆斯贝尔海姆的余烬在他身边飘浮。

其中一束火花没有移动，他身下的一丝光芒变得更亮更广。看来拉恩要目睹他的死亡，宣告他成为她的祭品。他闭上双眼，但那光芒依然存在，明亮得足以将他闭上的眼帘染成红色。他摇曳着身子，浑身的骨头发出战栗的声音。当他再也无法屏息时，他在海中大口地呼吸，冰冷的海水充满了他的肺部，仿佛在他的体内燃起了一股冰冷的火焰。他试着不做抵抗，但他的四肢却失控地在与神明搏斗。那亮光不仅灼伤了他的眼睛，让他变得盲目；也灼伤了他的思想，让他的头脑最终化作一片空白。

然后他便什么都看不见了，当他再次睁开眼的时候，他躺在一个宏伟大殿中央。不管是屋顶还是墙壁都离他很远，由于环境昏暗，他也没办法用双目估算这里有多大。他浑身酸痛，好像身体的每个部位都有瘀伤。他缓缓地坐了起来，回想起不久之前自己还在溺水，但此刻他的衣服却只是有些潮湿，小刀也回到了腰带上的皮鞘里。

他躺着的床是铁制的，中间的印迹形成了他身体的轮廓。盖尔蒙德以前从没见过这种床，他觉得铁匠用这么好的金属来做床实在是毫无意义。他周围的墙壁和地板是用一种黑色的石料打磨加工而成，仿佛是整个大山的心脏里雕刻出来的。大殿里有着昏暗的光线，但他看不到提灯、火把或是任何其他光源。他开始思考，认为自己一定是来到了某位神祇的居所或是某个巨人的家。

他猜想自己已经死了，但这儿显然不是英灵殿。他没有看到其他战士，也没有闻到宴会里食物的味道，更没有听到战斗的声音。而且他很清楚自己不是荣耀战死，只是无人知晓地握着一把小刀溺水而亡，这种死法只能供奥丁消遣解闷。接着，他又想到了海拉女神，也许这黑暗的大殿是属于她的，这里的确冷得像是死人的国度——但若真是如此，他很奇怪为什么这里会空无一物，只有他孤身一人。如果这个大殿不属于奥丁或者海拉，那他只能认为这儿是拉恩的领域了，但这里明显不像故事中她所处的珊瑚洞穴。对于自己身在何处的问题，盖尔蒙德现在找不到答案，也想不出任何合理的猜测，于是他决定动身去寻找这里的主人。

当盖尔蒙德从铁床上起身时，发现自己的腿脚比想象中稳健，他骨头里的疼痛和无力也减弱了很多。但他一直认为死人是不会有疼痛感的，所以他断定这种感觉只是他对于死亡挥之不去的记忆。

他望向大殿的尽头，望见了远处的大门。当他走近它时，发现这是一扇顶部像矛尖一样尖而窄的拱门。它有三位高大的战士加起来的高度，宽度比盖尔蒙德双臂伸展时的长度略宽一些。拱门前是一条长长的通道，盖尔蒙德顺着通道往前走，他能看到通道的尽头闪烁着微光。

在这段长长的通道地板上，也铺着那些打磨得发亮的石头。除此以外，通道的墙壁和天花板像是某种水晶或者玻璃做的。盖尔蒙德难以置信这么多珍贵的材料会聚集在同一个地方，也不相信除了神以外的任何生物可以将它们打造成形。当他欣赏着它的鬼斧神工时,也意识到这些水晶极致透彻澄明,他最初看到的黯淡色泽并非来自水晶墙的内部,而是来自水晶墙的外头。他赶忙从墙边退步到通道中央,抬头仰望天花板,上面的景象让他吃惊得张大了嘴巴。

他在水下,在海底。拉恩一定是把他带到了自己的王国,也许这代表着他最终还是没有死成。

盖尔蒙德再次通过水晶墙窥视那片黑暗的深渊,那里充满了巨大的、看不清的阴影。沿着这面海墙,他通过想象辨认出了很多挺立的石头和折断的树枝,他还知道在这片广袤的土地某处,巨蛇耶梦加得①正等待着苏醒的时刻。

"索尔,请保佑我。"盖尔蒙德低声道,随后水晶墙上发出了响亮的回声。

他让自己的视线从海底深渊离开,随后转过身来面对着发光的通道尽头。他走得更加谨慎小心了,他现在觉得自己可能没被淹死,但也许到最后死神还是会降临。他的剑留在古思伦的船上,所以他现在只剩下布拉吉送给他的青铜小刀,这是他唯一的武器了。在靠近通道尽头的时候,他拔出了小刀,然后从水晶墙的边缘往房间里张望。

这个房间比之前的大殿要小,但也是用同样的石头建造而成。墙壁和地板都有雕刻,走廊也是用银镶嵌而成。靠近墙壁的地方立着一个祭坛,祭坛周围笼罩着一层光屏,像挂毯一样晃动着。祭坛上摆着一个金色的臂环,它闪烁着光芒,把盖尔蒙德吸引到了房间里来,尽管他还是在几步之遥的地方停了下来,不敢去碰这属于神的宝物。

"如果你愿意,可以把它拿走。"

盖尔蒙德尖叫着转过身来。

---

① 耶梦加得,即北欧神话中环绕人世的巨蛇,是洛基与女巨人安格尔波达的次子,因其存在过于危险,奥丁将其放置在人间的海底深渊中。

这声音像是从四面八方传来的一样，响亮而有力。当盖尔蒙德寻找声音的主人时，发现一个男人就站在他身后的角落里。陌生人站在那儿，比他的个头还高出两只手掌的高度，身体闪耀着像月光一样黯淡的光芒。他身穿用细亚麻布或是丝绸制成的束腰大衣，外边紧裹了一层盔甲，头上戴着银制的头盔。他显然是神，但盖尔蒙德拒绝鞠躬，除非他知道自己要献上敬意的是哪位神祇。

"你是埃吉尔吗？"盖尔蒙德对这个陌生人问道。

"我有过很多名字，你可以叫我韦兰。"

盖尔蒙德听过有关韦兰的故事，他虽然不是神，但他确实与神或国王打过交道，他是一名机灵多谋、技艺精湛的铁匠，他铸造的器物是所有人都梦寐以求的。"这是什么地方。"盖尔蒙德问道，手中仍然握着布拉吉给他的小刀。

"这是我的家。"韦兰说道，"我的铸造场。"

盖尔蒙德抬头看了看天花板问道："我们在海底？"

"没错，你在海底。很久以前，北方大部分地区被冰雪覆盖，而这里是干燥的大地。你们的祖先在这片土地里猎杀强壮的野牛，在这儿的森林里采集食物。当冰雪消融，海水也随之涨高，最终淹没了这片森林和我的铸造场，也迫使你的祖先在新的地方定居。"

这样的大雪与洪水只存在于传说中。布利，也就是包尔的父亲，奥丁的祖父，也是在尼福尔海姆的冰雪消融之际，由母牛欧德姆布拉在冰霜上生下。布利的后裔们杀死了约顿巨人尤弥尔，并用他的遗体建造了整个世界。

"我是怎么到这里来的？"盖尔蒙德问道。

"你快淹死了。"韦兰说道，"所以我召唤了你过来。"他又靠近了一些，盖尔蒙德全身都能感觉到一股寒意，因为他发现自己可以透过铁匠的身体看到后面的墙壁。

他举起小刀后退了一步,"你不是人类。"

韦兰晃了晃脑袋。"我的确不是。"

"你还活着吗?"

"我曾经活着。"

"如果你已经死了,那我看到的你是什么?"

铁匠停顿了一下。"你可以把我当成是记忆。"

"谁的记忆?"

"诸神。"

盖尔蒙德开始变得有些认知混乱,他不知道自己到底在哪里,不知道自己是不是在做梦。

"我还活着吗?"他问道。

"你还活着。"

"为什么?"

"你是在问为什么你还活着吗?"

"不,我是问你为什么救我?有很多船只在这场风暴中遇难,很多船员都淹死了。"盖尔蒙德环视了一圈房间,"看来我是唯一被带到这个地方的人,所以我才这么问,你为什么只救了我?"

"现在我明白你的问题了。"韦兰转向了祭坛,"这个臂环,算是一部分的答案吧。"

盖尔蒙德没有放下青铜小刀,但他的注意力再次落在了祭坛和臂环上,他从来没见过这种宝物,它被锻造成七个部分,每一部分都刻着不同的卢恩符文,每个符文里都发出不同颜色的光芒。

"这臂环有一个名字。"韦兰说道,"你的祖先叫它海尼特尔[①]。"

[①]海尼特尔,古诺斯语,意为"协调"。据传是一位北欧君王曾经佩戴过的金环,在七个不同的铸造地焊接而成。

盖尔蒙德朝着祭坛走了一步。"我的祖先?"

"是的。"韦兰挥了挥手臂,环绕着臂环的光屏消失了,"我给你解释一下吧,你的祖先在大海没有覆盖这片土地之前就住在这里,你身上流着的正是他的血。我熟知你的事情,那是因为我也熟知你祖先的事情,在你的祖先差点淹死的时候,也是我救了他。"

盖尔蒙德只有一个差点淹死的祖先。"你说的是约尔雷夫,"他说道,"我的曾祖父。"

韦兰点了点头。

"但那就意味着……你是海人。"盖尔蒙德用小刀指着铁匠,"他用网捉住了你。"

"用一张网是不可能捉住我的。"

"但你就是那个故事中的海人对吗?你预知了约尔雷夫的命运。"

"我说的只是他最有可能出现的命运。"

盖尔蒙德放下了小刀,"这是什么意思?每个人的命运都应该是唯一且无法避免的。"

"命运只是用来表达选择与后果的简单词语,后果之所以无法避免是因为作出了选择,行动必然伴随着回应。告诉我,你相信人作出的选择是无法避免的吗?"

"不,我总是能选择如何面对我的命运。"

"你能吗?"韦兰露出了微笑,"那你为什么没有留在陆地上,而是选择了漂洋过海呢?"

盖尔蒙德思考了一会儿说:"不,这是关于荣耀的问题,我宣誓过我会跟随古思伦。"

"你宣誓的时候还有别的选择吗?"

"没有,因为这是唯一的办法——"盖尔蒙德说到一半就明白了,如果他没有宣誓,古思伦就不会把他带到船上,盖尔蒙德就会一直困在阿瓦斯尼斯,困在他父亲的领地里。每一个选择背后,都只有一条相应的道路,但这条道路是由之前的选择决定的,而这些选择也是由更早的选择造就的。如果盖尔蒙德做出了不同的选择,他就会成为另一个人。但这并不代表他只能做出现在的这种选择,也不代表其他的选择就不可能发生,这只说明了其他的选择更难做出而已。

"这就是因果定律。"韦兰说道,"选择取决于你的血统,正是在你的血统中,我看到了你未来将要面对的事物。"

"作为一个铁匠,你还真是智慧过人。"盖尔蒙德说道,"你看到的未来里有什么?"

"背叛和失败。"韦兰的语气就像是在列举一次普通的收获中得到的作物,"你将会向你的敌人投降,但你却不知道谁是你的敌人。"

盖尔蒙德嘲笑道:"你把我跟我的父亲和兄弟搞混了,我绝不会向我的敌人投降。"

"你向大海投降了。"

他想要否认这一点,却发现自己做不到,这让他对铁匠有些恼火。他是向大海投降了,但这不等于他会向敌人投降,不管敌人是谁都一样。"也许你只是没有我想象中的那么睿智。"

"我说的是实话。"韦兰那张在银制头盔里的脸依然平静,"我没有必要说服你。"

盖尔蒙德的注意力回到了臂环上。"为什么叫它海尼特尔?为什么把它放在这里?"

"之所以这么命名,是因为它代表着每任主人命运的一部分。臂环本身就是一种定律,但要不要带走它是你的选择。"

这个臂环对盖尔蒙德来说就是放在陷阱里的诱饵,他不知道自己是注定要拥有它，还是注定要拒绝它，甚至不知道自己是否有选择的余地，毕竟有谁能够拒绝铁匠韦兰的技艺呢？

他将小刀收回皮鞘，走到放着海尼特尔的祭坛前，闪闪发光的臂环正等待着他的抉择。但盖尔蒙德开始明白他没有选择，他不会拒绝它。这个臂环很适合作为给一位国王的赏赐，既然是他的祖先曾经命名了它，那他生来就有继承它的权利。

盖尔蒙德伸手去拿臂环，但当他的手碰到它时，耀眼的光芒在他的眼中闪烁，将他的理智灼烧成了灰烬。

第九章

当盖尔蒙德的理智恢复时,他平躺在地上,脸和腹部埋在了沙子里。他能听到水滴声和燕鸥的叫声,一开始他以为自己回到了里伯,随后他又开始思考自己是否离开过那片海岸,和韦兰的相遇究竟是幻觉还是梦境。但当他睁开眼睛的时候,他发现自己并不在日德兰半岛,他不知道自己现在身在何处。

他踉跄地站起身来,他的衣服已经被海水浸透了。他意识到自己的手里抓着什么东西,他低头一看,看到了被称作海尼特尔的臂环,明白了海底大殿的一切并不是在做梦。他得出了结论,是韦兰或者其他的某种力量将他带到了这个地方。

泥滩向南北各延伸了数英里,和里伯的海岸环境很相似。但这个地方的海岸在相反的方向,也就是东边,这表示他来到了英格兰沿岸的某处。往西是横贯数百英亩土地的大片沼泽,他看到了沼泽的边缘。他猜想这里是东盎格利亚的沼泽地,如果真是这样,那他现在就身处丹族人占领的土地上。不过波尔希下令船队赶往的地点是伦敦博格和泰晤士河的北部，他的位置离那儿还很远。

所有在风暴中幸存的船都会驶向雷丁格姆，而盖尔蒙德只能靠自己去了。哈夫丹的军队和波尔希的船队将在那里会合。盖尔蒙德知道波尔希打算借助泰晤士河往西航行，这说明雷丁格姆就在那条河的西南方的某个地方。盖尔蒙德不知道去那里要花多少时间，但这是一段他必须熬过的旅程，哪怕只是为了和施泰因诺尔弗还有史凯裘重逢。他们两人之所以来到英格兰，就是因为他们向盖尔蒙德宣誓过。他想起了自己跳海的时候，想起了那位老战士的脸庞，想起了他在船上拼命向自己伸手的情景，这些记忆让他痛彻心扉。

他又看了看那个臂环，它不仅能反射阳光，自身也焕发着光芒。他决定把臂环藏起来，张扬地佩戴这样的宝物等同于引狼入室。无论之后的路上他遇到的是撒克逊人、诺斯人或是丹族人，他能拿来防身的就只有一把青铜小刀。于是他把臂环系在了上衣内侧的腰带上，这样就没人能看见了。接着他转向西南方，准备穿过这片浅滩。

英格兰的空气温暖而潮湿，盖尔蒙德的靴子正陷在泥土里。这里的部分水域很浅，他可以徒步蹚过去，但剩下的地方看起来又深又危险，他要耗不少时间和精力来绕过它们。他听人描述过沼泽地的危险，之后的行程显然只会更糟。即便清楚这里的捷径，要穿过前方这片沼泽地可能也得花上好几天时间，更不用说他对这里的地形一头雾水。他需要更便捷的行进工具，或者一个能告诉他捷径的向导。

在他靠近沼泽地边缘的时候，他看到北面不远处的芦苇丛里有一道缺口，那儿有一条河流，它的水流就是从这道缺口进入泥滩并汇入大海的。这条河的上游很可能通向一个村庄或城镇，他也许能在那里找到一条船，用他口袋里剩下的银钱买下来。

他调整了前进的方向，往沼泽地的北部进发。很快他靠近了那条河，发现它宽阔缓慢。好在这里有一些河堤，他可以踩着厚实的地面朝着村庄前进。

他在沼泽地里走得越深，呼吸到的空气就越沉重，这里满是叮人的蚊子和苍蝇。他望了望四周，这里有高长的野草、芦苇和杨树，也有矮小的灌木丛，它们遍布在这迷宫一样的半盐水湿地里，被一层似乎永不飘散的薄雾所笼罩。盖尔蒙德走得越发口渴，他不时停下来寻找自己觉得干净的水喝，多数时候他选择河流里的水，尽管它喝起来有一股泥炭的味道。

当太阳即将往西方下沉，盖尔蒙德开始考虑如何熬过这一晚，毕竟他很可能在日落之前也找不到一个居民地。他的口袋里仍然装着打火石，但他不用检查也知道，海水已经让他身上的火绒失去了用处，一路上他看到的落叶也都过于潮湿无法点燃。他需要尽快充饥，但他的湿衣服是更严重的问题，如果他找不到干燥的引燃物，那他就得度过一个彻骨冰寒的夜晚。

黄昏临近了，由于河流和河堤弯弯绕绕，盖尔蒙德很难估算自己走了多远的路。在笔直的路上可能只有六七英里的路程，在沼泽地里感觉像是这个距离的两倍甚至更多。他徒劳地一路驱赶着苍蝇和蚊子，用手去抓挠被叮咬过的地方。一旦他在一个地方停得太久，这些小虫子恐怕就会把他的血给吸干。

他有些惊讶，迄今为止他还没遇到过其他人，不论是撒克逊人还是丹族人。可这片土地并不为此感到寂寞。虽然盖尔蒙德像是第一个来到这里的人，但这片沼泽却没有热情地欢迎他，只是保持着它的静籁和沉默，仿佛察觉到危险临近的动物一般冷静。

当太阳落到白杨树的顶端时，他终于闻到了木柴燃烧的味道，但这是烧焦了的烟味。眼前的河流变宽了，它被焦灰染黑，被死亡污染。盖尔蒙德看到芦苇丛中有一具尸体，是个男人。他漂浮在水面上，身体肿得发紫，浑身爬满了苍蝇。他膨胀的大腿从长袍里直直地伸了出来。盖尔蒙德听人描述过基督徒的装扮，这人是一名先知或者神父，他的头部应该是被斧头或者剑劈开了。

沿着河堤再往前走，盖尔蒙德接连发现了第二具和第三具尸体，随后不久他又找到了好几具新尸体，都是穿着神父长袍的男人。他们的尸体要么被撕裂，要么被剖开，要么被肢解。他只能看到身体的一部分，这其中包括一个男孩的脑袋——男孩的年龄跟史凯裘相仿。

盖尔蒙德从未目睹过这种死法。衰老、疾病和意外夺走过无数他认识的人的生命，但他从未见识过劫掠和战争带来的死亡。虽然在离开父亲的领地时他就做好了杀死撒克逊战士的觉悟，但他还没有杀过人，也没看到过有人因这种暴行而丧命。

他的鼻子里弥漫着恶臭的味道，眼睛和脑子里充斥着死亡的景象，他差点儿就要呕吐了。他变得十分紧张和慌乱，甚至没注意听周围的声音，险些撞上走在他前面的人。好在他及时发现了这一点，停下脚步开始偷听前方的声音。

从说话的方式来看，这些人是丹族人。但盖尔蒙德听不清他们讲了什么，他蹑手蹑脚地前进，俯身去窥视他们的位置，他不确定接下来会看到什么。落入他眼帘的是一座被河流和沼泽包围的小岛，那里树木繁茂。丹族人的声音就是从那个地方传来的。

一条由木板筑成的堤道将小岛与河岸及远处的沼泽相连，盖尔蒙德找不到其他能接近丹族人的路，看来在了解他们之前，他必须先表明自己的身份。

他身后的芦苇丛好像有什么东西在动，他转过身来，看到一个丹族人正捧着一个篮子从沼泽地里走出来。这个丹族人很年轻,但还是比盖尔蒙德年长,他黄色的头发在头顶扎了个辫子。当他看到盖尔蒙德时,他迅速丢下篮子并拔出了斧头。但很快他就注意到盖尔蒙德除了一把小刀外并没有别的武器,他的情绪也放松下来。

"你不是撒克逊人。"他说道。

盖尔蒙德摇了摇头。"我来自吕加菲尔克。"

"你是诺斯人?"他眯起了眼睛,"但你看上去并不像诺斯人或者丹族人。"

盖尔蒙德叹了口气。"我真的是诺斯人,我效忠于古思伦领主。"

陌生人环顾了一下四周,像是在树林和沼泽里搜寻其他的身影。

"就我一个人。"盖尔蒙德说道,"我饿了,你们的营地还有多出来的位置吗?"

陌生人点点头,往后退了一步。"当然,你帮我拿着篮子吧,我带着它走了很远的路,胳膊都酸了。"他用斧头指着地上的篮子说道。

盖尔蒙德犹豫了,要带着这个篮子上路,他就得把小刀收起来,双手并用。这会让他在战斗中陷入不利的地位,这个丹族人显然已经考虑到了这一点。

"我是法斯蒂。"陌生人说道。

"我是盖尔蒙德。"

"我会带你去见奥德马尔。"法斯蒂说道,"他是我们的头儿。"

太阳落得更低了,沼泽地变得越来越昏暗,盖尔蒙德没什么选择,他决定还是相信这个丹族人,这总比露天过夜好。如果丹族人有意敌对他,不管他跟不跟着法斯蒂去,丹族人都会成为他的威胁,毕竟他们迟早会发现他在这附近。

盖尔蒙德向丹族人点头示意,收起了他的小刀,弯腰抬起篮子。

篮子里装着几十只牡蛎,一些硬牡蛎壳在篮子的接缝处起泡,盖尔蒙德举着篮子的时候,手掌会和这些水泡碰撞和摩擦,并且这篮子确实也很重。

法斯蒂指着草地的缺口处点点头,有意让盖尔蒙德走在前面。但盖尔蒙德不喜欢这个握着斧头的丹族人跟在他后面。"你来带路吧。"他说道。

现在轮到法斯蒂犹豫了。

"我手上没武器。"盖尔蒙德举着篮子说道,"除非你觉得这些牡蛎会伤害到你。我更喜欢它们的另一个用途。"

法斯蒂的嘴角缓缓露出一丝笑容。"你说得没错,我们应该吃了它们。"他朝着刚刚指的地方大步走去,盖尔蒙德紧随其后。

在草地缺口的另一边,两人沿着铺在河堤上的石板台阶前进。随后他们来到了那条木筑的堤道边。盖尔蒙德之前看到它延伸到了河流上游,达到了横跨整个村落的长度。他走在木板上时感觉它们就像大地一样牢固——不像在桥梁或者码头上,脚一踩上去就有空洞的回声。法斯蒂回头看了一眼,发现盖尔蒙德正低头注视着这些木板。

"撒克逊人把高高的木桩打进河底。"他说道,"全靠在一起,就像箭筒一样,然后他们在上面钉上了木板。"他在这条堤道上重重地跺了一脚。"它很坚固,同时又能让河水从下边穿过。"

"他们很聪明。"

"撒克逊人的确很聪明。"法斯蒂举起了他的斧头,"但是丹族人更强壮。"

他们到达了堤道另一头,盖尔蒙德发现这里长满了带刺灌木和树。法斯蒂领着他穿过荆棘,来到一条缓缓隆起的小坡前。盖尔蒙德爬了上去,随后他看到了一片辽阔的大地,在它的中心矗立着一座只剩灰烬的大殿。

"这是什么地方?"他问道。

"撒克逊人把这儿叫作安卡里格,这有一座基督教的神殿,是用木头建造的小建筑。"法斯蒂指了指西边,"在上游有个地方叫作麦迪桑斯泰德,那儿的神殿大得多,是用石头建造的。"

这里的其他几栋建筑物也被付之一炬,不管有意与否,大火还烧毁了一个似乎曾是果园的地方。法斯蒂穿过废墟,走进了残破不堪的神殿中。盖尔蒙德跟过来的时候,发现十几个丹族人坐在神殿中心的篝火旁,他们在向法斯蒂打招呼。等盖尔蒙德踏进神殿时,所有人的目光都落在了他身上。其中有一人看起来最引人注目,那是一个黑发的健壮战士,眉毛上刻着蓝色的纹路,身边放着一把钩斧。

"法斯蒂,这是谁?"他问道。

"我是盖尔蒙德·约尔森。"

"我没问你。"那个男人说道。

"我也不需要别人来介绍我,你是奥德马尔?"

男人瞥了一眼法斯蒂。"是我。"

"我发现他在河对岸那边躲着。"年轻的丹族人挪步到盖尔蒙德身边,"他声称自己是一个诺斯人。"

奥德马尔嘲笑道:"这里没有诺斯人,他是吉瓦斯人,是泥地撒克逊人。"

"我来自吕加菲尔克。"盖尔蒙德把沉重的篮子扔到了地上,里面的牡蛎发出了"哗啦"的响声。"我之前在日德兰半岛上的里伯待过,我跟随波尔希国王的船队一同航行。"

"哦?"奥德马尔夸张地左顾右盼,"那他人呢? 波尔希的船在哪?"

"我想是在伦敦博格吧,一场风暴把我卷进了大海,我被海水带到了这里。"

"那么你不是走了狗屎运就是有诸神庇佑,或者说,你是个骗子。"奥德马尔指了指篮子,"那是我们的牡蛎吗?"

盖尔蒙德低头看了看那些牡蛎壳。"是的。"

"把它们倒进木炭里。"奥德马尔命令道。

盖尔蒙德顿了一下,但还是按照对方的要求,把篮子里的东西倒在了火焰边缘的余烬中。不一会儿,它们就发出了像是口哨声的哀嚎,丹族人围过来将这些牡蛎壳从火中取出,沸腾的肉汁让牡蛎壳裂开了口子。战士们咧嘴大笑了起来,他们吮吸着肉汁,同时用小刀撬开牡蛎壳,挖出里面的肉。盖尔蒙德静静地站在一旁,直到正用牙齿咀嚼着牡蛎肉的奥德马尔邀请他加入进来。

牡蛎汁让盖尔蒙德觉得舌头很烫,这其中还夹杂着海水的咸味,里面的肉吃起来油腻腻的。没过多久,所有的牡蛎就被分光了,但盖尔蒙德还是抢到了六只,他把牡蛎壳扔进了丹族人丢弃牡蛎壳的地方。

"我花了一整天收集这些东西。"法斯蒂说道,低头看着剩下的食物残渣。

"别那么伤心。"奥德马尔用袖子的背面擦了擦他的嘴和胡须,"明天你会收集到更多的。"一些丹族人轻声笑了起来,然后奥德马尔把注意力转向了盖尔蒙德。"我还是得说,你看起来不像个诺斯人。"

"从我出生的那天起,我的外貌就不像诺斯人。"盖尔蒙德说道,"你想说你是第一个注意到这点的人吗?"

他的话引来了更多的笑声,也包括奥德马尔的,这个男人耸了耸肩说道:"坐吧,诺斯人,一起烤烤火,这儿的烟味加上神殿被烧焦的气味,让蚊子们也不敢过来。"

"谢谢你,奥德马尔。"盖尔蒙德在火堆旁找了个位置坐下,他不再感到饥饿,身心也放松了不少。

"我看你的剑一定是留在船上了。"奥德马尔说道,随后看了看他左右两边的战士,"我们是乌巴的人,年轻的法斯蒂是乌巴的族人。我们之前待在哈格里斯敦,乌巴在那儿杀死了艾德蒙——也就是泥地撒克逊人的国王。他现在向麦西亚进军,但我们选择来到沼泽地,为了让这里的人们服从我们。"

盖尔蒙德想起了他在河里看到的尸体,不禁好奇那些神父是怎么反抗的。接着他又观察烧毁的神殿周围,注意到有一栋建筑幸免。那是用树干和泥土搭建的圆形小屋,它坐落在果园的废墟附近。暮色已经笼罩了整片沼泽地,而它就像暮色中的一个孤独背影。它只有一扇狭窄的窗户,没有门,单是这些特征就让它看起来像是个孤立的房间。但它能在这场大火中保存下来,表明它是被人有意保护的。

他朝着它点头道:"那是什么地方?"

"那是一座坟墓。"奥德马尔说道。

盖尔蒙德又看了看那栋建筑。"撒克逊人会把死人丢在木制的坟墓里?"

"在里面的是活着的死人。"奥德马尔说道。

盖尔蒙德感觉到自己胃里的牡蛎好像变得又冷又沉。"尸妖[①]?"

丹族人咧嘴笑了笑说:"去看看就知道了。"

其他人没有说话,他们都看着盖尔蒙德,等着他行动,这让他的心中再次产生了不安。很显然,奥德马尔是在恶作剧。但他不清楚丹族人这么做是开玩笑还是有恶意。片刻的犹豫过后,盖尔蒙德还是决定满足自己的好奇心,不去考虑奥德马尔的动机。他离开了残破的神殿,离开了这群围着火堆的丹族人,在黑暗中向着十几步以外的圆形

[①] 尸妖,原文为 Haugbui,指一种亡灵,即埋葬在古冢的一个人的行尸,行尸会保护自己死后的居所。

小屋靠近。小屋散发着排泄物的臭味,降低了他心中的恐惧,因为他还记得布拉吉给他讲过的故事,在那个故事里死者并不会做出大小便的行为。

当他悄悄地逼近小屋时,他闻到窗外的地面上有垃圾的味道。这个小屋让人联想到监狱,而不是坟墓。盖尔蒙德从侧面靠近那扇窗户,弯下腰,伸长脖子向里头张望。接着他听到一阵晃动的声音,瞥见了一个脸色苍白的粗犷男人,同一瞬间他感觉到有什么东西朝他的脸飞过来,他勉强躲了过去,从屋里丢出来的那坨粪便就在地上开了花。

他身后不远处的丹族人哈哈大笑,盖尔蒙德气得脸都红了。他先是咒骂了自己是个傻瓜,随后又露出了对于恶作剧的无奈苦笑。但小屋里的男人并没有笑,他正在用撒克逊人的语言叫喊和咒骂着,也不太可能笑得出来。盖尔蒙德发现自己能大概听懂男人的话。

"滚开,你这个异教徒!"他大骂道。

盖尔蒙德看了看窗外的垃圾堆,估摸着对方应该没东西可扔了,他就又冒险再往里头看了一眼。

这个撒克逊人穿着神父的衣服,虽然他的长袍很脏。他的头发和胡子乱糟糟地缠在一起,遮住了他的大半张脸。当他看到盖尔蒙德时,他扑向了窗户,干裂的嘴唇号叫着,盖尔蒙德只能再次后撤。

"离他远点儿!"奥德马尔大喊了一句,他仍然在大笑,还挥手示意盖尔蒙德回到神殿这边来。

他又看了一眼这个奇怪的没有门的小屋,然后回到了人群中。这些丹族人还在奚落他,并用手指着他,好像觉得这样做很好笑一样。盖尔蒙德举起双手,点头承认自己被骗到了。

"你躲得真快,诺斯人。"奥德马尔说道,"之前有几名战士和那个死人说话后,都不得不去河里游一圈。"

"你为什么说他死了?"盖尔蒙德问道。

"我告诉过你,那就是他的坟墓。"

盖尔蒙德皱起眉头,仍然困惑不解。奥德马尔拍了拍法斯蒂的肩膀。

"告诉他。"

年轻的丹族人清了清嗓子说道:"一些基督教的神父会走进那种小屋里向他们的神祈祷,接着就得把自己关在里头,然后另一位神父会为他祷告,说他已经死了。"

"这些神父是自愿进去的?"

法斯蒂点点头。

"他们出来过吗?"

"没有。"法斯蒂说道,"他们的神禁止这么做。"

奥德马尔笑道:"当我们在那些坟墓边点火的时候,还是有些人跑出来了。"

盖尔蒙德很想知道周围这些烧毁的建筑物里有多少是像这个残存的小屋一样的。"你为什么放过了他?"他问道。

"我想看看他是不是真的死过一次了。"奥德马尔说道,"毕竟没有人可以死两次。"

"我在河里看到的神父是怎么回事?"盖尔蒙德问道,"他们死了两次吗?"

"他们离开了坟墓。"奥德马尔说道,"如果是基督徒们的巫术,神父从里头出来就会失效吧。变成尸妖和尸鬼①的他们当然可以再次被杀死。"他倾身靠近盖尔蒙德,指了指那个孤立的小屋。"那里面没有食物和水,如果那个人饿死在里面,就证明他之前祈祷的时候并没有死,

---

① 尸鬼,原文为 Draugr,指北欧神话和维京人传说中的邪恶不死族怪物,因生前有着强烈执念而迫使灵魂回到身体里,经常被描绘为类似丧尸或骸骨的形象。

115

这个地方并没有什么神力。"

随着岛上的蛙类和昆虫发出各种叫声，夜晚的沼泽地又变得热闹了起来。盖尔蒙德看着奥德马尔的眼睛，他看到了恐惧和仇恨。"神父们做了什么？"他问道。

"什么？"

"你说过你来这里，是为了让他们服从，他们是怎么反抗的？"

奥德马尔向后靠着。"他们拒绝把银钱交给我们。"

"他们没有银钱。"火堆另一侧的一个丹族人说道，"我们来这里是为了——"

"所有的神父都有银钱！"奥德马尔大声说道。

法斯蒂低头看着地面。"那些死掉的可没有。"

奥德马尔跳了起来，愤怒地吐了一口唾沫。"你们谁想向我挑战？"他抽出那把钩斧，对准眼前这一圈丹族人，在空中挥舞出了一条弧线。"说话！有问题我们现在就解决。"

没有一个丹族人回应他，他又坐了下来，整个谈话到这里就结束了。战士们披着斗篷分散开来，准备睡觉。盖尔蒙德也躺下了，他知道这样做有风险，但如果他们真希望他死，完全可以在他吃掉一只牡蛎之前就动手，而且在吃过之后也随时可以下手。他现在很庆幸能有火取暖。

他很快就睡着了，到了深夜，远处的一声哀号让他惊醒。他在黑暗中躺了好一会儿，感觉到后颈一股凉意，他不知道自己是听到了动物还是人的声音，可能是有什么别的东西在沼泽地里出没。他听到的是一种饱受折磨的痛苦呻吟，盖尔蒙德想了一会儿，觉得可能是神父发出来的。接着他又开始想这个死人是不是已经饿死了，再也没法入睡。

他周围的丹族人似乎对这声音没有反应，于是盖尔蒙德从他们中间起身，小心翼翼地朝着小屋走去。当他走近外边的屋子时，他站在了窗前，想听听看里面还有没有生命的气息。

他听到了一阵低语，用的是一种他听不懂的语言。他第一次靠近小屋时感受到的那种恐惧又回来了，他觉得神父可能在施展什么魔法或是诅咒。但他听得越久，就越不觉得对方在念咒，他的语气更像是在向神祈祷。

这代表这个人还活着，至少还和之前朝他扔粪便时的状态一样。盖尔蒙德满意地走开，但他的袖子却碰到了小屋粗糙的外壁。

神父的低语声停了下来。"有人在外面吗？"他用盖尔蒙德能听懂的撒克逊语问道，他的声音嘶哑而微弱。

"是的。"盖尔蒙德说道，他的声音变得温和起来，"但我不会杀你的。"

神父大笑起来，笑得很是痛苦，现在的他像一个疯子，也像一个知道自己死之将至的人。"也许你应该来杀我，你应该结束我的痛苦，就像你结束我兄弟们的生命时一样。"

"我没有。"盖尔蒙德说道，"我和这些丹族人不是一伙的。"

"不是一伙？那你和谁是一伙？你说话完全就不像撒克逊人。"

"我和……"盖尔蒙德停顿了一下，"我跟着别的丹族人。"

神父再次大笑。"我敢肯定恶魔有很多种，但他们没有一种是侍奉上帝的。"

盖尔蒙德回头瞥了一眼丹族人的营地，想看看有没有别的战士醒来，好在他们似乎都睡死了。"你还活着吗，神父？"

"这是什么蠢问题？我不是在跟你说话吗？"

"我这么问是因为丹族人说有其他神父在为你祷告，就好像你已经死了一样。"

"啊,那是异教徒的理解。"他叹息道,盖尔蒙德听到了沙沙的声音,当神父再次说话时,他站得更靠近了窗户一些。"当我成为隐者时,我的身体并没有死亡;当我进入我的独修之所,就代表我摒弃了外界的一切,摒弃了所有的财富和名声,这当然在某种意义上被视为死亡。"

盖尔蒙德摇了摇头,这些放弃财富和名声的神父是没有银钱来抢夺的,奥德马尔只要直接问他们就能知道这一点。"也就是说你待在这里还是会死。"盖尔蒙德说道。

神父叹了口气。"是的,我当然会死,而且我希望死亡能快些侵蚀我的生命,我曾祈求上帝把我从这种痛苦中解放出来,但他却还是把我留在这,也许还有什么我未知晓的目的。"

"为什么你不自我了断呢?"

"这对于我所祷告的上帝是一种罪。"

"所以你不能离开这里,也不能结束你的生命。你的上帝根本在羞辱你。"

"怎么能这么说?"

"选择自己的方式来面对命运是你的权利,但你的上帝否决了这一点。"

"那是异教徒的理解。"

盖尔蒙德很清楚,在同样的情况下,他是绝对不会向这样的神祷告的,但他同情这位神父,这个在自己制造的监狱里祷告的男人。"你的上帝愿意让你接受异教徒的水吗?"

一阵沉默过后。"可以。"神父终于说道。盖尔蒙德听到了屋子里的动静,接着神父将手伸出窗外,他的手里拿着一个普通的木杯子。

"别的恶魔会因此惩罚你吗？"他问道。

盖尔蒙德接过杯子，大步离开小屋，离开了那群入睡的丹族人。他穿过烧焦的果园一角，朝着小岛另一侧的河流而去，那里离其他神父的尸体很远。他在黑暗中跌跌撞撞地前进，荆棘划破了他的皮肤。但最终他还是来到了岸边，蹲着给神父的杯子里装满河水。沿着河向西不远的地方，他瞥见了水面上的几道黑影，他知道那是载着那些丹族人来到这里的船。接着他站起身来，低头看了看杯子，希望里面的水是干净的。

回到小屋边，他把杯子从窗口递了进去，听到神父大口吞着水。"祝福你，异教徒。"他说道。

"是你在祝福我吗，"盖尔蒙德问道，"还是你的上帝？"

"我是在祈求上帝保佑你。"神父叹息着说道。

盖尔蒙德耸了耸肩。"我愿意接受任何神的恩惠或礼物，铁匠的也一样。"

神父咬了咬牙，随后大笑起来。"我不应该接受你的水，这只会推迟我的死亡，但它还是减缓了我的痛苦，你一定是上帝派来的。"

"没有任何神派我来，神父，我是自己选择来到这里的。"

"那么我很感激你展现的仁慈。"神父说道，"我的名字是托斯雷德，你呢？"

"我叫盖尔蒙德。"

"认识你很高兴，盖尔蒙德。现在我想祷告一会儿再睡觉，但我还想跟你说一件事。"神父走到了窗前，黑暗中几乎看不见他的眼睛和脸。"既然你和这些丹族人不是一伙的，我想他们迟早会因为一些小事就杀掉你。"

盖尔蒙德同意他的看法。"我也还想对你说一件事。如果你明明可以离开这个地方,继续侍奉你的上帝,他却还希望你留在这里饥寒交加并孤零零地死去,那我只能说你的上帝是个傻瓜。"

托斯雷德没有和他争辩,他只是笑了笑,低下了头,随后便回到了小屋的阴暗处。

盖尔蒙德回头看着神殿的废墟,想到了奥德马尔和他手下的丹族人,他决定不再跟他们混在一起。他转身去河边,就像刚刚去给神父装水时一样,接着又悄悄地下了河堤,向着小船的方向走去。

带着其中一艘船离开应该很容易,盖尔蒙德快速地解开离他最近的那艘船,准备把它推到河里,然而他听到了身后的脚步声,他转过身来,只见一个人影走来。看来有人被叫来看守船只了。但天太黑了,他看不清来者是谁。

"你在干什么?"丹族人问道,这个声音是法斯蒂的。

"绳索不牢固。"盖尔蒙德从刀鞘里拔出小刀,尽可能把它藏在看不到的地方。因为他知道自己的机会转瞬即逝,一旦失手,他就会死在这个丹族人或是奥德马尔的手里。"我想把它系牢一点。"

"骗子!"法斯蒂现在离他只有一步之遥。"你想偷走它。"他深吸一口气,准备大喊,向他的同伴们发出警告。但盖尔蒙德在这一瞬间猛冲了过去,将小刀刺进了战士的喉咙,一直刺到刀柄没入,让战士在发声之前便安静了下来。

法斯蒂抓住了盖尔蒙德的手腕,他的眼睛瞪得很大,瞳孔泛白得明显。他发出咯咯的呻吟,脖子上鲜血四溅。当盖尔蒙德把法斯蒂的身体推倒在地时,他的手上沾满了这个丹族人的血,又热又湿。接着他把小刀拔了出来,他感觉到自己浑身都在发抖,心脏也在怦怦直跳。回到小船边,他明白自己之后必须和这群丹族人保持距离。奥德马尔不会对这样的侮辱视而不见,他一定会疯狂地追杀他。他看起来对沼泽地非常熟悉。盖尔蒙德拒绝拿走眼前垂死之人的武器，所以他也没有斧头来破坏其他的船只。即便他能这么做，动静也会闹得很大，肯定会吵醒这些丹族人。

法斯蒂还在草地上扭动着身子，双脚无力地抽搐着。盖尔蒙德已经开始收集其他船上的桨了，他把它们全扔到了解开绳索的那艘船上。他知道如果没有船桨的话，奥德马尔就很难往上游前进。做好了一切准备，他把要偷的那艘船推到了河里，旋即自己也跳了上去。

第十章

河流并不湍急,但这艘船是撒克逊人制造的,又大又笨重,船的每一侧都有三支桨。盖尔蒙德拖着其中两支桨来到船头的横板上,当这两支桨拍打着水面时,河流已经带着船往下游漂了一会儿。

为了加快速度,他背对着河流的上游,面朝船尾划动着手中的桨。他的眼睛依然盯着那座岛屿,盯着法斯蒂躺着的那块地方。这个丹族人可能已经死了,也可能还在与死亡做无力的抗争。盖尔蒙德仔细聆听着四周的动静,但他没有听到任何丹族人的喊叫声,他的视线在荆棘丛中来回搜寻,却没有发现任何人影。奥德马尔的船附近一片寂静,那片沼泽地也逐渐在盖尔蒙德的视线中远去。

直到这时,他才放心地停止划桨,开始用河水清洗小刀和手上的血迹。在离开吕加菲尔克时,他以为自己杀死的第一个人会是战场上的撒克逊人,但现在他却在沼泽地先杀死了一个丹族人,这让他开始思考这两种情况有多大的差别。每个人生命的长度都是被命运三女神所决定的，不管是不是盖尔蒙德下手，法斯蒂的人生都注定走到了尽头。所以重要的并不是法斯蒂的生死，而是盖尔蒙德是否有必要杀死他。他很确定，如果可以避免杀死法斯蒂，他一定不会动手。即使他成为了命运的仆役，他也永远会选择荣耀的做法。

这时左边的芦苇丛中传来了些动静，他立即回头一看，但那身影马上就消失了，不过他还是瞥见了一个女人苍白的脸，他琢磨着自己是不是看到河灵①了，他可不想让河灵错认为他是让尸体污染河水的罪魁祸首。他身上只有银钱可以供奉，为了这一路的平安，他战战兢兢扔了一枚银钱到河里，然后他便拼命地划桨，只想尽快离开这个鬼地方。

过了一段时间，沼泽地由黑夜转变为了白昼，盖尔蒙德看到太阳在远方的雾气中升起，发出昏暗的光芒。才用了一天，他就顺着河流来到了一条更宽敞的水路，他沿着新的水路继续划了一阵船，便到达了第二个城镇。

这儿比安卡里格更大，但和安卡里格一样，它也曾被火焰吞没，虽然不是最近才发生的。盖尔蒙德猜测这里就是麦迪桑斯泰德，也就是法斯蒂提到的有石制神殿的城镇。他绕着小镇继续划船，发现并不是每座建筑物都被烧毁了，撒克逊人也并没有全部被屠杀。在远处的森林里还能看到一些圆形小屋，人们在河岸边走动，洗衣服，给水壶和水盆灌水，还有人在乘船渡河。他们抬头看见了盖尔蒙德的船在眼前经过，但他们的眼睛却显得空洞无神，那里面既没有好奇也没有恐惧。

他很快到达了一个码头，码头也是用木材做成的，和撒克逊人建造堤道的方式一样。商人和旅行者来参观麦迪桑斯泰德和这里的神殿时，似乎都是从这个码头上岸的。盖尔蒙德决定在这个小镇稍作停留，

---

① 河灵，原文为 river-vættr。vættr 为古诺斯语，泛指各种北欧神话中的鬼魂、幽灵，包括山中、森林、河流等地的守护者，也可以指代诸神和巨人等超自然存在的灵魂。

如果镇上有人在卖食物的话,他也可以买一些留着路上吃,也许还能打听一下怎么去雷丁格姆。他把船划到码头前,系好绳索,然后摸了摸衣服内侧,确认了从韦兰那里得到的臂环还在自己身上。

他离开码头,走上一条破旧的小路,穿过一片长满赤杨和柳树的树林,来到一片宽阔的草地上。草地上耸立着那座石砖建造的神殿的残骸。它的屋顶已经被烧毁并且塌了下来,它的墙壁虽然被烧得发黑,但还是又高又稳地扎根在厚实的地基上。

在神殿的拱门附近有一个营地,盖尔蒙德通过营地的人所穿的长袍,认出了他们神父的身份。营地里一共有五名神父,三名看起来像是战士的撒克逊人,以及一名年轻的棕发男孩。其中一位神父正用锤子和凿子对着一大块白色的石头敲击,草地上也持续传来尖锐的响声。但盖尔蒙德离得太远,看不见在石头上雕刻的东西。

随着盖尔蒙德的靠近,另一个神父突然大喊起来,向他的同伴发出警告。然后第三个神父走了过来,左右两边各有一位拿着短棍的撒克逊人。他走近盖尔蒙德,张开双手阻止他前进,愤怒地摇晃着他那光秃秃的脑袋。

"不,不,不。"他说道,"丹族人已经偷走了我们所有的银钱,杀死了修道院院长和这儿的每个修士,只剩我们几个人和那个新来的男孩了。现在他们又让一个披着毛衣的奇怪使者乘着其中一艘船过来,你的主人到底还想要我们做什么?"

"我不是替那些丹族人传话的。"盖尔蒙德说道。

"那你想干什么?"神父大声问道。

"两件事,首先,我想买点食物和麦芽酒……"

神父张大了嘴巴。"你——你竟然想……"他眨了眨眼,然后提起了嗓门,"看看你周围,丹族人!看看你们的人都做了什么!你想来这里交易,想接受我们的款待?我们什么都不会卖给你的!"

"你们是没东西可卖,"盖尔蒙德问道,"还是不愿意卖给我?"

"这两个问题的答案都一样。你是异教徒,是魔鬼,你在这里是找不到什么慰藉的,赶紧滚吧。"

盖尔蒙德划了一夜的桨,他现在又饿又渴,而且疲惫不堪。"我知道你失去了很多东西。"他说道,"但你有可能会失去更多,你最好管好你的嘴巴。"神父身边的撒克逊战士怒视着他,盖尔蒙德真希望自己手里不只有一把小刀,"神父,我是带着平和的心来见你的,我想要公平地交易。之前我见过你们的一个同伴,在他口渴的时候是我给了他水……"

"我不在乎。"神父用手指着盖尔蒙德,"你能从我这得到的水只有洗礼之水。"他停顿了一下。"事实就是如此。"他回头瞥了一眼他的营地,自顾自地点点头,"如果你愿意在此刻放弃你的异教神,成为一个基督徒,我们将很高兴与你分享我们的一切。"

盖尔蒙德不知道神父是真心地提议他入伙,还是希望自己拒绝他,但他只是笑着问道:"你的同伴在那块石头上刻的是什么?"

神父挺直了身子。"石头上刻的是我们的主耶稣和跟随他的使徒。"

盖尔蒙德瞄了一眼烧毁的神殿。"他为什么要这样对待你们这些圣徒?你们的上帝既没保护好他的神殿,也没保护好他的神父,我为什么要向这样的神祈祷呢?"

神父的脸涨红了。"我们的人是很少,但杀死一个没有剑的丹族人还是不成问题的,我们会为上帝完成他的工作。"

盖尔蒙德不觉得在场的哪一个神父能杀死他,但那些战士却有可能夺走他的性命。如果他拿不到补给,那停留太久就是很愚蠢的事情,毕竟奥德马尔可能已经在追杀他了。他低下头,向后退了一步,举起双手。"冷静点,神父,不要再流血了。"

神父没有说话,仍然站在原地,显然是想要盯着对方离开。于是盖尔蒙德转过身来,离开草地,沿着原路穿过树林,然后向河边走去。当他靠近河岸时,他听到有人从后面的树林里冲了出来,他立即回身准备迎战,却发现来的只是神殿里的另一个神父,他的手里拿着一块面包。

"它已经硬得跟石头一样了。"来者说道,"如果你想要的话,它就是你的了,我也不会要求你成为一个基督徒。"

盖尔蒙德凝视着那片树林,侧耳倾听。但他没有看到其他人,也没听见任何动静。他朝神父走了过去,接过了那块肯定得沾湿以后才嚼得动的面包。"你为什么给我这个?"

"我的上帝要求我给饥饿的人食物。"

"我的神不会这么做,但还是谢谢你。"

"你显然不是丹族人。"陌生人说道,"你是芬兰人吗,还是迦尔米亚人?"

"我母亲是迦尔米亚人。"盖尔蒙德现在更仔细地打量了眼前的神父,对他的见识感到有些惊讶。他身材矮小,有着棕色短发和光滑的脸颊,鼻子像斧刃一样尖尖的。"你是怎么知道迦尔米亚的?"盖尔蒙德问道。

"和很多人一样,我在书里读到过相关的描述。你的相貌和生活在迦尔米亚的人相符,但也同时符合芬兰人的特征。"

"我不是芬兰人,我是从吕加菲尔克来的。"

"从北道来的?"他的脸色变得阴沉下来,"我听人说过,那边的人虽然不是丹族人,却和丹族人一样邪恶。"

盖尔蒙德咧嘴笑了笑。"比你想得更糟。"

"我叫约翰。"神父说道。

这是很常见的法兰克名字。盖尔蒙德想起了之前在南方遇到的商人,他在神父的身上看到了相似的容貌特征和行为举止。"你不是撒克逊人。"他说道。

"我是撒克逊人。"约翰说道,"但我是从法兰克来的,所以大家都叫我旧撒克逊人[①],你叫什么名字?"

"盖尔蒙德。"

"欢迎来到麦迪桑斯泰德,吕加菲尔克的盖尔蒙德。"

"这里根本没有欢迎。"盖尔蒙德说道,"就连你的上帝似乎也抛弃了这个地方。"

约翰微微地歪着脑袋,虽然没有回应,脸上却露出了微笑。看起来他更喜欢盖尔蒙德的言辞,而不是他的声音。"刚刚在草地上的时候,你说你来这儿是有两件事,买食物是其中之一,那另一件事是什么?"

"我想知道怎么去雷丁格姆。"

"韦塞克斯的雷丁格姆?"约翰皱起了眉头,"你离那里还有将近一百英里呢。"

"你知道路吗?"

他点了点头。"我知道,如果你沿着这条河再往西走五英里左右,你就会到——"他停了一下,回头朝着草地看了看,"在这儿等着,我马上就回来。"留下这句话后,眼前的神父立刻就跑回到了树林里。

盖尔蒙德看着神父跑开,有些疑惑不解,他看不出这个叫约翰的旧撒克逊人神父有什么威胁,但他对任何一个基督徒都没有耐心,哪怕对方是很友好的类型,所以他决定不再等了。

[①]据史料记载,迁入英格兰的撒克逊人的来源虽然在传统上分为盎格利亚人、撒克逊人和朱特人,但也有可能包括部分弗里斯兰人和法兰克人。

过了一会儿，盖尔蒙德已经站在他偷来的船上准备出发了，约翰又一次从树林里冲了出来，手里拎着一个皮袋。他向盖尔蒙德喊了一声，一边挥手一边朝着河岸跑来，然后他的靴子在码头的木板上发出了沉重的响声。

"我叫你等着我的。"他气喘吁吁地说道，"我也要去那边，我会跟你一起上路，告诉你具体怎么走。"

他的提议让盖尔蒙德大吃一惊，他朝着神殿的方向点头示意。"他们会让你走吗？"

"让我走？"约翰回头看了一眼，眉头紧锁，"噢！不是那样的，他们没把我算作他们的一员，我不是一个修士。"

"修士？"

"是的，修道院的那些人都是修士，你就把他们当作一辈子待在同一个地方，经常一起生活和祈祷的那种神父吧。"

这说明他在安卡里格看到的神父其实是修士。"那你算什么？"

"我是自由的神父，上帝差遣我去哪我就会去哪。"

"那你的上帝要派你去什么地方呢？"

"通常只有到了一个地方，我才会意识到我是被派去那里的。我的行李总是打包好的，就是为了可以随时动身。"他把皮袋子扔到了撒克逊人的船上，"但现在我相信是上帝派我跟着你的。"

盖尔蒙德在第一次进入沼泽地时就想要一艘船和一个导游了，现在他两者都有了。也许并不是上帝派了神父来，而是命运。"上来吧。"盖尔蒙德说道。

约翰颔首表示感谢，然后他从码头上了船，爬到船中间的横板时，他被绊了一下。"你船上的桨还真多。"

盖尔蒙德推着船离开了码头，使它进入到河流中。"没有桨，船无处可去。"

"完全正确。"约翰像先前一样把头歪向了一边,"五天前,有一大群丹族人坐着像这样的船离开了麦迪桑斯泰德。"他看着船上那些奥德马尔的桨,"我在想他们会去哪里。"

盖尔蒙德挥动双臂,开始划桨。"希望我们不会碰到吧。"

"你今早是从哪来到这里的?"

"安卡里格。"

"那是个圣地。"约翰说道,"那些修士过得怎么样?"

"比这里更惨。"盖尔蒙德说道,"他们都被杀了,除了一个待在木坟里的人,他叫托斯雷德。"

"托斯雷德?我听说过他,据说他是个虔诚的信徒。他有个兄弟叫唐克瑞德,还有个姐妹叫托娃,你看见过这两人吗?"

"我没有看到其他的神父。"盖尔蒙德说道,他想起了之前在河边看到的河灵,如果他看到的是一个修女,他就浪费了一块好银钱。"我离开托斯雷德的时候,他还活着,但我想他活不了多久了。"

"他就是你说过的那位口渴的神父?"

"就是他。"在宽阔的河面上,盖尔蒙德感受到了冉冉升起的太阳的热量,"但他是个傻瓜,他应该离开他的小屋,像你一样去做个自由的神父。"

约翰沉默了,然后叹了口气。"丹族人的征服行动就如同邪恶之夜的降临,但仍然有蜡烛在黑暗中燃烧,竭尽最后的光辉来驱散这一切。"

盖尔蒙德不知道神父是把托斯雷德比作了光,还是在说自己,又或者神父把他也看作了其中一根蜡烛,但他并没有对此进行提问。"离这儿五英里远的地方是哪?"

"五……噢,对了。"他用手指向上游,指向盖尔蒙德肩膀后面,

"罗马人叫它杜罗布瑞维,它曾经是一座有围墙的小城市,一座堡垒,但现在已经不是了。它的大部分石头都遭到了掠夺,用来建造麦迪桑斯泰德的修道院。"

"我们为什么要去那里?"

"因为罗马人也修了很多路,现在丹族人在使用它们。你会在杜罗布瑞维找到俄宁加街,顺着那条街往南就能去雷丁格姆了。"

"我明白了。"盖尔蒙德说道,"谢谢你。"

约翰抬头望了望天空,在盖尔蒙德看来,这儿的天空比沼泽地那边的更蓝更明亮。当他的船越发靠近北边的陆地时,南边的河流在他的视线里也开始变得干涸了,逐渐融入由荒原和森林组成的城镇中。

"也许该由我对你道谢。"神父说道。

"为什么?"

"因为我想和你一起旅行。"

"和我一起?"盖尔蒙德手中的桨停了一会儿,他感到很惊讶,"我在英格兰待的时间不长。"他说道,"但我觉得神父找一名异教徒当旅伴是前所未闻的。"

约翰点了点头。"确实如此,但这个国家的形势还在变化,我离开诺森布里亚就是因为它被丹族人占领了,当我来到东盎格利亚时,它已经被征服了。我很担心麦西亚会成为下一个沦陷的地方,到时候就只剩下韦塞克斯了。我开始想,也许在不久的将来,不愿意和异教徒结伴的神父就只能独自旅行了。"他把头歪向了一边,"但我不会要求和任何异教徒一起旅行的。"

"除了那些没有剑的。"盖尔蒙德说道。

"噢,对了,说到这个。"约翰伸手在他的皮袋子摸索着,"我想它对你更有用。"他一边说一边取出了一把带有皮鞘的祭祀刀,它比小刀

@ 2021 Ubisoft Entertainment. All Rights Reserved. Assassin's Creed, Ubisoft and the Ubisoft logo are registered or unregistered trademarks of Ubisoft Entertainment in the U.S. and/or other countries.

幻象文庫
想象 比現實更重要

刺客信条

英灵殿

长，但又比剑短。它有着木制的刀柄和铁制的柄端。"这刀虽然不是用法兰克的钢打造的，但依然很锋利。"

随着盖尔蒙德和神父相处时间变长，他觉得自己越来越不了解这个人，并且开始怀疑他可能是疯了。"你想给你的敌人一把刀？"

"我不觉得你是我的敌人。"约翰把祭祀刀搁在他的大腿上，"撒克逊人和丹族人也许是敌人，但这不代表约翰和盖尔蒙德一定就是敌人，我从来不会把别人当作我的敌人。"

他的话有些打动盖尔蒙德，约翰看上去比他父亲约尔年轻很多岁，但他说的话却饱含长者的智慧。"你让我想起我认识的一位吟游诗人，他的名字是布拉吉·博达森。"

"是你的朋友吗？"

盖尔蒙德并不会用这样的词来描述布拉吉，但这话也没错。"是的，算是某种意义上的朋友吧。"

"如果布拉吉·博达森在这里的话，他会建议你怎么做？"

盖尔蒙德划了几下桨，在答复前思考了一会儿。"他会提醒我，说我没有剑，而你给了我一把，他会说你大概是个傻瓜，但也会说你对我没有恶意。"

"大部分都是实话。"约翰说道，然后点了点头，"这把祭祀刀是你的了。"

一只雏鹰从草地上空飞向南方，在飞走前朝着他们唳了一声。盖尔蒙德望着它离开，希望能看穿它深邃的目光。"如果你打算跟我一起旅行。"他说道，"你应该知道我是准备去和撒克逊人战斗。"

"我也许是个傻瓜，吕加菲尔克的盖尔蒙德。但我也猜到了大概，所以我并不打算和你一起去雷丁格姆。从这往南走两天后，我们会去一个叫罗伊西亚的地方，那里有一个十字路口。你可以走伊克尼尔德路去韦塞克斯，而我会继续往南前往伦敦维奇。"

"伦敦博格？那儿有什么在等着你吗？"

"一艘船，我希望它能载着我回到故乡萨克森，除非上帝还想把我派到别的地方去。"

"我想等你到了就会知道他的安排了。"

"通常是这样的。"约翰说道。

在他们看到杜罗布瑞维之前，河流几度变得弯弯绕绕，形成了各种绵长的弧线。神父对这个地方的说明没有错，盖尔蒙德在河面上能看到城墙，它在最初建造的时候可能非常宏伟高耸，但现在的模样可能还不如牧场上的羊圈。他划着船拐过水路的最后的一道弯，在南边上岸时，他发现了一座罗马人残留的桥梁，至少它还残存着。他们把船拖到芦苇丛的深处，然后爬上了堤墙。

他们在桥下的阴影处停歇，两人的衣服都湿透了。他们吃了几口约翰带来的那块发硬的面包。然后盖尔蒙德把祭祀刀系在腰带上，约翰把他的袋子扛在肩上，两人一同在道路上前进。

桥梁的右侧是一条穿过河流的街道，这条街是通往北方的路——根据约翰所说会直达约克。往南走会看见一个单独的拱门，它的颜色像骨头一样苍白，看起来像是曾经城墙上的大门。然后他们直达了这个废弃城镇的中心，这里的路直得就像弓箭手的利箭。

"你以前看过罗马人的手工艺品吗？"当他们走进这片废墟时，约翰问道。

"从没见过。"盖尔蒙德小声答道。

虽然这里的建筑都已是残垣断壁，但他仍然能在灌木和树丛中发现地基的痕迹，哪怕自然已经夺回了领地。那些围墙的结构和排列，仿佛是在大地上绘制出的巨大卢恩符文，它们用一种盖尔蒙德无法理解和相信的语言讲述着这里悠长的历史。一些罗马人的大殿比作为领主的父亲约尔的还宽敞,由橡树般粗壮的石柱支撑着。这座城镇至少有五十英亩之广,但约翰却说它是个小城市。就连他们走过的街道也和走过的任何一条路都不一样。这些街道足足有六英寻宽,是用压得很紧实的形状各异的石头砌成的,哪怕有车辙的地方痕迹也很浅。当盖尔蒙德在城镇中穿行时,他甚至能感觉到那些消失的建筑工人就待在他身旁,他尽量保持着轻盈的脚步,安静地前进着,生怕惊醒依然牵绊在这里的死者。

他们走了将近半英里才到达废墟的最南端。当盖尔蒙德走出废墟南边的大门时,盖尔蒙德叹了口气,欣喜于终于离开了那个地方,摆脱了压抑与恐惧。

"如果你跟我一样去过罗马。"约翰一边说一边往后看,"你就会觉得这里只是个小小的中转站。"

盖尔蒙德想喊他一声骗子,但他觉得约翰不像是那种人。"这真是个阴森的地方。"他选择换了个话题。

"你相信这些死人能对你造成伤害吗?"约翰问道。

"当然了。"盖尔蒙德说道,"难道你不是这么认为的吗?"

"我不信。"

"但你说过丹族人在使用这些罗马人修的路。"

"他们是在用,这和你说的有什么关系吗?"

"这就代表死去的罗马人默许你的敌人加速通过这里,接近你们的家乡,从而伤害到你们。"

约翰微笑着点了点头。"你说得没错,但这也没什么好惊讶的,罗马人以前也和丹族人一样,他们也是异教徒。"

第十一章

　　罗马人在大沼泽地的西部边界开辟了道路,它贯穿了这片荒原和树林。在这条路上阔步向前,盖尔蒙德意识到自己横穿泥沼的选择是幸运的,正因如此他才能越过北部这片广阔的沼泽地。如果他从自己被冲上岸的地方直接往南走,那他可能要和大约四十英里的沼泽地纠缠很多天。他在和神父沿着道路往南走的同时,亲眼见识了这片沼泽地有多么绵长,并且它还有着向西边蔓延的趋势,他时不时会在路上看到一些泥泞。

　　现在他们的东边有一片绿色的低地,它一直延伸到盖尔蒙德视野的边际。那儿地势平缓,有茂密的树林,有适合种植和放牧的无边田野。不过他没有看到房子和城镇,也没有看到庄稼和牲畜。这就是盖尔蒙德想在英格兰寻求的土地,既无人认领又无人使用,静静地摆在那里,等待着别人来夺取。

　　"这块地有主人吗?"他问道。

"所有的土地都有主人。"约翰说道,"我们在乌斯河和剑河的西边,也就是说我们在麦西亚境内。据我所知,这儿是没有什么郡长的,所以我想这块地应该是属于伯格雷德国王的。"

"郡长?"

"算是某种领主吧。有些丹族人一直认为这块地是他们的,我们很靠近东盎格利亚的边境,现在这块地说不定已经被这些人拿下了。"

在罗马废墟的几英里外,透过树林可以看到一片波光粼粼的水域,它的波光从西边越过沼泽地,映入盖尔蒙德的视线中。那儿辽阔得足以称之为内海,约翰说它被叫作威勒西格,是用了远方的湖岸旁村庄的名字。这里还有很多类似它的湖泊,它们都很浅,并且四处能看到鱼和鸟。

他们走了整整三英里路,才看到耀眼的威勒西格水域的尽头。继续往前走三英里,他们便看见西边的树林里出现了耕地。这时盖尔蒙德发现前面有一个村庄,它坐落在泥沼的边缘。他没看到房子上面有炊烟冒出来,也没听到任何声音,它就像罗马人的城市废墟一样静谧。

"你知道那是什么地方吗?"他向神父问道。

"不太确定,但我离开诺森布里亚的时候对途经地点做过研究,那里应该是索尔特溪地。"

"它看起来被遗弃了。"

"也许吧。"约翰突然停下了脚步,转身面向盖尔蒙德,"如果我们在路上碰到丹族人,就说我是你的俘虏;如果我们遇到撒克逊人或者东盎格利亚人,就说我们是去伦敦维奇的信使。"

盖尔蒙德点了点头,然后两人继续朝着村庄走去。

他们到了村庄以后,发现这里确实和在远处看到的一样,空无一人,只能看到几只鸡在土里啄食。这是一个小居民地,一些房屋环绕在一座质朴的大殿周围，这里还有作坊、栅栏和其他的一些建筑。这个村庄还保持着完整的样貌，代表它并没有被遗弃很久，也没有遭受过丹族人的蓄意破坏。

"村民们不可能躲在沼泽和树林里。"盖尔蒙德说道，"他们把所有东西都带走了，包括他们的推车。"

"他们一定是往西走，深入麦西亚。丹族人在行军，并且已经抵达了边境，这里很难谈得上安全。"神父环顾了一下四周，"但这里对我们倒是够用了，今晚也找不到别的更好的过夜处了。"

盖尔蒙德表示同意，他们进入了大殿。这显然是最适合度过漫漫长夜的建筑，大殿里头干燥又舒适，整个空间大概有古思伦那艘船的宽敞度。这里还留着一些旧的长凳，但从火炉里剩下木炭的形状来看，盖尔蒙德猜测有人把另外一两张长凳当柴火烧了。这些人并没有选择到附近的树林里去找干燥的木头。

"我们不是最早在这里过夜的旅行者。"他说道。

和阿瓦斯尼斯的大殿不一样，这座撒克逊大殿的入口不在中间而是在侧翼。约翰从盖尔蒙德的身边越过，朝着远处的那面墙走去。墙上有一道阴影，从阴影处的木墙变色的情况来看，这里曾经长时间悬挂着某件东西。它是十字形的，就如同神父脖子上挂着的那个东西一样，只是更大一些。

"这里是基督教神殿吗？"盖尔蒙德问道。

"不是，但这里的人都是虔诚的基督徒，我想他们以后也会保持虔诚，因为他们带着十字架一起上路了。"

为了找些食物，盖尔蒙德出了大殿，捕了一只鸡并扭断它的脖子。他先是粗野地扒光它的毛，再用附近溪流的水把它清洗干净，最后用自己捡来的木柴生火，把鸡架在了火堆上烤。夜幕降临，烤肉的香味和羽毛燃烧的气味混在了一起，充斥着整个大殿。接着一场倾盆大雨袭来，豆大的雨滴冲击着屋顶，远处雷声隆隆。盖尔蒙德感到很庆幸，他们不仅找到了一个休息的地方，而且在他大快朵颐的时候，这个大殿依然保持着干燥和温暖。他甚至对这样的生活感到满足，索尔特溪地是一处一无所有的角落，但它有一所漂亮的房子，还有一块肥沃的土地。这正是他想要的那种私人领地，眼前这片被遗弃的空旷土地完全符合他的要求。

"只要再带上一些优秀的战士和他们的家人。"盖尔蒙德说道，"我就能在这个地方安家，并长久地守护它。"

"为了对抗丹族的军队吗？"

"不，是为了在战争胜利之后对抗强盗和小偷。"

炉子里的火光映射在大殿的屋椽和墙壁上，照得通红，正如门外的雨为夜幕刷上沥青一般。

"这是个好地方。"约翰说道，他环视周围并点了点头，"相信我，很多人都知道这个地方，在这片土地属于麦西亚人之前，这里住着的是不列颠人；在不列颠人的部落出现前，这里住着的是罗马人。新来的人征服上一任住民，就像前赴后继的浪花一样，一波又一波地冲击着海岸。"

"事实就是这样。"盖尔蒙德说道，"土地滋生战争。"

"一定得这样吗？"

"是的，如果所有土地都必须属于某人。"

"我不同意。我相信，如果所有土地接受洗礼，拥有同样的基督信仰，服从唯一的真神，王国之间自然能和平相处。"

盖尔蒙德对此不屑一顾。"嫉妒会终结和平。无论是神还是女神，不管他们多么强大，都没法消除人性的贪婪。"

"你说得对，他们的确不能消除，所以需要我们自己去抗拒堕落本性的诱惑，服从上帝的意志。"

"那你们这些基督徒只是上帝的奴隶罢了。"

神父开心地歪了歪脑袋。"如果我们是奴隶的话，这还真是一种奇怪的束缚，因为我还没见过心甘情愿被束缚的奴隶呢。"

盖尔蒙德开始觉得自己的眼帘沉重了起来。"神父的话题今天就说到这儿吧。"

"好的。"约翰说道。

盖尔蒙德渐渐入睡的时候，听到了约翰在默默祈祷。但这并没能让他保持清醒，也没能让暴雨离去。到了日出前，雨突然停了，盖尔蒙德也醒了过来。因为无法再次入睡，他便离开大殿去了小溪边。在那里，他脱下了盔甲和衣服，小心翼翼地摘下韦兰的臂环，在冷水里泡了个澡。在他四周的森林里，树叶上残留的雨珠开始缓缓地下落，从巢中冒出头的鸟儿们也鸣叫了起来。

等回到大殿附近，盖尔蒙德又找到了鸡舍，并发现了几枚鸡蛋。他知道这些鸡蛋里是没有小鸡的，因为他既没有在庭院里看到过公鸡，也没有听到过一声报晓。他找到一个遗留下来的水桶，在小溪边把它洗干净后，又往里头灌满了水。接着他取出炉火里的石头给水加热，好煮熟那些鸡蛋。约翰一直睡到鸡蛋熟了才醒来，旋即他就坐了起来，一口对着整个鸡蛋咬了下去，在他的目光四处游离的同时，他的牙齿把蛋壳咬得嘎吱响。盖尔蒙德选择先把蛋壳剥开再吃。两个人都吃完了早餐后，就继续开始他们向南的旅程。

尽管暴风雨已经停下，但乌云依然笼罩着天空。大半夜的狂风暴雨并没有带来比偶尔的薄雾更糟糕的问题。平坦的道路原本应该会在一夜之间变得泥泞，变得难以行进甚至是无法通行。但罗马人用碎石铺成的道路能有效排水，让道路变得更坚固，更好走。

他们所经过的地方和昨天差不多，还是森林和田野。只是更多土地被开垦过了，他们还发现了更多的小村庄和农场，它们都像索尔特溪地一样被遗弃了，其中有部分还被过客和贪图被藏起来的银钱的人损坏得很严重。

上午大约十点的时候，他们也走了差不多四英里路。道路从这儿开始微微向东边倾斜，朝向地平线上两座小山之间的缺口。盖尔蒙德开始闻到了烟味。

"这前面有村庄吗？"

"是的，前面有个叫戈德曼切斯特的地方，但离这里还有一段距离。"

在这之后，他们走得更加谨慎，尤其在穿过一片树林的时候，那儿的树枝都长得很靠近道路，强盗很容易在这里躲藏。不久后，他们不仅闻到了烟味，还看到炊烟从树林里冒了出来。几十簇营火在两座山之间的土地上燃烧着，但它们看起来并不像属于一个村庄或者城镇。

"是丹族人。"盖尔蒙德说道。

"我相信你是对的。"约翰说道，"但我们还在麦西亚，这里是伯格雷德国王统治的地方。"

"如果他们真是丹族人，那这里就不是伯格雷德统治的地方，而是丹族的领土。"

神父脸色苍白地点点头。"那等我们进了丹族的地盘，就把我当成你永远的奴隶吧。"

盖尔蒙德觉得自己有必要对神父实话实说。"当丹族人看到我的时候，他们不会认为我是丹族人同胞，也很可能不会认为我是诺斯人。如果他们不相信我，这对我们俩都不利，尤其是对你。"

"那我会相信上帝，相信他能让丹族人信任你。"

盖尔蒙德叹了口气。"我可警告过你了，神父。"

他们又走了半英里，但没有早上走得那么快。好像他们的双腿在拒绝这条路一样，因为他们都知道这条路是给谁走的。盖尔蒙德相信，如果他是独自一人，他能克服任何的怀疑，用他的名字来说服那些丹族人。但现在有神父和他结伴，不管他是不是自己的奴隶，都会引起丹族人的注意，会让盖尔蒙德的话语失去一些说服力。他开始思考要如何为自己辩护，他不知道自己能否顺利欺骗说约翰属于古思伦，有时候一个基督徒对于领主来说还是有价值的。

"嘿，神父！"一个声音从西边的树林里传来。

盖尔蒙德朝着声音传来的方向转身，拿好了他的武器。他看见一个撒克逊战士穿过树林向他们走来，战士的身上湿漉漉的，脸色阴沉。他穿了一身的盔甲，手里握着长矛，却反而相当不自在。

"早上好！"看到了陌生人的约翰说道，他的声音听起来很高兴。盖尔蒙德不知道神父是为了让战士放松，还是他真的很高兴见到另一个撒克逊人。"你今天过得怎么样。"约翰问道。

"我希望今天能更干燥一点，要是我现在能待在家里就好了。"战士走到了道路的边缘，盖尔蒙德拔出了祭祀刀以防万一。"是什么风把你吹来了，神父？"陌生人问道。

"噢。我只是一个谦卑的弥撒神父罢了。"约翰说道，"我想去伦敦维奇。"

战士摇了摇头。"我建议你重新考虑一下，丹族人就在南边。他们在海德斯曼的山区附近加强了防线。"

"是的，我们注意到了。"约翰点点头，双眼注视着路的尽头，"现在好像有很多丹族人在麦西亚扎营。"

"这里是和平的。"战士说道，"伯格雷德国王和哈夫丹国王达成了协议,允许丹族人通过麦西亚,他们不会在这里惹麻烦的。"

"不会惹麻烦?"盖尔蒙德说道,"我想安卡里格和麦迪桑斯泰德的修士们不会同意你的说法。"

战士严肃地看着他,注意到他手中的祭祀刀。"你是谁?"

"他陪我一起旅行。"约翰说道,"是我在路上雇来的保镖。他说得没错,我们是从麦迪桑斯泰德过来。就在几天前,那里的丹族人屠杀了修士们,烧毁了修道院。"

撒克逊人回头向着树林的深处望去。"我们听到过沼泽地所属的军队的报告。丹族人不是总能分清我们和东盎格利亚之间的边界,错误就这样发生了。"

"他们确实犯下了错误。"约翰说道,"而且是致命的,代价高昂的错误。"

"有的错误甚至会让国王失去王冠。"盖尔蒙德补充道。他很清楚,不管有没有得到同意,哈夫丹无论如何都会让他的军队深入麦西亚。但他很可能收到了一笔金银财宝作为报酬,所以才没有制造麻烦,但这只是暂时的。既然丹族人已经在这里立足,那他们就不会轻易离开麦西亚,伯格雷德只是用财富拖延了他的垮台。"没有什么协议是永远不破裂的。"盖尔蒙德说道。

"那就是我们在这里的原因。"撒克逊人说道,"为了监视这些丹族人。"

如果所有撒克逊人都用这种愚蠢的手段来对付丹族人,那英格兰的沦陷也是迟早的事情。这个人并不理解他的任务有多危险,他在监视的是一把锋利的斧头,而这把斧头会在将来的某一天砍下他的脑袋。

约翰皱起了眉头,看来他也明白了这其中的风险。"那你监视的这些在海德斯曼的山区扎营的丹族人,现在他们在做什么?"

"他们在行军。"撒克逊人说道,"他们是从沼泽地过来的,他们准备往南边进军。"

"他们要去哪里?"盖尔蒙德问道,尽管他知道丹族人的目的地是雷丁格姆,他只是好奇这个撒克逊人是否也知道。

"他们走伊克尼尔德路前往韦塞克斯。"

"这会让你觉得困扰吗?"约翰问道。

战士耸了耸肩。"只要他们不掉头向北或者穿越俄宁加街,去哪里我都不在乎。"

"为了伯格雷德国王和你们的安危,我希望这份和平能保持下去。"约翰用手指向远处的营火,"既然这里是和平地带,为什么我们不能从这里通过?"

"噢,你当然可以通过,神父。"撒克逊人说道,"我只是建议你不要这么做,除非你相信这些异教徒。"

约翰看着盖尔蒙德。"有些异教徒我还是相信的。"

"那就随你的心意了,神父。"战士从道路上退开来,"愿上帝保佑你旅途平安。"

"愿上帝也保佑你。"神父说道,"愿他能保佑整个麦西亚。"

撒克逊人的身影在林间消失,回到了他隐蔽的位置,和他的同伴继续在那里监视着道路。盖尔蒙德也把祭祀刀收回到鞘里。"如果是被这样的战士所保护,撒克逊人的王国会灭亡也就不奇怪了。"

"撒克逊战士大都是农民。"神父说道,"他们只有在被征召的时候才会和郡长的民兵队一起战斗,他们更愿意待在家里照看庄稼和羊群。"

"你的上帝为什么要保护这些被自己的愚蠢所危害的人?"

约翰再次向南出发了。"如果你看到一个孩子正要把手伸进火里,你会不去阻止他吗?"

"我当然会,你是说伯格雷德是个孩子吗?"

"不,我们所有人都是上帝的孩子。"

盖尔蒙德又一次被神父的信仰惹得笑了起来。他一想到英灵殿里的孩子们不想要蜜酒,而是哭着向奥丁索取牛奶的情景,他就忍不住放声大笑。奥丁可不希望孩子们待在英灵殿里,索尔也不会给予那些没有赢得他的尊重和认可的人力量。

"你一定觉得我很傻。"约翰说道,"走进丹族的领土。"

"在你给我一把刀的时候,我就知道你很傻了。"

"可你并没有用它杀死我,我认为是上帝保佑了我,你觉得呢?"

"是命运保护了你。"

神父低下了头。"也许你说的命运和我说的上帝是一样的,我会好好思考这个问题。"

盖尔蒙德现在很难有心思去做这种比照。他们越是靠近海德斯曼的山区,他就越担心自己的骗术不精。他能听到远处营地里的声音,包括动物嘶鸣和树木倒下的声音,还有铁器碰撞的叮当声。但是任何声音似乎都没法让神父恐慌或者分心,不管他是不是真傻,现在他走路时给人一种感觉——上帝消除了他的所有恐惧。

他们最先看到的丹族人位于另一座罗马人的桥梁上,这座桥横跨了那条被约翰称作乌斯河的大河。盖尔蒙德现在能看到营地的位置了,它位于桥的另一侧,在河流拐角形成的楔形陆地上。在这里扎营减少了防御方面的需要,河流防御住了这块陆地的西部、北部和南部,丹族人只需要守住桥和营地的东边就行。这个位置也让丹族人能掌握道路上的动向,觉察所有想要通过这里的人。盖尔蒙德别无选择,只能以他们其中一员的身份接近这些侵略者。

"我叫盖尔蒙德·约尔森。"他说道,"我效忠于古思伦领主。"

桥上的一个丹族人走上前来,他手里拿着两把斧头,身后跟着六七个同样全副武装的人,在场的还有两名弓箭手。"古思伦领主不在这里。"丹族人说道,他的眼睛看向了约翰,"你不是丹族人,你是从哪里来的?"

"我是来自吕加菲尔克的诺斯人。我在一场风暴中被海浪卷走,被冲到了这儿北方的一处海岸上,我想去雷丁格姆和古思伦领主会合,我给他带来了一个贵重的奴隶。"

"一个神父?"丹族人轻声笑了起来,回头看了看他身后的那些人,他们也跟着嗤笑了起来,"一个神父对古思伦领主而言有什么用?"

盖尔蒙德试图找到一个合理的答复,但他想不出来,这时候约翰开口了。

"我能阅读和书写撒克逊人的语言。"他低着头说道,"我能读懂那些不是给丹族人看的信息。"

这并不是盖尔蒙德想出的举荐理由,但似乎让他们眼前的丹族人止住了笑声。"跟我来。"那人最后说道。

桥上的其他士兵为他们让开了一条道,第一个丹族人领着两人穿过营地,向着一顶很大的露天帐篷走去。一些战士正坐在那里吃喝,其中有两个人坐在漂亮的椅子上,他们的相貌很相似,尤其是那对淡蓝色的眼睛。但其中一个人的胡子已经发灰了,盖尔蒙德猜想这是一对父子。

护送他们的人在离帐篷几步远的地方停下,等待着年长的那个人挥手让他往前走。"什么事?"他问道,目光打量着盖尔蒙德和约翰。

"大人,这个人自称是效忠于古思伦的诺斯人。"丹族人说道,"他说这个神父是他的奴隶。"

"是吗?"那个蓝眼睛的年轻人从椅子上站了起来,"他看起来不像一个诺斯人。"

"我是诺斯人。"盖尔蒙德说道,"我叫盖尔蒙德·约尔森,我可以替自己说明。"接着他就把自己身上发生的事告诉了对方,就像他之前告诉奥德马尔的一样。等他讲完之后,帐篷里的战士们都陷入了沉默。"我要求你们让我通过这里,我要继续我的旅程,去见古思伦领主。"

年长的那个人穿过帐篷走到盖尔蒙德跟前。"我是西德罗克领主,这是我的儿子。我听说过吕加菲尔克的约尔国王,你长得很丑,很符合我在传言里听过的他儿子的长相,但我必须确认一下才行。"

"我要说些什么或者做些什么才能让你相信?"

"暂时不需要。"这位老领主说道,"明天我会带着哈夫丹的战士们前往雷丁格姆,古思伦也会在那里。你和我们一起行军,等我们到达雷丁格姆,我们就会从古思伦口中知道你说的话是不是真的,你若对我说的是实话,一切都会相安无事。但如果你说谎,那可就大事不妙了。"

盖尔蒙德很容易接受这个提议,古思伦会支持他的。他本来就打算去雷丁格姆,现在西德罗克的计划和他不谋而合,等到他和约翰分道扬镳的时候,他也不用再独自奔赴了。但是约翰并不打算去雷丁格姆,也不打算和丹族人一起作战。神父和哈夫丹的战士们待在一起并不安全,盖尔蒙德也不知道等他们到达旅途的终点时,古思伦领主会怎样对待约翰。

"这个奴隶怎么办?"他问道。

"奴隶是给古思伦的,对吗?"

"是的。"

"那你就带着他,他是你的责任。"

这意味着盖尔蒙德要为约翰可能造成的任何伤害负责,但这并不能保证别人不会伤害约翰。"你能保证在我们到达雷丁格姆之前,他不会受到你们的伤害吗?"

"你的财产将受到尊重。"西德罗克领主说道,"就像其他的丹族人一样,在这个营地里你享有自由。"

盖尔蒙德颔首。"您真是一位智慧公正的人。"

老领主示意他可以走了,随后就回到了他的椅子上。年轻的西德罗克又盯着盖尔蒙德看了一会儿,然后他也坐了下来,护送他们的丹族人一言不发地走开了,回到了他的岗位上。盖尔蒙德离开了帐篷,开始寻找一个能和约翰单独谈话的地方,同时那个地方也不能引起丹族人的怀疑。最终他选择了河边的某处。

"对不起,神父。"他说道。

"为什么道歉?"

"你本来是要去伦敦维奇的。"

"本来是这样。"约翰说道,"但现在我打算去雷丁格姆了。"

"但我害怕这会让你陷入危险。"

神父晃了晃他的脑袋。"是我无视了你的警告,所以让我陷入危险的人是我自己。"

"话虽如此。"盖尔蒙德说道,"危险就是危险。"

"上帝是心存善意的。"约翰笑了起来,"如果你坚持这样想,就把这一切当作命运吧。但是你要知道,自从我把袋子扔到你的船上以来,我的上帝一直在指引着我。不管发生什么,明天我们都将前往雷丁格姆,吕加菲尔克的盖尔蒙德。"

第三部分

异教大军

第十二章

　　老西德罗克兑现了他的诺言,丹族人已经行军了两天,在这段时间里,这位领主和他的儿子把盖尔蒙德当作手下的一员来对待。他们容忍了约翰的存在,或者说只是简单地无视他。约翰没有受到优待也没有受到欺凌,但盖尔蒙德知道这种平静只是暂时的,这位神父仍然处于危险之中。

　　他们沿着俄宁加街前进,渐渐远离了沼泽和低地。第二天他们到达了岔路口,丹族人改变方向,往西进入了伊克尼尔德路。这条路是沿着山脊延伸的,这里有大片古老的山丘,在植被繁茂的山谷中连绵起伏。盖尔蒙德觉得这里是一处绿意盎然,美丽富饶的好地方。虽然似乎很少撒克逊人定居于此,但它肯定属于他们的一位郡长或国王。

　　行军的第三天早上,在晨雾散去之前,老西德罗克传唤盖尔蒙德和约翰来他的帐篷。自打他们在海德斯曼山区相遇以来,这位老领主还没有把他们叫到他身边过。

"他会找我们干什么呢?"在他们穿过树林,从醒着的丹族人身边路过时,神父提出了他的疑问。

"我不知道。"盖尔蒙德说道,"这事让我烦心。"

"我们离雷丁格姆只有一天的行程了。"神父说道,"也许他想在旅程的最后部分限制我们的自由,直到我们被送到古思伦那去。"

"也许吧。"盖尔蒙德说道。

当他们来到领主所在的位置时,发现西德罗克父子和几个丹族人已经在等他们了。这些人都醒了过来,而且全副武装。帐篷里的氛围像被搅动的余烬,盖尔蒙德相信他和神父正处于危险之中,他也不明白自己为什么突然有这种感觉。老西德罗克拿着一张羊皮纸,盖尔蒙德能看到上面写了些东西,而这位领主则面对着神父往前走了几步。

"你能读也能写,对吧?"他说道。

约翰低下了头。"是的。"

"你帮我读一下这个,告诉我上面写了什么。"老西德罗克把羊皮纸递给了他。约翰犹豫了一下,然后瞥了盖尔蒙德一眼,最终他还是接受了。"遵从您的吩咐,西德罗克领主。"接着他仔细观察了一会羊皮纸上的字,他的眼睛睁大了。"这是给国王伯格雷德的信,是由韦塞克斯的某个人寄出的,写信者想让麦西亚的人了解他们的情况。"

西德罗克领主开始在帐篷里踱步。"继续说。"

约翰清了清嗓子。"上面说丹族人在雷丁格姆扎营,他们的防线很牢固。韦塞克斯的国王埃塞尔雷德和他的兄弟阿尔弗雷德尝试进行了一次突袭,但哈夫丹在泰晤士河获得了很多支援。撒克逊人失去了许多战士,不得已进行了撤退。死者中包括伯克郡的郡长埃塞尔伍尔夫,他最近才在恩格尔菲尔德的一场小战役中打败了丹族人。"

"还写了别的吗?"年轻的西德罗克问道,露出一抹得意的笑容,似乎他早已经知道了战斗的结果。

"是的,还有。"约翰说道,"埃塞尔雷德和阿尔弗雷德现在身处沃灵福德,他们想把丹族人从固若金汤的防线里引出来,在阿什当的开阔地带作战。"约翰把羊皮纸递回西德罗克领主。"信到这里就结束了。"

西德罗克领主看了看约翰,接过羊皮纸,向他的部下点头示意,收到这个信号的战士们离开了帐篷。盖尔蒙德发现留下来的人就只有他和约翰,以及西德罗克父子,整个气氛变得凝重起来。

"你早就知道这封信的内容了。"盖尔蒙德说道。

西德罗克领主点了点头,而小西德罗克仍然保持着得意的笑容。

"我父亲不是傻子。"他说道。

约翰叹息了一下。"显然不是。"

"我刚才是给你一个机会来证明自己,神父。"老领主说道,"我想知道你会不会如实告诉我信里的内容。"

"如果我没有呢?"约翰问道。

"你会死。"老西德罗克说道,他觉得这个问题的答案是显而易见的。"或者让你慢慢地死去。但现在我会保你安全,你和马车一起待在后面。"

"后面?"盖尔蒙德问道。

"我们要行军了。"领主举起了羊皮纸,"这封信是几天前写的,这场战役也许已经开始了,也许就在今天。如果是这样的话,那我们必须马上赶到那里,我们要加快速度完成这次漫长的行军。如果埃塞尔雷德已在沃灵福德壮大了兵力,我们可能没办法过河了。那我们就改往南走,到莫斯福德。如果那里也被封锁了,我们就继续向南走到加林斯,然后再向北抵达阿什当。趁现在还来得及,我建议你们去找点吃的。"

盖尔蒙德和约翰低着头离开了领主的帐篷，然后他们找来了一堆柴火，用猪油煮了几碗粥。他们坐在离其他丹族人较远的地方喝粥，盖尔蒙德问神父为什么没有隐瞒那封信的讯息。

"你知道那张羊皮纸已经被人读过了吗？"

"我不知道。"约翰说道。

"你想过撒谎吗？"

神父并没有立刻回答，他思考了一会儿。"也许有过那么一瞬间。"他说道，"但我首先想到的是我的上帝，他要求我对人诚实。然后我开始思考谎言对你的影响，你已经为我做过担保了，所以我决定对丹族人说实话。"

盖尔蒙德晃了晃脑袋，喝了一口粥。"你对韦塞克斯的国王和他的兄弟阿尔弗雷德有什么了解吗？"

"我听说他们都是很有学问的人。"

"这并不能让他们变聪明。"

"据说他们也很聪明，他们是为基督而战的虔诚又勇敢的战士。"

"如果他们真的聪明，他们就不会当基督徒了。"盖尔蒙德暗自笑了笑，"神父，你是基督的战士吗？你能战斗吗？"

"唉，我把时间都花在学习用羽毛笔写字上了，而不是练剑。"

"那你能用笔书写我们的胜利吗？"

"当然可以，即使你输了我也能做到，但必须要战争结束之后。"

盖尔蒙德不屑道："你的笔能改变过去吗？"

"只能改变对过去的描述，但这和真正的改变过去其实差不多是一回事。"

盖尔蒙德喝完了粥，他想到了撒克逊人讲述的战争故事和丹族人讲述的相差甚远。他明白了神父的意思，当经历过战争时人仅剩行将就木的老人，当他死亡时，过往的真相一并消失。关于这场战争的故事会制造新的战争，会引发诸如血仇之类的不同民族之间的矛盾。毕竟传说既可以制造名声和荣耀，也可以毁掉它。

"那你呢？你能战斗吗？"神父问道。

"我学过如何战斗。"盖尔蒙德说道，"但我还没参加过战争。"

"你害怕吗？"

"我认识一个人，他告诉我只有傻瓜才不会害怕。"

"是你之前说的那个吟游诗人，布拉吉·博达森？"

"不，是一个叫施泰因诺尔弗的人。运气好的话，我们今天说不定能在战场碰到他。"他朝着神父咧嘴一笑，"我会尽力不让他杀死你。"

"那我会很感谢你的。"

"别担心，神父，待在马车身边是安全的。"

"我还是要祈祷。"神父说道。

丹族人也在祈祷，在向阿什当出发前，他们的声音传遍了营地。战士们开始向索尔、提尔和奥丁献祭，为接下来将要爆发的战争寻求神的赞许与力量。老西德罗克在他的士兵面前献祭了一匹马，约翰一看到这场景就感到百爪挠心。他拍了拍自己的胸口，用手从前额到腰部画了一个大大的十字，然后吻了一下挂在脖子上的十字吊坠，把它紧紧攥在手里。

"你忘记自己是在和异教徒一起旅行了吗，神父？"盖尔蒙德问道。

"我没有忘记。我想我从来没有真正理解这件事。"

他说话时似乎在颤抖，盖尔蒙德曾经一度把这看作是基督徒懦弱的表现。但在和神父一起旅行了几天之后，他清楚神父并不是懦夫。他的痛苦有着另一种根源，而那是盖尔蒙德无法理解的。在他恳求神父离开的时候，他感觉到了自己心中有了某种怜悯。

西德罗克领主驱使着他的丹族人加速行军，他们沿着山脊路①迅速前进。盖尔蒙德看到离自己几英里远的下方有一条河，它从西北方向流来，有许多船只在河流上来来回回。在离河不远的地方，伊克尼尔德路几乎要与河流交汇到一起，但这条道路却忽然拐向了南方，沿着水路上方的山丘，与河流保持平行。盖尔蒙德看到在河边有加强防御的城镇和桥梁，他认为这就是沃灵福德，也就是埃塞尔雷德撤退后待的地方。

有更多的船聚集在那边，撒克逊人无疑看到了西德罗克领主带领着丹族人向南进军。盖尔蒙德不知道敌人会进攻还是让他们通过。进攻需要几百名战士离开防守区域，而撒克逊人要么是人手不够，要么是不想派出去。因此并没有人冲出来阻拦他们，他们的行军还在继续着。

中午过后，他们来到了莫斯福德，发现那里无人看守。就在河对面，大概有一英里远的地方，盖尔蒙德看到两支军队在沙丘两边荒芜的顶部对峙着。在那片土地上，布满了密密麻麻的人群。两支军队之间隔着一条开阔的山谷，显然双方都不想放弃高地的优势，越过山谷向对面的敌人发起冲锋。因为离得太远，盖尔蒙德很难辨认撒克逊人和丹族人分别占据了哪一边。但盖尔蒙德认为离他更近的，占据了北方高地的是来自沃灵福德的撒克逊人，而盘踞在南方高地的则是哈夫丹的军队，他们应该是从雷丁格姆的堡垒行军而来。两方都身处高地，应该都看到了西德罗克领主的部队，而且双方都拥有数以千计的战士。在这样一场战斗中，即使只是从新的方向出现了三百名援军，也是能够改变战局的。

从莫斯福德过河后，他们会离撒克逊人很近，西德罗克领主可以

---

① 山脊路是欧洲古代的一种道路，它利用了山脊的坚硬地表作为无需铺路、无需维护的道路。

在两军所处高地的东侧出击,哈夫丹和埃塞尔雷德无疑会注意到他的行动并作出回应。

西德罗克领主命令战士们涉水过河。这条河水深齐膝,河床长达五十英寻。在冷水渗透进盖尔蒙德的靴子的同时,他也观察着前方撒克逊人的行动。当他到达河对岸的时候,撒克逊人已经分散了他们的兵力。

敌人密集的军队中间像是产生了一道裂缝,东边的一半部队向着西德罗克领主率领的丹族人袭来,敌人一齐顺着斜坡冲锋,仿佛让大地的骨架也松动了。他们一边咆哮着一边滑步前进,数量是西德罗克领主的部队的三倍,而撒克逊人西边的另一半部队则继续留守在高地上面。

即使敌人数量占优,西德罗克领主仍然下令让战士们列阵向敌人进军。盖尔蒙德没有盾牌,他发现自己被安排在军队的后方,和那些装备不良、训练不足或者瑟瑟发抖的战士们待在一起。但荣耀和奖赏从不会交给那些避战的人,盖尔蒙德希望自己能够加入真正的战斗。

在远处的南方,哈夫丹的军队也分派了兵力来对抗撒克逊人,他们的东翼部队从高地的正面向下冲锋,看起来是要和西德罗克领主的战士们会合。他们的另一半部队也留在了原处,好牵制住位于北面高地的敌方部队。

西德罗克领主命令他的战士们加速前进,他们穿过了荒地和灌木丛,绕过了一棵巨大的荆棘树。盖尔蒙德的双脚猛烈地踩踏着地面,他的视线边缘忽然变暗,好像他跑进了一条隧道一般。他们缩短了丹族人的盾和撒克逊人的矛之间的距离,接着西德罗克领主催促战士们发起猛烈的冲锋。盖尔蒙德拔出了他的刀,同时发出了一声咆哮。他心中的恐惧在加大,但他努力与它抗争,直到将它化作血液中的愤怒与烈火。

位于前列的军队最终与敌人交锋,盖尔蒙德站得太远看不见战况,但他听到仿如雷鸣一般的巨大声响从前线传来。包括盾与盾,盾与矛的碰撞声,以及长矛穿透盔甲及血肉的厮杀之声。他做好了战斗的准备,决心杀死任何突破前方盾牌组成的人墙的敌人,但是没有一个敌人现身。在丹族人和撒克逊人的第一次交锋中,双方都没有突破对方的防线。

以撒克逊人的军队规模,盖尔蒙德觉得西德罗克率领的丹族人应该被击溃了才对。但他很快就意识到,刚刚所面对的冲击只是撒克逊人的第一条战线。在西边,敌人已经形成了第二条战线,他们在创造一个楔形阵列来阻止两支丹族军队的会合。当西德罗克领主的部队往楔形的一边进攻时,撒克逊人无疑会让另一边的部队阻挡哈夫丹的战士。盖尔蒙德这边的号角还是命令战士们猛烈进攻,也许是为了堵住敌方的楔形阵列,将它包围在西德罗克领主和哈夫丹的军队之间。

尽管做出了努力,但丹族人的战术并没有取得任何进展。双方的武器和盾牌铿锵有力地撞击在一起,仿佛一场永不止息的风暴。

一些离战场较近的战士很快把伤者和死者从密集的人群中拖了回来。他们都是因为盾牌之间的缺口,而被见缝插针的剑与矛偷袭的人。战士们把伤员拖到远离战场的地方,把死者的尸体放置在荒地上,接着又回到了战场之中。盖尔蒙德这边还没有开始战斗,所以他收起了自己的武器,冲上前去照看那些倒下的战士,想尽力提供一些帮助。

盖尔蒙德见到了第一位受伤的战士,在他抓住对方胸骨上方的喉咙根部时,战士挣扎地咳嗽着,向空中喷出了一口鲜血。鲜血已经从战士血肉模糊的伤口中溢出了,但盖尔蒙德知道大部分的血都流进了他的肺部。那人翻过身来,背对着盖尔蒙德,又痛苦地咳嗽一声,鲜血溅在了地面上,恐惧让他的眼睛瞪得浑圆,盖尔蒙德注意到他的手松开了剑。

他必死无疑,而且不会花太久的时间,盖尔蒙德只能陪着他到最后一刻。于是他拿起战士的剑,从他的背后绕过来,将武器塞进他那因浸血而变得湿滑的手心里。然后他把那只手托到战士的胸前,用手撑着战士的身体,给了对方一个温和的拥抱,战士在干燥的地面上拼命挣扎和喘息着。盖尔蒙德帮他闭上了眼睛,他想起了自己溺水濒死的经历,便将战士抱得更紧,直到他的身体不再动弹。

就这样持续了一阵子,盖尔蒙德慢慢松开手,放下战士的身体,接着他就注意到小西德罗克在旁边看着他。领主的儿子虽然还能保持站立,但他正弯着腰,手按在身体一侧流血的伤口上。

"如果你需要剑,就用他的吧。"他说道,"凯尔德也希望如此。你可以等我们埋葬他时再还给他。"

盖尔蒙德点点头,然后不情愿地从死者那软弱无力、失去生气的手指中拿走了剑。他在草地上擦拭掉剑柄上的血迹,抬头看到西德罗克领主手下的丹族人正在往后撤,便马上站起身来。

这条战线还没有崩溃,虽然它已经脆弱不堪。撒克逊人不知道用了什么战术,逼得丹族人无力还击。现在敌方占据了优势,以猛烈的攻势迫使丹族人撤回东边,撤回他们来的地方。在混乱的战况下,盖尔蒙德看不到哈夫丹的部队,也看不到楔形阵列另一侧的撒克逊人。他只能一手拔出祭祀刀,一手举起凯尔德的剑,面对即将到来的一切。

"拦住他们!"他听到了西德罗克领主的怒吼,"不准退后!"

但是军队仍然在向后退,阳光穿过了他们盾牌之间越发扩大的间隙。

当他们退到那棵巨大的荆棘树边时,撒克逊人终于攻破了西德罗克领主的核心防线。丹族人的持盾兵接二连三地被击倒,他们摇曳的身影打开了一扇门，让敌军犹如咆哮的洪水一般呼啸而过。

盖尔蒙德稳住脚步，冲向离他最近的一个撒克逊人，愤怒地挥舞起他的刀剑。敌人用盾牌挡住了盖尔蒙德的第一击，但他的身形却变得摇摇晃晃。盖尔蒙德迅速追击，这次撒克逊人用剑挡住了他的进攻，并向外弹开了他的剑。盖尔蒙德便猛冲过来，用身体撞开了撒克逊人的盾牌，随后用祭祀刀反手刺进了他的脖子。

敌人还没倒地，另一个撒克逊人就像头公牛一样冲向了盖尔蒙德，用盾牌的中心部位猛撞他的胸腔，扰乱了他的步伐。失去重心的盖尔蒙德跟跄了几下，仰面摔倒在地。在他还喘着粗气的时候，那名撒克逊人拿着斧头再次冲来。

盖尔蒙德翻滚到另一侧，闪开敌人劈向他的一击。接着他马上朝对方的腿乱挥了一剑。他并没有打中，撒克逊人及时地跳开了，不过这也让盖尔蒙德有时间重新站稳。他冲向眼前的敌人，故意将武器举高，引诱敌人举起他的盾牌，然后俯下身体，向敌人的下盘挥舞祭祀刀，划开了对方的膝盖。撒克逊人的腿不由自主地弯曲，在敌人失去平衡的一瞬间，盖尔蒙德用剑狠狠刺向了他的脖子，这一剑并没有将对方斩首，却也让他血如泉涌。

盖尔蒙德转身准备面对他的下一个敌人，却发现西德罗克领主的丹族部队已经溃不成军，众人混乱地向河边逃窜。他看了看哈夫丹派来会合的部队，又瞥了一眼留在南边高地的丹族人，他们两边都面对着撒克逊人的猛攻。

他不想逃跑，但他别无选择。撒克逊人已经在这条战线上击溃了丹族人，意味着在这里战斗到最后的丹族人终究死路一条。但西德罗克领主提到过，在更南边的地方有一条河。这条河也许能提供一条迂回的路线，让他们与哈夫丹的部队会合，继续这场战斗。

盖尔蒙德收起祭祀刀，握着凯尔德的剑，转身和其他丹族人一起向河岸奔跑。

撒克逊人追赶着他们，落后的丹族人被他们用剑刺穿。在盖尔蒙德艰难地穿过浅滩时，许多长矛和箭头击中了他周围的水域。等他抵达河对岸后，他回头看了看，发现有十多个丹族人的尸体漂浮在河面上，他们被不断蔓延的血色花簇所吞没。

西德罗克领主的大部分战士都回到了岔路口，然后向南方逃窜，但也有一些战士往北边跑，想回到沃灵福德那里拼死一战。

"停下！"盖尔蒙德对他们喊道，"停下，你们这群蠢货！去找哈夫丹的部队！"

有个别战士听从了他的建议，但大多数人都一意孤行，盖尔蒙德也只好让他们听天由命了。

在接下来的两英里路途中，撒克逊人不断追赶丹族人，那些回头转战的丹族人都被杀死了。盖尔蒙德在战斗中燃起的激昂情绪逐渐平息，取而代之的是一股恐惧。他现在的身体非常虚弱，今天的行军、战斗和逃亡让他筋疲力尽。在他逃跑的时候，太阳已经从西边落到了沙丘的顶端。当他最终到达加林斯时，发现桥上也有撒克逊人，并且在河的另一头还有更多的撒克逊人和丹族人在交战。

"我们必须冲过去！"盖尔蒙德朝着离他最近的战士们喊道。大概有八个丹族人在他附近，他们可以同时往桥上发起冲锋。

撒克逊人已经做好了迎战他们的准备，盖尔蒙德使出全身的力气，想要硬闯过去。但他还没跑上三英寻远，一根撒克逊人的棒槌就击中了他的头部，让他从桥的边缘摔向下方的河流中。

第十三章

盖尔蒙德再次恢复意识的时候，他已经半漂浮在冰冷的水中了。现在是黄昏时分，他一边打着寒战一边观察四周，发现自己正处于河流沿岸的某处，身体被低垂的枯树枝夹着。远处依然能听到武器碰撞的声音，以及战士们痛苦的哀号声。

他回想起了先前两军的交锋和丹族人的撤退，然后又想到了他们准备冲破桥上的防线，之后的记忆便是一片空白。盖尔蒙德断定自己一定是掉进了河里，但他不知道自己被河水带到了多远的地方。

当他想在河底寻找立足点的时候，他的身体感觉到强烈的不适。不仅是头晕目眩，就连他的胃也在翻腾，他差点儿就要吐出来了。他努力让自己的身体保持放松，闭着眼睛任由它漂浮在水面上，直到脑袋里的眩晕感消失。他的头部一侧传来了一阵剧痛，他想起了掉下河之前受的伤。

他知道自己现在的身体状态是不能步行去雷丁格姆的，他怀疑自己走两步就会失去平衡，而且他肯定没法应付任何发现他的撒克逊人。这条河似乎是他唯一的出路，毕竟河流已经带着他走了这么远。如果河流愿意的话，就让它带着自己走完剩下的路吧。

他从枯枝里挣扎出来，任由河流带走他的身体，牵引着他顺流而下。他努力把脚往上抬，避免碰到水中的岩石和其他障碍物，但他基本上只能听命于河流的摆布。他的身体想要沉下去，就像那次在海里一样。河水偶尔没过他的脸时，他会发出咳嗽和喘气的声音。但大部分时候河水很浅很平缓，能保持他的头部基本在水面之上，除了耳朵以外——他的耳朵只能听到晃动的声音。

夜幕降临，水面变得昏暗起来，一股寒意渗透到盖尔蒙德的骨髓里，让他的思绪变得更加混乱。他失去了对时间和距离的判断，在清醒和昏迷的边缘徘徊。当他抬头仰望天空时，他看到了星星和半月，看到了施泰因诺尔弗在船上低头看他，看到了河岸边的树木变成了韦兰的大殿外那些海底木柱。然后月亮不见了，盖尔蒙德想知道它是落下了还是被云遮住了，又或者只是单纯地消失了。

他在黑暗中撞到了一些东西，有些是纹丝不动、血迹斑斑的死物，有些是漂浮着的死尸。这些尸体包括撒克逊人和丹族人，河流带着他们，就像带着盖尔蒙德一样，它是不会分辨活人和死人的。

星星最终消失了，取而代之的是天空中的第一道曙光，盖尔蒙德没预料到新的一天来得如此之快。他听到附近有水花溅起，河边有人在说话，他们的声音传到了他被河水淹没的耳朵里。

然后他的左臂被人抓住了，他的头完全露出了水面。"这一个还活着。"一个声音说道，"但看他的状况也坚持不了多久了。"

"丹族人还是撒克逊人？"

被问的人停顿了一下。

"我不知道。"

盖尔蒙德听到了更多水花溅起的声音,他感觉到自己的身体被人往逆流的方向拖动。他睁开眼睛,看到两个模糊的人影站在他身边。

"他不是丹族人。"其中一个人说道。

"他也不像撒克逊人。"

"他有一把祭祀刀。"

"我们该怎么做?"

"和其他人一样,拿走我们能用的东西,把尸体留在河里。"

这些人是丹族人。

盖尔蒙德张开了嘴。"我是诺斯人。"他说道。

"你听到了吗?"

"我不知道,他——"

"我不是撒克逊人。"盖尔蒙德尽可能用力地说道,但发出来的声音依然很小,"我是……诺斯人。我叫盖尔蒙德,我效忠于……古思伦。"

他们沉默了一会儿。

"最好把他带到帐篷里去。"其中一个人说道,"弄清楚他的身份。"

"好吧,你负责抬那边。"

盖尔蒙德感觉到自己被抬了起来,他的头部剧烈地摇晃着。炉火的火光和余烬在他眼中闪烁,一阵剧痛传来,仿佛某个邪恶的铁匠在用他的头做砧子,他紧紧闭上了双眼。等到他再次睁开眼睛时,他看到了一个营地,然后他被抬进了一个帐篷里。

"让他躺在那里。"一个新的声音说道。

世界仿佛突然倾斜了一下,接着盖尔蒙德感觉到背后不再是平缓的河流,而是坚实的地面。

"我去禀告古思伦领主。"一个声音说道,然后其中一个人影离开了。

"他能活下来吗?"另一个人问道。

盖尔蒙德感觉到有人在摸他的头,他的脑袋里又是一阵灼热的疼痛。

"我认为他的头骨没有破裂,我会给他包扎伤口,没错,他应该能活下来。"

这些话让盖尔蒙德最终释放了脑海中尚存的微弱控制,闭上双眼,任由自己的意识掉进巨大的虚无之中。

当他醒来时,猛烈的阳光照在他的眼睛上,他下意识地举手盖住,却发现有一块细麻布裹在自己的头上。

"是你。"一个熟悉的声音说道,"你怎么会在这儿?"

盖尔蒙德眯着眼睛往上看,发现古思伦就站在他身边。

"我上次看到你的时候。"丹族人说道,"你掉进了大海里,现在我们却是从河里把你救出来,这是怎么回事?"

"这个故事——"盖尔蒙德的声音听起来像是他的喉咙里有沙子一样,在他的脑子里产生了巨大的回响,"说起来可能要花点时间。"

"你不可能活着的。"古思伦看着盖尔蒙德,他的眼神和上一次在船上时一样,但其中带着更大的怀疑,甚至是恐惧,"你应该已经死了,海拉海德。我必须问一句,你到底是什么?"

尽管他们已经不在海上了,盖尔蒙德仍然面临着同样的不信任和危险,但他受伤的脑袋里依然在拼命寻找用来解释的话语。他又感觉到一阵头疼,脑袋里有一股收紧的感觉,他只想继续睡下去。但他必须做点什么来向古思伦证明自己,他必须重新赢得丹族人的信任。

"我……"他把手伸进了衣服里,拿出了韦兰的臂环递给古思伦看。

丹族人什么也没说,只是接过那个臂环仔细地打量了一番。

"我有一个礼物。"盖尔蒙德说道。

"这是个好礼物。"古思伦说道,"我从没见过这样的臂环。"他把臂环翻过来,金色的光芒在他的脸上闪烁,"我接受你的礼物,盖尔蒙德·约尔森,我期待听到你如何得到它的故事。"

"我——"盖尔蒙德并不是说要把臂环送给古思伦,他本来想说这是韦兰送给他的礼物,但丹族人已经拿到了臂环,并相信它属于自己。盖尔蒙德不知道要说什么来改变现状,他的多嘴只会让对方觉得困惑和受辱。"我——"

"先休息吧。"古思伦说道,"好好养伤,我会告诉你的誓约者你回来的消息。"

至少这话代表着施泰因诺尔弗还活着,接着古思伦就离开了帐篷,盖尔蒙德不知道怎么才能把臂环拿回来,也不知道自己该不该试着要回来,或者想不想要回来。盖尔蒙德不知道这个礼物是怎么改变古思伦对他的看法的,也许他把它送给丹族人是命运的某种安排。

他不能再想这件事了,现在心神俱疲,于是他再度闭上了眼睛。等他第二次醒来时,他感觉好了很多。此时太阳已经落山,而施泰因诺尔弗和史凯裘屈膝在他身边。

"你在英灵殿过得开心不,"老战士问道,"还是说你去了冥界?"

"我都没去。"看到他的朋友时,盖尔蒙德的眼睛里涌出了疲惫、宽慰和喜悦的泪水,"我很高兴能见到你们。"

施泰因诺尔弗把一只手放在盖尔蒙德的肩上。"我也很高兴见到你——"他的声音哽咽起来,压着声收回手,停顿了一下后说道,"欢迎回来,盖尔蒙德·约尔森。"

史凯裘握住盖尔蒙德的手,用力捏了捏。"我真不敢相信我的眼睛。"

"我就知道古思伦在说谎。"施泰因诺尔弗晃晃脑袋,用短粗的拇指擦了擦他的一只眼睛,"或者说判断错误。"

"你是怎么到这来的?"史凯裘问道。

"我……现在还不能跟你们讲这个故事。"盖尔蒙德说道,"现在不合适,我的脑袋里像着了火一样,我想我连坐都坐不起来了。"

"那就别坐起来,你受了很重的伤。"老战士指了指盖尔蒙德头部的右侧,"现在消肿了很多,但有一两天你看起来就像长了第二个脑袋一样。"

"一两天?我在这里多久了?"

史凯裘再次捏了捏盖尔蒙德的手,随后松开了。"他们是四天前把你从河里捞上来的。"

"什么?"盖尔蒙德试图回忆起这段漫长的时间,但从阿什当战役到现在,他的脑海里只能回想起黑夜和薄雾。"四天?"

"你被搬过来搬过去。"施泰因诺尔弗说道,"在这里进进出出的。算你走运,你倔强的头颅还没裂开,不然我们就要看看那里面到底有没有脑子了。我现在敢打赌你的头里空空如也,否则你那时为什么要跳海?"

"你知道原因的。"盖尔蒙德说道,"我不这么做就会在船上引发战斗,我们谁都活不到现在,也不可能在这里聊这件事了。"

"那就一起死。"老战士说道,"还是说你不明白誓约者的意义?"

"我当然知道誓约者对你的意义。"盖尔蒙德说道,"所以我才不经你同意就跳海了。"

施泰因诺尔弗看起来真的很生气,感觉就像父母对鲁莽的孩子一样,那是一种从害怕中衍生的愤怒。盖尔蒙德不知道这个老战士现在想大声骂他还是想拥抱他。

这时史凯裘插上了话:"不管你为什么跳下去,我们应该感谢诸神让你平安回来。"

虽然韦兰并没有声称自己是神,但这个男孩的感激之情在盖尔蒙德看来并没有错。"这四天发生了什么事?"他问道,"那场战斗怎么样了?"

男孩看了看施泰因诺尔弗,老战士咬紧了牙关。"今天结束的时候,撒克逊人占据了上风。丹族人杀死了他们中的许多人,但也遭受了巨大的损失。"他停顿了一下,"波尔希死了。"

"什么?"盖尔蒙德觉得难以置信,丹族国王看上去是个强大的战士,他的征战才刚刚开始而已,"他是怎么倒下的?"

"他带头冲锋。"老战士说道,"但战斗太混乱了,哈夫丹手下的一位领主来晚了。"

"西德罗克领主。"

"是的,你怎么知道的?"

"我跟他一起战斗过。"盖尔蒙德说道。

施泰因诺尔弗有些不解,但他还是继续说道:"我们不在战场,但据我们所知,哈夫丹分散了他的军队,领主们带着其中一支部队与西德罗克会合,哈夫丹和波尔希负责率领第二支部队。就在几天前,他们还相信撒克逊人会很快被瓦解,认为要击败他们很容易。"

"当时你在哪里?"

"我就在这里。"老战士说道,"必须有一位领主留下来看守船只和营地,这个任务落在了古思伦和他的战士们身上,很多参与战役的领主都死了。"

"都有谁?"

"老西德罗克和他的儿子,还有你在里伯见到的奥斯伯恩,以及弗莱纳领主和其他一些人,那真是黑暗的一天。"

施泰因诺尔弗的说明让盖尔蒙德陷入了沉默,盖尔蒙德可以证明,西德罗克父子以勇气和荣耀面对了他们的命运。他们的突然出现改变了战争的格局,但他们的战士却改变不了战争的结局,那是由三位命运编织者和诸神所决定的,他只希望神父安全逃脱了。

"现在要怎么做?"盖尔蒙德问道。

"现在?"施泰因诺尔弗说道,"你养好伤,然后我们等着就行。波尔希其余的船队在陆续沿河而上,会有更多新的战士加入,这场战争离真正失败还很远。我听说在不久后我们会再次进攻撒克逊人,我们需要你为此做好准备。"

盖尔蒙德想点头表示同意,但他的头又疼了起来,他挣扎着再次闭上双眼。

"睡吧。"施泰因诺尔弗说道。

于是盖尔蒙德睡了一觉,醒来时吃了点东西,然后又再次入睡。他休息了一周,每天他的体力都会恢复一些,到他终于能够离开帐篷时,他去找了古思伦。他穿过营地时,发现营地相较在里伯时的要小,但比在海德斯曼山区时要大得多。而且它和海德斯曼山区的营地一样,是建立在两条河流交汇处的一块宽阔的楔形平地上,水路上有几十艘船,守护着营地的北面和南面,西边则建起了土垒和木墙。当盖尔蒙德走进古思伦的帐篷时,他看见韦兰的臂环在丹族人的手臂上闪闪发光。

"盖尔蒙德·海拉海德。"他说道,"我很高兴看到你站起来。"

"我也很高兴自己能站起来。"盖尔蒙德低头说道。

在古思伦的帐篷里,施泰因诺尔弗和史凯裹站在盖尔蒙德的身边,而埃斯基尔站在领主的身边。"现在是时候回答我耐性子等待许久的问题了。"古思伦说道,"你是怎么到这里来的?"

盖尔蒙德在几天前已经给施泰因诺尔弗和史凯裹讲过了这个故事,

当时他刚刚恢复足够的精神，他现在把事情原原本本地告诉了古思伦。盖尔蒙德的荣耀心和臂环的存在都让他没有理由撒谎，他也不允许任何人否认他或者说他疯了。

但古思伦和埃斯基尔并没有这么做。相反，领主取下了臂环，重新研究了一番，仿佛他的材料和质地发生了变化一样。"海尼特尔。"他说道，"由铁匠韦兰打造的臂环？"

"是的，古思伦领主。"盖尔蒙德说道，他还没想到取回臂环的方法。而且施泰因诺尔弗提醒过他，如果他想这么做，那他就是个十足的傻瓜。臂环为盖尔蒙德赢得了古思伦的欢心，实在不值得冒险失去领主对他的认同。

"如果说你以前还算不上真正的海拉海德。"古思伦说道，"那现在的你名副其实，你从大海中回归，就如同从死亡之地回归一样，我听说你还参加了阿什当战役？"

"是的。"盖尔蒙德说道，"但我在从河湾撤退前只杀死了两个撒克逊人。"

"那么你的成就比我知道的很多丹族人要强，和你一样在战场上的他们感到很害怕，他们说撒克逊人的战斗方式就像狼群一样。"

站在国王身边的埃斯基尔皱了皱眉头，但他什么也没说。

"他们打了场恶战。"盖尔蒙德说道，"这些撒克逊人——"

"我们不会再遭受这样的失败了。"古思伦把臂环戴回手上，脸上同时闪过了一丝愤怒，"你准备好为我而战了吗，海拉海德？"

"我会的。"盖尔蒙德说道，"但我还有一个问题。"

"问吧。"

"我的剑怎么样了？它之前被放在'海浪情人'上面，但施泰因诺尔弗说它在旅途中弄丢了。"

古思伦看了看埃斯基尔，对方点了点头道："我知道在哪，我的兄弟拿着它。在你掉进海里以后，他认领了那把剑。"

"好了。"古思伦的视线回到盖尔蒙德这边，"你的问题解决了。"

盖尔蒙德一直就不喜欢雷克，现在他又多了一个恨他的理由。"原来你的兄弟是个小偷。"他说道。

埃斯基尔带着威胁的神情朝他走近一步。"说话小心点，海拉海德，我兄弟以为你淹死了，我们都是这样想的。"

"但我没有淹死。"盖尔蒙德说道，"那把剑是属于我的，雷克一定是——"

"够了。"古思伦恼怒地皱着眉说，"你知道你的剑在哪儿，如果你想要，那你就必须亲自拿回来，我不想再听到这件事了。"

盖尔蒙德转向埃斯基尔，决定按古思伦说的去做。"你的兄弟在哪里？"

"雷克和我们其他的伙伴在一块。"他说道，"就在南岸的船只附近，但是海拉海德，你——"

"古思伦领主。"盖尔蒙德说道，"你知道的，我依然宣誓向你效忠。"

古思伦点头道："我感谢你的尽忠。"

"那我可以离开了吗？"盖尔蒙德问道。

古思伦回答时看了看埃斯基尔。"当然可以，但是你得保持平和的心态，海拉海德。这个营地里有丹族人、诺斯人、朱特人和弗里斯兰人……尽管我们之前有过分歧，但大家都是对抗撒克逊人的盟友。"

盖尔蒙德颔首作为回应，然后他和施泰因诺尔弗、史凯裘两人一起离开了领主的帐篷。但他们还没走远，盖尔蒙德便听到了埃斯基尔叫他的名字。他无视了他，径直朝南岸走去，可丹族人还是着急地追上了他。

"海拉海德。"他说道,"你想做什么?"

"我想拿回我的剑。"盖尔蒙德直视着前方,"就像古思伦领主建议的那样。"

"如果雷克不肯放弃呢?"

"为什么不肯?"施泰因诺尔弗问道,"那把剑本来就是盖尔蒙德的。"

"我不是总能明白我兄弟的理由。"埃斯基尔说道,"但我了解他。"

他没再多说什么,只是跟着他们一起穿过营地。当他们接近雷克一伙的帐篷时,他大步走到盖尔蒙德的前面,呼唤着他的兄弟。听到埃斯基尔的声音,雷克走上前来。他周围都是盖尔蒙德认识的丹族人,因为他们一起在"海浪痴女"上划过桨。当船员们看到盖尔蒙德时,他们目瞪口呆,一时间说不出话来。但比起疑问,雷克眼睛里的恨意要更多。

"海拉海德将再次和我们一起行动。"埃斯基尔说道,"古思伦领主欢迎他的归来,我们大家也该如此。"

盖尔蒙德知道众人会继续讨论他的回归,埃斯基尔的话也阻止不了他们,现在他向雷克走去,那才是他的目标。"我听说你拿走了我的剑。"他说道。

雷克用他的大拇指揉了揉下巴。"是我拿的。"

"我是来要回它的。"

丹族人摇了摇头。"不行,是你自己放弃了它。"

"放弃?"盖尔蒙德感到血脉翻腾,"只有毫无荣耀心的弱者才会把这当借口——"

"你说我没有荣耀心?"雷克说道,"你,被诅咒的海拉海德,差点儿弄沉了我的船的家伙,你有资格吗?"他走向他的兄弟,"我必须对此作出回应。"

"不行。"埃斯基尔说道,"营地里要保持和平,在木墙和河流之间,谁也不能杀谁。"

"那就在这里流下第一滴血吧。"雷克说道,"只要让我们战斗就好,我要给这个小杂种上一课,教教他什么叫作荣耀。"

为了让所有人都能听到,盖尔蒙德提高了声音说道:"如果你输了呢?"

雷克怒视着他,然后瞥了一眼包围他们的战士们。"我会把剑还给你。"

埃斯基尔低头看着他的兄弟,好像在考虑他的请求,随后他转向了盖尔蒙德。"如果我允许你们战斗,不管最后结果如何,关于那把剑的归属问题就在这里解决,这样你能接受吗?"

盖尔蒙德认为他不应该为了拿回原本就属于自己的东西而战斗,但他和雷克之间的矛盾演变为了荣耀之争,所以这场战斗已经不可避免。"我接受。"他说道。

"很好。"埃斯基尔向周围的战士们示意,"拉开阵形!"

这些丹族人听从了命令,散开到四面,形成了一座方形的围墙,每一侧都有九到十名战士。盖尔蒙德大步走向战场的一角,施泰因诺尔弗和史凯裘也跟在他身边。

老战士凑到他身边问道:"你现在的身体能应付这个吗?"

"放心吧。"盖尔蒙德说道,尽管他自己都并不确定。他从前额附近扯下沾着血的亚麻布,扔到了泥土里,尽量不去管脑袋里涌动的感觉。"史凯裘……拿盾牌和剑过来。"

史凯裘点了点头,穿过聚集的人群和帐篷,跑开去拿武器。盖尔蒙德感觉到了头皮上的冷空气,头顶上的天空像一块灰色的、破烂的裹尸布。他能听到附近河流的声音,越过这些丹族人的脑袋,他还能看到一长排船头,许多船只都停靠在岸边。

"盖尔蒙德。"施泰因诺尔弗说道,"这个时候耐心点对你是有好处的。"

"为什么?"盖尔蒙德一边问,一边看着雷克用盾牌和盖尔蒙德自己的剑武装。这个丹族人打算用这把剑攻击它真正的主人,很快盖尔蒙德就会对他进一步的侮辱作出惩罚。

"你可以等到伤好了再跟他打。"施泰因诺尔弗说道,"要求延期没有什么不光彩的,所以——"

"不。"雷克在其他战士面前公开地带着他的剑,盖尔蒙德没法忍受这一点,他不能就这样回到自己的帐篷。"我现在就要解决这事。"

施泰因诺尔弗看起来似乎还在担心,但他没有再出声反对。之后史凯裘拿着剑和盾牌回来了,剑是盖尔蒙德在阿瓦斯尼斯送给男孩的那一把,而盾牌是他在里伯的商人那买到的。盖尔蒙德两只手接过武器,转身面向他的对手,埃斯基尔则走到了战场中央。

"只要有血滴到地上,这场战斗就算结束。"这个丹族人说道,"如果有人在流血之后继续战斗,根据古思伦领主的判断,他将失去他的财富、自由或是生命。"埃斯基尔来回看了看他们,"你们都准备好了吗?"

"是的。"雷克说道。

盖尔蒙德点了点头,但他的视线似乎跟不上脑袋的动作。

"开始。"埃斯基尔往后退去,融入聚集的人群中。

雷克以惊人的速度冲向盖尔蒙德,同时发出了一声咆哮。盖尔蒙德勉强赶上举起了他的盾牌,挡住了丹族人接二连三的猛烈剑击。每次攻击都让他的骨头颤抖，令他的脑袋晃动，伴随着疼痛和眩晕的感觉。他不知道是雷克真的比他速度快很多，还是现在的他身体太虚弱不适合进行战斗，也许他应该听从施泰因诺尔弗的警告的。但战斗已经开始，这两件事都不重要了。他躲开了雷克的攻击，眨了眨眼睛，努力让自己的视线和思绪稳定下来。

当丹族人再次冲锋时，盖尔蒙德准备得更加充分。他用盾牌挡住了雷克的进攻，试图进行反击，但丹族人也举起了盾牌，挡住了他的一剑，并把他撞得连连后退。

盖尔蒙德的身形变得摇摇晃晃，差点儿跌倒在地。他头疼得要命，视线也模糊得什么都看不清。他知道自己赢不了，但他也不愿意就此投降。他丢下盾牌，双手挥舞着剑，狂怒地冲向雷克。

他的突然袭击让雷克有些措手不及，但这个丹族人很快就恢复了状态，盖尔蒙德拼尽全力的一击最终只能划破空气，雷克利用盖尔蒙德身体的不平衡将他撞向了地面。

盖尔蒙德重重地摔倒在地，他的视线一片漆黑。随后他感觉到雷克的膝盖顶在了他的胸膛上。他看到了丹族人俯身注视着他，接着对手就用剑划破了他的脸颊。

"你先流血了。"他说道，"但你要知道，我本来是可以杀死你的。"

盖尔蒙德胸前的重量减轻了，他得以再次呼吸，然后雷克便走开了。盖尔蒙德躺在那里，直到施泰因诺尔弗和史凯裘来到他身边，两人扶着他站起来，一路跌跌撞撞地穿过营地，将他送回到帐篷里，盖尔蒙德在疲惫、痛苦和羞愧中瘫倒在地。

第十四章

　　这次败北不仅让盖尔蒙德失去了他的剑和尊严，还让他旧伤复发，在床上又休养了好几天。之后施泰因诺尔弗找来，告诉他丹族人在向一个叫作巴辛的地方行军，他们会在那和撒克逊人交战。

　　一听到这个消息盖尔蒙德就坐起身来。"我们必须跟上他们——"

　　"你必须留在这里。"老战士一边说着一边把他按回到床上，"我不能再让你无视我的建议了。"

　　"但我必须——"

　　"还会有别的机会的，如果你想跟他们一起战斗，就等到你有力气的时候。"

　　盖尔蒙德紧紧咬牙，结果又引起了头疼。"只有懦夫才相信逃避战斗能永远活下去。"

　　"聪明人知道哪场仗该打。"施泰因诺尔弗说道。

　　"这像我父亲会说的话。"

"你父亲有他的缺点，但他也不是傻瓜。每个受伤的战士都应该好好养伤，直到他痊愈为止。"

盖尔蒙德闭上了眼睛，这一次他只能接受施泰因诺尔弗的做法了。毕竟扪心自问的话，他也得承认自己还没有准备好挥剑。"史凯袤去哪了？"他问道。

"和一个女人待在一起。"

盖尔蒙德又坐了起来，这次是因为惊讶。"什么？"

"不是你想的那样。"老战士说道，"她叫毕尔娜，是一名盾女，奥斯伯恩最优秀的战士之一。她告诉我史凯袤让她想起了几年前死去的弟弟，她一直在帮助我训练那个男孩，如果不是史凯袤很怕她的话，他可能已经爱上她了。"

在哈夫丹，古思伦和其他领主行军后的第二天，盖尔蒙德见到了毕尔娜。她比他大六岁，又高又壮，有着蓬乱的红色头发，以及绿色的眼睛和有些弯曲的鼻子。盖尔蒙德站在她一旁，看着施泰因诺尔弗训练史凯袤使用长矛，反手握矛在举高时有利于越过盾牌进行攻击，也更容易将它投掷出去。这种握法还便于收回长矛，将武器的柄端抵在地面上，形成坚实的防御。

"你之前效忠于奥斯伯恩，"盖尔蒙德说道，"现在你又为谁而战？"

"现在大部分奥斯伯恩领主的战士为哈夫丹而战。"她说道，"就是那些还活着的人。"

"那你为什么不跟着哈夫丹一起行军？"盖尔蒙德向她问道。

"国王不了解我们，他命令我们和其他的人一起留在后方，守卫营地和船只。"她上下打量着他说道，"也包括保护那些伤员和病患。"

盖尔蒙德摸了摸胸膛。"有你在这，我会睡得更好。"

她扬起了一条眉毛，嘴角也随之翘起。"你在要我吗？我听说了你和雷克的战斗，你当然需要保护。"

盖尔蒙德听出了她在开玩笑，所以他并没有生气，尽管这件事对他来说是个耻辱。"也许给这孩子上完课后，你可以来训练我。"

"那还等什么？"她走到史凯袭放下剑和盾的地方，把装备捡起来交给了盖尔蒙德，"我会对你手下留情的。"

他接过武器的时候还在笑，但比试一开始他就笑不出来了。毕尔娜证明了自己是个敏捷又强大的战士，这并不意外，毕竟她已经声名在外。她的动作迅猛有效，毫不费力地让攻击达到了威吓和控制的效果。盖尔蒙德不知道她对自己手下留情多少，但她确实很轻易地击败了自己，他不清楚该不该把这次战败归咎于他受伤的脑袋。

"有你在这，我会睡得更好。"盖尔蒙德重复了一遍之前的话，他正瘫倒在干燥的地面上，努力调整着呼吸。

"我会等到你痊愈。"她坐在他身边，同样喘着气，"虽然有伤在身，你打得也不错。"

"我被训练得很好。"盖尔蒙德说道，朝着施泰因诺尔弗点了点头。

"是的，你有个很好的誓约者，他不会带着自尊去战斗。"

"你想说什么？施泰因诺尔弗的荣耀心可是比——"

"不，我说的不是荣耀，是自尊，它们不是一样的东西。"

"什么意思？"

"一个有荣耀心的战士，即使只有诸神能够看到他在做什么，他也一样光明磊落。"她从腰间的袋子里取出了一块尖锐的石头，用它打磨着剑，打磨着他们之前比试留下的痕迹。"默默无闻的荣耀一样值得尊敬，这样的战士同样能获得进入英灵殿的机会。"

"那自尊呢？"

"自尊需要观众。"她用石头摩擦着剑，仿佛在弹奏一首乐曲，"自尊是战士想让别人看到的荣耀，它会让战士变弱。有些战士选择带着自尊去战斗，就像自尊是能帮助他们夺胜的武器一样。但在战斗中，自尊往往是一种负担，它会让战士们变得粗心和愚蠢，施泰因诺尔弗就很清楚这一点。"

盖尔蒙德点头道："没错，他想让我和雷克的战斗延期。"

"也许你该听他的话。"毕尔娜纵览了一遍剑身，然后仔细检查着剑刃，"自尊是普遍存在的弱点。在经历了阿什当战役的失败后，即使是哈夫丹也急于行军，想尽早取回他的自尊。我认为撒克逊人知道这一点，他们挑衅他就是为了让他上战场。"

"巴辛离这里多远？"

"往南走，一天的行程。"

"往南？"盖尔蒙德对此感到困惑，"但撒克逊人的堡垒在北方的沃灵福德，为了避开我们到南边去，他们一定绕了很远的路。"

"看起来就是这样。"

在他看来这是个糟糕的策略，撒克逊人为此远离了他们安全的堡垒，如果在巴辛的战斗中陷入不利，他们也没有后路，因为丹族人的营地挡住了他们的退路。盖尔蒙德认为，如果韦塞克斯的国王和他的兄弟真像约翰说的那样聪明，他们冒这个险一定是有原因的，他思考着这个原因会是什么。

他想起之前在远处眺望过沃灵福德，他看到撒克逊人有防御工事，在泰晤士河上还有数不胜数的船只和一座桥。他从加林斯的桥上掉下来后，被河流冲到了营地附近。他意识到撒克逊人也可以顺着这条河流划船，轻易地向他们的营地发起进攻，尤其在大多数丹族人往相反的方向行军了一天的情况下。

"你真的相信撒克逊人挑衅了哈夫丹上战场？"

177

"也许是吧，他们在离营地很近的地方现身，肯定是惹火了他。"

盖尔蒙德站了起来。

"怎么了？"她问道。

"我想我们要准备好应对一场袭击。"

"什么？在哪里？"

"在这。"他指着那条河，"我觉得撒克逊人可能会划船过来，偷袭这个营地。"

"你肯定吗？"

"不，但我在沃灵福德看到了很多船，即使他们不打过来，我们也需要做好防范准备。"

"怎么做？"

他们没有时间再去建一座桥或者一道海门，但盖尔蒙德想起了他在沼泽地见过的用木桩建造的码头，"我有一个办法。"他说道。

管理营地的指挥官是一个叫作阿夫卡尔的人，阿夫卡尔是一个有能力但没有野心的战士，曾经为奥斯伯恩领主效力。本来他需要一些更让人信服的理由，但他相信毕尔娜，所以在听说了盖尔蒙德于沃灵福德见到许多船的事情后，他选择了谨慎的做法，开始为敌人可能的袭击做准备。

"但是你要怎么在河面上筑起一道墙呢？"这个丹族人问道。

"撒克逊人的船很笨重，吃水很深。"盖尔蒙德说道，"我曾经划过一艘撒克逊人的船，这道木桩建成的墙只需要达到河道的宽度就行。"

阿夫卡尔似乎不能完全理解这个计划，但在毕尔娜的催促下，他晃了晃脑袋，把建造这道防线的任务交给了盖尔蒙德负责，然后命令营地里的所有丹族人开始工作。

盖尔蒙德很快就找到了一个合适的地方，水路距离营地一英里的地方变窄,既与营地保证了足够的安全距离,又能让他们对敌人的进攻做出迅速反应。对岸附近的河道水很深,近岸的河流则是在一片又宽又浅的沙地和岩石上流过。

盖尔蒙德让一些丹族人砍掉新生的树,并把树干削尖,做成长长的木桩。其余的人在两艘抛锚的船上工作,负责把木桩敲入河底,然后用毛皮和绳子把它们绑在一起加固。尽管盖尔蒙德的头还很晕,身体也很虚弱,但他坚持和丹族人一起竭力工作,丝毫没有放慢脚步,也没有表现出难受疲惫的模样。

为了完成这道防御工事,他们花了一整天的时间。筑好的木墙就像是一棵密不透风的荆棘树一样,它完全堵塞了河道的中部,并且和陡峭的北岸相接,南岸则保持通行。撒克逊人的船顺流而下后只有一条路可走,如果他们试图从墙的边缘绕过去,他们就必须让船靠岸搁浅,从而陷入劣势。建好的木墙并没有阻挡河流的畅通,它只是让船只无法通过,除了那些能轻易穿过浅滩的轻便快捷的丹族船以外。

那天太阳落山的时候,盖尔蒙德和施泰因诺尔弗、史凯裘以及毕尔娜一起站在木墙附近的岸边,他很疲惫,却也很满足。

"要么是你拯救了营地。"老战士说道,"要么就是我们白干了一天的苦活。"

"丹族人很无聊。"盖尔蒙德说道,"他们的手需要做点事才行。"

毕尔娜点头道:"没错,就算撒克逊人不来袭击,建了这堵墙也是好事。"

"希望哈夫丹和古思伦同意这么做吧。"施泰因诺尔弗说道。

"我倒是希望我们不会用上这面墙。"史凯裘说道。

丹族人派了一部分人监视木墙,然后他们返回了营地。在吃饭的时候,他们喝了阿夫卡尔送的撒克逊酒,这是他们努力的酬劳。他们放松地围在火堆旁讲故事,自从离开阿瓦斯尼斯以来,盖尔蒙德还是第一次感觉到自己在他们中间受到了真正的欢迎。即使是那些在工作开始前说三道四的丹族人,现在也对他们完成的木墙感到满意,他们同意了毕尔娜的观点,认为这是一件好事。

不久,盖尔蒙德发现他的眼帘沉重起来,他便向施泰因诺尔弗、史凯裘以及毕尔娜道了晚安,离开火堆回到自己的帐篷里,一头栽在干燥的床上。但他的眼睛似乎才闭了一会儿,远处就传来了号角声,他疑惑地冲出了帐篷,发现营地还是一片安静,这让他清醒了过来。

"撒克逊人来袭击了!"他大喊道,"去河边!"

接着,丹族人拿着长矛、斧头和弓箭冲了出来,准备迎接战斗。他们沿着河岸一路跑到木墙边,发现有四五艘船已经抵在了木墙上,撒克逊人在号角的警报声中慌乱叫喊着,还有十多艘船在顺流而下,但他们放慢了速度,似乎是被传来的号角声和前方未知的险境吓得惊慌失措。

"射箭!"阿夫卡尔喊道。

弓箭手们借着月光向木墙处的撒克逊人齐射,在黑暗中的敌人哀号着倒下,溅起了水花。敌人的弓箭手试图反击,但他们的箭很少,在乱成一团的船上根本射不中任何目标。丹族人还投掷长矛来攻击离得最近的敌船,一些撒克逊人开始跳河逃跑。那些想要游过木墙的人反而被木墙困住,接着丹族人就会向木墙里头射箭。而那些绕过木墙游向浅滩的人,以为自己找到了出路,却发现丹族人的斧头和剑正等着他们。

之后丹族人还点燃了火把,在河岸上看清了敌人的数量。在火光的映照下,迎面驶来的船只发现了木墙和他们被杀的同胞,知道他们的计划被挫败了。撒克逊人必须及时选择撤退或者继续进攻,尽管盖尔蒙德觉得自己还站不太稳，但他还是做好了战斗准备，好应对撒克逊人殊死一搏的可能。

但事实正好相反，撒克逊人放下了桨，向后撤退，然后把船往上游划去。战斗才刚开始不久就结束了，他们没有损失任何一个丹族人。阿夫卡尔派了些弓箭手追击逃跑的船，确保他们不会回头尝试第二次进攻，然后这位指挥官找到了盖尔蒙德。

"你是对的，海拉海德。"他说道，"你和你的木墙拯救了营地，哈夫丹国王会知道这件事的。"

当黎明到来，太阳升起，他们回到了营地，第一批鸟儿也开始了歌唱。很多丹族人找到了盖尔蒙德，给了他同样的赞誉。他们中有几个人像毕尔娜和阿夫卡尔一样，效忠于被杀掉的奥斯伯恩领主，他们发现自己背井离乡，而且也没有一个一言九鼎的领导者来奖赏自己。这其中有个叫阿斯莱夫的人，他的年龄和盖尔蒙德相仿，但大家都认为他更有吸引力。还有一个叫作穆里的战士，他的年纪跟施泰因诺尔弗差不多，他的独生子几年前在和诺森布里亚人的战斗中牺牲了。然后是索格里姆，他不论体形还是性格都是丹族人中首屈一指的。最后是一直以来负责把风的搭档拉夫和维特①，前者体形庞大，因一头黑发而得名；后者肌肉发达，因其近乎全白的头发和苍白的皮肤而得名。盖尔蒙德和这些人都相处得很好。

两天后，哈夫丹回来了，他打败了撒克逊人，在战场上拆散了埃塞尔雷德和阿尔弗雷德的军队，当然，也有许多丹族人在巴辛倒下了。在这不久后，古思伦就带着盖尔蒙德去和国王会面了。

"你为自己赢得了名声。"在他们走向哈夫丹的帐篷时，这位领主说道，"你准备好应对接下来的一切了吗？"

---

①拉夫和维特的名字来源于古诺斯语，拉夫有"乌黑"之意，维特有"冬天"之意。

"你想说什么?"

"你很快就会明白,名声带来奖励的同时也要付出代价。"

"什么样的代价?"

"国王——"古思伦环顾了一下周围,似乎在观察有没有人偷听,"哈夫丹在阿什当的失利削弱了他的力量和名声,跟波尔希一起出航的其他领主们很愤怒,哈夫丹对军队的控制也产生了动摇。"

"你也是陪着波尔希一起出海的。"盖尔蒙德说道,"你生气吗?"

"我是不痛快,就像哈夫丹一样,他得知了他不在时营地遭到了攻击,他也不高兴。"

"但是我们打败了撒克逊人——"

"没错,你是打败了,所以你的名声大大地提高了。"这时哈夫丹的帐篷已经进入了他们的视线,古思伦压低了声音,听起来就像是耳语一样,"小心行事,海拉海德,国王和其他领主都很清楚是你阻止了这场灾难,这件事为你赢得了他们的尊敬。但也有不少人把这视为哈夫丹的又一次失败,而你的行为提醒了他的失败,尤其他还是一位国王。"

随后两人抵达了帐篷前,盖尔蒙德没法再问更多问题,两人一起走了进去。古思伦和旁边的领主站到了一起,盖尔蒙德则走到高台前,低下了头。

"我很高兴,终于能见到你了。"哈夫丹说道,他是一位黑头发的丹族人,蓝得发亮的眼睛就像法兰克的钢铁一样,"你是吕加菲尔克的国王约尔·哈夫森的儿子。阿夫卡尔告诉我,如果不是你,我就会失去这个营地和我所有的船只。还有人跟我说你淹死过,但你却从冥界回到了人间。我听说过很多关于你的事,盖尔蒙德·海拉海德。"

国王在提到海拉海德这个名字时的语气,让盖尔蒙德觉得他是在赞美而不是侮辱。"我从不敢这样归功。"他答道。

哈夫丹离开了座位,大步走近他。"但你的确在河里建造了那堵墙,不是吗?你猜到了撒克逊人会顺着河流来偷袭,对吧?"

"确实如此。"盖尔蒙德说道。

"你是怎么猜到的?"国王问道。

盖尔蒙德感觉到危险的气息已经进入了这个房间,他知道哈夫丹去巴辛是韦塞克斯那边设下的圈套,但他努力在不暗示这一点的情况下解释他的想法。据盖尔蒙德的了解,巴辛的那场战斗中,撒克逊人全力应战,这场战役的胜利来之不易,因此哈夫丹并不只是被调虎离山,他还是为丹族人夺下了第二道防线。"这都要归功于毕尔娜和阿夫卡尔对我的信任。"盖尔蒙德说道,"如果没有营地里每一位丹族人付出的劳苦,这道墙是不可能建成的,所以这份荣耀也属于他们。"

"你说得也对。"国王说道,"但没有你,这一切都不可能完成,我会给你应得的银钱,还有我的感激之情。"

盖尔蒙德低头道:"感谢您的赏赐,哈夫丹国王。"

"你也会拥有战士。"古思伦走上前来,"拥有你自己的同伴,有好几个丹族人要求为你而战。"

盖尔蒙德没想过自己将来的某一天会被任命为丹族人的指挥官,至少他觉得不会这么快。他没怎么经历过真正的战斗,而古思伦和国王也肯定知道他输给雷克的事情。

"是谁想和我并肩作战?"他问道。

国王的双臂交叉在胸前。"大部分都是奥斯伯恩领主的战士,他们和你一起建造了那堵墙。"

"是他们给了我荣耀。"盖尔蒙德说道。

古思伦走到哈夫丹身边,韦兰的臂环在他的胳膊上闪闪发光。"在我们从阿瓦斯尼斯起航之前,我告诉过你,在你证明自己前,你没有资格领导任何丹族人，现在的你已经做到了。"

盖尔蒙德再次低头道："感谢你们的赏识，古思伦领主，哈夫丹国王。"

"去吧，召集你的战士。"哈夫丹说道，"也许我很快就会派给你一个任务。"

盖尔蒙德最后低头致意了一次，然后就带着困惑离开了帐篷，他急切地想找到施泰因诺尔弗分享这份荣耀，接着他发现这位老战士正在和毕尔娜一起训练史凯袭用斧头战斗，当盖尔蒙德把帐篷里发生的事情告诉了他们三个人，但没有一个人对此感到惊讶。

"你一直就是人们讨论的焦点。"老战士说道，"在你像某种尸鬼一样回到我们身边的时候，我也不清楚你还想要什么。"

"拯救营地只会提高名声。"毕尔娜补充道，"是我去问了哈夫丹，想知道我可不可以加入你的队伍。"

"是你？"盖尔蒙德惊讶地看着她，"但你肯定能把奥斯伯恩的战士领导得更好——"

"如果有一天命运这么安排的话，我会接下这个担子的。但现在我愿意为你而战。"

"为什么？"

她的眉毛皱紧，好像是觉得盖尔蒙德应该知道这个问题的答案。"因为哈夫丹还没有给过我这种荣耀，我还没有获得他的尊重。但现在他和古思伦都尊重你，选择与你并肩作战，我就能分享你的荣耀，获得尊重。也许他们下一次上战场的时候，我就不会被命令留下来守卫营地了。"

"我明白了。"盖尔蒙德微笑着说道，"你想为我而战，并不是因为你信任我。"

"记住我跟你说过的关于自尊的话,海拉海德。"她从后面拍了拍他的肩膀,"至少你给我留下了一些好印象,知足吧,好好领导你手下的战士,不然我就要到别处寻找荣耀和财富了。"

"我们应该把战士召集起来。"施泰因诺尔弗说道,"就像哈夫丹建议的那样。"

盖尔蒙德同意他的看法,于是他们把帐篷搬到了奥斯伯恩领主的很多旧部属扎营的地方。在那里又有更多的战士加入了他们的队伍,他们都曾效忠于在阿什当战役中倒下的那位领主,并且现在都愿意为盖尔蒙德而战。盖尔蒙德认识大部分人的脸,他们都是在建造河道的木墙那天见过的。他很高兴看到阿斯莱夫、穆里、索格里姆以及拉夫和维特也在这些人之中。盖尔蒙德现在总共有了二十多位战士,这些人都希望他能引领他们。尽管这是他一直渴望得到的荣耀,但也让他的肩上突然多了一份重担。之后,在他们一起吃晚饭的时候,他站起来向大家喊话。

"我是约尔·哈夫森的儿子。"他说道,"诺斯人和丹族人都熟知我祖父的事迹,我们这里有二十三个人,就和哈夫第一次前往鲸路时向他效忠的人一样多。我相信这是命运,虽然我还没有一艘船,但如果你们与我并肩作战,你们将会获得荣耀、财富和土地,有朝一日我们还会拥有一支船队。"

盖尔蒙德注视着眼前每位战士的眼睛,想起了布拉吉跟他讲过的祖父的故事。

"我不会要求你们每个人向我单独起誓。"他说道,"就像哈夫和他的英雄们一样,每个人都将立誓为我们全体而战,并且不是用我的剑,而是用你们自己的剑起誓。我也会发誓为你们而战,就像你们为我而战一样。但在我们起誓前,我要告诉你们,我的战士只会向那些怀有战意，试图攻击我们的人下手。如果你能遵守这个规则，你的剑会受到认同，如果你不能接受这点，你现在就可以离开。"

盖尔蒙德停顿了一下，但战士中并没有人离开。

"那就在此立下我们的誓言。"他说道，随后带头立誓，宣告他将永远带领他们追寻荣耀，夺走他们敌人的骄傲和财富，他永远不会逃避战斗，会为所有成为他同伴的战士战斗至死，无论有谁被杀，他都会为他复仇。言语在这些丹族人的嘴里传递着，直到他们所有人都缔结了同一个誓言，接着便是战士们一同开怀畅饮的时刻。

接下来的几天，盖尔蒙德轮流和他的每一位战士交谈，了解他们的名字、故乡以及他们的能力。每个人都宣称自己是致命且全能的战士，但有些人在挥舞他们选择的武器时明显更具有杀伤力。

阿斯莱夫宣称他在使用弓箭时拥有鹰的眼睛；索格里姆和穆里都是用钩斧和祭祀刀作战；拉夫带着两把剑，一把是常见的丹族剑，另一把是他从遥远东方的一个叫作米克拉加德[①]的地方得到的奇特的单刃武器；维特擅长使用长矛，并将他的武器称作"永眠之息"，他告诉大家这代表着它是会带来死亡的狂风。

在这个队伍里，有些战士经历过很多战斗，满身都是伤痕，而另一些人则和盖尔蒙德一样，他们并没有经历多少战斗。包括施泰因诺尔弗、毕尔娜和穆里在内，这些天他一直在命令这些最强壮的战士来训练缺少战斗经验的人使用武器和盾牌，当哈夫丹和古思伦来找盖尔蒙德谈话时，他们似乎对看到的景象很满意。

"你很快就建立了秩序。"古思伦领主说道，"干得不错。"

"他们都是强大的战士。"盖尔蒙德说道。

[①] 米克拉加德意为"大城"，即君士坦丁堡。

"那就让我们看看他们到底有多强。"国王说道,"我之前说过要给你一个任务,现在时机到了。"

盖尔蒙德点点头道:"说吧,我一定会完成它的。"

"如果我们想要击败韦塞克斯的势力,"哈夫丹说道,"我们就必须控制伊克尼尔德路和泰晤士河,我要你和你的战士帮我夺下沃灵福德。"

第十五章

盖尔蒙德并没有理解哈夫丹要他做什么,问道:"你要行军去沃灵福德吗?"

国王摇了摇头。"我不去,我是要你这支队伍单独上阵。"

盖尔蒙德犹豫了,他不知道该和哈夫丹说什么,甚至不确定他刚刚说的话的意义。"沃灵福德的防线很强大,我需要一支军队来拿下他,但我只有二十三位战士——"

国王举手示意,打断了盖尔蒙德的话。"这些伯克郡的撒克逊人遭受了巨大损失,也失去了他们的郡长。埃塞尔雷德和阿尔弗雷德已经往南方转移,在那边他们的防线更稳固,还可以招募新的战士来弥补之前倒下的人。"

"我明白了。"盖尔蒙德说道,"他们在沃灵福德留下了多少人防守?"

哈夫丹皱起了眉头。"不是很多。"

盖尔蒙德从不觉得埃塞尔雷德会轻易放弃河口地带的重要防线。"但我认为应该不止二十三个人。"他说道。

"也许更多。"国王眯着蓝色的眼睛说道,"也许更少。"

盖尔蒙德看了看古思伦,他站在哈夫丹后面一点,但他一言不发。

"你了解沃灵福德。"国王说道,"你甚至预判了他们会派船——"

"我只是碰巧在远处看到了。"盖尔蒙德说道,"仅此而已。"

"别推辞了,盖尔蒙德·海拉海德。"国王生气了,他的眼神变得更加坚定,声音也尖锐了起来。"我给了你这个任务,你就要负责把它完成。你还是那个在河道中建墙并抵御了撒克逊人袭击的盖尔蒙德·海拉海德吗?你觉得我让你来带领一支队伍是错的吗?"

"不,你没有错。"盖尔蒙德意识到自己别无选择,他只能服从哈夫丹的命令,尽管这看起来是个不可能的任务。"我会完成任务的,但我还有一个要求。"

"什么?"

"我想留下我在那里找到的所有银钱。如果像你说的那样,他们的防线近乎不堪一击的话,那就不会留下太多的财宝,但对我的战士来说也算是一笔奖赏了。"

听到盖尔蒙德的要求,古思伦笑了,但哈夫丹却沉默了好一会儿。

"好吧。"他最后说道,"你和你的战士明天一早就出发,愿诸神与你同在。"

古思伦看起来有话想告诉盖尔蒙德,但他还是一言不发地离开了。之后,当盖尔蒙德把哈夫丹派给他的任务告诉同伴们的时候,施泰因诺尔弗也有一肚子的话要说。

"真是个愚蠢的任务!"老战士差点儿大叫起来,"他想让你去送死吗?"

"多半如此。"毕尔娜说道。

"古思伦警告过我的。"盖尔蒙德说道,"他告诉过我,名声是要承担相应的代价的。"

"你的命?"施泰因诺尔弗说道,"这真是个沉重的代价。"

"也许这是我的命运。"盖尔蒙德说道。

维特和拉夫坐在一旁,白发的战士开口了,他的声音尖锐得像冻河里的冰裂开了一样。"你拯救了整个营地,哈夫丹没法对你下手,但你的名声威胁到了他,所以他想到了另一个摆脱你的办法,利用你的名声对付你。"

"我们该怎么办?"史凯袠轻声问道。

注定的失败很快就会降临到他们身上,但盖尔蒙德想起了韦兰对未来的预言,韦兰认为他会向敌人投降,于是他决定反抗这样的未来,他向伙伴说道:"我们别无选择,只有拿下沃灵福德了。"

"我们要怎么拿下,你有行得通的计划吗?"毕尔娜问道,"我们人数太少了,光靠武力是很难夺下那块地方的。"

这时拉夫朝着河边点点头说:"我们可以用撒克逊人的船,用那些尸体上的盔甲和衣服。"

"你认为我们该用计谋。"施泰因诺尔弗说道,盖尔蒙德不清楚这位老战士是否会反对这样的计划。

拉夫耸了耸肩。"我们也许能潜入他们的防线。"

"但如果他们有五十个人。"盖尔蒙德说道,"或者一百个人,我们只有二十三个人,就算潜入进去也不会有很大的胜利机会吧。"

"你有更好的计划吗?"维特问道。

盖尔蒙德思考了一会儿,他回想起自己了解到的撒克逊人的一切,寻找着他们可以被用来偷袭的弱点。"撒克逊人的战士大多是农民。"

他最后说道,"对一个男人来说,他更愿意在家里种田而不是在这里打仗,我想我们应该让他们离开这里。"

"让他们离开这里?"施泰因诺尔弗说道,"我们以前也没有不让他们离开啊。"

盖尔蒙德摇了摇头。"我的意思是我们要给他们离开的理由,埃塞尔雷德向南转移了,在丹族人几乎到达沃灵福德的门前时,他放弃了这条防线。我想,待在沃灵福德的战士不会对此感到高兴,再加上我们又在河道击败了他们一次。如果让他们认为这是场必败的战斗,也许他们会直接选择离开。"

"他们怎么可能认为自己会输?"拉夫问道,"我们这个队伍根本算不上一支军队。"

"我们不需要靠人数。"盖尔蒙德说道,"我们只要让他们相信基督抛弃了他们就行。"

"要怎么让他们相信呢?"施泰因诺尔弗问道。

"利用他们对我们异教徒作风的恐惧。"盖尔蒙德说道。

尽管他的战士们有些怀疑,他们还是按照他的要求做了三个巨大的十字架,他们把十字架像桅杆一样装在三艘撒克逊人的船上,然后盖尔蒙德命令他们往三个撒克逊战士的尸体上浇油,然后把尸体挂在十字架上。他们没有等到第二天天亮,而是在太阳下山的时候就行动了。

他们一共乘坐了六艘船,三艘载着十字架,三艘载着剩下的同伴,所有船一起从雷丁格姆驶向了莫斯福德。在莫斯福德附近,腐臭和死亡的气息依然弥漫在阿什当的空气中。盖尔蒙德的大部分战士都在这里停船,然后开始从陆地上前进。而他继续独自一人划着船从水路前进,他的船上挂着一具被渡鸦啄过、脸色苍白的撒克逊人的尸体。因为撒克逊人的船只很笨重，需要有力气的人来驾驶，所以拉夫和维特自告奋勇，负责另外两艘载着十字架的船，他们还要往北继续前进五英里才到沃灵福德。

在深夜时分，盖尔蒙德终于接近了堡垒。他知道城墙上有监视者，所以在三艘船进入敌人视线时，他点燃了十字架上撒克逊人的尸体，拉夫和维特也照做了。火光漫过河流，在黑暗中闪耀着，盖尔蒙德马上就听到城墙上传来了惊叫，他可以想象在夜里这样的情景会造成多大的恐慌。

他赶在火烧毁木头之前把船开到了敌人防线附近，拉夫和维特也跟着划了过来，他们三人把船绑成一排，让它们在城墙上的人可以看到的地方继续燃烧，并以此作为信号，通知从陆地进入南边树林的同伴们。接着一阵阵丹族的号角声打破了夜晚的宁静，从东边到西边都能听到这刺耳的声音，仿佛有一支不知从何而来的庞大军队潜伏在黑暗之中。

盖尔蒙德大步走向沃灵福德堡垒的大门，等到丹族人的号角停下时，他向城墙上的哨兵大吼道："我是盖尔蒙德·约尔森！我是在河道打败你们的人，现在我要接管这个地方！你们寡不敌众，它终将属于我！你们的国王离开了你们！你们的诸神抛弃了你们！"

他停顿了一下，让恐惧在堡垒中扩散。

"但我准备给你们一次宽恕！"盖尔蒙德喊道，"你们可以在天亮前离开沃灵福德！你们没有理由死在这里！回去陪你们的家人吧！平安地回到你的农场去！如果你们把银钱和武器留下来，我发誓我不会伤害你们，也不会追杀你们！"

他又停顿了一下。

"如果你们到天亮还不离开，我不会再对你们仁慈！我们会把城墙里所有的撒克逊人活活烧死,将你们献祭给我们的神!"

他又抬头看了城墙一会儿,他在上面看到了许多人影,随后他转身离开,拉夫和维特跟着他往南走,离开了堡垒和燃烧的船只,进入黑暗之中,和他们的同伴会合。

"干得好。"拉夫说道,丹族人的服装和他黑色的头发在黑暗中融为一体,让他的脸变得像幽灵一样若隐若现。

"如果这都不能把撒克逊人吓走,"索格里姆说道,"那他们还真有资格拥有这个被诅咒的地方。"

"他们会离开的。"盖尔蒙德说道。

"我们真的就这样让他们安然无事地离开吗?"拉夫问道。

"是的,如果他们按照我说的做的话,我也会履行我的承诺。"

拉夫点了点头,但黑暗中盖尔蒙德看不清楚他的表情,他不知道对方只是听到了他的回答,还是同意他的做法。

在这一晚剩下的时间里,他们一直没有生火,而是让黑暗把他们隐藏起来,隐藏他们真实的人数。一夜过去,太阳终于升起,他们离开森林,穿过薄雾,穿过田野和牧场,来到了沃灵福德。

当看到堡垒出现在视线中时,史凯裘指着它说道:"大门打开了!"

"看起来你说对了,海拉海德。"索格里姆说道,"撒克逊人离开了。"

虽然看上去是这样,但丹族人还是小心翼翼地走进堡垒,拔出武器,准备应付随时可能出现的陷阱。

他们并没有找到人,这座城镇看起来已经空了一段时间了,本该圈养牲畜的围栏里只剩下干枯的地面,铁匠铺里也冷冷清清。但当他们到达桥边的第二道防线时,发现这里的营火还在冒烟,似乎是有人在匆忙之下遗弃的。撒克逊人在那里留下了银钱,还有他们的斧头和剑,总共有十四把锋利的武器,这还不包括四处散落的长矛、干草叉和其他临时武器。如果哈夫丹进行大规模的进攻的话，这座堡垒的防线是不足以抵抗的。

"埃塞尔雷德真的抛弃了他们。"拉夫说道。

盖尔蒙德手下的丹族人呆呆地站着，似乎难以相信他们这么容易就成功了，他们都惊讶得说不出话来。

盖尔蒙德提了提嗓子，开始对众人喊话："沃灵福德是我们的了！"他一边说，一边举起了他的祭祀刀，他的战士们也最终欢呼雀跃起来。"把你们找到的所有金银财宝都带给我，我会平均地分给大家，而城里剩下的东西你们可以随便拿。"

丹族人再次欢呼，然后分头探索起来。当太阳从城墙和屋顶上升起时，盖尔蒙德坐在了柴火旁的一个木桩上。史凯裘也出发去寻找宝物了，而施泰因诺尔弗和毕尔娜两人坐在了盖尔蒙德身边。

"这事之后，战士们会蜂拥而至地加入你的队伍。"老战士说道。

"我并没有取得荣耀。"盖尔蒙德把祭祀刀收回鞘中，他不需要清理和打磨它，"这场胜利来得太容易了。"

毕尔娜对着他翻了个白眼。"你又在用你的自尊思考了，海拉海德。难道就只有经过艰难取胜的战斗后获得的才算荣耀？"

"不，但荣耀必须是赢来的。"他说道。

"看看你的周围！"施泰因诺尔弗敞开他的双手，"你已经赢了，你利用自己的机敏，在不损一兵一卒的情况下，带领这些丹族人两次取得胜利。如果你还是更想打一场的话，我相信你可以去找那些撒克逊人，邀请他们回来。"

"我想你已经说够了。"盖尔蒙德说道，"现在我必须告诉古思伦和哈夫丹这个消息，我们已经拿下了沃灵福德。"

"我去吧。"毕尔娜站了起来，"我想看看哈夫丹听到这个消息时的表情。"

盖尔蒙德点点头。"那就你去吧，但在告诉哈夫丹之前要先去找古思伦，毕竟我是他的誓约者，如果我们在这里取得了荣耀，他也是有份的。"

她点了点头，大步走开了，然后施泰因诺尔弗向盖尔蒙德靠了过来。"你知道吗？你已经取得了比你父亲更大的成就，他从来没占领过一座堡垒或者城镇。"

"他也从来不需要这么做。"

"也许这个地方会属于你，这是个好地方，有坚固的城墙，有一条可以用于贸易的河流，和阿瓦斯尼斯完全不同。"老战士观察着四周说道，"但哈夫丹和古思伦可能会把这里占为己有，而且我想撒克逊人也很想要夺回它，所以即使丹族人把这里交给了你，你还是得为守护它而战斗。"

"你觉得这世界上会有不受这种规律束缚的土地吗？"

"什么？你想要那种不需要战斗就能守护住的土地吗？"他揉了揉胡子，但动作几乎像是在拽一样，"也许有吧，但不论你身在何处，永远做好战斗的准备才是明智的，即便它永远不会发生。"

"你觉得我父亲和我母亲准备好了吗？"

他把手从胡子上放下来，放到了膝盖上。"我不知道。"

盖尔蒙德也不知道答案，这也不是一个他想深入思考的问题。他起身和丹族人一起搜索沃灵福德，和施泰因诺尔弗说的一样，他发现这里是一个好地方，在城镇中心交叉的两条主干道上有很多作坊和仓库，只是除了一些储存的粮食外，撒克逊人并没留下什么有价值的东西。后来有一个丹族人在铁匠铺附近的马厩的角落里找到了一小堆碎银，这让所有人变得更加兴奋，他们的奖励也变得更丰厚了。

盖尔蒙德把分配财富的任务交给了施泰因诺尔弗,每位战士都获得了平等的奖励,许多丹族人还在撒克逊人留下的武器中拿到了新武器。盖尔蒙德要了一把斧头,以及一把剑柄同柄首一样粗的旧伦巴第剑,这样史凯袭也可以继续留着盖尔蒙德送给他的剑了。

下午过去了大约一半时间,哈夫丹和古思伦带着至少有一百个丹族人的部队来到了沃灵福德。盖尔蒙德在南城门和他们见了面,在古思伦和毕尔娜咧嘴大笑的时候,哈夫丹生气地四处张望,好像在怀疑这里有什么阴谋一样。

"堡垒已经被拿下了。"盖尔蒙德说道,"就像你下令的那样。"

"你是怎么做到的?"国王问道。

"他很狡猾。"古思伦说道,从哈夫丹身边走过,朝着大门而来。

国王没有回应,他跟着领主向前,然后毕尔娜回到了在两人后面的盖尔蒙德身边。

"他说我是个骗子。"毕尔娜说道,"他差点儿就不来了,但他没法拒绝古思伦。"

盖尔蒙德也跟着毕尔娜笑了起来,之后他带着哈夫丹和古思伦参观了城镇、桥梁和防御工事,国王和领主之前只能远远望着这些。盖尔蒙德对沃灵福德的考虑越多,就越发意识到这个地方的重要性。丹族人在雷丁格姆没有丝毫损耗的情况下占领了这里,而这里的河流和伊克尼尔德路也为贸易和招募新战士提供了便利,有了这些优势,丹族人似乎可以无限期地统治这片地区。

"找到银钱了吗?"国王最终问道。

"有。"盖尔蒙德说道,怀疑哈夫丹是不是打算反悔,"我已经把它分发给我的战士们了。"

"如果你还记得的话。"古思伦说道,"你说过在这里找到的银钱是属于他——"

"我记得。"国王说道,"那些银钱就是他今天在这里所做的一切的奖赏。"

盖尔蒙德鞠了一躬,知道国王不会再拿出更多的财富来奖励他们了。

古思伦对着撒克逊人的第二道防线举手示意。"我会把我的战士留在这里,我还会派更多人来,我们必须阻止撒克逊人夺回这个地方。从这里我们可以继续向北行军,到达阿宾登的财富所在——"

"不。"哈夫丹说道,"你们将留守沃灵福德,在我们杀死埃塞尔雷德之前,你不能把任何战士派往北边,我们不能再失去任何一名战士,除非是为了追逐撒克逊人的王冠,我们必须先夺取韦塞克斯,然后再考虑其他的事情。"

"可你也很随便地就把盖尔蒙德和他的战士派到这里来了。"古思伦说道。

哈夫丹蓝色的眼睛仿佛变成了冰一样。"我派他们来这里是因为我知道他们会成功,诸神已经给了我暗示。"

古思伦停顿了很长一段时间,最后还是点头接受了事实。然后哈夫丹宣布他会回到雷丁格姆,说完就带着二十几个丹族人一起离开了,把古思伦和剩下的战士留在了城镇里。这位领主和盖尔蒙德一起走到了桥上,他们可以在那里进行私人对话。两人站在桥中央,聆听着下方泰晤士河的奔腾声,随着一阵冷风飘过,天空的云层也变得混乱起来,预示着很快就会下雨。

"阿宾登是拥有无数财宝的撒克逊大教堂。"古思伦的目光转向上游,看着北方,"那里是一个贸易城镇,哈夫丹并不是担心失去战士才命令我留在这里,他是不想让我变得更富有。"他回头看了看盖尔蒙德,然后又看了看沃灵福德,"国王没有料到你能拿下这里,我也一样。"

"国王想要我失败。"盖尔蒙德说道,"他想让我死。"

"你也许认为自己了不起,但他送你到这来并不是畏惧你,不要忘记你是向我宣誓效忠的人。"

盖尔蒙德看着下游,视线飘向了南方。"他是为了削弱你?"

"你为我而战,所以随着你的名声越来越大,我的名声也变大了很多。"他低头看了一眼手臂上的海尼特尔。"他知道你的那些传闻,他也看到了证据,他知道我有一位从冥界之地回来的战士,从他的失误中拯救了营地和船只。"这位领主暗自笑了起来,"回想在阿瓦斯尼斯的时候,我差点儿就拒绝了你。你没有给我任何支援,没有银钱,没有船,也没有战士,但我喜欢你的个性,所以我接受了你的加入。现在我明白了,这一切都是命运,你不觉得吗?"

"是的。"

古思伦像是在测量城镇的大小一样挥动了手臂。"你的做法让我成为了哈夫丹的竞争对手,而且是以一种他无法忽视和拒绝的方式。你的种种消息之所以会传得这么快,是因为我在推波助澜。"

"我的胜利就是你的胜利。"盖尔蒙德说道。

"我知道,我很高兴你依然很清楚这一点。你遵守了你的誓言,我很钦佩你,并且还会奖励你。你是个荣耀之人,盖尔蒙德·海拉海德。"他又咧着嘴笑了,"你知道其他领主和他们的战士是怎么称呼你的同伴吗?"

"怎么称呼的?"盖尔蒙德问道。

"海拉海德军,他们说你和你的小队违抗死亡。"

"没有人能违抗死亡。"

古思伦向盖尔蒙德伸出双手。"但你还是来到了这里,不过不要因为你的名声就变得懒惰和粗心。哈夫丹会因为你在这里的所作所为更加恨你,而我对你的保护是有限度的,任何战士都有可能在战斗中倒下,何况以后还会有更多的战斗发生。"

"什么时候?"

"很快,埃塞尔雷德和阿尔弗雷德已经撤退到了一个叫作贝德温的地方,在雷丁格姆的西南边,哈夫丹和领主们想尽快攻占那里,他们准备沿着泰晤士河进入东盎格利亚,在那里招募更多的战士。"

"我的同伴会准备好的。"

"我知道他们会的。"古思伦说道,"这就是我对海拉海德军的期望。"

盖尔蒙德从领主的声音里听到了自豪感,就是在这一刻,他喜欢上了他的这个名字。

第十六章

接下来的几周,盖尔蒙德和他的同伴一直住在沃灵福德。他们对周围的村庄发起了劫掠,寻找藏匿其中的食物和银钱。只有少数几个村庄和农场的撒克逊人愿意和他们战斗,盖尔蒙德想知道这些人是不是之前那些在沃灵福德听从他的提议而逃离的农民,如果就是那些人的话,他们看起来似乎还在继续逃亡。在很多次劫掠的过程中,房屋、教堂和马厩都是空无一人,那些撒克逊人躲在了山里或者森林里,任由丹族人拿走他们留下的物品。而当遇到那些没有逃跑和躲藏的撒克逊人时,盖尔蒙德的战士们也坚守他们的誓言,只杀死那些先举起武器攻击他们的人。

"你为什么要定这个规矩?"某一天,他们劫掠了沃灵福德以西的一个小居民地,在回来的路上,史凯裘问了他这个问题,"丹族人觉得这不合常理。"

"有两个原因。"盖尔蒙德说道,"第一,我的祖父和他的同伴遵守着这个准则而生活，杀死那些不能战斗的人不会带来荣耀和名声。"

"另一个原因呢？"男孩问道。

"等我们打垮韦塞克斯之后，我们就得管理这个王国。我们依然需要农民来耕种土地，如果我们把每个撒克逊人都当成敌人，或者对他们赶尽杀绝的话，就很难做到这一点了。教导他们与我们和平相处会是更好的办法。"

史凯袤点点头，盖尔蒙德打量了他一会儿，冒险问了一个问题，一个男孩在过去一直避免谈及的问题。

"你的父亲劫掠过吗？"

史凯袤的目光聚焦在他们走过的那条满是车辙和草的道路上。"没有，他总是说自己不会用剑，他的斧头也只用来砍树。"

盖尔蒙德认识很多这样的人，吕加菲尔克的人大都不会去当一名海盗，他的父亲和史凯袤的父亲之间有着很多相似之处。"我听说他是个诚实正直的人。"盖尔蒙德说道，"像公牛一样强壮和勤劳。"

史凯袤沉默了很久，他看起来似乎很不安，不停地东张西望，仿佛在与内心的想法作斗争。盖尔蒙德耐心地等待着，直到他最终开口说话。"他死在一棵树下，手里没有武器。"他说道，"连他的斧头都没拿着。"

盖尔蒙德停顿了一下，仔细思考着史凯袤说的话。"奥丁的确不容易得到满足，他也有严苛和不饶人的一面，并不是所有人死去都能进入英灵殿。有许多优秀的男人和女人都没有机会，但这并不代表他们不值得拥有荣耀和尊敬。"

史凯袤移开了目光，试图掩饰自己眼中的泪水。

"你已经成为一名真正的战士。"盖尔蒙德说道，"一名勇敢又可敬的人，我相信你的父亲会为你感到骄傲。但不管他死后去了何处，我和施泰因诺尔弗都会比他更加以你为荣。"

史凯裘深吸一口气,点了点头,对着前方的道路摆正了下巴。"谢谢你。"他说道。

回到堡垒后,古思伦召见了盖尔蒙德,通知他三天后要往贝德温行军,现在需要花时间进行准备。到了第三天,他们留下了八十个丹族人守护沃灵福德,剩下的人往南前进,他们在加林斯遇到了从雷丁格姆出发的哈夫丹和其他领主率领的丹族人。

会合的部队沿着一条旧山脊路奋力加速前进,战士们在暴风雨中跨过灌木和泥沼,这里的树林长着茂密的桦树和赤杨,雨水为森林遮上了一层薄雾。

下午三点多,暴风雨终于停了。战士们来到了白垩平原上的一座高峰上,它从东边延伸至西边,俯视着整片乡野。丹族人顺着山脊路继续向西前进,直到他们能看到撒克逊的军队驻扎在最高点的营地为止。然而埃塞尔雷德并没有在那里筑起城墙,这意味着敌人将无路可退。战斗将在开阔的平原上进行,就像当初在阿什当时一样。

他们站在山顶,这里可以从各个方向俯瞰这片土地。厚重的云层飘向了南边,为原野、草地、山峰和山谷笼罩上了一层水雾。广阔茂密的林地从东面延伸至西面,将他们夹在了中间。哈夫丹和领主们正在交谈,利用他们紧迫的时间制订进攻计划,而盖尔蒙德和他的同伴则等待着命令的到来。

当古思伦从这场会议中回归时,他似乎并不高兴。"哈夫丹命令我从侧翼包抄敌人。"

"他要分散我们的部队?"盖尔蒙德问道,站在他身边的是埃斯基尔和其他的指挥官们,"那哈夫丹和其他领主们要做什么呢?"

"他们会从东面攻击埃塞尔雷德的部队,等到他们开始交战后,我们就从北面发起进攻。"

"从北面？"埃斯基尔说道，"那我们得打一场登山战了。"

"没错。"古思伦说道，摇了摇头，"我担心这会是阿什当战役的重演，但我们也别无选择。"

他命令战士们从山峰上撤下，当哈夫丹的部队沿着山脊路向敌人行军时，古思伦的部队则在山脚下进行包抄。盖尔蒙德在湿地上艰难前进，他和他的同伴们尽可能地跟紧在古思伦身后，并时刻注意着山脊上的撒克逊人，观察着他们的一举一动。

不久后，丹族人已经迅速地明确了他们的策略，但撒克逊人又故技重施，分散兵力来迎击从两个不同方向进攻的前列部队。古思伦和他的战士们面对的不仅是一场登山战，还有一堵盾墙，他们已经没法从敌人的侧面突击了。

盖尔蒙德不禁怀疑起来，哈夫丹也许是想借这场战斗除掉对手古思伦，顺便摆脱盖尔蒙德和他的海拉海德军。他很想知道这是不是韦兰在他的命运中所预言的背叛，但不管如何，他都确信自己不会在这场战斗中投降。

当古思伦命令他的部队往南前进，想要重登山顶时，盖尔蒙德脑海里不由自主地浮现了在阿什当冲锋陷阵的记忆，他看到了那时的战场，看到了西德罗克领主的战士们。他听到了他们死去时的呐喊，仿佛他们也身处现在的战斗中一样。他还记得他抱着的那个叫凯尔德的战士，他记得他咳嗽和吐血的场景。想到这些，盖尔蒙德的心怦怦直跳，但这次的恐惧不是出于未知，而是因为他知道了战争的残酷。

"不准手下留情！"古思伦大喊道，"给我痛击敌人！把他们逼回到山顶去！在那里将他们全部歼灭！"

当撒克逊人的部队逼近到数亩长的距离时，古思伦听到了最后一声冲锋的号角，他亲自率领着前排的部队，高举长剑，发出嗜血般的咆哮。领主的呐喊和行动驱散了盖尔蒙德的恐惧，整个海拉海德军也开始了战斗。

一阵箭雨从山顶哗哗落下，可丹族人这边却并没有减缓前进的势头，虽然有人倒下了，有人被一箭穿心了，但大部分的箭还是被盾牌挡下了。古思伦甚至没有举起盾牌去抵抗这死亡之雨，但却没有一支箭射中他。

在双方只剩十多步的距离时，丹族人将盾牌从头顶拿下，挡在身前，撒克逊人也是一样。在双方只有五步的距离时，两支部队互相投掷了长矛，然后便冲撞在了一起。盖尔蒙德的靴子在湿漉的草地上打滑，但他稳住了身形，保持着蹲下的状态，用力推开敌人，他的手臂也传来了一阵反震。

第二排和第三排的战士的盾牌遮住了前排战士的头顶，被困在阴影中的盖尔蒙德听到了长剑和斧头攻击的回声。他抓住一切可能的机会把剑插向盾牌的间隙，希望剑尖能撕裂敌人的血肉，同时他也感觉到了有金属击打在他的盾牌上。在他旁边的是施泰因诺尔弗，在这位老战士旁边的依次是索格里姆和毕尔娜，但在比毕尔娜的位置更远的地方，他已经分不清是哪个丹族人了。

古思伦呼喊着他的士兵进攻撒克逊人，但斜坡的地形让他的战士很难守住阵形，更不用说把敌人击退了，他们在山头的一侧遭到压制。不一会儿，盖尔蒙德就听到了盾牌碎裂的声音，并嗅到了鲜血的味道。

他担心这场战役会像古思伦预言的那样以失败告终，这里也会变成第二个阿什当。但与西德罗克不同的是，古思伦没有退缩。盖尔蒙德所站的位置离领主很近，他能看到对方的脸因失望和愤怒变得越来越红。最后他发出了一声仿佛能震碎骨头的喊叫，扔下了手中盾牌。

丹族人的盾牌所组成的墙有了一个缺口,他从中冲了出去,径直闯入撒克逊人的两块盾牌之间,孤身越过了敌人的前排部队。

领主的行动让盖尔蒙德很震惊,他甚至忘记了采取行动。但马上他就注意到另一侧敌人的盾牌防线松懈了不少,古思伦的行为可能扰乱了他们,而他们的迟疑也许就只有这一瞬间。

"冲啊!"盖尔蒙德喊道,"我们上,海拉海德军!"

他们奋勇直上,虽然没能全面逼退前排的敌人,但在盖尔蒙德、施泰因诺尔弗和索格里姆三人面前的撒克逊人已经陷入混乱,有些甚至被击倒在了地上。盖尔蒙德跌跌撞撞地从敌人的身体上踩踏而过,冲向领主所在的位置,和他一同战斗。

古思伦用长剑和斧头在战斗着,他劈开和斩断了很多撒克逊人的身躯,而敌人的武器完全没能碰到他。

盖尔蒙德转头对着索格里姆和施泰因诺尔弗喊道:"打破他们的盾墙!"

接着他回头从侧面猛冲到敌人后方,用他的伦巴第剑和祭祀刀刺向他们。仍然坚持举着盾牌的撒克逊人会鲜血四溅,转身选择和他战斗的撒克逊人则不得不丢下盾牌。但不管是哪种结果,他们的盾墙都遭到了削弱,丹族人最终彻底摧毁了敌人的这道墙。

战斗很快演变成了战士之间的肉搏,有海拉海德军的并肩作战,盖尔蒙德迅速地干掉了三个撒克逊人。他看到毕尔娜一次解决了两个敌人,维特像风一样挥舞着他的长矛,而史凯裘举着剑和盾,和施泰因诺尔弗背靠背,坚守着他们所在的位置。盖尔蒙德能感觉到这场战斗的形势如潮水一般地转变了,敌人开始撤退,逃向山顶,想回到他们的主力部队里。

"不许后退!"他听到了有人在喊叫,随后他看到了敌人的指挥官,那个人戴着金光闪闪的头盔,穿着一身沉重的铠甲,有十几名战士围在他身边,和他保持着很近的距离,这些人只和那些攻击他们的丹族人交战。

古思伦也看到了那位指挥官,他用剑指向这个撒克逊人的时候,他的身边已经堆了一圈敌人的尸体。"埃塞尔雷德!"

盖尔蒙德再次看向撒克逊人的国王。"去支援古思伦!"他大喊道,想要跑过去加入战斗,此时更多的撒克逊人正在向他的首领所在的位置聚集。

领主独自来到了敌人的跟前,盖尔蒙德担心他会立刻被敌人杀死,但不知何故,撒克逊人并没能成功击中他,他顺利穿过敌人的包围,径直冲向了国王。

当盖尔蒙德靠近敌人时,他感觉有什么东西刺进了他的大腿,但他的腿依然有力地支撑着他继续战斗,他一剑砍向离他最近的撒克逊人,划伤了敌人的嘴巴和脸颊的一侧,然后瞄准喉咙发出致命一击——却刺偏了。但眼前的战士还是捂着下巴逃走了,也许他相信自己已经受到了致命伤。

就在盖尔蒙德抬头的时候,他看到古思伦从侧面向埃塞尔雷德掷出了一支长矛。接着撒克逊人的身体向后一仰,他的战士之中传来了叫喊声,他们冲过来护住国王,仿佛要将自己的身体作为盾牌。他们中的一些人转身迎接战斗,然后被杀死,而另一些人则带走了国王。

古思伦在他们的身后大吼了一声,随后转向了他的战士。"登上山顶!去支援哈夫丹那边!"

丹族人发出咆哮作为回应,然后他们冲向了山顶,如同命令所要求的那样,他们成功抵达了撒克逊人的侧翼。由于这次出其不意的进攻,或许还有埃塞尔雷德倒下的消息的影响,撒克逊人的主力部队很快就被瓦解。敌人发出了撤退的号角,撒克逊人最终逃离了山头,把这片土地拱手让给了丹族人。

胜利的呼喊在众人中响起,盖尔蒙德高举双手的武器,对着傍晚的天空大声咆哮着。如果现在留有更充足的光线,哈夫丹必然会命令他的战士追击撒克逊人,尽可能消灭更多的敌人。但现在天色渐晚,丹族人对这片土地并不熟悉,他们没法在夜间持续作战。

于是他们选择就地扎营,并开始对伤员进行治疗。盖尔蒙德在尸体中穿行,在渐渐消逝的余晖中寻找他的战士,以及其他能够拯救的丹族人,并尽可能地帮助他们。有些战士永远都没法离开这座山,如果他们想结束自身的痛苦,盖尔蒙德所能做的便是赋予死者荣耀,让他们尽快到达英灵殿,他对那些撒克逊人也表现了同样的仁慈。

在太阳完全消失之后,他发现了雷克。一把凶恶的撒克逊刀划开了他的身体,撕裂了他的肠子,他躺在地面上,只有脖子和头能动。盖尔蒙德跪在他旁边的荒地上,双膝被鲜血所浸湿。

"我不觉得痛苦。"丹族人说道,"那个混蛋在切开我之前先给我背上来了一剑。但我觉得……我觉得我的生命正在消逝,我想我的心跳……正在变慢。"

盖尔蒙德注意到雷克两手空空,于是他观察了一下四周,随后发现了他的剑。那是哈蒙德送给他的剑,但被这个丹族人赢走了。他把剑捡了起来,放进雷克的手里,让对方无力的手指并拢起来握住它,但盖尔蒙德一放手,丹族人的手指又会松开。

盖尔蒙德再次把剑塞进雷克手中,这一次他没有松手。"我会帮你握紧这把剑的。"他说道。

丹族人闭上了眼睛,几滴泪水流了下来。"谢谢你,但我坚持不了多久了。"

"我们赢了。"盖尔蒙德说道,"今晚你就能去——"

"这里交给我吧。"一个悄悄靠近的黑影说道,片刻之后,盖尔蒙德认出了对方是埃斯基尔,"你先走吧,海拉海德。"

盖尔蒙德点点头,但在他离开之前,他对雷克说道:"愿你今晚能前往奥丁的大殿。"然后他站起身来,让兄弟俩在这段悲痛的最后时光里独处。

他在山顶的营地上找到了他的战士们,当他发现施泰因诺尔弗和史凯裘都还活着时,他拥抱了他们。史凯裘的手臂上有一道很深的伤口,施泰因诺尔弗的身体也有几处受伤,但两人的伤势都不足以致命。

这时盖尔蒙德想起来自己也受伤了,他低头看了看他的腿,看起来他是被剑或者矛刺伤了。他的腿还在流血,但流得不快,伤口也不深。他不顾施泰因诺尔弗的反对,决定在找到他的二十三位战士以后再进行包扎。

那晚他找到了二十位战士,其中的四位或已死去,或正奄奄一息。到了第二天早上,他又发现了剩下三个人,他们的尸体已经变得冰冷。海拉海德军一共失去了七位战士,这其中也包括穆里,盖尔蒙德希望自己还能多了解他一点。

在丹族人离开这个地方之前,他们在山顶为死难者进行火葬,盖尔蒙德负责在森林里砍伐和收集木材。不管他把伤口裹得多紧,他的大腿还是会渗出血来。他整个上午都在忙碌,在攀登与下坡间反复。在火葬雷克的时候,盖尔蒙德站在埃斯基尔的身边,和他一同目睹着肉体被火焰烧焦,被黑雾吞噬的过程。

两人沉默了一会儿,然后丹族人转向了盖尔蒙德,他的脸和眼睛都显得空洞无神。"我看见你为他所做的了。"

盖尔蒙德把目光移开,直直地盯着火堆的中心。"我什么也没做。"

"你做了,我看见了。你本可以拿走那把剑,但你却把它留在了我兄弟的手中。"

盖尔蒙德从来没想过要拿走那把剑。"那把剑是他的。"

埃斯基尔点点头,然后他回头看着火堆,叹息道:"这里死了太多人了,哈夫丹应该为此负责。"

盖尔蒙德能理解这个丹族人的愤怒。但他开始思考起来,雷克的死,穆里的死,以及其他战士的牺牲,这究竟是哈夫丹犯下的错,还是三位命运编织者决定的一切。不过他还是把这个问题留在了心里,毕竟他对每一位死去的战友都充满敬意。

当丹族人回到雷丁格姆的时候,他们都停下来喝起了麦芽酒,向他们死去的朋友和同胞致敬,相信他们此时也在英灵殿的宴会中畅饮着奥丁的蜜酒。但是,当所有人看到营火旁空出的位置和那些空荡荡的帐篷时,气氛又变得压抑起来。尽管哈夫丹赢下了两场战役,但在营地里的战士已经大幅减少,比盖尔蒙德刚到达这里时要少得多,他们最终目标是要夺下韦塞克斯的,但现在的人数并不算是个好兆头。

"穆里和他的孩子团聚了。"毕尔娜盯着她手中的麦芽酒说道,"至少,这件事能让我高兴一点。"

"你们看到古思伦的战斗了吗?"阿斯莱夫问道,在他的眼睛下面,有一道扭曲鼻子和脸颊的恐怖伤口,伤口肿得发紫,这毁掉了他英俊的容貌,"我从来没看到有人像他那样,是他帮助我们赢得了这场战斗。"

"他在战斗的时候,好像没有任何武器能触碰到他。"索格里姆说道,"人也一样。"

盖尔蒙德也发现了同样的状况,他和施泰因诺尔弗交换了一下眼神,但他们没有说出心中产生的那个想法。对于这位领主来说,韦兰的臂环也许是比黄金更有用的礼物,但盖尔蒙德还是很难表达他对这件宝物的感觉。他知道,任何力量和技艺都不可能抗拒三位命运编织者的决定,即使是那些拥有强大神力的诸神,他们也无法抗拒终将到来的毁灭,但韦兰作为铁匠的技艺也是不可否认的。古思伦能活下来是因为命运的安排,但如果是海尼特尔的力量保护了他,那就证明这个丹族人命中注定要拿到这个臂环。

"古思伦会成为国王。"索格里姆说道。

"真的吗?"阿斯莱夫问道。

"他杀死了埃塞尔雷德。"毕尔娜说道,"比起哈夫丹,领主们更愿意追随他。"

"你看到埃塞尔雷德死了?"阿斯莱夫问道。

"就算他还活着,他也活不了多久了。"盖尔蒙德说道,"古思伦的矛刺进了他的腹部。"

"我会追随古思伦国王。"拉夫说道,维特在他旁边点头表示同意。

接着,埃斯基尔拿着盖尔蒙德的剑走近了他们,所有人都看向了他,当他开口的时候,他说得很大声,仿佛想让这里的每个人都能听到。

"我不是来替我兄弟说话的。"他说道,"我不会代替他道歉,尤其在他已经去了英灵殿的情况下,但我自己有话要说。我兄弟把剑留给了我,我想告诉你,盖尔蒙德·海拉海德,因为你的荣耀和勇气,这把剑只能属于你,而不是其他任何人。"丹族人穿过人群,把剑递给了盖尔蒙德。

盖尔蒙德迟疑了一下,但他还是站起身来,带着敬意地点了点头,随后接过了剑。"我接受你的礼物,但这并不是由于它理应属于我,这把剑依然属于雷克。我接受你的慷慨,埃斯基尔,从现在起,我会用这把剑斩杀更多的撒克逊人,来祭奠你的兄弟雷克。"

人们欢呼起来,举起麦芽酒和号角向盖尔蒙德表示祝贺,埃斯基尔点头回应了盖尔蒙德,然后他离开人群回到了自己的队伍中,和他的战士们一同对人员伤亡和物资损失进行善后。

盖尔蒙德坐下来端详着那把剑,虽然他和它分开的时间不长,但他看着剑时的表情,就像他们是久别重逢的老友一样。他细细打量剑上的镶金环形图案,埃斯基尔已经洗清了上面的血迹,并将其擦得闪闪发亮。他从剑鞘中拔出剑刃,握着它指向营火,并低头看了看剑身上反射的闪烁火光。

"一把有生命的剑应该拥有一个名字。"施泰因诺尔弗说道。

"我也是这么想的。"盖尔蒙德说道。

"你想叫它什么?"史凯裘问道。

盖尔蒙德思索了一会儿。"这把剑两次交到我的手上,它曾是来自兄弟的礼物,所以我会叫它'手足之礼',以此纪念我的兄弟和埃斯基尔的兄弟。"

"这个名字并不会让你的敌人感到恐惧。"索格里姆说道,"但这是个好名字。"

海拉海德军的其他战士也表示同意,在那之后,他们一直喝酒到深夜。第二天早上,他们得知正如索格里姆预想的那样,有几位领主已经拒绝了哈夫丹,选择了古思伦作为他们的新国王。当古思伦准备从雷丁格姆回到沃灵福德时,他带着自己的大部分军队,这支军队的人数已经超过了哈夫丹,他留下的战士也恰好足够来保卫船只。在向沃灵福德行军时,古思伦找到了盖尔蒙德,两人一起走了一段时间。

"看来你终于拿回了自己的剑。"国王说道。

"你今天好像没戴着海特尼尔。"盖尔蒙德说道,因为他在古思伦的手臂上没看到臂环。

"我有戴着。"国王说道,"但我把它藏在了袖子下面。"

"为什么要藏起来?"

他放低了声音。"你应该已经听到那些谣言了吧。"

"我只相信我所看到的。"盖尔蒙德说道,"而不是我听到的,我知道我看到了什么。"

古思伦皱起了眉头,他把一只手放在了另一边的胳膊上,盖尔蒙德猜测臂环就藏在那个位置。"我知道你送给我的是什么,即使你在那时候并不知道,我也看到了你昨天的奋战,我打算给你丰厚的奖赏,盖尔蒙德·海拉海德。等时机到了,你也会成为一位领主。"

盖尔蒙德惊讶地眨了眨眼睛,如果他成为领主,那他就有权获得古思伦征服的土地。他曾在旅途中看到过一些他心目中理想的土地,也许这些位于韦塞克斯或是麦西亚的土地最终会属于他。"我对此感激不尽,我的国王。"

"噢,我只是新上任的国王。"古思伦说道,"我和哈夫丹的地位是平等的,成为盟友很容易,但成为敌人也一样容易。不过现在我们还是和平共处的,因为我们之间开战对彼此都没有好处。"

盖尔蒙德再一次意识到,权力和财富越多,要面对的危险和威胁也会越大。

"在我的统治稳固之前,"古思伦说道,"我可不想让别人说我是因为这个臂环才成为国王的,我的王冠是舍命赢来的,它必须属于我。"

"它就是你的。"盖尔蒙德说道,"和那个臂环无关,但我理解你的想法,我不会再提这件事了,我也会让我的战士这样做。"

国王点了点头。"说到你的战士,还有更多的人想向你宣誓效忠。"

盖尔蒙德有些惊异。"但是我已失去了手下的二十三位战士中的七位,这场战斗最终证明了一个结论,无论是我还是我的海拉海德军,这两者都无法违抗死亡。"

"他们知道你曾经和我并肩作战。"古思伦说道,"在我用矛刺穿埃塞尔雷德的时候,他们知道你也在那里,他们相信跟在你身边会给他们带来巨大的荣耀和赏赐。"

盖尔蒙德稍稍迟疑了一下。"我接受他们的加入。"他答道。

"只有傻瓜才不接受,拥抱你那成长的名声吧,约尔之子,你的名声不仅会被你在吕加菲尔克的同胞听到,它还会传遍整个北道。"

第十七章

贝德温战役结束后一个月，消息很快就传到了沃灵福德——埃塞尔雷德已死，他的兄弟阿尔弗雷德被封为新的国王。丹族人听到这个消息很高兴，他们认为撒克逊人正处于防守薄弱的状态，开始制订计划，准备向韦塞克斯发动最后的进攻。古思伦的劫掠队通过河流、步道和罗马大道深入到雷丁格姆以南的土地，并在威尔通镇附近发现了一个名为索尔兹伯里的地方，它距离阿尔弗雷德的所在地温彻斯特不到一天的路程。

据见过它的丹族人说，索尔兹伯里一定曾经是一座易守难攻的要塞。它坐落在一座宽两百多英寻的平坦山顶上，周围有着将近五十英寻高的陡峭山坡。一条深深的壕沟环绕着这座山峰，使它变得更加牢不可破，并且内部还有第二条壕沟用来保卫大殿。山顶上还刻有以前防御工事的标记，这些防御工事可能是罗马人的，也可能是不列颠人的，但撒克逊人愚蠢地放弃了这个地方，没有利用它的地形优势。

古思伦和哈夫丹决定让他们的军队占领索尔兹伯里,这为他们的战士们提供了一个新的营地,几乎就在阿尔弗雷德的家门口。但是他们必须周密计划并迅速采取行动,否则阿尔弗雷德可能会发现他们的意图。

当行军的时刻到来时,已经过去几个星期了。他们借着满月的银光离开了沃灵福德和雷丁格姆,乘着夜色向南进发。他们首先到达了一座罗马城市的废墟,就像盖尔蒙德和神父约翰一起经过的那座城市一样。撒克逊人把它称作卡勒瓦,丹族人白天就躲藏在城市中的人骨和破碎的地基里休息。

盖尔蒙德的战士们在倒塌的城墙外一个宽三十五到四十英寻的用石头建造的圆形建筑物底部扎营。树木在它的内部和周围生长蔓延,部分掩盖了它的真实大小,也许使它看起来比实际更大。尽管如此,盖尔蒙德还是无法想象这样的建筑怎么会有屋顶,他认为它一定是露天的。圆形竞技场残破的墙体每一层都跨度很大,一直延伸到顶部,整个建筑的大小就像是为约顿巨人而准备的一只鞋。

史凯裘瞪大了眼睛,抬头环顾四周。"你认为罗马人在这里做什么?"

拉夫说:"他们在这里进行搏斗,而人们花钱观看。"

"你怎么知道的?"施泰因诺尔弗问。

"维特和我曾向南劫掠了法兰克,"这名丹族人说,"像这样的地方有很多。据说在伦巴第有更大的这样的建筑,比这要大得多。"

"比这个还大?"史凯裘问道,"罗马人是有多高?"

拉夫大笑道:"比丹族人矮多了。"

"还有诺斯人。"施泰因诺尔弗补充道。

"史凯裘,那些是座位,"拉夫说,"不是楼梯。"

"可是罗马人现在在哪里呢?"毕尔娜问,"他们不是死了就是走了，因为他们不过是和我们一样的凡人。"

维特说："真正的战争肯定离他们很远，不然他们为什么要建这样一个地方，就是为了花银钱看打架呢？"

这个问题让盖尔蒙德想到了即将到来的战斗。对他的同伴来说似乎也是如此，因为在那以后，他们都变得沉默而严肃。接着，仿佛是为了回应他们的心情，一阵冷雨伴随着隆隆的雷声落下。那天晚上，暴风雨使他们难以休息，当晚的行进速度也慢了下来，西南方向通往索尔兹伯里的罗马大道也变得昏暗。

午夜过后，云层终于散开了，尽管空气和他们的衣服仍然潮湿而寒冷，但盖尔蒙德为行军使他的身体暖和起来而感到庆幸。大雨使他们所经过的溪流和沼泽地变得泥泞，但罗马大道使他们能够在干燥的地面上行走，只有三个地方要涉水而过，但也十分轻松。

当朝阳照在丹族人身上的时候，他们还没有到达他们计划的休息地点，那是一个类似于索尔兹伯里的防御土丘，四周有一条壕沟，但没有那么陡峭、高耸和宽阔。但那里可以很好地在白天容纳他们的军队，所以他们在太阳能够让撒克逊人发现他们的存在之前快马加鞭到达了那里。

紫杉、桦树和梣树在山顶周围生长得十分茂密，让盖尔蒙德感受到沉重的空气在压迫着他的胸口。他睡得很沉，并且梦到了奇异的场景，梦见海浪变成了成片的帚石南，梦见暴风雨中下着鲜血和金环。

当晚的行军终于使他们在黎明前就到达了索尔兹伯里，这使他们在第二天开始加固防御工事前可以稍作休息。盖尔蒙德躺在他的战士中间，仰望星空。有些时候，他觉得那些星光近在咫尺，仿佛它们认识他，注视着他；有些时候，他又觉得它们很遥远、冷淡，对他不屑一顾。那天晚上，它们对他的关心并不比大海对一粒沙子的关心多。

短暂的睡眠并没有使他恢复精神,紧接着,日出的光亮让敌人一览无遗。

撒克逊军队集合在威尔通的村庄上方的小山顶上,距离不到三英里。几个指挥官和领主与古思伦和哈夫丹在索尔兹伯里的边缘会合,讨论丹族人应该怎么做。

"阿尔弗雷德不知道用什么方法,猜到了我们的计划。"古思伦说,"他肯定早有预料,也许他比他哥哥聪明。"

"让他坐在他的山上吧,"哈夫丹说,"我们拥有更好的地势。我们要加固这个地方的防御,他们永远不可能攻陷我们。"

"我们被抢占先机了!"古思伦指着撒克逊军队说,"阿尔弗雷德会把所有粮食和牲畜转移到远离这里的地方,让我们无法到达。我们的粮食可以维持一小段时间,但很快就会需要更多的粮食,而我们不能总指望通过劫掠来获得。"

"你有什么建议?"哈夫丹问。

"我们以为阿尔弗雷德会在温彻斯特,"古思伦说,"躲在他的城墙后。相反,他出现在了这里,但也许这给了我们一个机会来结束这一切。我认为我们现在,就在今天,应该向他发起进攻。"

哈夫丹抱起双臂。"那不是我们原先的计划。"

"我们的计划取决于出其不意地攻打阿尔弗雷德。"古思伦说,"我们没有做到这一点,并且现在我们正在韦塞克斯的中心地带扎营。我敢向你保证,我们每拖延一天,就会站在这里看着敌军的人数大幅增加一天,直到我们失去胜利的希望。现在正是进攻的时候。"他转向他的领主和指挥官们,"我的战士们已经准备好了。你的呢,哈夫丹陛下?"

这个问题无疑满足了古思伦的愿望,因为哈夫丹张开双臂,挺起胸膛。"我的战士们时刻准备着。"

"很好,"古思伦说,"让他们不要再砍伐木头了,去砍撒克逊人吧。"

哈夫丹看了一眼他的领主和指挥官们,然后同意了。

之后,领主和指挥官们命令他们的战士准备战斗,军队从索尔兹伯里的高地上出发,跨过了威尔通的一条河流,穿过了废弃的村庄,来到阿尔弗雷德集结部队的山丘。

丹族人面临着在贝德温附近几乎击败他们的同样艰苦的挑战,但这次他们拥有更多的兵力,并且发起了进攻。古思伦和哈夫丹像以前一样兵分两路,古思伦从北面进攻,哈夫丹从东面进攻。盖尔蒙德和他的战士们在国王率领军队冲锋时,一直紧靠着古思伦。但撒克逊人没有向他们发起进攻,他们也没有像以前那样分兵。相反,他们在山丘上紧守阵地,好像他们打算一直站在那里,直到最后一名战士倒下。

当丹族人一进入撒克逊人的弓箭射程内时,密集的箭雨就落在他们周围,成功地减缓了他们的前进速度。盖尔蒙德和他的战士们躲到盾牌下,但他很快发现拉夫的小腿被射中了。维特飞奔到拉夫的身边,用自己的盾牌罩住他的同伴。

"你还能继续冲吗?"盖尔蒙德喊道。

拉夫抓住箭柄,把它从腿上猛拔下来,然后他把它扔到一边,看着盖尔蒙德,点了点头。

"盾墙!"盖尔蒙德喊道。他的战士们在他周围集结成一个紧密的阵线。箭矢像冰雹一样落在他们的木盾上。"这是我们的英灵殿!"盖尔蒙德大笑着喊道,"把长矛当作椽子,把盾当作屋顶,就像奥丁的大殿一样!"

之后他下达了前进的命令。每向前一步,每一次向山头推进一点,他都发出同样的命令。他们如同一个人一样,一步一步地向敌人推进,阵线坚不可摧。

到了中午的时候,盖尔蒙德已经看不到古思伦了,但他知道只要命运指引古思伦戴上海尼特尔，古思伦就会安然无恙。直到最终撒克逊人的箭筒射空了，箭矢落下的速度也放缓了，那就已经到了继续急速冲锋的时候了。

"准备好了吗？"盖尔蒙德向他的战士们吼道，"今天我们占领韦塞克斯！"

他们怒吼着向山上冲去，但当他们到达山顶时，发现敌军在哈夫丹从东边进攻之前已经向西撤退。但盖尔蒙德知道，他们的撤退并不是由于恐惧而乱了阵脚。撒克逊人的防线依然稳固，即使丹族人一次又一次地砍杀、冲撞他们。

"看来韦塞克斯的恶魔们终于找到了勇气！"古思伦突然出现在盖尔蒙德身边喊道。

"我们要放走他们吗？"盖尔蒙德指着山下，"我的战士可以绕到后面来阻止——"

"让他们走，"古思伦说，"但是我们不会让他们好过。"

盖尔蒙德困惑地皱起眉头。"我的国王，他们已经是瓮中之鳖。我们可以终结阿尔弗雷德和他的——"

"阿尔弗雷德希望议和。"

盖尔蒙德又一次困惑了，摇了摇头。"你是怎么知道的？"

"我跟他交谈过了。"古思伦笑着说。他伸出双臂，低头看着自己。"甚至连一个刮伤都没有。我想只要我一个人出现在他们的阵线后方，就能把撒克逊人赶走。"

盖尔蒙德没有回答，战斗正在他面前进行，他充满了惊讶、恐惧和嫉妒。古思伦似乎变得不可战胜了，命运通过盖尔蒙德赋予了国王这种力量。

"我会让阿尔弗雷德为他的和平付出惨重的代价。"古思伦说，"你要发财了，盖尔蒙德·海拉海德。"

直到下午三点左右，丹族人终于让撒克逊人逃得一干二净，然后古思伦和哈夫丹命令他们的战士返回索尔兹伯里。盖尔蒙德在战斗中没有损失任何战士，尽管有些人受伤了，比如拉夫。在满足了他们的需要之后，他找到了古思伦，为他在战场上想到的问题寻求答案。

他发现国王与哈夫丹和他们的领主正在一起讨论将要向阿尔弗雷德索要的赔偿与执行的条款，以确保韦塞克斯的安全。古思伦看见盖尔蒙德走近，他从其他人身边走开，私下与盖尔蒙德交谈了起来。

"你看起来很不安。"国王说。

"我不明白我们为什么要和撒克逊人议和。"盖尔蒙德说，"阿尔弗雷德是新国王，他知道他打不过我们，所以他想争取时间来重建他的军队，集结他的力量。"

"他当然会这么做，"古思伦说，"他不是傻瓜。我相信阿尔弗雷德是个狡猾的人。"

"但我们是来攻占韦塞克斯的。"盖尔蒙德说，"当你来到我父亲的大殿时，你就是这么说的。现在韦塞克斯几乎是我们的了，你却要离开了吗？"

古思伦叹了口气，然后把手放在盖尔蒙德的肩上。"海拉海德，你仔细听我说。当你看着这个营地里的战士，我的战士，哈夫丹的战士，你的战士，你看到了什么？"

盖尔蒙德犹豫了一下，不确定古思伦想要什么答案。"我看到了丹族人。"他说。

"我看到了兵力的严重短缺。"国王说，"我们可以今天就拿下韦塞克斯，但是我们能坚持多久呢？现在撒克逊人只关心他们自己的郡，他们自己的土地,但这不会持续太久。他们会联合起来对付我们,而我们还没有足够的实力去反击。你明白吗?"

盖尔蒙德没有考虑到这一点。"我想是的。"

"我也看到了我的战士们都疲惫不堪,他们都受了伤。他们想要银钱来作为他们付出的武器和鲜血的报酬。事实上,他们中的许多人宁愿务农也不愿打仗,我也是。"国王松开了盖尔蒙德的肩膀,"我发誓,韦塞克斯会被我们收入囊中,但只有在我们确保自己能统治它的时候。在那之前,我们等待时机,变得更加强大。我们会让撒克逊人付出代价,为让我们养精蓄锐的抉择。你必须——"

"古思伦国王!"帐篷里有人喊道,"阿尔弗雷德的使者已经到了,他正等候在营地的入口处。"

"把他带进来!"古思伦喊道,然后他转向盖尔蒙德,"留下来,保持沉默并在旁倾听。你会明白的。"

盖尔蒙德抛开疑虑,跟着国王回到了帐篷里。哈夫丹国王从侧面打量着他,还有几个领主,他们也许是想知道为什么古思伦邀请他的海拉海德指挥官参加他们的会议,但没有人对他的出现提出异议。

过了一会儿,两个丹族人带着一个盖尔蒙德很熟悉的人进了帐篷,他还没来得及思考就叫出了声。

"神父!"他说,"我一直在想你是否还活着。"

帐篷里所有的丹族人都转过头来看着盖尔蒙德,一些人对于他认识阿尔弗雷德的人似乎很惊讶,有些人感到困惑,还有其他几个人,像古思伦,被逗乐了。至于神父,他看到盖尔蒙德时可能也同样感到惊讶,但从他拿着十字架以及他扫视帐篷的样子,能够明显看出来他很紧张。

国王看了看盖尔蒙德,朝约翰点点头。"你认识这位使者吗?"

"我认识。"盖尔蒙德说。

哈夫丹狠狠地瞪着神父。"他值得信任吗？"

"值得，"盖尔蒙德说，"我愿意拿命来担保。"

帐篷里的一些人对这样的说法发出惊讶的低语，而神父则向盖尔蒙德点头表示感谢，明显放松了下来。

"我很高兴听你这么说。"古思伦说，"你可以说了，神父。"

约翰清了清嗓子。"呃，是的，韦塞克斯国王阿尔弗雷德希望与古思伦国王和哈夫丹国王后天中午在威尔通村见面讨论和平条款，双方人数都不得超过十二人。"

"为什么不是明天？"古思伦问。

约翰在说话前匆匆瞥了一眼盖尔蒙德。"明天是阿尔弗雷德国王每周礼拜和祈祷的日子，他不想让世俗的战争扰乱这一天的安宁。"

帐篷内沉默了片刻，随后丹族人开始大笑起来。神父脸红了起来。

"告诉阿尔弗雷德，我们明天就要见他，"哈夫丹说，"他的上帝可以等等——"

"哈夫丹国王，"古思伦说，"恕我直言，我认为我们才是可以等待的人，我们在这里很舒服。但阿尔弗雷德应该知道，我们不是为了他的神而等待。我们之所以愿意等待，是因为我们知道，如果他被允许祈祷，他会更清楚地思考和平的代价。"

约翰深深地呼了口气，好像从风箱里吹出来一般。"古思伦国王，您能认识到这一点真是十分明智。"

盖尔蒙德注视着哈夫丹，想看看他会如何回应古思伦对他的否决。这名丹族人的蓝眼睛瞪得大大的，身体因愤怒而颤抖。然后，他转过了身，一言不发地大步离开了帐篷，他的领主们也迅速跟了上去。古思伦国王面无表情地看着他们走了，然后他又转向神父。

"还有别的事吗?"他问。

"没有了。"约翰说。

古思伦挥了挥手,让他离开。"那么你可以走了。"

当约翰转身离开时,盖尔蒙德走上前去,由于现在哈夫丹和他的领主们都已经走了,所以他敢说话了。"我可以送神父到营地的边缘吗?"他问。

这个请求让古思伦感到惊讶,又或许是出于好奇,他扬起了一道眉毛,但还是点了点头。"去吧。"

"谢谢您。"盖尔蒙德低头道。然后他转向约翰,向他示意他们应该去的方向。他们一离开帐篷,他就笑了起来。"我很高兴见到你,神父。"

约翰用长袍的袖子擦去额头上的涔涔汗水。"我也一样。如果你能相信的话,我其实祈祷过你能在这儿,这样我至少能在丹族人中看到一张友好的面庞。"

"我能相信,"盖尔蒙德说,"但我还是觉得没有理由为命中注定的事情祈祷。"

当太阳快要落山的时候,他们穿过索尔兹伯里宽广开阔的山顶。盖尔蒙德可以从高处看到四面八方一亩一亩的土地,绿油油的、金灿灿的、富饶的土地,他曾希望这是属于丹族人的土地。

"一旦议和的条款确定了下来,"约翰说,"阿尔弗雷德国王不知道古思伦国王和哈夫丹国王是否会履行。"

盖尔蒙德点了点头。"古思伦会的。我相信哈夫丹也会。你应该记得他兑现了与麦西亚的和平。"

"暂时如此。"约翰说,"古思伦似乎是个技艺高超的战士,据说任何武器都碰不到他。阿尔弗雷德国王想要知道他的力量是来自异教遗迹还是异教魔鬼。"

盖尔蒙德没有回应这句话。"阿尔弗雷德会向古思伦要求什么条件呢?"

约翰望向那片夕阳下的土地。"他会要求每一个丹族人都离开韦塞克斯。为此,他将用金银来支付。他还可能提议让古思伦和哈夫丹接受洗礼。"

"受洗?成为基督徒吗?"盖尔蒙德大笑了起来。"那永远都不可能发生。"

约翰笑着耸了耸肩。"上帝的审判不可揣度,他的道路也是无迹可寻的。"

"每个神都是如此。"盖尔蒙德说,"但你一定要在走之前告诉我,我们分开后发生了什么事?"

神父安静了下来。"我按照西德罗克领主的命令,乘马车旅行。后来,丹族人从战场上撤退,向我们跑来,撒克逊人在后面追赶。他们互相打斗了起来,撒克逊人杀了丹族人,然后把我带到他们的营地。战斗结束后,阿尔弗雷德找上了我,认为我在你们异教徒中间短暂的相处时间也许对他和上帝有用处。"他微微一笑,"那么你呢?"

"我现在指挥一队战士。"盖尔蒙德说,"我们打过仗,而且打得很好。但我觉得我应该告诉你,我已经杀了许多撒克逊战士。"

"我杀了几个丹族人。"神父说。

"你打过仗?"

"不,我没有。"约翰低头看着地面,"当我乘马车的时候,我看到丹族人逃向我这边,我以为他们会试图杀了我或者带走我。我……为我的自由而战。"

盖尔蒙德一想到丹族人的死就感到愤怒和悲伤,但约翰还活着让他很高兴。这种内心的矛盾也同样发生在听到自己的同胞被杀的神父身上。

"神父,我觉得你对我来说,比我想象的更重要,"盖尔蒙德说,"重要得多。"

约翰把张开的双手放在他面前。"我不要求在战场上有什么神力,"他说,"因为我只是一个可怜的士兵。但我若必须成为一个士兵,就要做基督的兵。"

他们走到了营地的边缘,盖尔蒙德在那里向神父告别。然后他回到了自己的小队,在那里他的战士们分享了他们对当天战斗结果的困惑和沮丧。盖尔蒙德尽其所能解释古思伦国王的计划,尽管他们有疑虑,但大多数人似乎都对于能够拿到银钱,并且能享受一段休息时间来疗伤这种想法感到十分赞同。

两天后,当国王们离开营地时,每人只带了几个领主,而那天晚上从威尔通回来时,他们都十分高兴。阿尔弗雷德同意付给他们大量的金银,作为回报,任何丹族人都不会渡过撒克逊人称之为埃文的河流,并且在一年内,丹族人要全部离开韦塞克斯。古思伦和哈夫丹计划从雷丁格姆和沃灵福德撤出,然后乘着船顺着泰晤士河前往伦敦。

在离开索尔兹伯里之前,盖尔蒙德从山顶上凝视着韦塞克斯,施泰因诺尔弗和毕尔娜站在他身边。

"哈夫丹正在成为一个强大的国王。"年长的战士说,"也许有人会说,是你和海拉海德军使他变成这样的。"

"那就让我们祈祷他会成为一个好国王吧。"毕尔娜说。

盖尔蒙德说:"他将成为命中注定的国王,只有命运三女神知道接下来会发生什么。至于我,我相信命运会把我带回这儿来的。我发誓,只要我还留有一丝呼吸,我就要拿下韦塞克斯。"

第四部分

约 克

第十八章

盖尔蒙德从未见过像伦敦这样的地方。伦敦与其说是一座城镇，不如说是两座城镇，它们坐落在泰晤士河的北岸，相距一英里。两个居民地都向外扩张到了周围的土地上。古思伦的船队首先经过了伦敦维奇，这是一个没有城墙的撒克逊人的居民地。盖尔蒙德从河上望去，看到了低矮的木制住宅和高高的大殿。码头上，船只来来往往，载着旅客、商人和货物，就像蜂巢里忙忙碌碌的蜜蜂。

在盖尔蒙德身旁，古思伦朝伦敦维奇点了点头说："河的北边是麦西亚，那里保持着和平，至少现在是这样。"

"我之前路过了麦西亚。"盖尔蒙德说，"据我所见，我们可以轻易攻下那里。"

"也许吧。"古思伦说，"但这要由伊瓦尔和乌巴来决定，麦西亚的国王向他们进贡。"

"乌巴？"

"是的，他是哈夫丹的兄弟。"

这个丹族人名字使盖尔蒙德想起了法斯蒂，乌巴的族亲，也许也是哈夫丹的族亲。他还记得法斯蒂滚热的鲜血溅在他手上时的感受，他划船离开安卡里格时草地上传来的抽搐声。"乌巴在伦敦吗？"

"没有，这段日子他常在北方与皮克特人作战，或者在西方劫掠爱尔兰。"

盖尔蒙德点点头，暗自松了口气，但仍保持着平静的表情。

离开伦敦维奇后，他们又前行了一段距离，就到了伦敦有城墙的丹族人城镇。盖尔蒙德知道是罗马人建造了这座城，这是又一座他们建造却被撒克逊人遗弃的骸骨之城。丹族人因此捡了便宜，罗马人已经建造好了三英寻高的石制防御工事，能够保护占据这座城镇的丹族人。这个城镇的规模大约是伦敦维奇的两倍，码头上的人潮也翻了倍，商人们无疑知道现在谁才拥有真金白银。

古思伦和哈夫丹的船只填满了河道，它们形成了一个漂浮的城镇，可以与河岸上的两座城镇相媲美。营地中的大部分人是从雷丁格姆走陆路来的，但即便如此，伦敦的登陆和卸货也花了好几天时间。

城墙拥有六扇大门，围起来的面积远超三百英亩。古思伦的大部分军队，包括盖尔蒙德的小队，都在伦敦最东端的大门和通往俄宁加街的大门之间的罗马圆柱、墙壁和院落当中安营扎寨。盖尔蒙德曾和约翰一起沿着俄宁加街前行。

古思伦计划在这里过冬，所以盖尔蒙德和他的战士们在空地建起了城墙与屋顶，使伦敦变成了一个半罗马半丹族风格的城镇。在古思伦的军队到达几个星期后，该镇的指挥官，一个名叫崔格尔的丹族人来察看这些战士完成的工作。

他是个老者，也许同施泰因诺尔弗差不多年纪，满头银发，粗糙坚硬的皮肤让他看起来像长年沐浴在阳光、海风、海盐和海浪当中。

"这一切做得很好。"他大步穿过城中古思伦的区域时说。

"我很高兴能得到您认可。"国王说。

盖尔蒙德同几个领主和指挥官跟在古思伦后面,他不明白有什么必要得到崔格尔的认可。古思伦的地位高于城镇的指挥官,与哈夫丹平起平坐。但盖尔蒙德也知道,他们两人都是没有土地的国王,也是伦敦的客人,也许这就是古思伦毕恭毕敬的原因。

崔格尔转过身,朝古思伦背后点了点头。"你的战士们为你服务得很好。"他扫过这些领主和指挥官的面庞,但当他看到盖尔蒙德时,他的目光停了下来。起初,他似乎有些困惑,但过了一会儿,他的目光变得坚定,表情也变得阴沉。"他们的事迹甚至都传到了我们这里。"

"这是我能拥有的最勇敢、最坚强的战士。"古思伦说,"现在,崔格尔领主,请到我的大殿来,有些事情我们必须讨论一下。"

崔格尔的目光在盖尔蒙德身上停留了一下,然后他移开视线和古思伦一起走了。这让盖尔蒙德好奇,是什么使这个丹族人对他有了明显的敌意。他已经习惯了别人的注视和怀疑,但崔格尔的眼神中似乎包含了更多的东西,他希望这不是个坏兆头。

当盖尔蒙德不再忙碌于木材与石块之间时,他带着大把的银钱到城里探索、享受。古思伦国王履行了诺言,给了他丰厚的赏赐。走在伦敦的街道上,盖尔蒙德觉得整个世界都向这座城镇聚集。他看到了来自五湖四海的商人和货物,包括那些遥远到盖尔蒙德从未听说过其语言和名字的国度。他喝着来自西班牙的葡萄酒,给自己买了一件昂贵的法兰克环甲。他尝了来自伦巴第和希腊的橄榄油,来自非洲和印度的香料。他用手指揉搓着从土耳其、波斯甚至更遥远的东方而来的丝绸,这些丝绸是如此柔软和精致,以至于他几乎无法靠触碰感受到它们的存在，得仔细观察才能知道它们的位置。商人们算了他的银钱后，有时会用来自撒拉森的硬币找零，上面印着像藤蔓一样卷曲的符文。他与一位弗里斯兰女子共度良宵，向肤色各异的男人学习玩骰子和其他新游戏。与丹族人第一次见到他时不同，旅行者和商人不会多看他一眼，有些人甚至猜测他来自芬兰或迦尔米亚。世人熙熙攘攘，纷至沓来，前往伦敦；而聪明者乘着空船离开时，已经远比到来时富有。

就这样，在伦敦度过的几个星期只像是在战场上的几天乃至几个小时，时间很快就过去了几个月。虽然伤口愈合了，但盖尔蒙德不希望他的战士们变得软弱，因为他们仍在等待着攻占韦塞克斯。为了让他的小队做好准备，当他们没有在城镇其他地方玩乐耽溺的时候，他要求他们每天在平日生活的院子里干活、接受训练。

有一天，盖尔蒙德和毕尔娜、阿斯莱夫坐在一起，看着拉夫和维特对练。两人一个拿着矛，一个拿着两把剑，行动迅速而敏捷，让盖尔蒙德想到了鸽子和渡鸦在半空中盘旋厮杀。他们的战斗发生在小瓦片组成的彩色地板上，破碎的小瓦片镶嵌在一起，形成了错综复杂的图案。图案中，一个穿着一件白色束腰外衣、头上围着一圈树叶的男子从地板中央的圆环向外望去。如果曾经的罗马人都和他样貌一样的话，盖尔蒙德认为他们看起来完全是凡人而不是神。

"我可以在这里度过我的余生。"阿斯莱夫说道。他鼻子和脸颊上的伤口已经愈合，遍布伤疤却并没有彻底毁掉他的容貌。

毕尔娜瞧了瞧四周。"这是个好地方。"她说，然后用胳膊肘推了推他，"不过迟早我会想换一个小队。"

"我是说这个镇子，"他说，"伦敦。"

盖尔蒙德明白他的意思，但他虽然一边也希望得到同样的东西，另一边却无法想象自己能够继续闲下来多久。"当你花光了银钱的时候,可能就不会这么享受了。"他说。

阿斯莱夫点点头。"确实。"

"我会觉得无聊。"毕尔娜说,"说实话,我已经开始厌倦了,但我正试着在重返战场前享受和平。"

"我已经厌倦了战争。"阿斯莱夫说,"如果有必要,我可以为荣耀或是亲人战斗。但我宁愿安定下来。"

"然后呢,做一个农民吗?"毕尔娜问他。

"我不知道,我想至少我应该有妻子和孩子。"

毕尔娜转向盖尔蒙德。"你呢?"

"我希望有一天也能有妻子和孩子。"

"好吧,你们谁也别看我。"她笑着说,"等你们这些小狼长出爪子来再说吧。"

盖尔蒙德笑了笑,继续说道:"我也想拥有属于自己的土地,但不是作为农民。我的兄弟将拥有一个王国,我也想拥有一个。"

"你想当国王?"阿斯莱夫有点吃惊地问道。

"我不需要被称为国王。"

毕尔娜傻笑道:"你只是想让别人把你当作一个国王。"

"我想要的是不辜负我祖先的荣耀和名声。我想知道我已经赢得了英灵殿里的一席之地。"

毕尔娜拍了拍他的后背。"我的朋友,你已经步上正轨了。"她站起身来。

"你要去哪儿?"阿斯莱夫问。

"去找一头狼。"她边说边走开,然后回头看了一眼,"一头成熟的狼!"

阿斯莱夫在她身后喊道："那头狼会不会碰巧是一个丹族人，持两把钩斧战斗？"可是她没有回答他。

他和盖尔蒙德都笑了起来，但有好一会儿谁也没有说话，拉夫和维特的战斗声占据了周围的寂静。阿斯莱夫继续说道："我父亲曾经想当国王。"

盖尔蒙德转向他。"那他现在在哪儿？"

"我希望是在英灵殿。他死于争夺日德兰的王位。"

盖尔蒙德向他缓缓点头表示敬意。"我第一次见到古思伦时，他说丹族人经历过很多战争。"

"是的，"阿斯莱夫说，"我到西方来是为了摆脱我父亲的敌人，摆脱战争。"他抬头望着院子上方可见的天空，"也许我应该留在伦敦，如果你愿意让我走。"

"让你走？这可不是一件能够轻易答应的事情。"

"我知道。"他说，"我可不是破誓者。我会为你而战，直到你让我走，或者战死。"

"你是一位战士，阿斯莱夫。"盖尔蒙德说，"我不会让一位战士违背命运和意志来为我战斗。你只需暂时留在我们身边，等到古思伦开始进军时，你可以决定是跟我们一起走还是留下。"

阿斯莱夫低下了头。"我会照你说的做。"

"你们俩在说什么？"拉夫喘着粗气问。他和维特已经结束了战斗，站在院子中间气喘如牛、汗流浃背。

"命运。"盖尔蒙德说。

"呸。"拉夫甩了甩手走开，"谈论命运和谈论天气一样毫无用处。"

维特擦了擦他发亮的额头和脸。"走了，拉夫。我需要洗个澡。"

"我也去。"

两位战士离开了院子,去寻找伦敦随处可见的罗马浴场。大部分浴池仍然空空荡荡,没有灌入热水。但一些丹族人和商人已经想出了办法,将一部分水池填满水并加热。他们运营浴场,收取费用,赚取财富。

"我们这里只有麦芽酒。"阿斯莱夫说,"我想喝些蜜酒,你要和我一起喝吗?"

"当然。"盖尔蒙德说。

他们从一个拱门离开了庭院,走过几条狭窄的通道,直到到达了一条的宽阔石路。在那里,他们掉头向南,朝镇上的码头和商业街走去。在西方远处,木头和罗马瓦的废墟和屋顶之上,盖尔蒙德可以看到另一个圆形建筑的断壁残垣,它甚至比他们在卡勒瓦扎营时看到的建筑还要大许多。他从一个伦巴第商人那里得知,这样的建筑被罗马人称为竞技场。

"你认为古思伦什么时候进军?"阿斯莱夫问。

"我不知道。"盖尔蒙德说,"但我听他谈起过诺森布里亚的动乱。我们可能会向北行军,前往特伦特河畔的托克西扎营。"

前方道路上的一阵骚乱引起了盖尔蒙德的注意,那里似乎有一辆马车翻倒,阻塞了道路。商人和丹族人举着拳头互相朝对方大喊大叫,牛也在吼叫着,还有一些人试图把马车挪开。

盖尔蒙德和阿斯莱夫停了下来。然后盖尔蒙德向他的同伴点了点头,示意他们走到一条远离主干道的土路上去,好绕开喧嚣和麻烦。这条路把他们引到了城里的一个地方,那里的建筑物挨得更近,阴影也爬得更高。他们刚走了一小段路,就有两个丹族人走到他们面前,手持武器,故意挡住了去路。

"闪开。"阿斯莱夫说,"这位是盖尔蒙德·海拉海德,古思伦国王的指挥官。"

"我们知道他是谁。我们一直在观察他，等了很长时间。"一个丹族人说。他鼻子上挂着一个环，脖子上文有一条蜿蜿蜒蜒的黑色蛇纹。

盖尔蒙德回头看了看身后，又有两名战士站在了街道上，他们的武器已经拔出。他和阿斯莱夫虽然带着武器，但在城里没有理由穿着盔甲，所以很是脆弱。

"你知道我是谁。"盖尔蒙德转过头来看着说话的首领说，"那么你是谁？"

"克罗克。"蛇纹丹族人说，"我是哈夫丹的指挥官，很快就会被提拔成领主。"

"哈夫丹为什么要把这荣耀给你这样的废物？"阿斯莱夫说，"我连你的名字都没听过。"

丹族人拔出剑来，对准了盖尔蒙德。"因为我将会杀死这个杀害了乌巴的亲戚法斯蒂的诺斯人。"

盖尔蒙德还没来得及回答，他们就冲了过来。

阿斯莱夫凭着一种战士的本能转过身，与盖尔蒙德背靠背。虽然寡不敌众，但他们靠着十足的勇猛击退了攻击者。但这种缓兵之计只能维持片刻，他们必须跑到主干道上，盖尔蒙德希望围观群众的出现能暂缓攻击，让他们有足够的时间逃跑。

"往北走。"他低声说。

然后，他狂吼着向南扑去，挥舞着他的剑和斧头，把敌人打得连连后退，也使阿斯莱夫的敌人大吃一惊。然后，盖尔蒙德转身和阿斯莱夫一起冲向阻挡北面通路的两个丹族人。他们还没从震惊中恢复过来，来不及作出反应阻止两人，但还是举起了武器。盖尔蒙德和左边的战士缠斗了起来，后者挥动着斧头向盖尔蒙德的头砍去。他往旁边一闪,用手肘撞向战士的头部,让他跟跄了一下,而克罗克和他的战士正从南面向他们冲来。

"走!"盖尔蒙德喊道。

阿斯莱夫刚刚在对手持剑的胳膊上狠狠地划了一刀,摆脱掉了他。他们一起沿着通道往回跑,向西拐进了一条小巷,然后上了大路。克罗克的另一个丹族人手下在那里放哨。阿斯莱夫用肩膀抵住那人的胸膛,像野猪顶开猎犬一样把他撞到了一边,但那人同时也捅了阿斯莱夫一刀。然后那人倒在地上,四肢摊开躺在罗马石材上。

街上有人注意到了这场战斗,当克罗克和他的战士们红着脸咆哮着从小路上跑出来时,围观群众议论纷纷。克罗克他们环顾四周,迟迟没有进攻,似乎在权衡利弊。一场公开的街头打斗既能引来帮手,也会带来目击者。

阿斯莱夫摇摇欲坠,盖尔蒙德扶住他,把他的胳膊搭在肩上支撑着他。"你要袭击一个受伤的人吗?"盖尔蒙德大声问克罗克,声音大到所有人都能听见。

克罗克又看了看人群,他们的注意力已经更多地集中在克罗克身上了,他和他的战士们都收起了武器。"我发誓我会杀了你,海拉海德。"

"我发誓你会为你所做的事付出血的代价。"盖尔蒙德转身向北沿着道路急行。"坚持住。"他对阿斯莱夫说。

"我还能撑住。"

他们一起一瘸一拐地走着,直到到达了古思伦军队的区域,盖尔蒙德赶紧叫人帮忙。当他到达铺着瓦片的院子时,海拉海德军和其他的战士跑过来迎接他们。索格里姆和毕尔娜也在其中,他们俩急忙跑到盖尔蒙德身边,帮助阿斯莱夫躺在阳光照射的温暖地面上。

"出了什么事?"索格里姆问。

"我们遭到了伏击，"盖尔蒙德说，"有人用刀子捅中了阿斯莱夫。"

"伤口在哪？"毕尔娜在阿斯莱夫的胸膛和肚子上搜寻着，"有多深？"

"很深。"阿斯莱夫做了个鬼脸，指着他的伤口，"在我身侧。"

索格里姆忧虑地看了盖尔蒙德一眼。在盖尔蒙德和毕尔娜脱下阿斯莱夫的外衣时，索格里姆用找来的韭葱和洋葱煮了一锅汤。伤口细小而狭窄，就像凶手使用的那把刀一样，黑色的血缓慢而平稳地流淌了出来。索格里姆做好了汤让阿斯莱夫喝下，人们在旁等着，毕尔娜则按压着伤口，想要把血止住。

古思伦国王听闻袭击的消息匆匆赶来，他把盖尔蒙德拉到一边，在没人能听到的地方交谈起来。

"我估计袭击是针对你的？"国王说。

"正是。"

"袭击者是谁？"

"他称自己为克罗克，是哈夫丹的战士，但我不认识他。"

"我知道他。"古思伦的眼睛变得像古墓一样昏暗，"哈夫丹会为此事付出代价。"他又向阿斯莱夫瞥了一眼，然后怒气冲冲地离开了院子。

过了一会儿，索格里姆跪在阿斯莱夫身边，闻到了从伤口散发出来的洋葱味。

"怎么样？"阿斯莱夫问，"我死定了吗？"

索格里姆抬头望着盖尔蒙德和毕尔娜。"刀刺进了你的内脏。"他低声说，"对不起，阿斯莱夫。"

阿斯莱夫安静了下来，然后他叹了口气。"我想我已经走到头了。我原以为我可以躲在伦敦，远离死亡的命运，但它终究还是找上了我。"他抬头望着盖尔蒙德,"我父亲就死于内脏伤,我可不想就这样在死亡的恶臭中日复一日地苟延残喘,直到死去。"

"平静下来。"索格里姆把手放在他的胸前,"也许诸神会帮你渡过难关,现在让我们把你搬到更舒适的地方去吧。"

他们在院子外找到了一间安静的房间,用稻草和毛皮做了一张床。看到躺在床上的阿斯莱夫,盖尔蒙德想起了他的兄弟,他躺在他们父亲的大殿里一张几乎一模一样的床上。和当时一样,盖尔蒙德觉得要为自己的战士所受的痛苦负起责任。是他杀死了法斯蒂,却让阿斯莱夫付出生命的代价,这让盖尔蒙德无法接受。

他站在阿斯莱夫面前羞愧难当,直到毕尔娜抓住他的胳膊,把他拉到院子里。拉夫和维特连同施泰因诺尔弗和史凯裘一起回来了,他们和毕尔娜站在一起,充满了复仇的怒火。

"我们去哪儿找到这些浑蛋?"她满腔愤怒地问,"我要把他们开膛破肚。"

"古思伦去找哈夫丹谈话了。等他回来,我们会更了解情况。在那之前,让你的武器保持锋利。"

盖尔蒙德的伙伴们轮流陪伴着阿斯莱夫,和他说话、讲故事或者只是在他于睡梦中流汗呻吟的时候坐在他身边。那天晚上,他突然开始发烧,咬牙切齿显得很痛苦。古思伦终于回来了,他再次把盖尔蒙德拉到一边。

国王看上去很疲倦,眼睛低垂着,说:"告诉我是不是真的。"

盖尔蒙德不需要问他是什么意思。"是真的。但如果不杀死他,我就会死。这是事情的真相,也是我要对阿尔庭议会说的话——"

"阿尔庭议会?"古思伦摇了摇头,几乎要笑出声,"你以为你在哪儿,海拉海德?这里是伦敦,我们在打仗。这儿没有什么阿尔庭议会。"

"可是真相——"

"真相并不重要。重要的是崔格尔是乌巴的朋友,重要的是一个名叫盖尔蒙德的丑陋的诺斯人杀死了乌巴的亲戚,而这个消息传到了崔格尔耳中。然后这名诺斯人和哈夫丹一同出现在伦敦,而哈夫丹现在也知道了这件事。这可是血仇。"

"我可以付偿命金①——"

"他们不会罢手的。"

"那就让阿斯莱夫的死亡来满足他们血债血偿的愿望吧,"盖尔蒙德越来越生气,"因为他活不长了,而我将——"

"你才是海拉海德。"古思伦沮丧地吼道,"哈夫丹没有忘记你。你难道不明白吗?这是名声的代价,这也不会是最后一次别人为你付出代价。"

"那就让我跟崔格尔和哈夫丹战斗吧。一场决斗——"

"他们不会允许的,他们不相信你配得上这个荣耀。"

"那我到底该怎么办?"

"离开伦敦。"

"什么?"

"你不死他们是不会罢休的。"

盖尔蒙德难以置信到说话都变得结巴了。"你……你就这么让他们把我变成一个逃犯吗?一个森林里的野兽?"

"我?"古思伦指着盖尔蒙德的胸膛,"这是你自作自受!不是我杀的那个孩子,我也不会为了你跟乌巴和哈夫丹开战!"他停顿了一下,深深地吸了一口气。"你知道他要求我今晚就把你交给他吗?我推迟到了明天,但我也只能保护你到这个地步了。"

---

①偿命金,指违法者或其家人付给被害者或其家人的钱或其他形式的赔偿。

"我不会就这样离开阿斯莱夫让他慢慢死去。因为我,他才——"

"那你还想看到多少同伴为了你死去?如果你继续留在伦敦,不仅你会死,还会牵连到更多的同伴。或者,你可以选择一个人离开,让他们不必为你而战。"

盖尔蒙德感觉这座城镇摇摇欲坠的古城墙好像要倒塌在他身上,他不得不在荣耀与朋友和战士的生命之间作出抉择,而面对这样的抉择,他肯定会选择古思伦提供给他的办法。"我能上哪儿去呢?"

"寻找你的同族和亲人。"古思伦说,"你不能指望在丹族人中找到安全的避难所,所以向北走吧。还有,拿着这个。"他给了盖尔蒙德一小袋银钱,"我不会总是和哈夫丹一起行军。如果你听闻我们的军队分开了,来找我,我会欢迎你的归来。我们将一起拿下韦塞克斯。"

盖尔蒙德低下了头。"谢谢您,我会去收拾我的东西。"

"尽快,你要在黎明之前离开这个地方。"古思伦伸出手紧紧抓住了盖尔蒙德的手臂,"你要时刻保持警惕,克罗克发誓要为哈夫丹和乌巴取走你的性命,我希望看到你毫发无伤地回到我身边。"

盖尔蒙德再次低下了头,古思伦松开了他的胳膊。

"在天色变得更黑之前,快走吧。"国王说道。

盖尔蒙德向古思伦告别,回到他睡觉和放东西的房间。他试图避免引起别人的注意,但就在他刚穿上环甲衫时,施泰因诺尔弗愁眉不展地出现在门口,史凯裘和毕尔娜站在身后。

"有些人可能认为你要离开了,"这位年长的战士说,"但我不愿意这么想。我知道你曾经抛弃过我们,而你不会再傻到犯同样的错误了。"然后他扭头向后说道,"我是这么说的吗?"

毕尔娜点点头。"你是这么说的,但我认为你错了。"

施泰因诺尔弗走进房间,双臂交叉,怒视着盖尔蒙德。"那么,你要让我成为一个骗子吗?"

盖尔蒙德叹了口气,摇了摇头。"我要走了。"当年长的战士的脸因怀疑和愤怒而发红时,他又补充道,"我必须走,我和乌巴、哈夫丹之间有血仇。"

"血仇?"毕尔娜问,"因为什么?"

"在我被冲上岸和前往阿什当之间,我杀了乌巴的一个亲戚。如果不杀死他,我就会死。但是没有目击者,也没有阿尔庭议会对这件事作出裁决。"

"但是你为什么要离开呢?"站在毕尔娜身旁的史凯裘问道。比起愤怒,他看起来更显困惑。

虽然是男孩问出的问题,盖尔蒙德还是面朝施泰因诺尔弗向前走了一步,直视着老战士的眼睛。"因为我的抉择已经让阿斯莱夫付出了代价,我不会让这样的事再发生在我的另一位战士身上。哈夫丹明天会来找我,如果我还在这里,战斗就无法避免。我不会再让任何人为我而死。"

毕尔娜大笑道:"我以为这正是我们发誓要做的。"

"我在你立下誓言之前就杀死那个人了。"盖尔蒙德说,"在这件事上你不受誓言的约束。"

"那我们和你一起走。"施泰因诺尔弗说。他的声音柔和了下来,似乎已经明白了盖尔蒙德面临的抉择。"那个男孩和我在这件事之前就向你发过誓。"

"不,我不能允许。"盖尔蒙德说,"哈夫丹的战士发誓要杀了我,如果你和我一起旅行,你也会因血仇而——"

"我知道。"施泰因诺尔弗展开双臂,"我当然知道,你以为我是个傻瓜吗?"

盖尔蒙德微笑道："要求和我一起旅行已经够傻了。"

老战士愤怒地哼了一声。"如果你把我抛下，那你就是个蠢蛋，不管怎样我都要跟着你。"

"我也是。"毕尔娜说。

盖尔蒙德和施泰因诺尔弗都转向她，盖尔蒙德对她的忠诚感到有些惊讶。"你为什么要来？"

"因为我对你发过誓，"她说，"而且我想替阿斯莱夫报仇。如果杀害他的人在追捕你的话，报仇最快的方式就是待在你身边。而且我已经受够伦敦了。"

盖尔蒙德权衡了一下自己的抉择，发现自己没有多少选项。施泰因诺尔弗哪怕是被威胁也要和史凯裘跟着他，毕尔娜也一样，所以试图把他们抛下是没有意义的。"行吧。"他说，"可是阿斯莱夫怎么办？他还没有——"

"阿斯莱夫会理解的。"毕尔娜说，"你了解他，而且我知道索格里姆会愿意陪他直到最后。如果我们要求的话，索格里姆也会一直带领海拉海德军，直到我们回来。"

盖尔蒙德朝门口走去。"那我这就去请求他——"

"让我来吧。"毕尔娜说，"这件事必须迅速而安静地完成，还有……我想单独向索格里姆告别。"

"拉夫和维特呢？"施泰因诺尔弗问，然后他和另外两个人向盖尔蒙德看去。

"给他们选择的机会，不过别告诉别人。"

毕尔娜点了点头离开了，史凯裘走进了房间。

盖尔蒙德继续打包行李。"你们应该去收拾东西。"他说。但很长时间年长的战士和男孩都没有动，所以他抬头看着他们。"你们还有什么要说的吗？"

"你本来会弃我们而去的。"施泰因诺尔弗摇了摇头，盖尔蒙德知道这位年长的战士不会很快放下他对此事的愤怒。"不是别的什么人，是我们。"他瞥了一眼史凯裘，"你本来打算抛下我们。"

"我别无选择——"

"你有，你一直都有。"年长的战士指着盖尔蒙德的胸膛，"这已经是第二次你背弃我们了。若有第三次，我就会非常肯定我的誓言对你来说是多么微不足道，我也就不会再受它的约束了。你明白我的意思吗？"

盖尔蒙德停顿了一下，对施泰因诺尔弗的问题给予应有的尊重，因为对他这样一个充满荣耀感的人来说，说出违背誓言可不是件小事。"我知道，我不会再背弃你了。"

"很好。"年长的战士点点头，"我们去收拾东西了。"

"我在这儿等着。"盖尔蒙德回道。过了一会儿，毕尔娜带着决定加入他们小队的拉夫和维特回来了。"索格里姆那边怎么样？"他问盾女。

"他会确保海拉海德军的战士时刻保持最佳状态。阿斯莱夫睡着了，但如果他醒来，索格里姆会向他解释一切。"

"那么是时候离开了。"盖尔蒙德说。

所以，在施泰因诺尔弗和史凯裘回来之后，他们出发了。

第十九章

盖尔蒙德知道俄宁加街上会有很多丹族人，因为他在和约翰一起旅行时见过他们，而且那条路太靠近乌巴统治的东盎格利亚的西部边界。因此，他和他的五位海拉海德军战士没有走熟悉的路，而是沿着伦敦西北边的一条被称作韦塞林伽的罗马大道出城，朝着麦西亚的中部进发，希望借此能少遇到一些敌人。

天上的弦月洒下了银光，让他们足以看清前面那条由碎石铺成的苍白道路，但还不足以确定路旁树下的阴影里是否潜伏着威胁。他们穿过了几英里的农田，这些泰晤士河畔的农田为城镇提供粮食。城镇大殿与房屋的火光和炊烟已经与道路遥遥相望。绵延的林地很快就将这些田地和牧场区隔开来，直到他们进入一片森林的深处。在夜幕来临时，盖尔蒙德并不害怕强盗，因为他们大概不会料到这里会有旅行者经过，也不太可能会试图攻击如此全副武装的队伍，但他仍然睁大眼睛，竖起耳朵前进。

大约在午夜时分，他们进入了一片灌木和沼泽遍布的低洼地带，周围是长着橡树、桦树、榛子和角树的森林。在树叶的掩映下，前方的道路一片昏暗，肯定无法安全前行。考虑到他们已经把伦敦和哈夫丹甩了十五英里远，盖尔蒙德决定就在这里过夜。

他们离开窄路走了一段距离，来到一处有着三棵大橡树的地方，每棵树的宽度都比双臂展开还要长。他们在树干背对道路一侧的扭曲树根间歇息，轮流放哨。从他们躺着的地方看不见道路，但这意味着路上的任何人也都看不见他们。尽管认为自己已经足够隐蔽了，但盖尔蒙德在黎明前仍好几次惊恐不安地醒来，又在蓝色的晨光中被噪声吓了一跳。他颤抖着，骨头像头顶上的树枝一样嘎吱作响。在太阳完全升起之前，他的小队再次出发了。

没过多久，前方的景色逐渐变得开阔，懒洋洋的太阳在又一座罗马城市废墟上升起，脚下的道路带领着他们前往那里。虽然这座城市规模很大，令人印象深刻，但它的断壁残垣和建筑不再像以前那样让盖尔蒙德感到震惊，因为他不再想象这些地方是死者的住所。但他的队伍中有不止一位战士仍然感到不安。

当他们大步走在寂静的街道上，经过神殿和竞技场，穿过一个五十英寻宽的广场时，史凯裘的眼睛瞪得像颗球。"至少死者是安静的。"男孩低声说。

"罗马人不是不死之身。"盖尔蒙德说，"他们已经消失了，你不用害怕他们，史凯裘。他们来到英格兰，征服了英格兰，如今又失去了英格兰。现在撒克逊人占有这些土地，但他们很快就会把英格兰拱手让给我们。"

这似乎让男孩稍稍安心了一点。

他们很快就离开了废墟，正午时分，他们来到了一座撒克逊人的集镇。他们经过了田野和农场,又经过了立在集镇边缘的几所房子。盖尔蒙德在前方看到了集镇中心的一个十字路口,那里的几栋建筑紧密地排列在一起,其中有着看起来像冷面包屋和麦芽酒馆的地方,还有许多空空的市场摊位。他看到周围几乎没有撒克逊人,好像人们都躲藏起来了,但是紧接着有一个男人走到他们跟前,举起手拦住了他们。

"麦西亚好不容易变得安定了。"撒克逊人身穿皮甲,手持长剑,越过盖尔蒙德望着他的同伴们。"什么风把你们吹来了?"

"我们正在向北旅行。"盖尔蒙德注意到附近还有三个人站着,他们都带着武器,其中一个人身边放着弓和箭筒,"我们不打算在这儿停留,也不打算破坏这里的和平,我们只是路过。"

"那你们是从哪儿来的?伦敦吗?"

在盖尔蒙德身后,施泰因诺尔弗轻笑了一声。"这只撒克逊猪胆子真不小。"

"那跟你有什么关系?"盖尔蒙德问。

撒克逊人耸了耸肩。"我的职责就是要了解谁来了、谁走了,以及他们的来路和去向。旅行者经常带来麻烦。"

说到最后这句话时,他的眼睛眯了起来。盖尔蒙德注意到他的脖子上有刚刚开始泛红的新瘀伤,嘴唇边的伤口也有一点已经干了的血迹,好像刚刚参与了一场战斗。

"看来我们不是你今天遇到的第一个丹族人。"盖尔蒙德说。

"什么?"那人咽了口唾沫,皱起了眉头,"我不——"

"不准动。"当撒克逊人想要转身回头看时,盖尔蒙德说,"好好看着我,装作好像我们在谈论你们的庄稼。敢欺骗我,我发誓不管接下来发生什么,你都会死在这里。"

"见鬼。"男人闭上眼睛,从紧闭的嘴唇里深深地吐出了一口气,"我诅咒你们这些异教魔鬼。"

"他们的首领鼻子上有环吗,"盖尔蒙德问,"一个叫克罗克的人?"

"我没有问他的名字。"撒克逊人说,"不过,是的,他鼻子上有个环,像牛一样。"

盖尔蒙德的战士们在他身后低声交谈,但他们知道最好不要拔出武器,更不能作出任何反应,以免克罗克和他手下的丹族人察觉到异常。毫无疑问,克罗克和他的丹族人正在前方观察着这里,并等待着伏击他们。

"有多少人?"盖尔蒙德问。

"大概十八到二十名战士。"撒克逊人看了看他的靴子,"他们黎明时分就到了,想知道我们是否看到了从伦敦来的丹族人。"

"他们一定是在我们睡觉的时候超过我们的。"拉夫说,"他们发现比我们快之后,决定设个圈套。"

毕尔娜说:"不准往后看,撒克逊人。告诉我们,我们在他们的弓箭射程之内吗?"

"差不多了,"撒克逊人说,"再走几步就进入射程之内了。"

"他们在哪儿?"施泰因诺尔弗问。

"有些在酒馆里。"尽管这是一个凉爽的早晨,男子仍然满头大汗,"有些人躲在酒馆对面,其余的人都带着弓箭散开了。"

盖尔蒙德扫视着前方空荡荡的街道,寻找着弱点和机会,但他什么都没有发现。"你为什么要拦住我们?为什么不让我们步入陷阱?"

"他想让你认为一切都一如平常。"撒克逊人说。

"村民都哪儿去了?"维特问。

那人朝东方微微点了点头说:"躲在沼泽地里,直到你们丹族人都走了。"

"我们可以去沼泽。"施泰因诺尔弗说。

"撤退?"毕尔娜嘲讽道,"杀害阿斯莱夫的凶手就在眼前,我不——"

"他们的人数是我们的三倍。"盖尔蒙德说,"而且他们占着地形优势,复仇这事要由我们来选择战场。"

"如果你们逃跑,"撒克逊人说,"他会知道我出卖了他。他们会杀了我们,烧毁我们的村庄。"

"这和我们有什么关系?"拉夫问。

那人脸色变得惨白。"你们丹族人全都——"

"你叫什么名字?"盖尔蒙德问。

那人犹豫了一下。"埃尔文。"

"埃尔文,去沼泽最近的路在哪儿?"

"就在前方,在铁匠铺的北面有一条路,它通向一条通往沼泽的小路。"

提及镇上的铁匠铺时,盖尔蒙德心生一计。"埃尔文,"他说,"这些丹族人向伊瓦尔和乌巴的兄弟哈夫丹宣过誓,他和你们的国王伯格雷德有休战协议。你若向他们讲道理,他们只会掠夺你的集镇。但你若照我所说的去做,你和你的集镇就能够幸免于难。"

撒克逊人挪动了一下脚步。"我在听。"

"我们会去铁匠铺那里等着,你去找克罗克。他会问你,和我谈了些什么。你告诉他,我们打算在镇上待一两天,而且我们需要铁匠。这是你让克罗克相信你没有背叛他的机会。"

"你们打算怎么办?"埃尔文问。

"我们会静观其变。"盖尔蒙德说,"很可能他会派他的一名战士到这里来充当铁匠，在这段时间里，他会命令其余战士就位，然后攻击我们。或者他的假铁匠会试图说服我们跟他到他们能伏击我们的地方。不管是哪种情况，当我们逃跑的时候，克罗克都会责备那个假铁匠，并且很可能会放过你的镇子去追赶我们。"

这似乎让撒克逊人安心了，他慢慢地点了点头，然后转过身，朝大路的方向做了个手势。"我带你去铁匠铺。"

盖尔蒙德看了一眼他的战士们，他们点头表示同意，然后他们一同沿着安静的街道前进。敌人的弓箭手仍有可能射杀他们，但更有可能的是，克罗克会等到海拉海德军到达十字路口——他们埋伏的地方，再用他的剑亲自杀死盖尔蒙德，赢得荣耀。即便如此，盖尔蒙德还是试着不露出任何惊慌或担忧的情绪，尽管他一直对弓弦的声音保持着警觉。

当他们到达铁匠铺时，发现那是一个遮阴棚，北面和西面通向道路，南面和东面用木板围了起来，中间是一个烧得通红的锻炉。周围有几张长凳，还有一个铁砧，上面有一把钳子，夹着一根一端锤得很细的沉重铁棒。看来直到丹族人到来时铁匠都一直在干活，随后匆忙离开了。

埃尔文最后朝盖尔蒙德点头示意了一下，然后盖尔蒙德和他的战士们沿着街道向酒馆走去。

维特靠在一根柱子上。"这是个好计划。"

"除非那只撒克逊猪把我们出卖给克罗克。"拉夫说。

"有可能。"盖尔蒙德注视着酒馆的门口和周围的街道，观察有没有动静，"但是他的选择和命运都得由他自己来决定。不管怎样，他都会把克罗克引到我们这里来。"

施泰因诺尔弗说："我们可以现在就去沼泽，摆脱他们。"

盖尔蒙德转向年长的战士。"去吧，带上史凯裘、拉夫和维特，侦察一下通往沼泽的道路，然后去集镇后面监视着。毕尔娜和我在这里多待一会儿。"

施泰因诺尔弗皱了皱眉头，表示他对这个任务不感兴趣，但他还是和另外三个人沿着铁匠铺北面的小路离开了。毕尔娜走到盖尔蒙德身边，和他一起观察着酒馆，但过去了一段时间却什么都没有发生。

"我们为什么在这儿等着？"她终于问道。

"信守我对撒克逊人的诺言。"

"即使撒克逊人不守他的诺言？"

盖尔蒙德对她笑了笑。"你以前是怎么谈及荣耀的，即使只有诸神才能看到？"

她笑了。"那就让我们希望克罗克像你想的那样聪明吧，但不要比这更聪明了。"

"他在伦敦表现得挺狡猾。"盖尔蒙德说。

"足以让你措手不及。"

"那种事再也不会发生了。"

"直到你必须和比你更狡猾的人战斗。"她说，"你可以肯定——"

"看。"

酒馆的门开了，一个棕色头发的盾女走到街上。她向四周看了看，然后眼睛盯着铁匠铺，迈着缓慢而平稳的步伐朝他们走来。

毕尔娜说："她没有携带武器。"

"也没穿盔甲。"盖尔蒙德的嘴角翘起，露出一丝微笑，"她应该当个铁匠，记得吗？"

"看来克罗克确实有点狡猾，她几乎像个撒克逊人。"

当这名战士走近棚子时，盖尔蒙德试着配合她平静的神态问道：

"你就是铁匠吗？"

女战士走进了棚子的阴凉处。"没错。"

"真的吗？"毕尔娜摆出一副从头到脚打量她的架势。"我以为撒克逊男人不会让他们的女人做除了做饭、祈祷和生育撒克逊小孩以外的任何事情。"

"我不知道，我是一个不列颠人。"那女人双臂交叉抱在胸前，看上去很结实，足以胜任一个铁匠的工作。"现在，你需要我干什么吗？"

"是的，"盖尔蒙德说，"我们有一些盔甲和武器需要修补。"

她环视了一下棚子。"其他人在哪儿？"

"什么其他人？"

"你的小队有六个人，埃尔文是这么说的。"

"我的战士们有权自由行动。"

丹族人犹豫了一下，好像在决定该怎么办，然后朝酒馆点了点头。"来，我们边喝边谈。"她动了动身子，好像要离开。

盖尔蒙德说："我们可以在这里谈，看来你是在干活。"

"什么？"

他指了指留在铁砧上的钳子和铁。

"我们不想打扰你。"毕尔娜补充道。

"哦，"丹族人说，"没事的。来，你们——"

"你在锻造什么？"毕尔娜问。

她和盖尔蒙德都没有动，铁匠铺里安静了片刻。

女人耸耸肩。"锅的挂钩"。

毕尔娜说："这个挂钩似乎用了太多的铁。"

战士没有回答，但她的手攥成了拳头。

"你不是不列颠人。"盖尔蒙德把头歪向一边,"你个子高得可以当丹族人了。"

近处,毕尔娜把斧头拿了出来,盾女则把手伸向腰间,想要拔出不存在的武器。她低下头,露出了自己的真面目,她放弃了伪装,想要对盖尔蒙德爆粗口。

他拔出了祭祀刀。"告诉我,克罗克打算——"

盾女的头猛地一扭,发出了一声沉闷的响声,一把飞斧压弯了她的脖子。斧头劈中了她的耳朵顶部,插进了她的头骨。盾女睁大眼睛瘫倒在地上,她的靴子和手指抽搐着。毕尔娜大步走过去,伴随着骨头碎裂的声音,她拔出了斧头。鲜血和脑浆从伤口流出,落在铁匠铺漆黑油腻的泥土上。

"献给阿斯莱夫。"毕尔娜说着,用铁匠的破布把斧刃擦干净,"如果我能决定的话,他们谁也别想被我杀掉后看到英灵殿。现在他们人少了一个,我们应该——"

"盖尔蒙德!"

这声音是施泰因诺尔弗的,从铁匠铺东边的某个地方传来。

"他们进攻了!"年长的战士喊道。

前方酒馆的门开了,战士们咆哮着冲到街上。盖尔蒙德和毕尔娜交换了一下眼神,然后从棚子沿着小路狂奔。他们经过几座建筑物,前面传来了战斗的声音,接着他们立刻冲进了东边一个四处树根盘结的小草坪上。

两个丹族人蠕动着躺在维特的脚边,奄奄一息,而维特的长矛已经被鲜血染红。当更多的敌人从北面和西面向他们冲来的时候,又一个敌人成为了施泰因诺尔弗的剑下亡魂,敌人们愤怒的喊叫声响彻全镇。

"快走!"施泰因诺尔弗指向森林中的一个缺口,"通往沼泽的路在那边！拉夫和史凯裘先一步去侦察了。"

一支箭嘶鸣着射在维特附近的地上，他转身用长矛将另一支箭击飞，然后向树丛中冲去寻找掩体，后面跟着毕尔娜、盖尔蒙德和施泰因诺尔弗。他们四个人沿着小路狂奔，越来越深入树林，前方的路逐渐被沼泽淹没。很快小路就没入水下，水花和泥土随着奔跑四处飞溅。

盖尔蒙德听到从身后传来了发狂一般的追逐声，但他知道狭窄小道和沼泽至少在一段时间内能把克罗克的战士们甩远，并避免被偷袭侧翼。周围的景象使他想起了安卡里格的沼泽，那里遍地都是泥沼、水坑还有长满高草的渚。

"拉夫在哪？"盖尔蒙德喊道，他的问题很快就得到了答案，拉夫不知从哪儿冒出来，挥舞着他那把细细的米克拉加德剑出现在他们前面。

"都到齐了吗？"他问道。

"齐了。"当毕尔娜、盖尔蒙德和施泰因诺尔弗先后到达后，维特说道。

"那把剑能重创敌人吗？"年长的战士问。

"你会大吃一惊的。"拉夫说，"那个眼尖的男孩发现了另一条路。"

然后他转过身，一头扎进了由草丛和荆棘组成的迷宫里，其余的人也跟了上去，他们费劲地穿过茂密的芦苇丛，最后来到了一条由动物踩出的、更加模糊的小径上。这条奇径在沼泽地中蜿蜒前进，似乎在不到一百英寻远的地方消失了。

史凯裘站在那里，等着他们。"我不知道还能走多远。"

"这样就足够了。"盖尔蒙德说，他在前面带路，心想即便被克罗克的战士发现，这些树至少可以为他们提供躲避箭矢的掩护。

他们沿着这条路走到一片沼泽地里，周围密布着柳树和赤杨，空气中弥漫着腐烂的树叶和青草的气味,让人感到沉闷而静谧。他们的到来,把长喙长腿的鸟惊得逃往天空,把蛙类吓得跳进了浅洼。每当他们停下来谛听克罗克战士有没有靠近时,敌人的声音就变得越来越微弱,直到盖尔蒙德确信他们已经逃离了克罗克,至少现在是这样。当他们到达一个干燥的渚时,他让大家稍作休息,自己则坐在一棵坠倒的树的树干上思考。这树干软绵绵的,被虫蛀过。

"克罗克刚刚失去了四名战士。"盖尔蒙德说道,"如果埃尔文说的是实话,那就意味着他的小队可能只剩十五个人了。"

"你戏耍了他。"维特盘腿坐在地上,开始清理磨砺他的长矛——"永眠之息","他现在不可能回到哈夫丹那里去,只要他还在乎自己的名声,他就不会。"

盖尔蒙德表示赞同。"他在伦敦说过,杀了我就会成为领主。"

"那确实是丰厚的奖赏。"拉夫笑着从背包里拿出一块干肉开始啃,"你可以肯定,他会怀着巨大的恨意来追杀我们。"

施泰因诺尔弗补充说:"而且他的人数仍然是我们的两倍。幸运女神今天眷顾了我们,但不可能总是如此。"

"如果我注定死亡,我会慷慨赴死。"盖尔蒙德说,"但不会死在他的手里。"

"那就让他死在你的手里吧,"毕尔娜说,"或者是我的。他们必须都得死。"

盖尔蒙德知道她说的是实话,这场追逐战的唯一结局就是克罗克或他自己的死亡。但他也知道,他没有足够的战士来进行正面对抗,因此必须依靠计谋来打败敌人。

"如果我们了解这片沼泽地,就可以在这儿坚守。"他说,"但现在它会严重地阻碍我们,就像阻碍克罗克一样。我们需要寻找一个新的战场,在那里我们可以控制局势,并且在找到这样的地方之前要远离敌人。"

史凯袭拍了一下自己的脸。"我希望是一个没有蚊子的地方。"

沼泽弥漫着一种污秽的、不健康的空气,所以盖尔蒙德下令继续前进,但直到中午他们才离开沼泽来到干燥的荒原上。他们避开罗马大道和撒克逊人的道路,在荒原上前行。在接下来的两天,他们披荆斩棘,穿过了灌木丛生的树林,越过了沼泽和湿地,蹚过了冰冷刺骨的河流。

起初,他们获取水源十分容易,但是要收集食物就比较困难了。毕尔娜发现了几丛野生的酸浆果,他们也采了一些拉夫能辨认出的蘑菇。维特用柳树枝编成了一个笼子,他们用它在一条河溪里抓到了鱼,但盖尔蒙德为野兔和松鼠设的陷阱却一无所获。然后,当他们穿过更广阔的荒地时,甚至连水都变得稀少了,那里几乎没有溪流,也没有猎物。

盖尔蒙德在漫漫长夜里瑟瑟发抖,只有当他们收集到足够的干柴,并且知道火光不会被看到时,才会和他的战友们挤作一团,围在微小的篝火旁边。

到了第三天,盖尔蒙德的饥饿已经不仅仅带来痛苦,还减缓了他的脚步,让他昏昏沉沉。他感到一种无法用睡眠和休息来驱赶的虚弱,即便睡眠和休息都已经是他可望而不可即的。在深夜里,盖尔蒙德想象着他们被这个孤独之地的神灵尾随,后面同时跟着步履蹒跚的阿斯莱夫——他想让使他一个人等死的人付出代价。对海拉海德军所负的责任,让盖尔蒙德一次次鼓起劲来继续前进;而战士们对盖尔蒙德的追随,让他们从来没有一句抱怨。

第四天,他们又来到了一片森林,闻到了烟火的气息。于是他们分散开来，悄悄穿过森林去寻找源头，看看是否有居民地或营地。盖尔蒙德尽可能放轻脚步，从树林中向外张望，直到他的小队来到树林中一块宽阔的空地，空地中央矗立着一座用石头建造的撒克逊神殿。这让他想起了他在麦迪桑斯泰德看到的——或者说，如果麦迪桑斯泰德没有被丹族人付之一炬，它可能会变成的样子。

他面前的神殿高达十五英寻，长三十英寻，有着尖尖的屋顶和一座圆塔。一道围墙从它的南侧延伸出来，将几座大的附属建筑围住，而许多谷仓和作坊坐落于这些防御工事的外面。被约翰称为修士的那种神父穿着长袍在周围的田地和花园里工作。他们除了耕作种植的工具，没有携带任何武器，盖尔蒙德和海拉海德军战士从阴影中观察了他们一段时间。

"如果我们能把克罗克引到这里，"拉夫说，"我们就可以利用这个地方反击。"

施泰因诺尔弗说："如果我们能拿下它的话。"

毕尔娜笑了。"我们当然可以，神父们毫无还手之力。"

"许多神父都很软弱。"盖尔蒙德说，"但我知道至少其中一个人在阿什当战斗并杀死了丹族人。"

"麦西亚已经和我们议和了。"史凯裘说道。

男孩很少开口说话，以至他们都转过头来盯着他看，包括盖尔蒙德和施泰因诺尔弗。

史凯裘带着平静且有把握的表情面对他们的惊讶。"那个撒克逊人——埃尔文，就是这么说的。"

"的确。"施泰因诺尔弗苦笑着瞥了盖尔蒙德一眼，"但我们必须遵守休战协议吗？"

盖尔蒙德想了一会儿。"如果我们破坏休战协议，我们就会送给乌巴和哈夫丹更多的借口来记恨我们,这可能会让我们面临更大的危险。"

"那我们怎么办?"拉夫问,"我怀疑我们没法找到比墙内更有利于我们对付克罗克的地方。"

盖尔蒙德又看了看修士们,回想着自从他来到英格兰后,他在两位神父那里了解到的关于这些修士的一切。思索着是否有某种方法,能让海拉海德军在不破坏休战协议的前提下利用眼前的神殿。盖尔蒙德回想起第一次见到约翰时,约翰因为他的神明的吩咐,给了盖尔蒙德像石头一样坚硬的面包。当盖尔蒙德看着修士们的脸时,他会心一笑。

"我有主意了。"他说。

第二十章

距离神殿几英寻远的地方有一个洋葱形的大烤炉,热气使得它上方的空气变得模糊,因此盖尔蒙德知道它正烘烤着什么。一想到热腾腾的面包,他的口水就流了下来。

"我不明白这个计划。"施泰因诺尔弗说。

年长的战士和其他人看着盖尔蒙德脱下盔甲、卸下武器,困惑地皱着眉头看着他,面露忧色。

"你们必须相信我。"盖尔蒙德说,"我们不能就这样全副武装走过去,我以前试过,他们对丹族人有太多的恐惧和仇恨。如果既想达到我们的目的,又不想引起争端,只有这一个办法,但首先必须让他们相信我们是真心的。你们必须向我发誓,不管你们看到什么,你们都要保持隐蔽,直到我叫你们。"

海拉海德军战士们面面相觑,最后都看向了施泰因诺尔弗,他对大家摇摇头,耸了耸肩。"我们对你的机智有信心。"他说。

盖尔蒙德点了点头，然后蹑手蹑脚地沿着空地的边缘向南走去，在树林中保持隐蔽的同时尽可能地接近烤炉。尽管如此，在他和烤炉之间至少还有十五英寻的空地。

就在这时，一个肩膀很宽的修士从附近的建筑里走出来，拍掉长袍上的面粉。他走到烤炉前打开门，用一根长木杆从里面取出黑面包。他用粗大的双手掂着这些面包，送到了一张长凳上，放在那里冷却。

盖尔蒙德一直等到修士走了，附近的其他修士也背过身去，便飞快地跑向热腾腾的面包。他穿过了一片萝卜地，萝卜的绿叶拍打着他的靴子和腿。盖尔蒙德心想，在海拉海德军的战士们眼里，他可能是个傻瓜。他走到面包跟前，两手各抓了一个面包，当他转身跑回树林时，一根杆子重重地打在他脸上。

盖尔蒙德大声哼了一声倒在地上，鼻青脸肿，这可是他不曾料想过的。面包师的动作比预想的要快，盖尔蒙德紧接着感到那根杆子的一端狠狠地戳了一下他的胸膛，把他压在了地上。面包从他手中滚了出去。

"小偷，仔细斟酌你接下来的言语和行为，"修士站在他身上说，"否则我保证你会为你的言行而后悔。"

盖尔蒙德相信眼前的修士会将他说的话付诸实践。"行行好，"他说，"我已经几天没吃东西了。"

"你应该先这样问问我，而不是尝试行窃。"

盖尔蒙德注意到其他的修士走了过来，想看看发生了什么事。他在他们中间寻找熟悉的面孔，而那个修士则一直把杆子戳在他的肋骨上。盖尔蒙德吞下了从鼻子流淌到嘴中的血，希望他没有认错从树上看到的人。

"你是谁？"面包师问，"你是丹族人吗？"

"我是盖尔蒙德。"他说。这个时候,聚集在他周围的修士们被分开,一个修士从人群之中走了过来。

"盖尔蒙德?"新来的修士问,"不可能……阿尔蒙德修士,让这个人起来。我需要好好看看他。"

面包师只犹豫了片刻。"好的,神父。"他说着,把杆子从盖尔蒙德胸前拿开。然后他大手一伸,轻而易举地把盖尔蒙德拉了起来。

另一个修士走到跟前,看着盖尔蒙德使劲眨巴的眼睛。盖尔蒙德一边用手和袖子擦去鼻子下的血迹,一边仔细打量着神父。他很高兴自己没有认错人,虽然确实比起他们第一次通过木坟的窗口见面,修士这时显得更年轻。

"托斯雷德?"盖尔蒙德说。

这个名字让其他修士们议论纷纷,他们都看向咧开嘴笑着的神父。"我当时很渴,而你给了我水喝。"他说。

"我很高兴见到你。"盖尔蒙德环顾了一下周围,"但我很惊讶在这里见到你。"

"我在这里是因为安卡里格的丹族人非常突然地怒气冲天离开了。也许是在你离开不久以后的事情。我相信有什么事情使他们忘记了在独修之所的我,但我在这里也是因为你对我说的一些话。"

"哦?"

"是的,我认为你是对的。上帝不想让我留下来独自饿死。"

"这个小偷想偷面包,神父。"面包师仍然紧握着他当作武器的杆子。

"我猜他饿了。"托斯雷德说,"即使我们基督徒的职责不是给饥饿的人提供食物,我也会报答这个人曾经对我的恩情。而且我还要提醒我所有的兄弟:在麦西亚,我们和丹族人之间有和平协约。现在,请给他取一块面包吧,阿尔蒙德修士。"

这个大块头的修士放松下来点了点头。然后他弯腰捡起从盖尔蒙德手中滚落的一个面包,拂去灰尘,给了盖尔蒙德。盖尔蒙德接过来,虽然他很饿,但仍然忍住了不立马去吃它。

"我还是对于在这里见到你感到难以置信。"他说。

"这对我来说并不奇怪。"托斯雷德说,"我没有走很远,这里离安卡里格不过四十英里。这座修道院坐落在麦迪桑斯泰德修道院的土地上,我现在是这里的院长。但也许自从我上次见到你至今,你已经旅行得更远了?"

"非常远。"盖尔蒙德说,"看来,走了一大圈又回到了起点。"

"也许是上帝之手指引你来到这里。"

"只有命运带我来到这里。"他说。

托斯雷德笑了。"你似乎很累了,盖尔蒙德。你想休息一会儿吗?"

盖尔蒙德点了点头。"乐意之至。"

"我们有一间供客人和旅客使用的小屋,你可以使用它。"

"我可以给你钱,"盖尔蒙德说,"我有银钱——"

托斯雷德举起了手。"我们不要银钱,也并不是出于怀疑这些银钱的来路。来吧。"

他带着盖尔蒙德沿着围墙向西走,然后穿过一扇敞开的大门,后面跟着几个好奇的修士。他们进入了神殿下面的一个小广场,鸡在那里的建筑阴影下"咯咯"叫着啄土。院子里有两个门洞,一个通往神殿,另一个通往修道院的其他区域。广场中间有一口石井,一间比托斯雷德的木坟大不了多少的小屋紧靠神殿。

"你不会把我锁在那里吧?"盖尔蒙德问道。

神父笑了笑。"即使你是受洗的基督徒,我也不认为你会甘愿隐居。"

"那是通往哪里的?"盖尔蒙德朝北门点点头。

"我们的宿舍和食堂。"神父说,"我们睡觉和吃饭时都与世隔绝。我请求你不要靠近那里,但其他地方你可以随意出入。"

"谢谢你。"盖尔蒙德说,"但我必须告诉你,我不是一个人。"

托斯雷德愣了一下。"这是什么意思?"

"我带着五个丹族人,他们在树林里等着。"

"他们在等什么?"

"你的许可,来让他们和我一起住下。我们都互相立下了誓言,他们是有荣耀感的战士,不会伤害你。"

虽然一开始有些惊讶,托斯雷德的脸上没有露出其他的感情和想法。他只是看着盖尔蒙德好一会儿。"我会给你我的许可,但我必须先和我的兄弟们谈谈这件事。他们可能会请你——"

"我们不会接受基督的洗礼。"盖尔蒙德说。

托斯雷德笑了。"我们不会提出这样的要求,你可以在这里等一会儿吗?"

"好的。"

神父点了点头,带着跟在他身后的修士,从角落的门离开了院子。盖尔蒙德走到小屋,他靠在门框上,把头伸了进去。小屋只有一个房间,里面有一张木床,又长又窄,铺满了稻草,上面盖着毛毯和兽皮。小屋里还放着一张小桌子、一个凳子,床的上方挂着一个十字架,这让盖尔蒙德想起了他和约翰在大殿里度过的那个晚上。

盖尔蒙德决定在等待神父的时候休息一下,于是他双手放在脑后,躺倒在了床上。他向上看着低矮的茅草屋顶,心想肯定是命运把他引到了这个地方。因为他在安卡里格的许多选择,不仅让他从伦敦被赶了出来,还把他带到了一个避风港。

托斯雷德不一会儿就回来了,看上去很高兴。"你和你的战士们可以留下来。"他说,"我们的食物和生活方式都很简单,如果你愿意分担耕作和保卫这座修道院的工作,这些我们可以和你分享。"

"保卫?"盖尔蒙德很清楚自己为什么会选择这个地方,但听到托斯雷德说出了类似的想法,他很惊讶。"麦西亚不是已经休战了吗?"

"在麦迪桑斯泰德和安卡里格也同样有休战协议,但你我都知道总有一些人不遵守它。"

"我和这样的丹族人打过仗,我也与他们为敌。如果有什么人侵犯这里,我还会和他们战斗。"

"希望事情不要走到那个地步。"

盖尔蒙德同意了托斯雷德的条件,前去告诉海拉海德军的战士们,尽管盖尔蒙德发誓他们不必接受洗礼,但他们都对与神父生活在一起有着深深的疑虑。

"他们很软弱。"拉夫说,"我对修士毫无敬意。他们就像……像……"

"还未长毛的鸟儿,"维特替他说完,"因为他们的秃秃的脑袋。甚至更糟,就像已经长齐羽毛的鸟儿却从未学习飞翔和捕猎,而是选择待在鸟巢里。"

"修士们无关紧要。"盖尔蒙德说,"我们都同意我们不会找到比这里更好的地方来对抗克罗克,我们也同意与伯格雷德国王保持和平。这是我们唯一能做到两全其美的方法。"

"他说得对。"毕尔娜说,"虽然我不喜欢这样,但海拉海德是对的。"

"我同意。"施泰因诺尔弗说,虽然他的语气表明他有所保留。拉夫和维特也放下了不情愿。

回到修道院后,战士们把小屋周围的院子变成了一个小营地,但只是为男人们准备的。当意识到盖尔蒙德有女人相伴时,托斯雷德坚持认为这间小屋应当只让毕尔娜一人住。修士们在看到盾女时,反应是如此的震惊和恐惧,以至于盖尔蒙德认为,如果修士们知道了她的事情,可能会拒绝留下他们。他们所遵循的生活教条,使得他们很少见到女人,更别谈和她们说话。只有身为院长的托斯雷德才可以和女人自由交谈。毕尔娜似乎对此没有什么困扰,甚至声称自己为不用和修士们说话感到庆幸。盖尔蒙德怀疑她也喜欢独享小屋和床铺。

至于盖尔蒙德,他在地上睡得还算安稳,但在半夜就迷迷糊糊地醒了过来,并且花了好一会儿才想起自己在哪里。神父们在附近用一种他不知道的语言吟诵着,忧伤的声音像无尽的海浪一样起起伏伏。盖尔蒙德坐起身来用掌根揉了揉眼睛,发现史凯袭也醒着,黑暗中露出了他的眼白。

"那是基督教的某种咒语吗?"男孩问。

"我不知道。"盖尔蒙德抬头看了看神殿,微弱的暖光透过窗户的彩色玻璃射出,似乎吟诵声是从里面传出来的。"也许是这样。"他说。

"听起来并不邪恶。"拉夫喃喃自语,显然他已经醒了,但并没有坐起来。

盖尔蒙德表示赞同,吟诵声甚至让他感到某种程度的安抚,所以也许这是修士们的治疗咒语。他和其他被它唤醒的人坚持听了一会儿,直到吟诵声停止,窗户里的火光也熄灭了。几分钟后,神殿的门打开了。

托斯雷德首先出来。他提着一盏灯笼,其他修士都默默地跟在他身后排成一排,斗篷的兜帽拉起,遮住了他们的脸。当院长注意到盖尔蒙德醒着的时候,他走过来蹲在盖尔蒙德身边,修士们则穿过院子继续往东北门走。

"你们还好吗?"神父问道。他举着灯笼,靠近火焰那一侧的脸泛着光。

盖尔蒙德吞了吞口水,口干舌燥。"我们很好,谢谢你。"

"你念的咒语是什么?"史凯袭低声说。

托斯雷德把灯笼朝男孩挥去,抛出舞动的影子。"我们的咒语?"

"你的咒术①。"盖尔蒙德说。

"哦,你是说我们的祷告?"

盖尔蒙德点了点头。"你们为什么而祷告?现在是夜晚最邪恶的时候。"

"也许这就是我们在这个时候祷告的原因。"托斯雷德站了起来,"我们请求神的怜悯。你们向你们的神祈求什么?"

"粮食丰收、海面平静。"盖尔蒙德说,"大多数时候,我们祈求在战斗中获得力量和荣耀。"

"许多基督教战士也是这样祷告的。"神父说。

"那么也许有一天我们会看看哪个更强大,"拉夫说,"我们的神还是你们的神。"

"也许吧,"托斯雷德说,"但力量有很多种。"然后他向他们道了晚安,离开了院子。

在接下来的几天里,盖尔蒙德了解到修道院的修士们来自许多不同地方,很多还是孩子和年轻人,大多数是麦西亚人,但也有一些是韦塞克斯人和诺森布里亚人。有一个叫莫肯特的修士出生在威尔士。他们信奉同一个神明,向同样的神明祷告,不过他们似乎也大多是子

---

①前文所说的咒语原文为 galdur,是古诺斯语。这里神父没有听懂,于是盖尔蒙德换成了英语 spellwork。

女众多的郡长的小儿子,他们早就知道自己不会从父辈那里继承什么。而他们的家人把他们交给了修道院,使他们过着修士的生活,从而避免了冲突,同时也得到了神的青睐。

盖尔蒙德知道作为次子是什么感觉,如果吕加菲尔克是一个基督教王国,或许他自己也会成为一名修士。当他和他的战士在修士们的田地里工作时,这种想法让他更容易认同与托斯雷德达成的交易条件。盖尔蒙德和战士们帮助修士们在修道院周围建造了一道木制的外墙,不仅能保护他们的神殿,还能保护他们的畜栏和花园。

作为回报,修士们为盖尔蒙德他们提供了充足的食物。他们在那里很少吃肉,但他们有大量的鸡蛋和奶酪,阿尔蒙德修士做了丰盛的面包。另一个神父,德雷凡修士,酿造了烈麦芽酒,并用蜂蜜和蓍草调味,盖尔蒙德十分享受。在伦敦时的享乐使他忘却时间,而修道院同样使他忘却时间,简单而辛勤的劳动使他感到自豪。

拉夫和维特每天都四处巡逻,但他们没有发现克罗克的踪迹,尽管有几次他们确实抓到了在修道院的森林里游荡的小偷。但是战士出现在修道院的消息似乎很快就吓跑了大多数盗猎者和其他威胁。

修道院和修士拥有像领主或郡长一样广阔的土地,这一点让盖尔蒙德很困惑。"在我的国家,"有一天他对院长说,"先知可不像领主或国王那样统治国家,我从来没有见过一个先知渴求土地和财富。"

他们走在修道院的苹果园里,院长检查果实的成熟度,这些果实还要几个星期才能收获。

"我们并不是为了虚荣而渴望这些。"托斯雷德说,"我们不过是修道院的管家,而不是它的统治者。"他停下脚步,张开双手。"每棵树上的每一颗苹果都是我们对神的爱,也是他对我们的爱,我们在人间建立神的国度。"

"为什么你们的神需要土地或者人世的王国？他没有自己的土地吗？他没有自己的大殿吗？"

"不，不是的。"托斯雷德皱着眉头，摇了摇头，"神住在天堂里。"

"像英灵殿一样？"

托斯雷德笑着说："根据我对英灵殿的了解，两者有很大的不同。如果你追求的是英灵殿，我想你在天堂会很失望。"

盖尔蒙德摇了摇头。"我不明白你的神。"

托斯雷德看着盖尔蒙德，突然笑了起来。"跟我来。"

"我们要去哪里？"

"你会知道的。"他说。他带头回到盖尔蒙德的战士们休息的院子里，但院长却继续朝神殿走去。"你从来没有请求进入我们的教堂，盖尔蒙德。"

"它经常锁着，"盖尔蒙德说，"我以为你不想让我们这样的异教徒进入。"

"我感谢你的尊重，"托斯雷德说，"但我现在邀请你进去，如果你想看的话。"

自从盖尔蒙德到这儿之后，就对修士们在内祷告的这栋建筑充满了好奇，但还没有冒着得罪主人的危险偷偷溜进去过。"好，"他说，"我接受你的邀请。"

院长点了点头。他们到了门口，院长用一把挂在腰带上的钥匙开了门。然后他们走了进去。

神殿里回荡着他们的脚步声，它散发着潮湿的石头和蜜蜡的味道。阳光从窗户照射进来，彩色玻璃使它变得柔和，让大殿沉浸在温暖朦胧的光线中，头顶的椽子陷在阴影当中。在神殿的尽头，一个祭坛位于大窗户下面，窗户上有一个由许多不规则的彩色玻璃片拼接而成的人像。

祭坛上立着一个银制或者镀银的高大十字架，雕刻华美，珠光闪耀。

"如果所有的基督教神殿都拥有这样的财富，"盖尔蒙德说，他的话很响亮，在石壁之间回响，"我就知道为什么丹族人要掠夺它们了。"

"金银是为了提醒我们那些来自上帝的精神财富。"

一排排木制长椅排布在整个大殿与祭坛的两侧。盖尔蒙德想象着修道院的所有修士在这个地方齐声吟诵着他们的祷文，周围是彩色玻璃和像堡垒一样气势磅礴的墙壁。他承认他在这里感受到了力量。不管院长是否称其为咒语，神殿里的基督教魔法，除了神的名字和祷文内容，似乎和石环中的先知魔法并没多大区别。

"我们也很幸运，我们拥有一件圣物，"院长说，"一根圣卜尼法斯喉部的骨头。我时常想到，圣人通过这块骨头，说出了许多祷文，宣传了诸多教义。"

"这就是你尊敬他的原因，只是因为他的言语？"

"他的教导使许多灵魂归向基督。"托斯雷德向他靠了靠，"他甚至砍掉了一棵异教徒崇拜的索尔的橡树。"

盖尔蒙德摇了摇头。"冒着索尔愤怒的风险是愚蠢的，后来卜尼法斯怎么样了？"

"他因为信仰而被谋杀了。"托斯雷德说这话时似乎感到一种不服输的骄傲，"杀他的人想要黄金，但他们在他的箱子里找到的都是圣书。"

"书？"

"神圣的经书，比黄金还要珍贵万分。"

"也许对那些能读懂它们的人来说是这样。但丹族人会拿走你的黄金，烧掉你的书。"

院长叹了口气，目光低垂。他似乎很失望，好像他曾希望神殿的景象能使盖尔蒙德在那一刻成为基督徒。但托斯雷德突然又抬起头来。

"如果可以的话,让我给你看点儿别的东西吧。"

盖尔蒙德耸了耸肩。"请便。"

他们离开了神殿,托斯雷德锁上了门,走向庭院另一边的东北门。他们穿过那个入口,走向盖尔蒙德在修道院里从未见过的地方,进入了第二个更大的院子。这是一条顶部有遮盖的小路,到处是鲜花和灌木丛。有几个修士一看到盖尔蒙德在那里,就停止了他们正在做的工作,但是当他们注意到盖尔蒙德和院长走在一起时,就继续工作了。托斯雷德把这个地方叫作回廊,他带着盖尔蒙德沿着回廊的一边走,直到他们走到第二个门口。

"这个房间里面的工作是至关重要而精细的,它需要人有艺术家一般的手和眼睛,我请求你不要打扰他们。"

盖尔蒙德点了点头,他的好奇心更加强烈。"我会遵守你的要求。"

托斯雷德打开了门,盖尔蒙德看到四个修士坐在房间内的斜桌旁。他们的私语声杂乱无章,让大殿里充满了如蜂巢般的"嗡嗡"声,但盖尔蒙德很难分辨出其中某个人的声音,而且他们似乎在使用不同的语言。他们趴在书本和羊皮纸上,看书、写作、用鲜艳的颜料作画,颜料中甚至还包括金子。他们在羊皮纸上做的记号,正如院长所说的那样显得非常精细,包括男人、女人、小孩、野兽的形象,还有那些缠绕在一起的图案,让人无法移开视线。那里的修士们没有一个人从他们的工作中抬起头来,他们如此专注于工作,他们的声音不间断地响起。

托斯雷德拍了拍盖尔蒙德的肩膀,朝门口点点头,在他们走出门外,回到回廊后,院长把门关上了。

"那是修道院的抄书室。"他接着说,"那是我们阅读和抄写《圣经》的地方,为自己也为别人。"

"他们在讲什么？"盖尔蒙德问道。

"他们在和天使、使徒以及圣徒交谈。"

盖尔蒙德又看了看那扇门。"我没有看到其他人——"

"他们通过纸上的文字说话。"托斯雷德说，"当我们读到圣奥古斯丁或圣保罗的话时，他们的声音在我们心中回响，这使得他们得以永存。"

"你们的书拥有声音？"

"所有的书都有声音。"

"连死者的声音也有？"

托斯雷德微笑着点了点头。"你想让我教你吗？"

"阅读？"

"是的。"

盖尔蒙德又看了看抄书室的门，他想到了约翰为西德罗克读书的能力，这样的技能可能很有用。"是的，如果你愿意教我。"他说。

这似乎让院长很满意。接下来的几个星期里，每天吃完晚饭后，他们都待在院子坐在凳子上。托斯雷德教盖尔蒙德读书，其他丹族人都在一旁看得津津有味。起初他们用棍子在脚边的泥土上画记号，但一个多月后，托斯雷德为盖尔蒙德带来了张破旧的羊皮纸。院长称赞他，与教过的其他人相比，他进步得很快。但对盖尔蒙德来说，学习不是一场比赛。他想知道如何独自读书写字，因为他发现了其中蕴藏的力量。

就在一次夜课时，一位神父来到了修道院门口。他受了重伤，肋骨和牙齿都断了，但他还是走了四十多英里路，从塔姆沃思镇送来了一个消息。

丹族人似乎又回到了麦西亚，和平已经结束了。

第二十一章

修士带着受伤的旅行者从东北门进来后不久,托斯雷德回到了庭院里。院长似乎非常烦恼,他解释说丹族人已经把麦西亚的伯格雷德国王打跑了。由于没有更多的银钱来维持和平,战争终于还是打响了。伊瓦尔和乌巴攻打了塔姆沃思,此后哈夫丹和古思伦也在西北面一个叫雷普顿的地方安营扎寨。

"伯格雷德逃走了?"盖尔蒙德说,"在同埃塞尔雷德与阿尔弗雷德打了一仗之后,我还以为撒克逊国王们要比这更有勇气和荣耀。"

"有些人有,"托斯雷德说,"有些人没有。"

盖尔蒙德摇摇头。"如果丹族人在麦西亚,你和你的修士们在这里已经不安全了。我们一起建造的围墙可以抵挡小队,但不能抵挡军队。"

"是的。"托斯雷德说。他也跟着点了点头,但他的眼睛和心思似乎都在别的地方,被什么东西分散了注意力。"是的,我相信你是对的。"

盖尔蒙德注视了他一会儿。"有什么事情让你很烦恼?"

院长看了看盖尔蒙德。然后他头朝下，双手合十，压在下巴下面，好像在做基督教的祷告，手指尖抵在嘴唇上。"在安卡里格有一个兄弟和我在一起。"他说，"唐克瑞德，丹族人杀了他。"

盖尔蒙德想起约翰曾经提到过这个名字。"失去手足是件让人很难接受的事情。"

"我在那里还有一个妹妹，"托斯雷德说，"托娃，但她设法躲在了沼泽地里，直到丹族人走了。"

盖尔蒙德在芦苇丛中见过她，他曾以为她是个河灵。"她现在在哪里？"

托斯雷德闭上眼睛。"袭击时她在塔姆沃思。我刚被告知，她逃到这里来了。"

"什么时候？"毕尔娜问道。

院子里的其他人听着，但托斯雷德突然坐直了身子，环视着他们，好像忘记了他们也在这里。"几天前。"他回答道，然后朝角落的门口点了点头，"她甚至比刚才到的神父更早离开塔姆沃思，她本应这个时候就到了，我担心她可能遭遇了什么不测。"

盖尔蒙德看向拉夫和维特，两个丹族人不需要听到他铿锵的命令就点头示意，开始整理装备。盖尔蒙德回头看向托斯雷德。"我的战士们会前去寻找她，势在必行，他们肯定会找到她的。"

神父抬起头来。"我承认我想要提出这个提议，但一直犹豫不决。"

"为什么？"

"你……你们是异教徒，而且我担心……现在和平被打破了……"

盖尔蒙德把手放在托斯雷德的肩膀上。"我们国王之间的和平确实被打破了，但这并不意味着我们是敌人，除非我们被命令敌对彼此。"

托斯雷德叹了口气，短促又有些像笑声。"就像撒玛利亚人帮助犹太人一样,异教徒也会帮助神父。"他用手擦脸了擦脸,好像要擦去他的思绪和忧虑,"我很感激。"

"我们准备好了。"拉夫说。盖尔蒙德默默点了点头,拉夫和维特随即离开了修道院。

即使他们已经离开了一段时间,托斯雷德依然盯着围墙上的大门。他紧紧地握着他戴在脖子上的十字架,束手无策。盖尔蒙德觉得他很可怜,因为就像几个月前维特说的那样,院长从来没有学会"飞行"和"捕猎",所以他无法保护自己的家人。但盖尔蒙德也知道,托斯雷德不是懦夫,是他所崇拜的神让他变得软弱。

"去休息吧。"他对院长说,"你今晚也做不了更多的事了。"

"我可以祷告。"托斯雷德说,眼睛一眨不眨。

"那就祷告吧。"盖尔蒙德说,尽管他认为这样做并没有什么帮助。

那个夜晚剩下的时间过得很不安宁,仿佛周围危机四伏,拉夫和维特直到第二天凌晨才回来。他们没有带回来托斯雷德的姐妹,但他们已经找到了她,在找到她的同时,他们也找到了克罗克和他的战士们。

"她是他们的俘虏。"拉夫说。这让托斯雷德非常苦恼,但丹族人接着说:"她似乎没有受到伤害。"

"看来他们到这里来了。"维特说,"我认为他们知道她是谁,并且有意要用她来勒索赎金,这样他们才会保护她的安全。"

"为什么要搞得这么复杂?"施泰因诺尔弗问道,"他们为什么不直接攻占修道院呢?"

"他们战力短缺。"维特说,"我们数了数,只有十三人。"

"这表示又死了两个人。"毕尔娜笑了,"而且他们还没有向哈夫丹回报,克罗克一定很需要一次劫掠,来犒赏他的小队,取悦他的国王。"

盖尔蒙德同意她的看法。"你们被人看见了吗?"

拉夫哼了一声。

"没有。"维特说。

托斯雷德在院子里来回踱步,紧张地扭动着双手。"如果他们要的是银钱,我们可以给。我不会——"

"冷静。"盖尔蒙德说,"也许有办法既能保住你的银钱,又能救你的姐妹。"

"什么办法?"神父问。

"他有一个计划。"施泰因诺尔弗说,看着盖尔蒙德,"对吧?"

他的确有一个计划,这个计划将使他们离开修道院。但这并没有让盖尔蒙德觉得代价有多大,因为他们现在并不想留在这个地方,丹族人正在逐渐逼近,他们肯定会烧毁修道院。

"你和你的修士们愿意放弃这个地方吗?"他问院长。

"我——"托斯雷德眨了眨眼,摇了摇头,"离开我们的修道院?"

"是的。"

"可是——"

"麦西亚现在属于丹族人了。"盖尔蒙德说,"如果你留在这里,你会死,托斯雷德。你的修士们会死,而且他们会死得很不痛快。如果这是你所希望的,你可以送出你的银钱,但在克罗克的小队走后,一支军队会出现在你门前。"

托斯雷德沉默了。

"还有多久?"盖尔蒙德问拉夫。

"如果他们如我们所想的那样快,他们明天就会到达大门。"

盖尔蒙德回过头来对院长说:"我知道你需要和你的修士们谈谈,但你必须在天亮之前作出选择。"

托斯雷德点了点头,步履沉重地从院子里走了出去,肩膀耷拉着,头垂得很低,下巴几乎要碰到胸口。

"如果他们选择留下来,不要惊讶。"在院长走后,施泰因诺尔弗说道,"他们很多人都是傻瓜。"

"也许吧。"盖尔蒙德说。

盖尔蒙德希望托斯雷德既然曾经决定离开他的木坟,也同样会决定离开他的修道院。院长并没有很快回来给他们答复,最终盖尔蒙德和他的战士们放弃了等待,进入了梦乡。但没过多久,深夜里修士们的祷告声惊醒了他们。盖尔蒙德站在神殿门口,直到他们祷告完毕,院长从里面一出来他就走到了院长面前。

"你决定好了吗?"他问。

托斯雷德眨了眨眼。"我们已经决定好了。"他停了下来,看了看身后的修士,"我们将离开修道院。"

"很好。"盖尔蒙德听到这句话时的轻松让他感到惊讶,"你们打算去哪里?"

"我和韦塞克斯的塞那修道院的院长是朋友,我们中许多人都会去那里。"

"我很高兴听到这个消息。"盖尔蒙德为托斯雷德让开一条路,好让修士们回去休息,他也回到了自己的休息处。

中午时分,克罗克终于如拉夫和维特所预料的那样出现在修道院的外墙,但他并没有带着他的战士们前来。盖尔蒙德从木桩之间的细缝中望去,看到丹族人和他的两个手下站在西门前,他抓着托斯雷德的姐妹站在中间。盖尔蒙德勉强认出了她,和他在沼泽里瞥见的人一模一样。虽然她被绑着,被塞住了嘴,但除了围裙上的泥土,她看起来毫发无伤,这一定让院长松了一口气。托斯雷德站在墙顶,盖尔蒙德和他的战士们在下面听着,不在克罗克的视野范围内。盖尔蒙德已经告诉托斯雷德他必须说什么,以及他必须怎么说,但他担心神父是否能让这些话听起来像是发自内心。

"你想要什么,异教徒?"托斯雷德说。

"我是克罗克。"丹族人说,"你是这里的首领吗?"

"没错,我是院长。"

克罗克指着托娃。"我听说你认识这个女孩。"

盖尔蒙德已经劝告神父在恐惧和愤怒之间保持一个中间点,如果他因为自身或姐妹表现出过多的恐惧,那么克罗克可能会决定攻击修道院,认为它很弱小;但如果托斯雷德表现出过多的愤怒,也可能会激起克罗克的愤怒。

"是的,"神父说,他的声音很平静,"她是我的妹妹。"

"那我就直接切入正题了,你已经知道我手里握着什么,我认为你也知道我想要什么。"

"银钱。"托斯雷德说,"你们丹族人都一样。"

克罗克大笑道:"谁不想要银钱?"

托斯雷德说:"只要放了我妹妹,我们就给你银钱。"

"好!"克罗克拍了拍手,"现在我们必须商定一个价格。"

"你想要多少?"

"你能给多少?"

"我们并不富裕。"托斯雷德摸着下巴,好像在心里算计着,"我们可以给你二十镑银钱。"

盖尔蒙德不知道修道院是否真的有二十镑银钱,但他知道这是能让克罗克满意的数量,并且不会再激发他更多的贪欲。

"二十五镑,"丹族人说,"一分钱也不能少。"

"我们没有二十五——"

克罗克笑了起来。"我相信如果你足够努力地寻找，你会找到足够的银钱。"

托斯雷德停顿了一下。"成交，明天黎明时分回来。"

"成交！"克罗克说，"我需要告诉你，如果你不给我要求的东西会发生什么吗？"

托斯雷德脸色苍白，盖尔蒙德注视着他，担心他会说什么，但院长似乎不一会儿就找回了力量。"我需要告诉你，如果我姐妹受到伤害，你会从我这里得到什么吗？"

克罗克又笑了起来。"明天见，院长大人。"

就这样，他们的谈话结束了。盖尔蒙德观察着托斯雷德，他看着克罗克的手下把他的姐妹拖回树林里，但神父没有说话，毫不示弱，直到他从墙上下来。然后他开始浑身颤抖，他的眼睛因愤怒、痛苦和恐惧而流出了眼泪。

"他们不会对她做什么，"盖尔蒙德说，试图让他平静下来，"她太有价值了。你做得很好。"

托斯雷德弯着腰，深呼吸了好几次，手掌撑着膝盖，然后再次站直了。"现在我们只能像在地狱中一样等待了。"他说，在等待的同时，他们也在准备。

修士们忙着装车，装上他们要带去韦塞克斯的一切东西，他们的书、十字架和圣物、家具，还有他们计划带去的家畜，以及为他们自己和这些动物准备的食物。盖尔蒙德命令他的战士们也收拾好他们不想留下的东西，然后向托斯雷德要了六件带兜帽的长袍。院长对此似乎有些疑惑，但还是取来了，然后盖尔蒙德向托斯雷德解释了克罗克到来后需要说的话。最后，阿尔蒙德修士拿来了一个空的大木箱，院长往里面丢了几镑闪闪发光的银钱,他们就这样准备着。

第二天早上,黎明的光芒洒在西门上,他们在门口等待着。盖尔蒙德、拉夫和维特穿着长袍,阿尔蒙德修士也坚持要加入他们,鉴于面包师挥舞杆子的能力,盖尔蒙德没有反对。

当克罗克回来后,托斯雷德带领真正的修士和另外三个穿着长袍的丹族人穿过敞开的大门,大门在他们身后关闭,留下毕尔娜、施泰因诺尔弗和史凯裘在墙内侧。阿尔蒙德修士提着装银钱的箱子,把它放在离敌人几英寻远的地面上,而盖尔蒙德则把脸藏在兜帽的阴影里,朝阳在他们的背后升起,正如他计划的一样。

"你们的首领在哪里?"托斯雷德问道,"克罗克在哪里?"

这些问题让盖尔蒙德冒险抬起头,他看到他真正的敌人并没有到来。相反,四个丹族人和院长的姐妹一起站在他们面前,盖尔蒙德在他们身后空地边缘的林线上搜寻着克罗克和他剩下的八名战士的踪迹。

"他派我们来代替他。"一个留着像叉子一样的胡子的敌方丹族人说,"带银钱了吗?"

"就在这里。"托斯雷德朝地上的箱子指了指。

"我们必须看看。"叉子胡说。

托斯雷德向阿尔蒙德修士点了点头,修士把箱子抬了起来朝前走了几步,然后把它放回地面。打开它的盖子后,他慢慢地退了回去,没有把目光从克罗克的战士身上移开。当面包师回来时,盖尔蒙德疯狂地思考着现在该怎么做,他的计划已经出了问题。他需要杀死克罗克,并且下手要快,否则他们都会陷入比之前更大的危险之中。

叉子胡走近箱子,低头看了看,然后踢了一脚,把硬币踢得叮当响。"这是什么玩意儿?"

"这是五镑银钱。"

"你说好的是二十五——"

"我是那么说好的,但我不相信你。"托斯雷德指着箱子,"那笔财富属于神,不属于我。我愿意用银钱来换取我姐妹的性命,但我不会冒着一无所获的风险。另外二十磅银钱就在我身后的大门里面,只有在你放了俘虏,确保她安全之后,我才会给你。"

看来丹族人显然没有料到神父会做这样的事。他们一言不发了好一会儿,然后其中一个靠近托娃的人拔出一把刀,把刀刃抵在她的脖子上。托斯雷德往前走了一步,但盖尔蒙德直接伸出一只胳膊拦住了他。

"扪心自问,对你来说,哪个更有价值。"叉子胡低头看了看箱子,"我们很乐意拿走这些银钱,然后割断这个女孩的喉咙。但我们更愿意拿着我们想要的二十五磅银钱,然后把她留给你。"

托斯雷德张了张嘴,却似乎无话可说。如果克罗克来了,那个丹族人早就死了,现在院长不知所措,盖尔蒙德需要在一切彻底完蛋之前采取行动。

"我们会给你银钱,丹族人。"盖尔蒙德说,托斯雷德看了看他,盖尔蒙德向托斯雷德点了点头,然后看了看拉夫和维特。"走吧,兄弟们。"

他们三个人向大门走去,一边走,一边低声交谈。

"克罗克在哪里?"拉夫问道。

"我不知道,"盖尔蒙德说,"也许在树上看着呢。"

"如果他不死,这个计划就失败了。"维特说。

"他会死的。"盖尔蒙德忍住了回头看丹族人的冲动,"但他们必须先死。"

他们到达了大门,大门在他们面前打开。在另一边,盖尔蒙德发现施泰因诺尔弗已经带来了比第一个大得多的箱子。

"当克罗克没有出现时,我想你可能需要它。"老战士说,"它看起来很重,所以它至少能让你们两个人更接近他们。"

"很好。"盖尔蒙德看了看他的小队,"现在我们先让托娃摆脱他们,然后再处理之后的事情,做好准备。"

他们都点了点头,盖尔蒙德提起箱子的一边,而拉夫拿起另一边。然后,他们步履沉重地穿过大门,维特跟在身后,向叉子胡和他的战士们走去。当他们经过托斯雷德和阿尔蒙德修士时,盖尔蒙德低声说:"把你的姐妹带到城墙后面去。"然后他们继续走着。

当他们接近时,叉子胡面露笑意;但当他们从他身边经过,径直走向托娃时,他的表情变成了困惑。

"站住。"丹族人说。

他们无视了他继续走了几步,直到他对他们大喊。

"站住,你们这群被跳蚤咬过的老鼠!"

他们停了下来,敌人现在就在他们的武器所及之处,拉夫离托娃最近。她几乎是脚尖着地,用惊恐的眼神看着他们,她的身体因为脖子上的刀刃变得僵硬。

叉子胡走到他们身后。"难道所有的神父都像你们一样蠢吗?把那些银钱放在地上。"

盖尔蒙德和拉夫放下箱子。叉子胡带着他的手下绕到他们身边站着,所有的人都注视着他们认为装有二十磅银钱的箱子。盖尔蒙德想知道他们是否打算背叛克罗克,把它据为己有,又想到他们可能已经因为克罗克的失败而杀了他,这就可以解释为什么克罗克没有来。但这不会改变四个丹族人即将死去的命运。

"打开它。"叉子胡说。

盖尔蒙德看了看拉夫,拉夫点了点头表示准备好了,然后朝箱子弯了弯腰。他慢慢地掀起盖子，就在他展示箱子是空的一瞬间，拉夫猛地掀起他的长袍。抓着托娃的丹族人发出短促的窒息声，张着嘴立在原地。一把薄薄的米克拉加德剑的锋利剑尖，正好从女孩的头顶插入他的眼睛，然后拉夫用力将剑刃深深插进了那人的脑袋，敌人随即倒下了。

"快跑，姑娘。"维特说。

托娃的震惊只持续了片刻，然后她向她哥哥跑去，双手还被绑在背后。

叉子胡和他的战士们几乎同时迅速地从震惊中恢复过来，愤怒地拔出武器，但盖尔蒙德和他的战士占据了优势。盖尔蒙德用他的剑贯穿了叉子胡；维特的斧头深深地劈开了一个丹族人的肩膀，那个人在倒下的瞬间就死去了；而拉夫的两把剑则将敌人大卸八块。战斗很快就结束了，然后维特指了指树上，那里藏着几名战士，看起来一脸惊愕。

"他们来了。"

"到墙上去。"盖尔蒙德说，他在他们奔跑时抓住了较小的银箱。

当一行人到达大门时，他们发现托斯雷德和阿尔蒙德修士已经带着托娃穿过了大门，并松开了她的束缚。施泰因诺尔弗在他们身后关闭并封锁了入口，他们转身都拿着武器等待着克罗克的攻击，但没有一个人来。

"他以前有十三人，"毕尔娜说，"现在只有九个人。"

"他不可能只用九个人就拿下这个地方。"施泰因诺尔弗说。

"他办不到的。"盖尔蒙德走到墙边，透过墙体望去。森林里的战士似乎已经消失了，他知道克罗克很快就会奇怪几个修士怎么会杀了他的四个手下。"他现在会很小心，我想他很快就会去塔姆沃思寻求更多丹族人的帮助。"

"我们不能让他这么做,"拉夫说,"好不容易才让战斗势均力敌了。"

"可是我们怎么阻止他呢?"史凯袤问道。

"如果他知道是谁打败了他,"盖尔蒙德说,"如果他知道是我们,我想他的自尊心会迫使他忘记修道院而追杀我们。"他用长袍的下摆擦拭剑上叉子胡的血迹。

"我们会把他们引开,"他说道,看了一眼毕尔娜,"然后将他们杀得片甲不留。"

第二十二章

海拉海德军已经收拾好了行装,准备从修道院离开,但在他们走之前,盖尔蒙德想把装满银钱的小箱子还给院长,托斯雷德拒绝了。

"就当那银钱是我的谢礼吧。"他说。

托娃站在她哥哥旁边,盖尔蒙德在这么近的距离下,可以看出他们作为兄妹所共有的外貌特征,他们的眼睛都是活泼的棕色,下巴的线条都很有力。女孩伸出手来,握住了盖尔蒙德的手。

"我记得在安卡里格见过你。"她说,"我十分感激你之前为我哥哥所做的事情,今天我也同样感激你为我所做的事情。"

盖尔蒙德躬身接过箱子,然后他把箱子交给施泰因诺尔弗,让他放在不引人注目的地方。"你和你的修士们仍然打算离开吗?"他问院长。

"是的。"

"旅途会一帆风顺吗?"

"我们会走人迹罕至的小道,远离大路。从这里到韦塞克斯不远,我们一旦越过边境进入基督教的土地,就应该安全了。"

"等一两天吧。"盖尔蒙德说,"确保我们已经把克罗克和他的战士引诱走了再说。但也不要在这里耽搁太久,其他丹族人早晚会发现这个地方。"

托斯雷德点了点头。"我们只剩下一些书需要收拾了。"

盖尔蒙德听到谈及了书籍,决定问一些他已经好奇了几个星期的问题。"在我走之前,我还有最后一个问题。"

"什么问题?"

"你为什么要教我读书?我时常怀疑是因为你希望我成为一名基督徒。"

托娃转头看向哥哥,眉毛微微上扬,而托斯雷德则将视线飘向其他地方,露出了难为情的笑容。

"嗯。"他说,"我想——说实话,是的,这是原因之一。我希望当你阅读上帝的话语时,能够减轻你对异教的信仰。"他微微笑了一下,"但我现在明白这是毫无希望的。"

"不要苦恼。"盖尔蒙德说,"有些时候我们都必须承认失败。"

托斯雷德笑着说:"这话既明智又正确。"

"那么你的其他理由呢?"托娃问道。

院长的神情又转为严肃,双眼直视盖尔蒙德。"如果你和你的战士们找到了一座图书馆,也许现在你们就不会那么快地毁掉其中所包含的宝藏了。"

"也许吧,"盖尔蒙德点头表示尊重,"你真是太狡猾了。"

"盖尔蒙德!"毕尔娜在墙头上喊道,"我看到树上有动静。"

"你必须离开了。"托娃说,"我们会为你祷告。"

"我可以在不承认你们的神的情况下接受祝福吗?"

"那要看情况。"她说,"没有阳光和雨露,你能在田地里种出麦子吗?"

盖尔蒙德笑着向他们俩告别,然后带着海拉海德军的战士们从修道院大门离开。阿尔蒙德修士在他们身后关上了大门。盖尔蒙德走到森林中能被人看到的地方,但站在了弓箭手的射程之外,旋即将长袍的兜帽放了下去。他什么也没说,脱掉长袍,盯着树林,这样克罗克就会知道之前是谁打败了他的战士。然后他转过身,和他的小队从空地上向东行进,速度很慢,好让丹族人可以追踪并跟上他们。

"你认为那个浑蛋在看吗?"施泰因诺尔弗问道。

"就算不是他,他的战士们也一定看到了。"盖尔蒙德指着他们前方不远处的一座小山,"我们向那块高地进发吧。"

他们加快了行进速度,穿过一片林地,毫不在意他们折断树枝和踩踏树叶时发出的声音,之后冲上了高地的顶部。从那里他们可以向西望去,看到来时的路,以及远处树林间的田野和修道院的屋顶,他们还可以观察森林之间的空隙,寻找克罗克和他的战士们追来的迹象。

"我们要在这里迎战吗?"拉夫问道,"这似乎是个好地方。"

"不,"盖尔蒙德说,"他们的数量仍然是我们的两倍。"

"那有什么关系?"毕尔娜已经掏出了她的斧头,"我们比他们更勇猛。"

"我不怀疑这一点。"盖尔蒙德向四周分别看了看,观察着土地的特征,寻找好的战场,"但如果他们包围了我们,正面冲突可能会有伤亡,我不会让那个丹族人伤害到你们其中任何一个。"

"那我们该怎么办?"毕尔娜问,"我们要不要——"

"那里。"维特用矛尖指向山下。

盖尔蒙德向那个方向望去，他看见在距离半英里的地方几名战士穿过树林向他们冲来。他知道那意味着克罗克的小队很快就会到达，他又向东看了看，距离他们大约两英里的地方有一条南北向的河流。他觉得他们至少可以利用那条水道来防止侧翼的攻击，如果运气好的话，他们还可以找到一个堤岸或低矮崖壁来抵挡另一侧的攻击，迫使克罗克通过狭窄的通道来进行正面进攻。

他带领他的战士们向河流走去，当他们到达山脚下时，盖尔蒙德从身后听到了第一声号角。海拉海德军的战士们立刻跑了起来，跑了差不多一英里后，他们进入了一片古老的黑暗树林，其中遍布长满青苔的橡树，他们不得不弯下身子穿过厚重的树枝，跳过粗壮而缠结的树根，这些树根把他们绊倒了好几次。当他们终于从森林中出来，来到了河岸边，发现一艘大船停泊在水里，靠着草丛和芦苇，船员们围着火堆待在岸上。

战士们都警惕地停下了脚步，而突然出现的盖尔蒙德一行人似乎也惊动了船员，他们中极少数人叫了起来，并拔出了武器，面露惊慌。

盖尔蒙德一一扫过他们的脸，想判断自己是否把战士们带进了一个陷阱，但他很快就认定这些陌生人并不是为克罗克而战，其中有些人看起来甚至是诺斯人或丹族人。

"盖尔蒙德？"

其中一个船员走在了其他人的前面，盖尔蒙德通过她的金发和身上的伤疤很容易就认出了她是谁。

"艾沃尔？"他说。

"天啊，盖尔蒙德·约尔森，是你！"她朝盖尔蒙德大步走去，咧嘴笑着，惊讶地张开双臂，"你在这里干什么？我听说你和古思伦一起出海了，我一直想知道你都经历了什么。"

"我——"在听到森林里响起的呼喊声后,他因看到艾沃尔而产生的惊愕表情转瞬消失了,这表明克罗克的小队接近了。艾沃尔也听到了他们的声音,她看向了森林,此时克罗克和他的战士们从森林里冲了出来,到达了河岸边,这些船只和船员们似乎让他们大吃一惊,和海拉海德军的战士们刚才的反应如出一辙。

没有过多久,克罗克凝视着河岸,寻找着自己的猎物。当他看到盖尔蒙德时,他举起了剑。

"海拉海德!"他喊道。

"这是谁?"艾沃尔问道,"看来不是朋友。"

"他不过是个跑腿的。"盖尔蒙德说。

克罗克高视阔步地朝盖尔蒙德走去,仍旧用他的剑指着盖尔蒙德,他的八名战士在他身后跟着;而艾沃尔则走到盖尔蒙德身旁,她的船员与海拉海德军的战士站在他们身后。

"你来这儿做什么?"盾女问道。

克罗克讥笑道:"你有什么资格发问?"

"我是艾沃尔·瓦林多蒂尔。"她说。

克罗克猛地停下了前进的脚步,太过突然以致他的鼻环弹了起来。他放下了剑,表明他知道她的名字。

"我的家园坐落在这条河流的北边。"艾沃尔说,"别人怎么称呼你?"

他站得更直了一些。"我是克罗克·乌克西伯龙。我效忠于哈夫丹,他因为同乌巴的关系而与海拉海德有血仇。"

"我很了解拉格纳之子们,"她说,"不久前我在塔姆沃思和他们在一起。"艾沃尔看了一眼盖尔蒙德,"需要多少偿命金?"

"哈夫丹不接受任何偿命金。"盖尔蒙德说。

"说谎!"克罗克又举起了剑,"哈夫丹国王要求十八镑银钱。"

"十八镑?"艾沃尔咬了咬舌头,"你杀了谁?这价格可真高啊!"

克罗克怒视着说道:"死者是乌巴的亲戚。"

"我发誓,这是我第一次听说有什么偿命金。"盖尔蒙德双臂环抱,困惑于克罗克似乎没有说谎,"如果哈夫丹真的愿意讲价,那么你可以回去告诉他,我要求用银钱来换取我的战士阿斯莱夫的死亡。"

"或者我可以付给你这个钱。"克罗克伸手去拿腰间的小袋,嘲讽道,"他值多少钱,几个便士?"

毕尔娜笑了起来。"阿斯莱夫比你,以及所有愚蠢到跟随你的战士都值钱。"她用拇指摸着斧头的边缘,好像在测试它的锋利程度。"我们已经轻而易举地杀了你一半的人,但只有当你们中的最后一个人被杀死时,血债才会完全偿还。"

她的话让克罗克身后的丹族人感到不安,克罗克用剑指着她:"你不过是个小杂种,我要——"

"够了。"艾沃尔揉着额头说,"你为什么会在这里,克罗克?这不是你的血仇,拉格纳之子们在哪里?"

"他们有更重要的战争要打。"克罗克嘻嘻笑着说,"哈夫丹派我代替他来杀这个懦夫,这个毫无男子气概的人[①]。"

这个词刺痛了盖尔蒙德的内心,他身后的战士发出了一阵杂音,这不是对他自尊的攻击,而是对他荣耀的攻击。

克罗克继续说道:"海拉海德从伦敦逃走了,像个——"

"把你的嘴给我闭上!"施泰因诺尔弗大吼一声,脖子上青筋暴起。

"或者你也可以继续喋喋不休,丹族人。"维特说,他的声音就像

[①] 毫无男子气概的人,原文为 argr,古诺斯语。这个词在极具荣耀感的北欧人当中是极大的羞辱,同时羞辱者也可以向被羞辱者发起决斗,如果被羞辱者拒绝,则会被放逐;如果被羞辱者接受决斗并战胜了羞辱者,则会认定羞辱者所说的话是诽谤,被羞辱者可以要求补偿。

寒风一样刺骨,"因为我很乐意割掉你的舌头。"

但每一个听到克罗克话语的战士都知道,让他沉默是没用的。他已经说出了羞辱之词,克罗克已经认定盖尔蒙德是懦弱之徒,这是无端的指责,除了盖尔蒙德之外,没有人可以对此作出回应。

"我一直保持着我的荣耀。"他朝克罗克走去,无视他的剑,他直视着敌人,双眼内仿佛有熊熊烈火在燃烧。即使克罗克的几名战士因此往后退了一步,克罗克仍在努力保持镇定。"我愿意付偿命金。"盖尔蒙德说,"哈夫丹背弃了自己的荣耀,派了一群废物来为他打仗,但我十分愿意和你对决,直到我们中的一个人战死为止。"

空气仿佛凝固了片刻。

"我会和你打。"克罗克吞了吞口水,"但是你会——"

"冷静一下,你们两个。"艾沃尔走了过来,站在盖尔蒙德和克罗克之间,"我是这里唯一的领主,这次对决①将根据规矩来行事。首先,我们必须先选好日子和地点。"

"就在这里。"盖尔蒙德说,"现在。"

艾沃尔看着他,仿佛在重新认识他一般。盖尔蒙德想知道,自从他和她在父亲的大殿里相遇后,艾沃尔眼中的他发生了多大的变化。"那你呢?"她转向克罗克问道。

"我将在此时此地战斗。"克罗克说。

"那你们希望战斗到死吗?"她对他们两人提出这个问题,却只看着盖尔蒙德。

"是的。"他说,克罗克也同样回答道。

"你们选什么武器?"她说,"斧子?长矛?"

"剑和盾。"盖尔蒙德说,克罗克也是同样的选择。

---

① 对决,原文为 holmgang,是中世纪一种解决争端的合法方式。

艾沃尔叹了口气。"那就开始吧。"

战士们分散开来，围出了一个空地以方便战斗。海拉海德军的战士们靠近盖尔蒙德，他们显得忧心忡忡，也许是想到了上次他与雷克决斗时失败的事，但盖尔蒙德选择不对他们的疑虑作出反应，而是把心思全放在当前的战斗上。克罗克比他年长，而且可能比他更强壮，更熟练，也更致命。盖尔蒙德知道他不仅仅需要用剑来武装自己，但决斗的规矩却禁止用计谋来取胜。

"希望这个窝囊废能违反规则。"施泰因诺尔弗说，"要准备好以牙还牙。马会咬人，母马会踢人，猫会抓人，如果他也使出下贱的手段，你也必须这样做。"

盖尔蒙德看着决斗场对面的克罗克，他已经脱掉了盔甲和外衣，赤身裸体地战斗。克罗克疯狂地摇着他的头，用剑在空气中迅速划出长长的弧线，以活动他的关节。

毕尔娜也注视着他，然后对盖尔蒙德说："我想让你为我做一件事。"

"说。"

她又看了看克罗克说道："把那枚环从他的鼻子上扯下来。"

盖尔蒙德笑了笑，然后想到了毕尔娜曾经说过的关于怀着自尊来战斗的战士的话，他相信克罗克就是这样的人。

"你们每个人都会有三面盾牌。"艾沃尔在场中央喊道，"你们将一直战斗到其中一方受到致命伤为止，这里的每一位战士都将接受这个结果。如果有谁拒绝结果或干涉过程，同样要献出自己的生命，你们同意吗？"

"同意。"盖尔蒙德从史凯褰手中接过第一面盾牌，持剑大步走向艾沃尔和克罗克。

克罗克将他身体的重心在两只脚之间来回移动。"同意。"

艾沃尔扫视着两人,她似乎在退后的时候多看了盖尔蒙德一眼。"那么,现在就开始吧。"

克罗克又狠又快地出手了,盖尔蒙德举起盾牌承受住了这一击,但冲击力让他后退了几步。广场周围的战士们开始呐喊助威,有的为盖尔蒙德喊,有的为克罗克喊,但呐喊声是同时响起的,以至于让盖尔蒙德分不清他们的声音,在他听来这些呐喊声变成了一声声吼叫。

克罗克再次冲锋,但这次盖尔蒙德在挡住了丹族人的进攻后,用自己的武器砍了回去。他们互相周旋,一击一退,有来有回,互相寻找对方暴露出的弱点。很快盖尔蒙德的盾牌就要破损了,为了不让第一面盾牌破损时伤到手臂,他示意停手,去找史凯取第二面盾牌。克罗克看着他,吐了口唾沫。

当他们重新开始战斗时,克罗克出手更狠了,盖尔蒙德挡下了克罗克连续三次的攻击,抓住机会避开了第四次的攻击,一击将克罗克的盾牌上半部劈裂。克罗克叫停了对决以更换盾牌。

当克罗克再次袭来时,盖尔蒙德选择了向一旁跳开,而不是用盾牌格挡。克罗克砍空的同时,惯性带着他向前冲去,失去了平衡。盖尔蒙德想抓住空当一刀砍向克罗克的脖子,但克罗克及时举起盾牌,躲开了。

之后,克罗克更加谨慎而迅猛地发起进攻,盖尔蒙德的第二面盾牌很快就被劈开了。汗水顺着他的脸庞倾泻而下,胸口因呼吸困难而发烫。他的双腿还有力气,但他的两只胳膊却已经伤痕累累。他感觉手中的剑越发沉重,当他去取最后一面盾牌时,他担心自己比敌人累得更快。他的战士们都看着他,好像和他一样担心。

"海拉海德,"拉夫说,"如果你有一个计划,我认为没有理由继续隐瞒它了。"

"我也这么想。"盖尔蒙德说,他的嘴里有铁腥味。

史凯袭把第三面盾牌递给他。"你有计划吗?"

"你可以随时把那枚环从他的鼻子里扯出来。"毕尔娜说。

盖尔蒙德想笑,却又笑不出来,因为他没有任何计划,但他希望能像毕尔娜说的那样做,哪怕只是为了伤害克罗克的自尊。盖尔蒙德突然想到还有其他方法可以伤害敌人的自尊心,而伤害他的自尊心也许可以削弱他的力量。

"嘲笑他。"盖尔蒙德对海拉海德军的战士们说。

"嘲笑他?"施泰因诺尔弗问道。

盖尔蒙德没有试图解释,聚集起浑身所有的信心和力量转身朝克罗克走去,虽然其实他已经没有多少信心和力量了。"告诉我,废物,"当他们一起回来的时候,他说,"为了杀我,你损失了多少战士?"

克罗克咆哮着。

"我希望你对你的私生子不要像对你的小队一样不小心。"

"闭嘴!"克罗克喊道。

"你的小废物和你一样丑陋又懦弱吗?"

海拉海德军的战士们在盖尔蒙德身后大笑,艾沃尔手下的几位战士也笑了起来,克罗克看了看周围,然后用力挥剑砍向盖尔蒙德,但这是个鲁莽的举动,盖尔蒙德很轻易就避开了。

"告诉我们,废物,"他继续说道,"当毕尔娜劈开你的假铁匠的头颅时,你在酒馆里看着吗?她不像你,她是有脑子的。"

克罗克咆哮着,一次又一次地进攻着,每一次都更加狂暴,而盖尔蒙德并没有用剑来反击,只是不停践踏着克罗克的自尊。出乎他的意料,他的计划似乎很有效。

"她叫什么名字?"他问,"她没有去英灵殿,那是你的错。你是那个送她去死却不让她手握武器的傻瓜。"

这让克罗克看了一眼他的小队,然后他喊道:"别再废话了,跟我战斗!我要用牙撕碎你的喉咙!"唾沫星子从他的嘴里飞出来,他用力一挥剑,没打中盖尔蒙德,剑尖擦着地面,把割下的草弹到了空中。

"当你的战士们被修士杀死时,你在看着吗?"盖尔蒙德问道,他与克罗克一直周旋着,保持距离,寻找合适的时机出手。这不是一个值得骄傲的计划,但与克罗克不同的是,盖尔蒙德并没有怀着他的自尊心来战斗。"你知道吗,我们在墙后嘲笑你,甚至连基督徒都在嘲笑你。"

克罗克大吼一声,扔掉了盾牌,双手拿剑。

"想想看,"盖尔蒙德说,"你的名字让修士们都感到好笑。"

克罗克带着狂暴的怒气冲向他,盖尔蒙德勉强避开,手上被划了一道口子。

"哈夫丹会知道的,"盖尔蒙德说,然后把盾牌也扔到一边,"他会知道,你被丹族人和基督徒当成傻瓜,这就是你将被记住的方式。"

"给我闭嘴!"克罗克冲了过来,眼睛瞪得滚圆,盖尔蒙德发现了机会。

他转身避开,然后反手把剑插进了克罗克的身体一侧。盖尔蒙德用双手将剑刃深深地插了进去,当剑刃从克罗克裸露的腰部附近穿过他的身体从他的背部更高处出来时,盖尔蒙德感觉到剑刃撕开了好几层血肉。这一下刺得丹族人踉踉跄跄地横移了几步,然后他低头看了看自己的胸口,一脸困惑,一下子跪在了地上,咳出了血。

当克罗克的剑从他手中掉落,发出了一声撞击地面的响声时,在场的每一位战士都听到了,也看到了。他们都沉默了,等着看盖尔蒙德会怎么做,但在那一刻,盖尔蒙德只想到了阿斯莱夫。可盖尔蒙德无法亲手让杀害朋友的凶手去英灵殿,为了与克罗克还活着的战士们保持和平,他挥手让其中一个克罗克的战士过来。

那人急忙跑到他的首领身边,把落下的剑放回他手中。鲜血从克罗克的嘴里喷涌而出,流到了他的鼻环上。他的战士将他缓缓地放倒在地上,但因为盖尔蒙德的剑贯穿了克罗克的身体,背后的剑尖抵在了地上,使得他手下的战士没有办法将他的身体放平,克罗克的头也因此歪向一边。片刻之后,克罗克就死了。

盖尔蒙德缓缓转过身来,面对着艾沃尔和他的战士们,已经筋疲力尽。"一切都结束了,"他说,"让这场决斗宣告——"

"小心!"施泰因诺尔弗大喊道。

在盖尔蒙德还没来得及转身的时候,艾沃尔已经扔出了一把斧头,斧头掠过盖尔蒙德,在空中呼啸而过,深深地插进了克罗克的战士的胸膛。他离盖尔蒙德只有一两步的距离,手里拿着一把匕首。克罗克残余的小队拔出了武器,但艾沃尔的船员和盖尔蒙德的战士们将他们一一杀死,而他则茫然而疲惫地站在决斗场中央。

战斗很快就结束了,艾沃尔向他走去,然后从他身边经过。"我就知道可能会这样。"她弯腰从战士的胸口拔出斧头,之后,那个丹族人呻吟颤抖着死去了。"他们有那种眼神。"

"什么眼神?"

"自尊心和愤怒要先于荣耀的那种战士所露出的眼神。但我确实警告过他们。"

盖尔蒙德仍然感到喘不过气来,他用光了所有力气,深深的寒意让他的四肢颤抖。

"这不是最光明正大的战斗,盖尔蒙德·约尔森。"她说,"但这是合法的,我很高兴你能活下来。"

"我也是。"他说。

她向他靠了靠。"我对你遭受的一些侮辱确实有疑问,但那可以等到我们航行的时候再说。"

"航行?"

"是的,在我的船上。"她朝停泊在河中的船点了点头,"你和你的战士们将是我的客人,就像我在阿瓦斯尼斯曾经是你的客人一样。"

"我们要去哪里?"

"去我的大殿。"她说,"我们要去雷文斯索普。"

第二十三章

盖尔蒙德艰难地把剑从克罗克的身体中拔了出来,远不如插进去时那么轻松。盖尔蒙德将它认真清洗了一遍,并涂上了一层防止生锈的油。经过这么一番保养后,这把剑又重回最佳状态,施泰因诺尔弗拍了拍盖尔蒙德的背说,他将它保养得很好。

在离开那个地方之前,他们在灰暗的天空下挖了一条浅浅的沟,将尸体埋了起来,然后艾沃尔一行人顺着河流的流向,向北航行。他们经过拥有田野和牧场的物产丰饶的低地平原,在水势变缓的地方,船员们放下桨,划着船加速前进。

在他们行进的过程中,艾沃尔和盖尔蒙德站在离海拉海德军们稍远的地方,靠近船尾柱。他们谈论起自从他们俩上一次相遇以来盖尔蒙德所做的事情,特别是杀害法斯蒂以及后续所有事情,从法斯蒂之死到克罗克和他的战士们的死亡。

"如果哈夫丹提出了偿命金,"她说,"你最好付清,结束这场血仇。"

"如果他提出了，我会付，但他并没有，古思伦是这么告诉我的。"

"古思伦是个狡猾的人。"艾沃尔朝盖尔蒙德的战士们看了一眼，"对决结束后我无意中听到了你的战士们的交谈，看来你也以狡猾著称。"

"我利用手边的每一件武器。"他说，"我发现许多致命的武器并不出自铁匠之手。"

"我想确实是这样。"

盖尔蒙德认为艾沃尔看起来比在阿瓦斯尼斯时更强壮，她的行动方式表明她已经历过了许多艰难时刻，就像一把经过多次使用和磨砺的好刀。"我很惊讶在这里遇见你。"他说，"我还以为你在吕加菲尔克呢。"

艾沃尔的脸色因愤怒而变得阴沉，她望着河流的远方。"我绝不可能向哈拉尔德卑躬屈膝。"

"松恩的哈拉尔德？"盖尔蒙德知道只有一种情况会让艾沃尔谈论起向某人臣服，"他开战了？"

艾沃尔重新将目光投向他，皱起眉头问道："你不知道？"

"知道什么？"

"那个哈拉尔德——"她停了下来，眉头皱了起来，"你没有遇到过卢芙文娜和约尔吗？"

"我怎么会遇见他们？"他问道，害怕自己已经能猜到的答案。

"他们在约克。"她说，"他们在英格兰。"

盖尔蒙德知道那是什么意思，但他还是要问："阿瓦斯尼斯呢？"

艾沃尔沉默了一会儿，盖尔蒙德听着船桨搅动河水的声音，水花飞溅，四处翻滚。

"整个北道都落到了哈拉尔德手里。"她终于说道，"大多数国王和领主为了避免与他开战，甘愿接受他的统治。不接受的人要么逃跑，要么战死。我就是因此来到雷文斯索普的,而卢芙文娜和约尔也是因此去到约克的。"

这些话和消息对盖尔蒙德的伤害,远比克罗克的剑刃对他造成的伤害深,即使是丹族人的剑把他刺穿,也不会有像现在这样的痛苦。当他想到哈拉尔德坐在阿瓦斯尼斯的父亲的王座上,他愤怒得浑身发抖,但他说不出最恨谁。哈拉尔德拿下了盖尔蒙德的祖父建造的大殿,但自己的父亲显然是没有战斗就投降了,盖尔蒙德也没有在场保卫自己的家园。

他在想,如果自己没有和父母争执,没有不听父母的命令离开,可能会发生什么事情。他想,如果他留下来,会不会有不同的结局。他想这一定是韦兰所预言的,他未来的背叛和投降。

艾沃尔叹了口气说道:"我本来希望你能先从你的亲人那里听到。"

"真相不因谁说出来而改变。"现在轮到他望向河流的远处,但他并没有像艾沃尔一样被回忆和遗憾所困扰。他想到自己失去的家园,感到愤怒和疑惑。"当我离开阿瓦斯尼斯时,"他说,"我没想到那将是永别。"

"命运很少给出明显的警告。但如果你提前就知道的话,会不会改变你的决定?"

"我不知道。"

"有时这是我们唯一能给出的诚实答案。"

他把目光和心思都收了回来。"你见过卢芙文娜他们吗?他们还好吗?"

"他们很好。"她说,但略带犹豫,"在约克,或者在英格兰的任何地方,生活都不容易,到处都有敌人。他们中有些人我们见过,也很熟悉。另一些……他们秘密行动,他们把自己的真实目的隐藏在谎言、面具和基督教神父的长袍后面,你很难知道该相信谁。"

盖尔蒙德把手移到腰间,摸着布拉吉给他的青铜刀的刀柄。

"这里的联盟十分脆弱,并且来之不易。"艾沃尔继续说道,"但你应该知道,我把卢芙文娜和约尔当作我最信任的朋友。他们曾艰难生存,也曾面对敌人殊死搏斗,但他们现在很好。你会去看他们吗?"

"看起来我不得不去一趟。"

艾沃尔不可思议地看着他。"你不希望见到他们吗?"

"我们分别的时候并不是很愉快。"他说,想起他在父亲的议事厅里与他们的争执,"我们都很生气,说了很多气话。"

"诸神知道这种事不是我可以评判的,但我要说的是,我们忽视的伤口很少能很好地愈合,它们必须经过清洗和包扎,否则就会溃烂。"她把手放在盖尔蒙德的肩膀上,看着他的眼睛,"无论你选择做什么,我都很高兴见到你。"说完后艾沃尔就离开了,朝着船头的方向走去,去和她的一个船员说话。

盖尔蒙德留在船尾,施泰因诺尔弗很快就来到了他身边。当盖尔蒙德告诉他刚刚了解到的情况时,这位年长的战士似乎没有什么困扰,但他是阿格德尔人,而不是吕加菲尔克人。

"这对约尔来说是一个巨大的损失。"施泰因诺尔弗说,"但你离开家是为了寻找自己的土地。"

"我离开的时候也是这样告诉我父亲的,但我到现在也没有拥有自己的土地。"

"这不需要感到羞耻。"施泰因诺尔弗说,"你正跟随着命运的指引前行。"

盖尔蒙德已经不知道自己是否真的走在命运之路上,也不知道自己曾经走的路是否正确。他突然感到十分迷茫,仿佛失去了方向,但在他们余下的顺流而下的旅程中，他没有再谈及此事。

傍晚时分，船抵达了雷文斯索普。居民地的蓝色大殿高高耸立在二十多栋建筑之间，所有的建筑都坐落在河边，散布在平缓升高的低矮山脊之上，河边有一个码头可以接待船只，进行贸易。这是个建立城镇的好位置，北面还有土地可以种植农作物。

当艾沃尔带着他们从河边向她的大殿走去时，盖尔蒙德听到了镇上某处铁匠的锤子声，还有马匹的叫声。他们经过了居民们的房屋和作坊，这些人似乎对盖尔蒙德的好奇多于怀疑或恐惧。这些人似乎并不都是诺斯人，有些人甚至看起来像撒克逊人，有一个人很像盖尔蒙德在伦敦看到的来自叙利亚的商人，有着黝黑的皮肤和头发，衣服既不是撒克逊人，也不是诺斯人，更不是丹族人那边的样式。他站在自己的家门外，双手放在身后，当他们的目光相交时，他向盖尔蒙德点了点头。

盖尔蒙德和海拉海德军的战士们来到了大殿，大殿的屋顶带有龙骨状的突起，前端带有龙首装饰。艾沃尔带头走了进去，一位女士在那里迎接他们，她的头发闪耀着赤鹿毛皮一般的颜色，虽然她没有穿盔甲，但她的身体却十分硬朗挺拔。艾沃尔介绍她是兰蒂芙，她的战争首领，然后盖尔蒙德也介绍了他的战士们。

"你们一定又饿又渴了。"兰蒂芙示意他们走向一张长桌，上面摆放着玉盘珍馐、牛角酒杯、一罐酒香四溢的麦芽酒。"坐下来吃吧。"

艾沃尔走在前面带路，虽然这个大殿不是盖尔蒙德所见过的最大的，但它拥有一个领主所希求的所有财富和舒适，这是他希望自己有一天能拥有的那种大殿，如果那是他注定命运的话。"你过得不错，艾沃尔。"他说。

"我在很多方面都很幸运。"艾沃尔瞥了兰蒂芙一眼，"但我们为了此刻你所看到的一切,同样曾命悬一线。"

"我不怀疑这一点。"盖尔蒙德说。

他的战士们坐在桌前,享用着一切。在拉夫喝了一杯麦芽酒后,他低头看着自己的牛角杯,笑着说:"酿酒师技术真好。"

"我会将你的赞美传递给特克拉。"艾沃尔说。

"狼吻者!"

盖尔蒙德转过身来,看到叙利亚人已经进入了大殿。

"我可以认识一下你的客人吗?"

"当然可以。"艾沃尔朝那人走去,盖尔蒙德也一样,让他的战士们继续享用美食。"这位是吕加菲尔克的盖尔蒙德·约尔森。"艾沃尔说,"盖尔蒙德,这是海什木,我的顾问之一。"

"很高兴认识你,盖尔蒙德。"那人鞠躬说道。他看起来很年轻,也许二十多岁的年龄,他把黑发剪得很短,戴着耳环。"或者我应该叫你盖尔蒙德·海拉海德?"

艾沃尔惊讶地看着海什木,然后又看向盖尔蒙德。

"我比以前更乐意接受这个名字。"盖尔蒙德说,"你是怎么知道的?"

海什木双掌合拢,指尖向着地面。"我的职责是了解丹族人和撒克逊人在做什么,你的名声甚至已经传到了我这里,传到了雷文斯索普。"他说话的方式和盖尔蒙德在伦敦遇到的其他叙利亚人一样。"我听说你很聪明,"他又补充道,"特别是古思伦欠你很大的人情。"

"你很抬举我,海什木。"盖尔蒙德说,"请问,你是叙利亚人吗?"

"是的。"

"是什么风把你吹到这个离你家乡如此远的地方?"

"我是一个知识的寻求者,"他说,"无论这些知识能在哪里找到——尤其是那些已经失传或被遗忘的知识。"

"你是个先知吗?"盖尔蒙德问道,"还是说你说的是书?"

"我不是雷文斯索普的先知。"海什木说,"除了书本之外,还有其他方法可以保存知识和智慧。"

"但是这里确实有一位渥尔娃女巫吧?"如果盖尔蒙德在阿瓦斯尼斯,他会找于尔萨寻求智慧,甚至可能找布拉吉,但此刻雷文斯索普的先知就足够了。"我想和她交谈,"盖尔蒙德说,"如果她愿意的话。"

"也许吧。"艾沃尔说,"她住在居民地的边缘,如果你想去找她的话。"

"我可以给你带路。"海什木说,朝大殿的门指了指,"你想现在就去吗?"

"没错。"盖尔蒙德看了看他的战士们,他们似乎都心满意足,然后他转向艾沃尔。

"去吧。"她温和地笑着说,"我们稍后再谈,今晚我们还将设宴欢迎你们。"

"这是我的荣幸。"他说,然后他和海什木离开了大殿。

他们向北走去,经过了几棵树,盖尔蒙德可以看到遗迹中罗马柱子的顶端。他闻到了野花的蜜香,他听到远处孩子的笑声,这是他多年来第一次听到这样的声音。这里的空气中似乎弥漫着一种和平与富饶的气氛,盖尔蒙德想,过不了多久他就会忘记自己还走在麦西亚的土地上,而不是北道某地。

"我听说过很多关于古思伦的事,"海什木说,"据说他杀了韦塞克斯的埃塞尔雷德。"

"是的。"盖尔蒙德说,"我亲眼看见他掷出了长矛。"

"他已成为强大的战士。"海什木双手背在身后走着,让盖尔蒙德想起了托斯雷德,"但我相信他之前并非如此强大。"

"你是什么意思?"

"古思伦似乎已经……得到了一些东西。"

盖尔蒙德想到了海尼特尔,用怀疑的眼光看着这个叙利亚人。"比如说什么?"

海什木微微耸了耸肩膀。"勇敢?也许他内心燃烧着新的野心之火?"

"古思伦国王从来就不是个懦夫,"盖尔蒙德说,"也许你只是在说他的命运。"

海什木笑了。"也许你是对的。"然后他指了指附近树林中出现的一间小屋,"先知就在那里。"

这一点无须告知,他现在就能闻到空气中浓烈的烟味,他看到那地方周围徘徊的猫,晒干的草药和蘑菇,人和动物的骸骨固定在柱子上、挂在墙上,显而易见那是一个先知的住所。

"我就送你到这里。"海什木说,"但在我走之前,我还想对你说一件事,盖尔蒙德·海拉海德,如果你曾发现过什么古代的遗物,你想了解它的话,就来找我,我会在这里等着。"说完,叙利亚人转身离开了。

盖尔蒙德看着他,好奇他对海尼特尔有什么了解,以及他是怎么知道的,然后他把注意力转回先知的小屋。他有些不情愿地走到门前,因为先知与神明对话,而去神明去过的地方可不是一件小事。

他抬起手想要敲门,但还没等他敲门,门就开了,一个年轻女子探出头来。她穿着一件宽松的衣服,如深海一样蓝,她苍白的眉毛、鼻子和脸颊上涂着菘蓝做的颜料。她的长发披散着,发色如午夜一般漆黑,并用骨头、鹿角和金属的碎片编织了起来。而她的眼睛则以一种与颜色无关的深邃和明亮闪耀着。她的年轻、她的美丽和她作为先知拥有的可怕力量,让盖尔蒙德沉默了好一会儿,这期间先知直视着他的眼睛,等待着,而盖尔蒙德仿佛被她的视线困住了一般。

"我——"他结结巴巴地开始说道,"我的名字叫盖尔蒙德·约尔森,有时也被称作海拉海德。"

先知还是一言不发。

"如果可以的话,我想和你谈谈。"他说,"我想知道你在我身上看到了什么命运。我有银钱,如果你想要的话。但我没有什么别的东西可以给你了。"

"你说错了,"先知说,她的声音像温暖的雨水从盖尔蒙德的脊背上流下,"只要你身上有可以失去的东西,那么你就有东西可以给予。"

他低头观察自己。"你看到的就是我拥有的所有东西。"

"我看到了一把撒克逊刀。"

她缓缓打开门,走了出来,离他更近了,他忍住了后退的冲动。她朝他的腰部伸手,仍然盯着他的眼睛,轻轻地将手掌放在刀柄的圆球上。然后她用手指滑过它的刀柄,当她把武器从鞘中拔出时,盖尔蒙德退后了。

"如果你想知道命运三女神的意志,"她说,"你必须献出这把刀。"

"为什么?"盖尔蒙德问道,然后意识到这话听起来很不情愿,于是吞吞吐吐地说,"你……你可以收下它,我可以送给你。但是……为什么是这把刀?它只是一把普通的武器。"

"你宁可我拿你的好剑吗?"

"不,我不是这个意思——"

"诸神没有告诉我为什么,他们只告诉我这把刀冒犯了他们,并且它不属于你。"她把手中的武器翻过来,上下打量着它的刀刃,"它尝过谁的血？它是怎么到你这里来的？"

盖尔蒙德这才明白为什么神明想要这把刀，他也知道先知听到了他们的声音，因为她不可能知道发生了什么事。"是一个撒克逊神父给我的。"他说，"当时我没有武器，它对我很有用——"

"这是一把基督教的刀。"她吐了口唾沫，厌恶地看着这把刀，"从今天起，没有它你会更强大。"

"那就拿去吧。"他动身要从腰带上解开它的刀鞘，但她把手放在他的手上阻止他。

"不，"她说，"把这个刀鞘留给你将来会找到的武器。"

他停了下来，点了点头，把空的刀鞘留在腰带上，先知则带着刀消失在她的小屋里。

"进来吧。"她喊道。

盖尔蒙德咽了咽口水，跟在她身后进了屋，但在昏暗的光线和弥漫的刺鼻烟气中，几乎看不到她。一缕阳光照射在房间中间，从屋顶的一个开口一直投射到泥土地面上，让住所的其他地方都处于阴影之中。盖尔蒙德认为自己瞥见角落里有东西在动，但他尽量不看得太仔细，生怕看到凡人不该看的东西。

"坐在火堆前。"她说。

盖尔蒙德眨了眨眼，注意到光束内有一圈石头摆在地上。他走了几步，在圈前的泥土上坐下来，在那里，他感觉到红炭在他脸上发光发热。他的心在恐惧和敬畏中跳得又快又响。先知坐在他对面，几乎隐藏在阴影中，直到她向前俯身进入了光束的照射下。她看着盖尔蒙德，眼里浩瀚的光芒像空旷而闷热的夏日天空一样猛烈，她把刀扔进了火里，一两分钟内什么也没发生，但随后木柄开始冒烟，直到最后燃烧了起来。

"如果你杀掉之前拥有它的神父,"先知说,"诸神也许会允许你保留它。"

"我明白。"他看着刀逐渐变得焦黑,感到有些悲痛。他绝不会为了它而杀了约翰,他依然感激神父的信任和善意,但这些已经是过去的事情,不是盖尔蒙德想要知道的事。

"你想知道你的什么命运?"先知问道。

他看着火焰沿着刀刃舞动,在煤渣的外壳下逐渐变成红色。"曾经有人告诉我,背叛和投降将会是我注定的命运。我现在已经见证了这两种情况,我希望知道此刻摆在我面前的会是什么。"

"你确定你想知道吗?在你回答之前,请记住,无论你希望听到的是什么,诸神都不会在意。他们只说真相,而且只说他们选择说的真相。"

盖尔蒙德深吸了一口气,小屋里的空气有灰烬和干掉的血液的味道:"我很确定。"

她点了点头,然后她向后靠了靠,离开了光照的范围,进入了阴影之中,但盖尔蒙德仍然可以看到她眼睛里的柔和光芒。她盯着他看了很久,直到他似乎不再看着他,盖尔蒙德感觉她的眼睛仿佛彻底看透了他,直抵他的灵魂深处。她看到了一个他永远不敢去的险恶之地,在那里,疯狂和智慧的浪花在海面上翻腾。

"背叛和投降,它们仍然是你命运的一部分。"她说。

盖尔蒙德叹了口气,他曾希望这两者已经被抛在脑后。

"但是,"先知接着说,"你已经得到了克服它们的方法。"

"什么方法?"

"那是你要去了解的。"她说,然后她闭上了眼睛。当她再次睁开眼睛的时候,她已经回到光束里看他,一如刚才她在门口见他时一样,她看到了很多东西——但神明这次并没有在一旁。"你有你的答案。"她说。

"我确实有。"他的眼睛被烟熏得发烫而流泪,"但是,正如你警告我的,这不是我希望的答案。"

"你的内心有一场战争,盖尔蒙德·海拉海德。在这一点上,你很像'狼吻者'艾沃尔。"她低头看了看火中的刀,"但诸神现在会眷顾你,因为他们以前没有眷顾你。愿他们能保佑你。"

盖尔蒙德点了点头。"谢谢你。"他说,然后他站起身来,跌跌撞撞地穿过小屋,穿过房门,走到阳光下。在那里他眨了眨眼睛,揉了揉,把干净的空气深深地吸进胸腔,直到他觉得自己站稳了。然后他漫步回到大殿,在那里他喝了更多的麦芽酒,和他的战士们一起休息,直到夜幕降临。然后艾沃尔举行了她承诺的宴会,盖尔蒙德大口吃肉,吃下去的肉简直比他在修道院的整段时间里见过的还多。他吃了野猪肉、山羊肉、鹅肉,还喝了许多麦芽酒和蜜酒,他酩酊大醉到已经数不清喝过的杯数。他笑着和雷文斯索普的人们拔河,但他很快就明白了,获胜者永远是塔尔本所属的那一方。塔尔本是一个熊一样强壮的男人,在成为面包师之前他曾是一个令人畏惧的狂战士,现在他已收起杀气,转而为艾沃尔和她的居民地做面包。

当宴会的客人们渐渐昏昏欲睡时,有些人摇摇晃晃地回家睡觉,而另一些人则留在原地,在大殿的长椅和地板上睡着了。艾沃尔找到盖尔蒙德,坐在他旁边,满足地叹了口气,他很少听到艾沃尔发出这种声音。

"一场好宴席。"她说。

"这是我离开阿瓦斯尼斯后感觉最接近家的地方,"盖尔蒙德说,"我现在无家可归。"

"那迦尔米亚呢?

"我从来没有去过迦尔米亚。我母亲说他们在海边有城镇和大殿,他们在很多方面更类似芬兰人,但样貌和芬兰人也大有差异。他们有些人向我们的神灵献祭,但他们也向一个叫儒马拉①的神灵祈祷。"

"你有没有想过航行到那里?"

"我父亲从未给过我一艘船,让我能航向远方。"他说,"但将来某天,我会去那里的。"

她看了他一会儿。"是真的吗?"

"什么是真的?"

"他们说的你和你兄弟的事?卢芙文娜是不是用你们换了一个奴隶的儿子?"

盖尔蒙德不记得上一次有人有勇气问他这个问题是什么时候了,虽然他明白这个问题无论是否有人问出口,仍有许多人会想知道。

"你仍然这么口无遮拦。"他说。

"我喝了很多酒,你不必回答,如果——"

"是的,故事的大部分是真的,但不是像人们流传的那样。事情要从我和我兄弟的早产开始。"

"双胞胎往往如此。"她说。

"是的,但这吓坏了我母亲。她当时很年轻,又是新婚。她几乎不会说我父亲的语言,而他经常出海,他对她来说几乎还是个陌生人。她担心他的儿子们长得一点儿也不像他,那时他会做什么?我母亲怕我父亲会认为她嫁给他时,已经怀上了别的男人的孩子。"

艾沃尔若有所思地点了点头。"还有那个奴隶,是真的吗?"

"她的名字叫奥佳儿。"盖尔蒙德一想到她就觉得喉咙发紧,"她刚生下自己的儿子,她很理解我母亲,理解她恐惧的根源。她想帮忙,

①儒马拉,迦尔米亚当地所信奉的天空之神。

但我不认为她一开始心里想的，会是我母亲所提出的那个方案。"

艾沃尔摇了摇头。"天哪，原来是真的。"

"我母亲会告诉你她当时脑子不正常。她会告诉你，出生的过程十分艰难，她因恐惧和痛苦做出了抉择。"盖尔蒙德向上望着绕着橡子的烟雾，同时他的思绪转向了他的记忆，"如果她在这里，她会说她从来没有打算让我们和奥佳儿待在一起那么久，她会说她只是想保护我们的安全，从那以后的每时每刻她都在后悔自己作出的选择。她会告诉你，她应该相信我的父亲。但实际当她意识到要这样做的时候，一切都太晚了。"

"你们过去了多久——"

"四年。"他说这句话的时候，感觉到自己内心有一个冰冷的空洞，"我们和奥佳儿一起生活了四年。"

"你还记得她吗？"

盖尔蒙德内心的空洞越来越大，他逐渐深陷其中。"我记得。"

"有一个吟游诗人透露了这个秘密，是真的吗？"

"不，"他说，"布拉吉只是第一个有胆量说出尽人皆知的真相的人。"

"连约尔也看出来了？他能看出来吗？"

"我父亲不是傻瓜，我想他早已知道真相。有的时候我想他之所以这么轻易地原谅我母亲的谎言，不单是因为他一直没有去深究，他早已成为这个谎言的参与者。"

"他为什么要这么做？"

盖尔蒙德耸耸肩。"他爱我母亲，他只看到了他想看见的东西，直到布拉吉让他看到他的儿子们。"

"那个奴隶的儿子后来怎么了？"

"在他回到家后的第三年，他死于肺部虚弱。据说他生来弱不禁风,经常生病。"

"那他的母亲呢,她怎么了?"

"真相大白后,我母亲把她从束缚中解脱了出来。我父亲给了她和她丈夫土地。我父母说他们想弥补自己犯下的过错,但我想他们是想让她远离我们,我有很长一段时间被禁止去见她。"

"你想她吗?"

盖尔蒙德彻底陷进了内心的那片空洞。"她对我来说已经像是母亲一样的存在。"

艾沃尔好一阵子没再说什么。"真相也许不因谁说出来而改变,但我很高兴能从你这里知道这一切的真相。"

"很少有人让我这么直接地谈起这件事。"

他们不停地喝着酒,直到盖尔蒙德再也喝不下去了,然后艾沃尔引导他走向一个塞满毛毯和毛皮的舒适角落,盖尔蒙德一直靠在她身上。

"明天有艘船开往约克,"她说,"你想上船吗?"

"我想是的。"盖尔蒙德说,"但我已经喝醉了,你可能需要在早上船出发前叫醒我。"

她笑了起来。"我会的。"

"我会去看望约尔和卢芙文娜的。"

他们到了盖尔蒙德的床前,他倒在床上,软弱无力的胳膊和腿像树根一样扭曲着。

艾沃尔站在他身旁,笑着摇头。"所以海拉海德这个名字不再困扰你了?"

"不会了,"他说,"古思伦赋予了它新的意义。"

"许多东西永远只有我们才能赋予它们意义。"她说,然后她又笑了起来,轻轻地踢了他一脚,"好好睡吧,盖尔蒙德·海拉海德。"

第二十四章

　　船只在冰冷的雨水中逆流而上，从南边驶向约克，在那里福斯河与更宽阔的乌斯河交汇。乌云低垂到地面，几乎变成了一团雾，笼罩了小镇的大半部分，这股阴暗的氛围映衬了盖尔蒙德忧郁的心情。

　　他把他的战士们留在了雷文斯索普，因为他认为他必须独自完成这段旅程，这一次甚至连施泰因诺尔弗也认同他的想法。盖尔蒙德不知道自己会对父母或他的兄弟说些什么，因为他的内心正在羞愧与愤怒之间摇摆不停。他之前怀着骄傲与怒火离开了他的家族，去迎接他的命运，现在他没有土地、没有财富，只带着他的名声回到他们身边，而他的名声正面临杀害一位丹族国王族亲的指控。但他也感到十分愤怒，因为他的父亲曾经声明不会让阿瓦斯尼斯的任何一位战士跟盖尔蒙德离开，但是如今他却不战而降，自己来到了英格兰。

　　在两河交汇处，船只顺着乌斯河向西航行，而福斯河则向东边流去。约克在两条水道之间的楔形土地上拔地而起，城镇的防御工事与雷丁格姆相同，但一部分建筑跨过河流建在了西岸。盖尔蒙德注意到约克的城墙和伦敦的城墙一样，都是罗马人修建的，而丹族人还在此基础上进一步加固了城墙，使约克成为盖尔蒙德在英格兰见过的所有据点中最令人印象深刻的。

船很快就到了镇里一座石桥附近的码头，盖尔蒙德发现一个浑身湿透，并且闷闷不乐的丹族人正在那里监督货物的装卸。他的名字叫法拉维德，他告诉盖尔蒙德可以在城镇北面靠近罗马内墙的丘陵顶部的房子里找到约尔和卢芙文娜。

盖尔蒙德向他道了谢，然后穿过镇子朝北走去。他戴上了斗篷的兜帽，既是为了保持干燥，也是为了避免被人认出来。因为如果关于他的流言传到了伦敦，那也可能已经传到了约克。道路上有着成排的木板，当盖尔蒙德的靴子踩上去时木板会向下弯曲。雨水在木板下形成的沟渠中流动着，是这些木板让这条街道仍然可以畅通无阻。在没有木板的地方，地面是一片泥沼，散发着牲畜和丹族人的排泄物的味道。盖尔蒙德穿过了一个大市场，因为恶劣的天气，市场里一个商人都没有。盖尔蒙德继续沿着狭窄的小路前进，慢步行走在鳞次栉比的房屋和罗马人的废墟之间，向云雾缭绕的丘陵顶部走去。

当盖尔蒙德到达城镇上方的古城墙时，一座由黑木搭建的房子在雾和雨中出现在他眼前。它陡峭的屋顶从离地不远的高度向上升起，尖顶上有着龙首，罗马柱子环绕在房子周围，就像石林的枯树干。这不是一座简陋的小屋，但比起国王的大殿或是领主的长屋来说，依然显得很卑微。盖尔蒙德想知道，他的父母怎么会心甘情愿地交出阿瓦斯尼斯的王权和富饶的土地，换来这样一个地方？房前大门上还有一层矮些的屋顶，他战战兢兢地朝门口走去，停顿了一下，最后摇摇头，敲门的同时打了一声招呼。

313

过了一会儿，门打开了，他的母亲站在他面前。

盖尔蒙德的母亲瞬间认出了他，睁大了眼睛。"盖尔蒙德！"她哭着抱住他，靠在盖尔蒙德的胸膛上重复说了好几次他的名字，流着泪用力地捏着他。"这会是真的吗？真的是你吗？"

"真的是我，母亲。"盖尔蒙德看着她，感受到她的拥抱，自己的眼泪也止不住地往上涌，"我在这里。"

卢芙文娜仰头望着他，喜极而泣，然后摇了摇头。"约尔！"她喊道，"我们的儿子回到我们身边了！"然后她握住他的手，"来，进来吧！"

她拉着盖尔蒙德走进屋里，盖尔蒙德在经过寒冷潮湿的长途跋涉，又刚刚淋雨穿过了约克后，一进屋顿时觉得屋里温暖又干燥。木地板上铺着厚厚的地毯，壁炉里燃烧着平静、安稳的火苗。盖尔蒙德听到上面的脚步声抬起头来，看到父亲从上层狭窄的木制楼梯上走下来，比盖尔蒙德记忆中还要瘦弱。

"这是真的吗？"约尔说，然后他冲向盖尔蒙德，像他母亲那样拥抱他，"我们担心我们已经失去了你，孩子。"

"别来无恙，父亲。"盖尔蒙德说。

"诸神在上，"约尔后退一步，用手背擦了擦眼睛，"谢天谢地。"

"很高兴见到你们。"盖尔蒙德躬了躬身，在看到他们洋溢出的喜悦之情后，他先前的愤怒早已消散，取而代之的是出乎自己意料的幸福感。"哈蒙德呢？"

"他出海航行了，"约尔说，"他和别人做买卖，结成联盟。他说他想自立门户。"

虽然盖尔蒙德对不能在这里见到自己的兄弟感到有些遗憾，但当他知道哈蒙德已经出发去寻找自己的谋生之道，而不是接受在约克的生活时，他感到很高兴。他希望于尔萨说的是实话，他们作为兄弟，互相连接的命运有一天会让他们重归于好。

"我希望他一切安好。"盖尔蒙德说，"我会向拉恩献上供品，让他在海上平安无事；向尼奥尔德①献上供品，保佑他好运和富裕。"

"让我把你的斗篷挂起来烘干。"他母亲说。盖尔蒙德脱下斗篷后，她把斗篷抖了抖，放在靠近壁炉的一张长椅上，然后她让盖尔蒙德走向附近的一张桌子。"坐吧。"

盖尔蒙德被她领到一张椅子上，然后他看着她把奶酪、面包、熏鱼和一罐麦芽酒摆在他面前。他觉得母亲看起来更老了，黑发中的银丝更多了，眼睛周围的皱纹也比上次见到她时多了许多。她缓缓坐到他右边的椅子上，然后他父亲坐到他左边的座位上。约尔也显得老多了，眼神变得更黯淡，下巴和肩膀下垂得更加明显了。一会儿过去，没有一个人动手吃东西。

"那是一道疤痕吗？"他的母亲突然靠向他，伸手摸了摸他的太阳穴。盖尔蒙德笑着把头凑近，然后感觉到她的手指轻轻地把他的头发拨到一边，以便更好地看清他的伤。

"一个撒克逊战士在一个叫加林斯的地方给我的。"他说，"就在他让我去泰晤士河游泳之前。"

"这是一个不祥的伤口。"卢芙文娜的动作变得有些粗暴，"而且处理伤口的人本可以把这个伤口处理得更好。"她收回手，皱起眉头。

"我相信你会做得更好。"盖尔蒙德说，"但我已经痊愈了，母亲，你不必担心。"

她伸手拿起陶罐，依然皱着眉头，给他们每人倒了一杯麦芽酒。

"你之前在韦塞克斯？"他父亲问。

---

①尼奥尔德，北欧神话中的夏神与海神，掌管夏天、海洋、风暴、渔业和财富，也被奉为航海的庇护神。

"是的。"盖尔蒙德拿起了一杯麦芽酒。

"和哈夫丹、古思伦在一起?"他父亲问。

盖尔蒙德点了点头,喝了一口酒。"那里有很多土地,饶沃的土地。"

他母亲把一个杯子推给他的父亲。"这里也有富饶的土地。"她说。

"我不怀疑,"盖尔蒙德说,"但韦塞克斯很快就会落入古思伦手中。他杀死埃塞尔雷德时,我就在他身边。现在他成了国王,他说要封我为领主,给我土地。"

"那看来你跟他走是对的。"约尔说。他的声音带着苦涩,也带着愤怒,但不清楚他在生什么气,也不清楚他在生谁的气。盖尔蒙德的母亲在桌子对面看着她的丈夫,眉毛挑起,面露忧色,她似乎想引起约尔的注意,但约尔却一直盯着他的麦芽酒。

"但韦塞克斯还没有沦陷。"盖尔蒙德说,"埃塞尔雷德的弟弟阿尔弗雷德,现在是国王,他是个狡猾的人。"

"狡猾往往能赢得胜利。"他父亲头也不抬地说道,"比起力量,比起荣耀,狡猾才能守住阵地,成为王者。"

屋子里逐渐变得不再温暖,因为外面的雨下得更大了,雨滴打在屋顶上的声音也更响了。一股潮湿的寒意笼罩在盖尔蒙德的肩膀上,这股寒意主要是因为他穿着湿漉漉的衣服,但也是因为餐桌上的气氛逐渐变得沉闷。一个陌生人听了可能会认为约尔刚刚预言了阿尔弗雷德最后会战胜丹族人,但盖尔蒙德希望他的父亲不是这个意思。

"我刚从雷文斯索普过来。"他说,"艾沃尔向你们俩致以友谊和崇高的敬意。"

"我们很幸运,能和艾沃尔结盟。"卢芙文娜说道,"她给予了我们和约克的人民很大的帮助。"

"她做了什么?"

她摇摇头，避开了盖尔蒙德的问题。"现在没什么好说的。但我很高兴你拜访了她的居民地，我听说雷文斯索普是个——"

"我必须走了。"他的父亲站了起来，身后的椅子被他撞倒了，发出了巨大的响声。约尔的脸变得通红，然后他弯腰把椅子扶了起来，推进了桌子里。"有些议会的事情我必须去处理，"他说，"但我将在天黑前回来。"然后他把手放在盖尔蒙德的肩膀上，"我很高兴你能回到我们身边，儿子。"

"我在这里感觉很好。"盖尔蒙德回答。

就这样，他的父亲从屋子里走了出去。他走后，盖尔蒙德的母亲瘫坐在椅子上深深地叹了一口气。"吃东西吧，盖尔蒙德。"她说。

盖尔蒙德听话地吃了起来，他吃饭的时候，两人都沉默不语。他的母亲喝着麦芽酒，他嚼着他的食物，屋子里只能听到外面的雨声。与陌生人之间无话可说的沉默不同，此时此刻餐桌上的沉默承载着太多未能问出口的事情的压力，就像夏天的洪水被正在消融的冰川勉强阻挡着。盖尔蒙德觉得最好不要去说出那些话搅动此刻的沉默。

"父亲去参加什么会议？"他问道。

"里西耶国王的会议。"她说。

"里西耶？"

"诺森布里亚的国王。"

"但我以为是哈夫丹统治着诺森布里亚。"

"他是通过里西耶来统治。"她用指尖缓缓地转动着桌上的麦芽酒杯，"丹族人已经了解到，要想和平地统治撒克逊人，有一位撒克逊国王在位是有帮助的，只要这位国王明白谁是真正的统治者。在里西耶之前，有一个叫爱格伯特的人是国王，但他变得固执己见。约尔是议会的一员，议会的目的是确保里西耶按照哈夫丹和丹族人的要求行事。"

"所以我的父亲在侍奉一个撒克逊国王？"

"是的，我想他是的。"

"他会考虑离开约克吗？"盖尔蒙德问道，"你会吗？"

"我们要去哪里？"

"韦塞克斯。"盖尔蒙德说，"如果父亲为古思伦而战，我们——"

"为了古思伦？"卢芙文娜坐直了身子，她的眼睛里充满了盖尔蒙德在阿瓦斯尼斯所见到的熟悉的怒火。但盖尔蒙德意识到直到那一刻之前，他还没有在自己的母亲眼里看到过这样的怒火。"你要我们为那个夺走我们儿子的丹族人而战？"

"他没有夺走我，"盖尔蒙德说，"是我选择了去——"

"你当时完全忘记了你的身份，现在也是。你的父亲是约尔·哈夫森，吕加菲尔克的合法国王，你是他的儿子。"

"我从来没有忘记过。"盖尔蒙德悻悻说道。

"但你说要为古思伦打下韦塞克斯，这是否意味着你打算回到他身边？"

"我仍然效忠于他。"盖尔蒙德说，"我有一群效忠于我的战士们，只要古思伦与哈夫丹分道扬镳，我就会回去为他而战。"

虽然她想知道盖尔蒙德为什么要等到两位丹族的王分开，但她什么也没问。相反，她把她的胳膊像翅膀一样收紧，双手托着下巴和嘴唇，摇了摇头。"我以为你已经回家了。"

"这不是我的家。"他环顾了一下屋子，"约克不是我的家。"

"也许它可以成为——"

"不行。"

"但我们在这里，"她说，"这让它可以成为你的家——"

"不，不会的。事实上，甚至连阿瓦斯尼斯都从来不是我的家，它只是我长大的地方。"

盖尔蒙德看到母亲的眼里有一汪泪水。"如果不是我们……那么你的家在哪里,盖尔蒙德?"

"我不知道。"

"难道是——"她停顿了好一会儿,好像挣扎着要不要说出来,最后还是低声说了出来,"她?"

"谁?"

她已经开始颤抖。"奥佳儿。"

盖尔蒙德不记得她最后一次说出这个名字,或者是允许其他人说这个名字是什么时候,他能从母亲的声音中听出痛苦和遗憾,这让他心如芒刺。她现在愿意提到奥佳儿,足以说明她离阿瓦斯尼斯有多远。

"不是的。"盖尔蒙德说。

她闭上眼睛,眼泪流了下来,盖尔蒙德知道这是母亲希望听到他说的答案,但这不是他这么说的原因。

"母亲,我离开阿瓦斯尼斯是为了寻求我自己的命运。"他说,"我现在仍然在寻找。"

她点了点头,用双掌抹了抹脸颊和眼睛。"我不会因此阻拦你。"

雨声已经小了下来,盖尔蒙德觉得他需要呼吸一下新鲜空气。"约克也许不是我的家,"他说,"但如果要成为你们的家,我想我还需要更多了解这里。或许我现在该出去到处瞧瞧。"

卢芙文娜又点了点头,离开椅子去取他的斗篷。"你会需要这个,"她说,"约克即使没有下雨也会很冷。"

粗糙的羊毛依然潮湿,但当他把斗篷围在自己身上时,却感觉到了炉火的温暖。"谢谢你,母亲。"

"去吧。"她转身离开,忙着清理桌子,"尽量不要惹是生非。"

盖尔蒙德微笑着离开了屋子，他站在外面抬头看了看灰暗的天空，深深地吸了几口气。他曾试图回避那些萦绕在心头的难以言说的事情，但其中有几件事情已经不再困扰盖尔蒙德了，现在随着这些事情被倾诉，他觉得自己背负的重担已经减轻了一些。还有很多事情没有说，也许有些事情已经没有办法完全说出来了，但他会慢慢接受它们。

盖尔蒙德从丘陵上可以俯瞰约克的大部分地区，其中许多地方仍然被雾气所笼罩。乌斯河自浓雾中向西流去，在城镇的北面城墙处转而流向南方。南边一座罗马圆形竞技场的断壁残垣高高耸立着，将阴影投射在周围的房屋上；而在另外一处，一座基督教神殿和一座巨大的丹族大殿分别守望着一半的城市，这两座建筑分别坐落在河的两侧。

盖尔蒙德认为那座大殿是里西耶的，他决定朝那个方向逛逛，他想他可能会在那里遇到他的父亲。他沿着他来时的路往回走，但随着雨势的减弱，他发现街道上的人多了起来，尤其是市集上。在约克，丹族人和撒克逊人似乎是和平共处的，如果这种和平来自诺森布里亚的撒克逊国王，那么盖尔蒙德明白母亲的意思了。

他穿过一座必经的石桥，然后路过了一座穿着薄长袍的罗马女人苍白破败的雕像，她的容貌因岁月而有些许磨损。当他终于到达里西耶的大殿门口，盖尔蒙德发现这地方和他父亲在阿瓦斯尼斯的大殿一样宏伟，甚至更胜一筹。建筑物周围有一排坚固的木柱墙，战士们在入口处站岗，有撒克逊人也有丹族人。当盖尔蒙德靠近时，他们向他招手询问来意。

"我是盖尔蒙德·约尔森。"他说，"我听说我父亲在这里。"

"约尔？"其中一名战士说，"我今天还没有看到过他。"

"你确定吗？他说他要处理议会的事情。"

另一名战士摇了摇头。"他今天确实没有来。大殿只有这一个入口,如果他来了我们会看到他的。"

盖尔蒙德点了点头,旋即困惑和沮丧起来。"谢谢你。"他说,然后转身向桥上走去。

"你可能在河边找到他,"一名战士说,"就在北面城墙的外面。"他朝盖尔蒙德的右边指了指。"他经常去那里。"

"再次感谢你。"盖尔蒙德说。

他沿着战士所指的方向走去,找到了通往河流的道路,然后他沿着河堤和码头向北走,直到到达了罗马城墙。他在那里没有看到大门,但在靠近河岸的地方有一段城墙已经倒塌,虽然对城镇安全的危害微不足道,但宽阔得足以翻越过去。

盖尔蒙德翻过城墙,越过深沟,发现自己站在城外,面对一片崎岖不平的丘陵和山谷,一条宽阔的河流从北边蜿蜒而下,将其一分为二。出于防御目的,丹族人在森林地带和约克的城墙之间开辟了一块空地,使其变成了开阔的草地,而靠近河流的地方则生长了密密的芦苇。在离盖尔蒙德不远的地方,一个老旧残破的码头仍然紧紧地依附着河岸,他的父亲站在上面,向北方望去,就像罗马雕像一样一动不动。

盖尔蒙德叹了口气,穿过草地朝他走去,当他靠近到足以让人听到他的脚步声后,他打了一声招呼,他的父亲转过身来。

"你说你要商议事情。"盖尔蒙德说道,但他的父亲没有作出回答,直到他们一起上了码头,木头在水流的冲撞和潺潺声中摇摇晃晃,咯吱作响。

"我正是这样做的。"他父亲说道,又转身面朝上游,"我要和我的内心进行商议。"

"我可以询问是什么事情吗?"

"我相信你猜得到。"约尔说道,然后他用鼻子长长地吸了一口气,抬起下巴。"这个地方,此时此刻,让我想起了峡湾,我仿佛再次身处吕加菲尔克。"

盖尔蒙德环顾河流和山丘,他明白了父亲的意思。这片土地与吕加菲尔克有许多共同点能激起回忆,虽然这里永远无法完全取代北道或者与北道相提并论。"英格兰确实同样有美丽的地方。"盖尔蒙德说道。

"是的,确实有。"约尔叹了口气,然后转过身来面对着盖尔蒙德,"你现在可以问我了。"

"问你什么?"

"自从你提到艾沃尔后,你一直在想的问题。"

盖尔蒙德的父亲还是很了解儿子的心思的,而盖尔蒙德知道父亲指的是哪个问题。

"你为什么要投降?"盖尔蒙德问道。

"是的,就是这个问题。"约尔望着南方,朝约克的城墙望去,"这是我经常来这里问自己的问题。"

"那你知道答案了吗?"

他父亲好一会儿都没有说话。"哈拉尔德很狡猾,比我们任何人都要狡猾。我与其他的国王、领主们清点了手下的战士,认为我们完全可以打败他。但他却出乎我们的意料,破釜沉舟,把他所有的战士和船只都派到哈伏斯峡湾只为了进行一次战役。"他举起手指,指向天空,"一次胜利,这就是哈拉尔德所需要的一切。哈伏斯峡湾之战给了他斯塔万格,给了他博肯峡湾,并且给了他通往卡姆湾的入口。在那之后,他控制了所有的贸易。"

盖尔蒙德感到十分郁闷。"他切断了你与外部的联系……"

他父亲点了点头。"北方和东方的几个国王和领主已经效忠于他,许诺给他银钱,想要和他的部族联姻,进行贸易。其他人听闻他的胜利就立刻向他宣誓,希望得到他的青睐。"

"你当时愿意和他打吗?"

"一名战士永远信奉至死方休。"

"但你能打败他吗?"

约尔转过身去,再次凝视北方,有一段时间他什么也没说。"什么样的国王会不战而降呢?"他终于平静地问道,"一位明理的国王会打一场毫无胜算的战争,直到最后一位忠诚的战士倒下,还是说他会为了避免无谓的牺牲而选择放弃王位呢?"

盖尔蒙德不知道该如何回答,但他意识到自己曾两次面临类似的困境,先是在古思伦的船上,然后是在伦敦。这两次他都甘愿为了手下的战士们而牺牲自己的生命和荣耀。他这才意识到,自己可能对于父亲的选择批评得太过武断。

"我想你会回到古思伦身边吧。"约尔斜睨了他一眼,"你母亲会不高兴的。"

"她知道我还效忠于古思伦。"

"你是一个有荣耀感的人,你一直都是这样。"

盖尔蒙德仔细观察着父亲,当父亲站在那个码头上对他失去的土地感到遗憾和渴望夺回的热切时,盖尔蒙德发现自己不再愤怒,至少愤怒已经更多地被理解所缓和。

"跟我走吧。"

"哪里?"他父亲转过身来面对他,"去韦塞克斯?"

"去找古思伦。"盖尔蒙德说道,"和我一起战斗吧,你是约尔·哈夫森,你能做的不仅仅是撒克逊国王的管家。"

这种想法似乎很吸引盖尔蒙德的父亲,因为他的肩膀抬了一下,他笑着说道:"你母亲不会喜欢的。"

"她和你我一样是位战士。"盖尔蒙德说。

约尔笑着说:"这倒是真的。"

"你是因为被打败而来到约克的。"盖尔蒙德说,"夺下韦塞克斯,然后凯旋,这样你才能拿回属于你的荣耀。"

几分钟过去了,在这几分钟里,他们似乎都在想象着在战场上一起战斗,肩并肩组成盾墙前进会是什么样子。但随后他父亲的想法似乎随着笑容消失了。

"能在你身边作战,我感到自豪,我的儿子。但如果由我来选择,我宁愿不再参与任何战争。我曾经想要得到古思伦在阿瓦斯尼斯时所说的土地与和平,而现在我和你的母亲已经得到了这两样东西。"

"我明白。"盖尔蒙德说,他确实明白了,虽然看到父亲的衰老让他很难过。"你会像曾经那样设法阻止我去吗?"

"我之前错了。"他父亲说,"即便此事不关乎你和古思伦间的荣耀,我也不会试图阻碍你寻求自己的命运。"

盖尔蒙德躬了躬身。"谢谢你,父亲。"

"但这并不意味着我不再担心你是个鲁莽的傻瓜。"

盖尔蒙德面露笑意。"我知道。"

乌云终于开始散去,空气和天穹都被雨水冲洗得光洁如新。他们一起站在码头上,看着夕阳把河水染成了金色。在天色完全变黑之前,他们一起向约克归去,穿过石桥,走向有卢芙文娜等待他们的家。

第五部分

韦塞克斯

第二十五章

盖尔蒙德与父母一起待了几天,在此期间,他对他们在约克的生活有了更多的了解。在各个方面,约尔都代行领主的职责,管理这里原先的住民。他与商人进行贸易谈判,负责监督城镇里有关银器、食物和麦芽酒的供应事务,他还担任法律讲述官[①],处理那些不需里西耶参与的琐屑纠纷和犯罪。卢芙文娜处理着类似的事情,但她似乎也会出城办事,有时还会去帮艾沃尔的忙。

就盖尔蒙德而言,他大部分时间都在和父亲一起工作,承担以前只会属于哈蒙德的责任。在行事的过程中,他开始更多地了解到位高权重的人所承受的重担;他也更明白了为什么像哈夫丹和乌巴这样的战士,更愿意把与此类似的日常政务交给他们手下的其他人去干。

古思伦和哈夫丹兵分两路的消息,很快就从雷文斯索普传到了约克,而且据说哈夫丹很快就会回到诺森布里亚。盖尔蒙德得到消息以

[①] 法律讲述官,维京人的一种独特的法律职业。当争议发生并付诸审判之时,由法律讲述官列举与该争议相关的法律及类似事件的处理办法,最终得出令人信服的裁决。

后，终于把法斯蒂之死告诉了父母，也把因为这件事情和哈夫丹、乌巴结下血仇的结果告诉了父母。虽然盖尔蒙德很快就会离开，但他担心哈夫丹回来后会对他们做些什么，但他们似乎并不在意。

"哈夫丹不会背叛我们的。"当他们一起吃晚饭时，他父亲说，"如果不是我们，就不会有现在他能够放心回来的约克。"

"应该说，如果没有艾沃尔的话。"卢芙文娜从一条面包上撕下一块时，朝约尔扬了扬眉毛。

"艾沃尔为约克做了什么？"盖尔蒙德问道。

他母亲把撕下来的面包递给他，自己又撕了一块。"她来这里暗杀隐藏在我们中间的一个教团的成员。这些人有的甚至是里西耶信任的顾问，但他们暗地里却在推进各自的计划，打算从内部摧毁约克。"

"什么样的教团？"盖尔蒙德问道。

"这一点我们仍然没有头绪。"她把面包浸入碗里的大麦牛肉粥中，"我们只知道他们很强大，势力范围也很广，诞生自遥远的埃及，在很久以前就出现了。"

"天哪。"她的话让盖尔蒙德想起了韦兰所描述的，在深海之中的远古大陆，"是你阻止了他们？"

"是艾沃尔阻止了他们。"约尔说，对着卢芙文娜微微点头，"我们只是尽我们所能帮助她。"

"我们欠她一个人情。"卢芙文娜说，"哈夫丹也是，他也欠我们一个人情。我们对诺森布里亚尽心尽力的付出足以让血仇，或者他可能提出的任何偿命金一笔勾销。"

"但这未必能满足乌巴。"约尔说，"要小心他。"

"我会的。"

"哈夫丹已经打了好几年的仗了，"他父亲接着说，"他属下的领主和他的战士们都已经疲惫不堪。当他们回来以后，领主和战士们肯定会期待得到丰厚的奖赏，哈夫丹会将土地赏赐给他们当中最杰出的战士。"

"那你呢？"盖尔蒙德问道。

约尔点了点头，看了一眼卢芙文娜。"我们将再度拥有大殿。"

盖尔蒙德低头看着他的粥。"和平与土地。"他说，然后咬了一口面包。

他的母亲向他靠了靠。"你在这里会拥有一席之地，如果你选择留下来的话。"

盖尔蒙德知道这是真的，他的一部分心思希望自己能和他们一起留在诺森布里亚。哈蒙德总有一天会回来的，他们可以一起为他们的家庭、他们的孩子，还有他们孩子的孩子建立起一份永世长存的遗产。但他内心深处知道他不能留下来——或者说他不会选择留下来。

"我向古思伦发过誓，"他说，"我向我的战士们发过誓，他们也向我发过誓。他们已经到雷普顿去找古思伦了，他们会在那里等我。而且我对自己承诺过，我要拿下韦塞克斯。"

他的母亲一言不发，点了点头表示接受，但同时显得很失望。

"为了荣耀和命运，你必须对你想要做的事义无反顾。"他父亲说，"我估计你打算即刻启程吧？"

"是的，如果可以的话，我明天就会离开。"

约尔喝了一口麦芽酒。"你还能……不走吗？"

"我想在我走之前，你可能有需要我的地方。我不想再像以前那样离开你——"

"这次和上次不一样。"他的母亲说道，"不要为我们耽误时间。我们能照顾好自己。"

盖尔蒙德向他们两人低头致谢，吃完饭后，约尔和卢芙文娜帮他打包路上要吃的食物，还有其他一切需要的东西。晚上剩下的时间，他们都在聊天、喝酒、玩板棋。当他们终于回到各自的床上时，盖尔蒙德辗转反侧难以入眠。一想到即将回到古思伦和战友身边，他就辗转反侧。直到深夜他才睡着了，然后很快天就亮了。

与上一次盖尔蒙德像盗贼一样悄无声息地离开父母时不同，他和父母一起吃了一顿早饭，之后他们给了他一个惊喜——一匹战马。这是一匹撒克逊种马，它有着闪亮的栗色毛皮，稻草色的鬃毛，眉心有一抹白色。

"它叫恩巴尔，"约尔说，"来自皮克特人。"

"它美极了。"盖尔蒙德看了看这匹马，注意到它健壮的外形所蕴含的力量。然后盖尔蒙德让恩巴尔闻了闻他的味道，他抚摸着骏马突出的吻部和鬃毛，感受到了它坚强的意志和桀骜不驯的性情。"它战斗过吗？"

"当然。"约尔说。

"愿它能好好服侍你。"卢芙文娜说。

盖尔蒙德感谢他们俩送给他如此贵重的礼物，然后他们一起带着恩巴尔穿过约克的街道，来到了城门。盖尔蒙德和他们拥抱，轻声说着道别的话，接着骑上了他的新马，朝着西南方向的罗马大道出发了。

在旅途中，他和恩巴尔逐渐了解彼此。随着旅程的继续，这匹骏马变得越来越亲近盖尔蒙德，而盖尔蒙德也逐渐掌握了驾驭它的诀窍。他们每天前进大约二十英里，先是沿着罗马大道，接着沿着特伦特河向雷普顿进发。恩巴尔自己背着饲料，盖尔蒙德每天都保证给它充足的时间进食。在他们行进的第五天傍晚时分，他们来到一片广阔的新坟场，上面还没有长出草来。

落日的余晖将笼罩那片土地的烟尘和迷雾照得发亮，对着数十座坟堆投下阴影。坟墓在地面上隆起，或高或矮。从留下的祭品可以看出，这些小丘是丹族人为了纪念他们死去的战士而垒起来的。他知道有些会装着胜利者的骨灰，但有些则是空无一物。他们所纪念的战士已经被留在了战场上，要么是作为血天鹅①的食物，要么是在火堆上被焚烧殆尽。

盖尔蒙德想知道这其中有没有一个坟墓属于阿斯莱夫。

这里的空气让人感到不安，仿佛死人还没有安息，就连恩巴尔也翻了个白眼，似乎急于继续前进。在离开之前，他将酒囊中最后的麦芽酒倒在地上，向现在在英灵殿中喝蜜酒的人致敬。

盖尔蒙德在那块高地上往下看去，顺着河谷望见了西方远处的一个镇子，他顺着山坡向那里走去。他在山上没有看到那里有军队扎营，但随着逐渐靠近他知道那个地方就是雷普顿。镇上的神殿被好好利用了起来，它矗立在新造的木墙中，成为一扇坚固的大门。而这面墙向东西两边延伸，一直到河岸，使之成为一个滴水不漏的防御据点。当盖尔蒙德靠近防御物时，他发现里面还留有一些丹族人，他从他们那里得知，古思伦国王已经率军向东南方向行进，去往一个叫剑桥的地方。

当晚他在那里住了下来，用银钱为自己和马儿买了食物，然后再次出发了。按照丹族人给的指示，他在一条被称为韦塞林伽的罗马大道向南走了一天。在另外两天的骑行中，盖尔蒙德经过了一些正在冒烟的废墟，那些废墟本来是撒克逊人的农场和城镇。最后他来到了一个十字路口，从韦塞林伽转向一条通往东方的老路。

接下来的三天里，盖尔蒙德都在蜿蜒曲折的小道上赶路，这比在平整的罗马大道行进慢了很多，每天只能走十到十五英里。晚上停下

---

① 指渡鸦，因其吃战场上的尸体。

来睡觉时，盖尔蒙德放着恩巴尔吃草。在第四天，他终于来到了剑桥的外墙。

在防线内，一片广阔且人潮涌动的丹族人营地覆盖着这个地方，而剑河河畔的一座罗马废墟则围出了这片营地的市集。虽然没有伦敦那样繁忙的贸易，但盖尔蒙德在镇上的市场同样看到了许多来自遥远国度的商品。镇上的铁匠和其他手艺人似乎并不缺乏工作。当他沿着大路或窄道前进时，锻造、鞣制、燃烧和烹饪的刺鼻气味包围着他，其中还混杂着人类和牲畜的排泄物的气味。

他骑着马寻找古思伦和他的军队，最终他在营地的北面找到了他们。海拉海德军的战士们充满喜悦地迎接他的归来，同时也仍然在为阿斯莱夫感到悲伤。这位年轻的战士在盖尔蒙德离开伦敦的次日就死了，他再也没有从睡眠中醒来，但索格里姆一直陪伴他走到最后。战士们不约而同地向阿斯莱夫献酒。当盖尔蒙德回来的消息传开后，古思伦召见了他，施泰因诺尔弗与他一起走在觐见国王的路上。

"约尔和卢芙文娜还好吗？"年长的战士问道。

"他们很好，"盖尔蒙德说，"但他们失去了很多。"然后他把父亲告诉他的，关于阿瓦斯尼斯和松恩的哈拉尔德的所有事情，都告诉了施泰因诺尔弗，这些似乎都没有让他感到惊讶。

"王冠可以成为金色的枷锁。"他说道，"也许有些时候，摆脱它们才是更好的选择。你和你的父母和好了吗？"

"至少不再与他们剑拔弩张了。"盖尔蒙德说。

老战士点了点头。"这倒是件好事。"

当他们到达古思伦用来当作大殿的撒克逊建筑时，施泰因诺尔弗在外面等待，盖尔蒙德走了进去，在那里他发现国王发生了一些变化。古思伦的头发多了些灰白，似乎有一种疲倦开始逐渐侵蚀着他，把他搞得尽显狼狈，脾气也变差了。他请盖尔蒙德坐下，然后把酒倒进一个银杯里，这让盖尔蒙德想起了他在托斯雷德修道院的神殿里看到的杯子。撒克逊人的酒有股皮革和金属的味道，虽然它确实品质上乘，但盖尔蒙德更喜欢德雷凡修士或者雷文斯索普的特克拉酿造的麦芽酒。

"我很高兴见到你，海拉海德。"国王用角杯给自己倒酒，坐在披着狼皮的王座上，狼首死气沉沉地垫在扶手上。"当你离开伦敦的时候，我担心你再也不回来了。"

"有几次我也同样感到担心，哈夫丹派了一支小队追杀我们。"

国王的手肘靠在椅子的扶手上，拨弄着狼双耳之间的毛发。"那支小队后来怎么样了？"

"他们都死了。"

"所有的人都死了？"古思伦听起来很惊讶，但也很高兴，"你的名声越来越大了。"

那一刻，盖尔蒙德在意的不是名声，甚至也不是国王的认可，而是偿命金的真相。"我在对决中杀死了他们的首领，"他继续说道，"在艾沃尔·瓦林多蒂尔的见证下。那个首领名叫克罗克。"

国王的手不动了。"我知道这个名字，你和他谈过话？"

"是的，在我们战斗之前，他告诉艾沃尔，哈夫丹已经提出了偿命金，十八镑银钱。"

古思伦用拇指抚摸着狼的耳朵。"那不是真的。"

"那他为什么要这么说？"

国王把手举了起来。"他之所以这么说，是因为哈夫丹要求了十八镑。"

盖尔蒙德张了张嘴，然后摇了摇头。"那为什么——"

"哈夫丹要求什么并不重要。只有阿尔庭议会能确定偿命金。"

盖尔蒙德这才知道，古思伦在伦敦时对他撒了谎，或者至少隐瞒了真相。他喝了一杯酒，以抑制住他对国王不断增加的愤怒。"不管有没有议会，"他说，"如果我知道，我就会付——"

"不，我不能允许。十八镑？"古思伦向前倾了倾身子，他的声音因恼怒而提高，"你杀的那个男孩，乌巴的亲戚？他不是首领，甚至也不是有土地的自由民！他不值半点银钱。哈夫丹想惩罚你——我最狡猾的战士，并在惩罚的同时让自己变得更富裕。"

这并没有回答盖尔蒙德的愤怒和困惑，他仍然怀疑古思伦是否把真相全盘托出了，但他不知道该如何在这件事上向国王施压，所以他转向了一个更重要的目标。"我们什么时候向韦塞克斯进军？"他问道。

"韦塞克斯。"古思伦叹了口气，往后陷入了狼皮座位中。

"是的，韦塞克斯。我们什么时候行军？"

"快了。"

"你还在等什么？"

国王喝下几大口角杯里的酒，然后一跃而起，突如其来的气势差点让盖尔蒙德退缩。古思伦走到桌边，又给自己倒了更多的酒。

"伊瓦尔死了。"他说。

对盖尔蒙德来说，对他与乌巴之间的血仇来说，这意味着需要担心的拉格纳之子少了一个。"这对韦塞克斯意味着什么？"他问。

"对韦塞克斯来说没什么。"国王开始在房间里踱步，这里让盖尔蒙德想起了撒克逊人的大殿，而不是丹族人的大殿，这里有雕刻、挂件、餐具和长椅。"这意味着在东盎格利亚和麦西亚有很多土地需要统治。我认为那片土地有一部分应该属于你。"

盖尔蒙德把他的酒杯推到一边。"你在说什么？"

"现在哈夫丹和乌巴是仅剩的两个拉格纳之子。"古思伦把角杯向后仰，用手背擦了擦嘴，"当哈夫丹得知伊瓦尔的死讯后，他似乎失去了激情。他带着他的战士们回到诺森布里亚，想在死前享受他的财富。韦塞克斯对他来说已经不重要了，他打仗的日子已经到头了，只剩下乌巴了。"他环顾大殿，"我已经通过血腥的战斗赢得了财富和土地，我已当上了国王，我已获得了荣耀。所以，我问自己，如果我注定要死去，那么死在这里有什么可耻的呢？"

"有什么可耻的——"盖尔蒙德努力不让自己的声音因愤怒而提高，"你现在是打算满足于统治这里，而放过韦塞克斯？"

国王抚摸着自己的胡须，使编织在胡须上的银珠叮当作响，似乎想要在回答盖尔蒙德的问题之前先思考一下自己的答案。"不，当然不是。韦塞克斯一定会沦陷的。"

盖尔蒙德只能希望古思伦说的是真心话。

在接下来的几个星期里，国王分别向南边和西边派出侦察兵进入韦塞克斯，当他们带着敌人的情报回来后，古思伦和他的领主们开始计划发起最后的进攻。缺少了哈夫丹的军队，意味着他们更需要谋略和谨慎，这是打赢与阿尔弗雷德的战争的必要条件。一些来自北方的战士响应了战斗的号召，包括艾沃尔和她的盟友，但他们的数量仍不足以确保拿下韦塞克斯。

丹族人从诺森布里亚或其他遥远的地方来这里最便捷的方式是走海路，古思伦需要给他们提供一个安全的港口，让他们的长船登陆。他选择了威尔特郡南岸的韦勒姆镇，这将使丹族人在韦塞克斯有一个稳固的立足点，并能与阿尔弗雷德所坐镇的温彻斯特之间留出足以发动奇袭的距离。在韦勒姆以西约六十英里、靠近德文郡海岸的埃克斯河边有一个罗马废墟，可以作为第二个据点备用。当国王再次召见他到大殿参与私人会议时，盖尔蒙德已经掌握这一讯息。

"我将派一些战士从海上出发。"古思伦说道,他们一起坐在桌前。这次古思伦用银杯喝着果酒,而盖尔蒙德则用角杯喝着麦芽酒。"但我会带领主力从陆上行军到韦勒姆。"

"那要花多少时间?"盖尔蒙德问道。

"最少四天,可能五天。如果遇到坏天气,耗时会更长。"

"阿尔弗雷德肯定会做防备的。"

"他已经防备好了。我的侦察兵告诉我,他让威尔特郡和伯克郡的军队归由他直接指挥,他监视着泰晤士河和伊克尼尔德路。他预计我们会从那里进攻,这就是为什么我们要在夜间行军,沿着俄宁加街向南前往伦敦,然后向西穿过罗马大道到卡勒瓦的废墟,你可能还记得我们向贝德温行军时的情景。从那里,我们再向韦勒姆进发。"

"这是一条很长的路。如果阿尔弗雷德知道了你的计划——"

"不能让他知道我们的计划,我们必须躲过撒克逊军队而不被发现。这就是我召见你的原因。"古思伦给自己斟了更多的酒,"我需要骗韦塞克斯将战力更多分配到北方,远离我们要潜行的路,我要你去引诱他们。"

"怎么引诱?"

"泰晤士河标志着麦西亚和韦塞克斯的边界,我要你带着海拉海德军过河,然后向南进入阿尔弗雷德的王国,劫掠那里的城镇和村庄。"

盖尔蒙德喝了一口麦芽酒。"那一定会引起他们的注意。"

"你一定要快,一定要在五天内重创他们,而且必须让阿尔弗雷德相信你们不仅仅是一支小队。"

"我们小队的数量比起阿尔弗雷德的军队,简直是不自量力,如果他抓住我们——"

"他不会抓住你的。"国王伸手抓住了盖尔蒙德的肩膀,"你一定不能让他抓到你。我会如此命令你,是因为我知道只有你具备这项任务所必需的机智。"

盖尔蒙德打住了话头,考虑着古思伦对他的命令。遵照国王的命令,就意味着要让海拉海德军深入敌营,没有盟友,也无路可退——如此一来,盖尔蒙德认为与其躲避撒克逊人,不如趁机将阿尔弗雷德的全部怒火和注意力吸引到自己和他的战士身上。死亡似乎是注定的,他知道除了命运,任何的智谋也已无法影响这个任务的结局,尽管迅速行动确实会帮助他们。

"我的每位战士都必须配有一匹马,"盖尔蒙德说,"他们中的一些人将需要新的武器和盔甲。"

国王点了点头。"你会得到任何你需要的东西。"

"而且你要赏赐每一位回来的战士十镑银钱。"

古思伦睁大了眼睛。"什么?你——"

"也就是说,在已经欠他们的银钱基础上再加十镑。"

国王不以为然地笑了。"这是我本要付的银钱的好几倍——"

"他们将面临百倍的危险,而他们却把韦塞克斯给了你。每一个归来的战士都应该有足够的财富来购买土地和牲畜,如果他们希望的话。"国王还没来得及争辩,盖尔蒙德接着说,"这不是贪婪,我的国王,我们不可能还有时间去劫掠财富。如果您需要我的战士去完成这个任务,那么就必须给他们一个赴汤蹈火的理由。这样,摆在你面前的问题,就是你肯付出多少代价。"

国王低头不语,盖尔蒙德喝了一口麦芽酒,静候着。

"那你呢?"古思伦终于问道,"你自己想要什么?"

"在韦塞克斯当个领主。"盖尔蒙德说。

过了一会儿,国王点了点头。"快让他们准备好,回来的人每人给十镑银钱。"

盖尔蒙德欠了欠身,离开了国王的大殿。当他回到海拉海德军战士们身边时,他选择先告诉他们关于银钱的事,这件事像刚从锅里拿出来的烫石子,搅动着他们,让他们沸腾了起来。

"奥丁之眼啊!十镑?"拉夫转向其他脸色煞白的同伴,"一名战士可以就此不再掠夺,用这笔钱安定下来。"

"他想从我们这里得到什么?"维特问道,"我怀疑国王不是单纯的慷慨。"

盖尔蒙德吸了口气,向他们解释了古思伦安排给他们的任务。战士们冷静下来,沉默不语,伫立在原地。

"现在我明白了。"毕尔娜说,"古思伦并不打算让我们中的任何一个人回来。"

"国王的计划并不重要。"盖尔蒙德说,"如果我们命中注定要回来,我们就会回来。我们所有人都会回来。"

"那就让我们清空那个浑蛋的宝库吧。"施泰因诺尔弗说,"我们什么时候出发?"

"快了。"盖尔蒙德看了看战士们的脸。他的队伍里仍有四十二人,但许多人都需要装备。"磨砺你们的剑,穿上新盔甲,拿上新盾牌。国王的铁匠会提供你们需要的东西。休息好,整装待发,因为我们一旦出发,不拿下韦塞克斯就决不罢休。"

第二十六章

海拉海德军在古思伦向韦勒姆进军的三天前,离开了剑桥,他们预计在第四天会到达麦西亚和韦塞克斯之间的河流,并在那附近的城镇大闹一场。第九天,他们将向南往埃克斯河边的罗马废墟进发,与东盎格利亚驶来的两百多艘长船会合,这些长船由丹族国王奥赛特尔和安文德指挥,他们会在那里等待古思伦的下一步指示。这样一来,丹族人在韦塞克斯就有了两个据点,他们可以从这两个地方劫掠德文郡和威尔特郡,并夺取阿尔弗雷德在温彻斯特的王座,甚至有人说乌巴可能会从爱尔兰和威尔士的劫掠中归来一同攻占韦塞克斯,虽然盖尔蒙德担心如果自己遇到他会发生什么,但他的战士们相信拉格纳之子的出现会对战局有很大帮助。

盖尔蒙德他们沿着伊克尼尔德路前进,这条路盖尔蒙德曾经和西德罗克领主以及约翰一同走过。但这次,盖尔蒙德和他的战士们在距离沃灵福德还有一段距离的时候就离开了主路,他们向西行进以避开阿尔弗雷德的巡逻兵。第四天傍晚,他们来到一片桦树林的边缘,往下看是一个山谷,山底的泰晤士河旁边坐落着一个大集市,还有一座修道院和一座桥。

"这就是我们进入韦塞克斯的地方。"盖尔蒙德下了马,"我们将在入夜后进攻并放火烧毁建筑,然后我们再骑马前进。"

"下面有银钱可拿,"索格里姆说道,"那些修士——"

"我们没时间去掠夺。"盖尔蒙德说道,"想想等我们回来的时候会拿到的十镑银钱吧。"

索格里姆转向毕尔娜,摇摇头,她耸了耸肩。有几位海拉海德军战士抱怨着,盖尔蒙德转身面对他的战士们,他们分散在灰白的树木间,懒洋洋地坐在马上。

"好好听着,你们所有人,"他用极其严厉的声音说道,"记住我们在这里要做的事,记住你们对这个小队的其他战士发过的誓言。已经没有时间让你们犹豫不决了,如果你对掠夺的欲望大于你对荣耀的渴望,你应该和其他懦夫一起留在剑桥。在那里,你最后的结局只会是在牛棚里喝得酩酊大醉,或者是无所事事。"

他的战士们听到这席话后立刻挺起了胸膛,仿佛一阵风吹过,把他们像谷子地一样掀了起来。施泰因诺尔弗双臂合拢,捂着嘴掩饰着笑意。

"此时此刻,"盖尔蒙德说,"你们将迎接你们的命运,我不会让我的战士们以丢脸的姿态迎接命运。现在,下马尽量休息吧。"他转身指着远处的小镇,"在深夜里我们将化身巨魔,让远超死亡的恐惧降临到那些撒克逊人的头上。"他看着目光所及的每一位战士的眼睛,他们都点头表示赞同。

"你们都听到了。"索格里姆说着,从马上下来,其余的人也跟着下马了。

盖尔蒙德带着恩巴尔离开他们一小段距离,片刻后,施泰因诺尔弗悄悄走到他身边。

"巨魔?"老战士问道。

"或者是魔鬼。"盖尔蒙德靠在一棵树皮剥落的桦树上,"不管撒克逊人在做噩梦时看到什么。"他看着这棵树,然后他撕下了一大块树皮,边思考着什么边把玩着这块树皮,"他们害怕巨魔,托斯雷德给我看的书里有野兽。

"我从你的眼神里能看出来,"施泰因诺尔弗说道,"你有一个计划。"

盖尔蒙德展开卷曲的树皮。"你知道我们为什么在这里,我们必须做一些阿尔弗雷德不能忽视的事情。"

"你认为我们烧掉他的城镇后,他还会容忍我们?"

"一开始不会。"盖尔蒙德朝他的战士们点点头,"但如果我们袭击的城镇的幸存者告诉他,我们只是一个战团,他可能不会带着他的军队来追杀我们。他甚至可能会意识到古思伦的计划,并在其他地方寻找丹族主力。"

"这是什么意思?我们要杀光所有的幸存者?"

盖尔蒙德摇了摇头,然后他用大拇指戳破了白树皮上的一个黑圈。"我是说,幸存者不应该知道他们看到了什么。"他把树皮举到脸上,像张面具一样,一只眼睛从他戳破的洞里露了出来。"阿尔弗雷德会听到一群像巨魔和撒旦一般的丹族人在深夜里号叫着骚扰他的子民,那是被视为仁慧的撒克逊国王必须解决的谜题。"

施泰因诺尔弗若有所思地点了点头,仿佛逐渐了解了整个计划。"有人可能会说,隐藏在面具后面没有荣耀可言。"

盖尔蒙德放下那块树皮。"出于害怕或羞耻而躲在面具后面是耻辱的，但我们既不害怕也不感到羞耻。对付这些撒克逊镇民，面具只是一个小手段。当我们走上真正的战场时，我们将不戴面具直面敌人。"盖尔蒙德把树皮递给了施泰因诺尔弗，"告诉他们，每位战士都要变成巨魔，恐怖到连自己的孩子都会毛骨悚然，他们的马匹也要这么打扮。"

老战士看了看那块树皮，然后用指节敲了敲。"我会确保这个计划顺利进行的。"

施泰因诺尔弗走开后，盖尔蒙德用他的青铜刀又从树上割下一块树皮。他在上面刻出给眼睛留的孔和锯齿状的嘴，使他的面具变得像骷髅头一般，他用皮绳把它系在头上。然后他又砍了几片树皮，他把这些树皮卷起来，当作恩巴尔的角。他给他们两个制作了树皮衣，只要他想，还可以在上面贴上更多可怖而丑陋的树皮。

当一切完成，月亮已经升起，他转身发现海拉海德军业已隐匿于黑暗当中，取而代之的是脸色苍白的恶魔和巨魔，他们以树枝为鹿角和獠牙，脸型像狼、巨龙和其他叫不上名字的恐怖生物。他们躁动不安地站在森林里，身披扭曲的树皮，颜色像老旧的骨头一样，仿佛桦树挣脱了根的束缚，成为了可怕的怪物。

"现在你们身披来自冥界的皮毛，"盖尔蒙德说，"就连你们自己的父辈看到你们都会战栗不已，今晚我们肯定能把这些撒克逊人吓到屁滚尿流。"

他的战士们低声发出得意的笑声，他们疾驰奔向山谷里，在变化莫测的黑暗中骑行。他们悄无声息地靠近小镇，他们听到远处修士们深夜的祷告声，他们在居民地的田野边缘停了下来，直到修士们结束祷告，回到自己的床上。小镇和修道院都没有围墙，只安排了几名战士守卫。

"这些撒克逊人什么时候才能吸取教训？"史凯裘问道，他的面具让盖尔蒙德想起了雪狐,它隔低了男孩的声音。

"如果你愿意的话,我们可以在这里等到这群傻瓜们学会建立防御。"毕尔娜从一张尸鬼似的面具后面说道。

"在丹族人到来之前,他们的神殿不需要围墙。"维特说,"但他们会吸取教训的,他们正在学习。"

"这就是为什么我们现在必须拿下韦塞克斯。"盖尔蒙德说,并拿出他的火石,"点燃你们的火把,散开,把你们目光所及的一切都烧毁。像风中的野兽一样时而高声号叫,时而低声哀嚎,只有在迫不得已的情况下才和他们战斗。"他指着南边,河的方向,"往桥上走,我预计那里会有人防守,所以准备好箭矢,做好战斗准备,然后我们过河。"

"那些没有到达桥的人呢?"施泰因诺尔弗问道,"他们怎么办?"

盖尔蒙德隔着面具从夜色中窥视着他,并试图看到身后的战士。"我不会留下任何一个人,但海拉海德军必须在没有我的情况下继续前进,为了古思伦,为了丹族。所有到达桥上的人都必须在整个镇子被惊动之前离开。"

战士们似乎不太愿意接受这一点,但没有人拒绝。

盖尔蒙德用火石点燃了火把,把火苗吹成了熊熊烈火。他爬到恩巴尔的背上,当他的战士们都点燃了火把后,他举起火把咆哮着穿过田地向着小镇冲去。片刻之后,蹄声在他的背后雷鸣般响起,他的战士们扬起了可以冻住血液的尖叫声,即使是最勇敢的战士也会被吓得面无血色。盖尔蒙德的号叫变成了狂笑,回荡在他的面具内。

在距离最近的小屋一亩长的地方,看守的护卫终于发出了一声呼喊,但他紧接着转身就逃走了,而不是为了荣耀而战,盖尔蒙德在第一栋建筑的茅草下举起火把。

海拉海德军从他身边疾驰而过,进入小镇,一路上挥舞着斧头,点燃建筑。当他们到达修道院附近的一个十字分岔路口,一些战士骑着马沿着一条小路向西走,而另一些战士则向南走去,还有一些人去看看他们该如何破坏基督教神殿。盖尔蒙德观察着燃烧着的建筑的门窗,寻找试图保卫小镇的敌人,但却只有一些一心逃跑的村民,大多是妇孺。

盖尔蒙德骑着恩巴尔加快了速度,从河边沿着似乎是集市的道路前进。空气中很快就弥漫着厚厚的灰色烟尘,战士们的影子在火光中若隐若现,把整座镇子变成了穆斯贝尔海姆,而海拉海德军的战士们也仿佛变成了约顿巨人。镇子上空回荡着动物的吼叫声,而修道院方向的某个地方响起了钟声。

骑了一段距离后,他进入了市场广场,那里的摊位和马车都在燃烧,几位战士嘴里喊着恶毒的诅咒犹如撒旦在世一般奔跑着。又骑了一段距离,他来到了河边,似乎许多海拉海德军的战士们已经聚集在那里。盖尔蒙德骑马走到前面,找到了施泰因诺尔弗。

"希望韦塞克斯的所有城镇都能这么容易对付。"他对老战士说。

"我们还没过河,你看。"

盖尔蒙德转身朝桥上看去,在那里他只看到了一个男孩在站岗,他戴着一顶简陋的头盔,头盔在他的小脑袋上显得很大,并且朝一边歪斜,男孩的手里拿着剑和盾牌,对他来说似乎很重。

"谁来清理桥面?"施泰因诺尔弗问道,但盖尔蒙德明白他问题的真正含义,没有一位战士会喜欢杀这样一个孩子。

"我会看着办的。"盖尔蒙德说。

他从恩巴尔身上下来,向桥上走去。那个男孩放宽了两腿间的距离,确定自己握住了剑。盖尔蒙德选择不拔出自己的武器,但他在离年轻战士几步远的地方停了下来,以防这个男孩出乎意料地外柔内刚。

"你叫什么名字?"盖尔蒙德问道,让他面具后的声音变得严厉。

男孩一言不发。

"你的名字,小子!"

"埃斯……埃斯蒙德。"男孩支支吾吾地说道。

"埃斯蒙德,我们不是被派来杀你的。如果我们是,我的战士们已经在吸食你眼睛里的汁液,啃食你骨头里的碎渣了。"

男孩细长的脖子在他吞咽口水时晃动着。

"我们从冥界而来,"盖尔蒙德接着说,"是来为一支从北方而来的丹族大军扫清道路的。"他朝孩子走了一步,"这个地方叫什么名字?"

"阿宾登。"埃斯蒙德说。

"那阿宾登的战士们在哪里呢?"

"他们为国王阿尔弗雷德而战,他是上帝派来的国王,而且——"埃斯蒙德举起剑尖,"而且他会消灭你。"

盖尔蒙德环顾四周。"我在这里没有看到国王。除了你之外,就没有人可以保卫这个地方了吗?"

他的眼神充满怨恨和勇气。"他们都逃了。"

"但你没有。"盖尔蒙德又朝他走了一步,"你会成为我手下一个强壮的战士,拥有钢铁一般意志的埃斯蒙德。"他看着男孩的剑,剑柄在月光下闪着银光,其上镶嵌着栩栩如生的黑鸟和其他动物。"那是一把好武器。要知道,如果你举起它来对付我,我就得杀了你,我的战士们将会大快朵颐你的肉体。但如果你把它交给我,我们就会从你身边经过,你就会活下来。你说呢?"

男孩什么也没说,仍然站在原地。

"你的神和你的国王都不希望你今夜死去。孩子,我也不想杀你。你想死吗?"

"你……你说丹族人要来了?"

"没错,他们要来了。"

又过了一会儿,埃斯蒙德转身把剑和盾牌都从桥上扔了下去,在它们还没有掉到水里之前,他就从镇子跑了出去,跑进了夜色中。盖尔蒙德望着河面,几乎要笑出声。

海拉海德军似乎已经聚集在一起,注视着他等待着,而他们身后的小镇正在熊熊燃烧。盖尔蒙德感觉到火焰的热风吹拂着他的脸,他回到恩巴尔身边,希望大部分无罪的镇民都已经逃走,然后骑上了马。

"那真是浪费了一把好剑。"施泰因诺尔弗说道。

盖尔蒙德耸了耸肩。"总比浪费一个好战士要好。"

"即使是一个好的撒克逊战士?"索格里姆问道,"如果我没记错的话,男孩终究会成长为男人。"

"在这个男孩长大成人的这段时间,他会一直记得他是因为我的宽宏大量才得以活了下来。但在他真的长大之前,阿尔弗雷德会先听到我传达的话。"盖尔蒙德转向施泰因诺尔弗,"都到齐了吗?"

年长的战士点了点头。"所有的人都在这里。"

"那我们继续前进吧。"

他们从阿宾登越过泰晤士河进入韦塞克斯,沿着一条小路向南走,直到第一缕曙光让他们朝东边的一片森林走去。他们深入那片由赤杨和橡树组成的林地,这样可以在不被人发现的情况下安营扎寨。但为了确保没有人会发现他们,他们没有点火,吃的食物也是又冷又干。盖尔蒙德安排好了岗哨,让他的战士们可以休息一下,然后他去找拉夫和维特。

"我们需要知道阿尔弗雷德什么时候靠近。"

"你要我们去侦察?"维特问道,盖尔蒙德点了点头。

"我们会带着史凯裘一起去，"拉夫说，"这孩子的眼神很好。"

盖尔蒙德同意了。他认为施泰因诺尔弗可能会为此担心，但史凯裘已经证明了自己是位战士。事实上他已经不再是个孩子了，虽然出于感情，海拉海德军的战士们可能还要过一段时间才会改口，不再称他为孩子。

拉夫和维特去找史凯裘后，盖尔蒙德在一棵巨大的紫杉下给自己找了个安静的地方休息。这棵树的枝条能够触及地面，树根周围就像一个由枝条编织成的绿色小屋，它已经很老了，时间已经把树干掏空。树中裂开的一条缝隙几乎足够战士挤进去，但紫杉里面太黑了，盖尔蒙德看不清，他远离了那个开口。那是一棵先知们会聆听和供奉的树，一棵仍然铭记着诸神的树，神灵可能仍然栖居在上面。红色的浆果长在它的树枝上，就像飞溅的血滴。

紫杉树下的空气因为其散发出的气味让人感觉很沉重，盖尔蒙德坐在树根形成的摇篮里，里面有着无数年积攒下来的软针叶。他背靠在粗糙的树皮上，闭上眼睛，梦见了韦兰。

铁匠并不在深海的锻造厂里，而是在一个看起来像韦塞克斯的地方，那里有绿色的山丘、林立的山谷和白色的白垩山脊。韦兰站在一个长长的古坟的门口前，两边是立着的石头。他什么也没说，但他看着盖尔蒙德，接着他就走了。韦塞克斯紧接着火光四起、烟雾弥漫。海拉海德军的战士们与一支由桦木制成的燃烧着的野兽和长着獠牙的孩子组成的军队作战。然后，他独自一人，躲避着阿斯莱夫和法斯蒂的尸鬼。火焰熄灭了，地面因霜冻而变得又滑又硬。盖尔蒙德呼吸着浓浓的雾气，头顶升起了一轮血月，然后他就醒了。

起初他以为苏醒时夜幕已经降临，但很快就意识到是紫杉树下的影子让他以为已经深夜了。现在仍然是傍晚，太阳还没有完全落下。

盖尔蒙德离开了那棵树，眨巴着眼睛，挠着头，去看拉夫和维特回来了没有。他发现他们和施泰因诺尔弗在一起，正在给嘶鸣着的马喂饲料，史凯裘看起来很高兴自己和他们一起去了。

"你去了哪里？"老战士问他。

盖尔蒙德朝树的方向点了点头。"我在一棵老树下睡着了。"

"我听说紫杉会让睡在它下面的人做奇怪的梦。"维特说。

盖尔蒙德选择对此不发表意见。"你在侦察时有什么发现？"

"没有发现阿尔弗雷德的踪迹。"拉夫说，"但在这树林西边也许三英里的地方有一座城镇。我们今晚可以攻击那里，然后撤回到这里。"

"我同意。"盖尔蒙德说，"但我们应该在那之后继续前进。如果是我的话，我会首先来到这样的森林里找罪魁祸首。"

于是他们利用仅存的光亮穿过森林，然后在它的西边停了下来，制作新的火把，等待夜幕降临。他们计划进攻的小镇没有修道院，所以不会有修士祷告。午夜刚过，海拉海德军的战士们戴上面具，从森林中朝城镇移动，穿过田野和榆树林。当小镇在他们的喊叫声所及之处时，他们点燃了火把，发起了冲锋。和阿宾登一样，这里没有战士与他们作战。村子很小，有一个低矮的礼堂，很容易就燃烧了起来，但里面的镇民似乎已经所剩无几。盖尔蒙德看着一小撮妇女和孩子向西逃去，他们疯狂地哭喊着，就像一群吸引丹族人追上的猎物。

"有人警告过他们。"他说。

"桥上的那个小子？"索格里姆说道。他坐在马背上，与盖尔蒙德和毕尔娜并肩，看着他们离开。

"看来他们是逃到那里去了。"盾女说，"那边一定还有一个城镇，而且不远。"

"也许我们应该继续前进，"索格里姆说道，"进行第二次进攻。"

他们在日出前还有很多时间，所以盖尔蒙德同意了。他们向西骑行，无视路过的惊慌失措的镇民，沿着道路走过了一百多英亩的农田，但是在前面等着他们的不是一个城镇，而是一个规模宏大的大殿与庄园，周围有几座坟墓和其他附属建筑。那里没有火炬或灯笼。

"郡长的地盘？"史凯裘问道。

"好像是的。"施泰因诺尔弗说，"你认为他和阿尔弗雷德的军队一起离开了吗？"

盖尔蒙德催促着恩巴尔前进。"去看看就知道了。"

他们向着庄园冲去，但并不是所有的人都还点燃着火把，所以有火把的人就骑在前面。海拉海德军的战士们怒吼着，在离大殿两百步远的地方，一个人的身影从前面的建筑中浮现出来。盖尔蒙德以为撒克逊人会跑，但他却站在原地，盖尔蒙德眯着眼睛，想看清面对他们的是什么人。

片刻之后，一支箭呼啸而来，盖尔蒙德附近的一匹马嘶鸣着倒下，将骑手抛了出去。盖尔蒙德在黑暗中看不清是谁，但海拉海德军的战士们都在弓箭手的箭矢射程之内，所以必须尽快解决这名弓箭手。在战士们到达弓箭手面前之前，他又射出了两支箭。第一支箭射中了地面，但第二支箭射倒了另一位骑手。

索格里姆先赶到了那个弓箭手身边，他冲过去的时候挥动着斧头。这一击直接击碎了撒克逊人的弓，砍中了他的肩膀，这个人跟跄了好一阵，晃到了毕尔娜的跟前，随后倒在了毕尔娜的马蹄下。

海拉海德军的其他战士在坟墓间疾驰，绕着大殿转了一圈，直到他们确定没有其他战士潜伏在阴影中。盖尔蒙德派施泰因诺尔弗和其他几个人回去察看倒下的人，而他则从恩巴尔身上下来，朝撒克逊人走去。

他发现这个人蜷缩在地上,虽然没有动弹,但还活着,而且比他想象的要老。弓箭手有着一脸的胡须和斑秃的头,他用最后的力气诅咒丹族人是异教徒的魔鬼。

"阿尔弗雷德国王会把你们这些人送进地狱!"他口吐血沫,嘶吼着。

盖尔蒙德蹲在他旁边。"我已经去过那里了,所以我才被称为海拉海德。"

"那么阿尔弗雷德会把你送回属于你的地方。"那人大笑道,但听起来好像快喘不动气了,很痛苦。"你们这些人都是傻瓜,阿尔弗雷德出生在这片土地上,你们竟敢玷污它?他会把你们杀死,像异教徒的粪便一样把你们犁在地底下,没有人会记得你们。"

"你是谁?"盖尔蒙德问道。

"我是塞万。我和——"突然一阵咳嗽,他把一大口血吐了出来,但他还是继续说,"我和伯克郡的埃塞尔伍尔夫一起战斗过,当时他在恩格尔菲尔德痛击了你们丹族人。"撒克逊人闭上了眼睛,"现在我快死了,我唯一的遗憾是我太老了,不能再为阿尔弗雷德打第二次仗,再一次痛击你们。"

围观的几位海拉海德军战士对此轻声嘲笑,但嘲笑中却又包含着一丝敬佩,盖尔蒙德也有同感。"你们的战士呢?"他问。

那人紧闭着嘴。

"你们被警告过了,是吗?"盖尔蒙德说,"被一个叫埃斯蒙德的小子警告过?"

撒克逊人睁开眼睛,眼睛里满是泪水和仇恨。"一个韦塞克斯的男孩比一队丹族人的队伍对我来说重要得多,现在我不会再多说一句了。"

盖尔蒙德知道老人是认真的。"那么你对我已经没有用处了。"他拔出刀子,插进那人的胸膛,正中心脏,加快了他的死亡,结束了他的痛苦。撒克逊人惊恐地睁大了眼睛,张大的嘴巴呼出了最后一口粗气。

盖尔蒙德把刀子在那人的袖子上擦了擦,站了起来。"不要烧毁这里。"

"为什么?"他的一位战士问道。

"这个撒克逊人爱他的国王。"盖尔蒙德说,"他可能和阿尔弗雷德关系很好,把尸体绑在大殿的门前。"

然后他去看望他倒下的海拉海德军战士。幸运女神眷顾了第一位战士,虽然浑身遍布伤痕,但他在翻滚中活了下来,不过他的坐骑没有这么幸运。第二位战士名叫洛瑟,胸口中了一箭,如果不是他落地时脖子已经断了,他也会在一天之内死去。盖尔蒙德命令将死马剥去马鞍和马具后留在路上,他将死去战士的坐骑给了活下来的那位战士。

"把洛瑟的尸体带上,"盖尔蒙德说,"我们要把他埋在远离此处的地方。"

然后,他回到大殿的海拉海德军那里,撒克逊人的尸体现在立在门口,耷拉着脑袋,伸出双臂,仿佛在等待着用拥抱迎接他的访客。

"干得好。"盖尔蒙德希望这位老人对阿尔弗雷德的忠诚广为人知,让所有人都看到这种忠诚的代价。"让渡鸦们享受大餐吧。"

然后他们离开了那个地方,向着森林的方向疾驰而回,与黎明赛跑。在他们到达了森林的中心地带之后,盖尔蒙德找到拉夫和维特,让他们再去侦察一次。

"先休息一下吧。"他对他们说,"不过,我需要了解一些事情,如果你们能查明的话。"

"是什么事情？"维特问道。

"那个死去的弓箭手说，阿尔弗雷德就出生在这片土地上，我想知道在哪里。"

维特看着拉夫，后者眯起眼睛，然后点了点头。"我想我们可以查明，不管撒克逊人会多么不愿意。"

第二十七章

在拉夫和维特带着史凯裘回来之前,一场大雨倾盆而下,使得森林里升起了一层薄薄的雾气。哪怕是待在树木的遮蔽下,海拉海德军战士的盔甲也被这团雾气浸湿了。他们把洛瑟埋在老紫杉树附近,并献祭了神明。整整一天,黑压压的乌云都笼罩在树林上空,一直持续到傍晚。当外出侦察的三人终于回来时,他们看起来就像刚从海中上岸一样。拉夫的一只袖子变得破破烂烂,鲜血从手臂上的麻布绷带中渗了出来。

"你们遇到敌人了?"盖尔蒙德问他们。

拉夫看了看自己的手臂,耸了耸肩。"没什么大事。"

"伤口很深。"维特说道,露出不悦的神色。

史凯裘看了看地面,显得心烦意乱。

"发生了什么事?"盖尔蒙德问道。

"我们遇到了阿尔弗雷德的几个侦察兵。"维特说,"他们有五个人,所以我们认为我们可以很轻易地击败他们,留一个活口好问话。"

"我们的确很轻易地就杀死了他们,"拉夫说,"但我们放过的那个人比我们想象的还要勇猛,而且……他的意志十分坚强。"

"你们从他那里了解到什么了吗?"盖尔蒙德问道。

"是的。"拉夫低头看了看自己的手,"事实证明我的意志比他的还要坚强。"

盖尔蒙德注意到他指甲下的血迹,本想问一下拉夫对这个撒克逊俘虏用了什么酷刑,转念一想还是最好不问了。

维特看了一眼史凯裘。"这片树林的西南面有一个大殿,是属于国王的。"维特说道,"离这里有五六英里的路程。它位于一条山脊路的底部附近,被人们称作万蒂奇,阿尔弗雷德就出生在那里。"

"阿尔弗雷德的军队呢?"盖尔蒙德问道。

"他正从雷丁格姆沿那条山脊路进军。"拉夫说。

这个消息让盖尔蒙德很高兴,因为这意味着阿尔弗雷德或许已经中了海拉海德军的诱敌之计,但同时这条消息也会带来恐慌。如果他们遇到了撒克逊军队,毫无疑问盖尔蒙德他们会全军覆灭。

"还有多久就到了?"盖尔蒙德问道。

"两天。"维特回答。

"古思伦应该在三天内到达韦勒姆。"盖尔蒙德擦去眉心上聚集的冷冰冰的雨水,"我们需要阿尔弗雷德保持这样的行军速度。"

拉夫笑着说道:"进攻他呱呱坠地的地方,应该能吸引他的怒火。"

"这就是计划。"盖尔蒙德又看了看战士受伤的手臂,想起施泰因诺尔弗在吕加菲尔克时对他说过的话,"照顾好那条胳膊,要不然你的米克拉加德剑会想念它的,我们都不知道如何照顾那把剑。"

"他会照顾好自己的。"维特说道。

"去找施泰因诺尔弗。"盖尔蒙德指着树丛中的老战士,"他有一些疗伤的方法,但我警告你,留下的疤痕会很难看。"

"难看的疤痕更适合吹嘘。"拉夫说道,然后他和维特离开了,留下了盖尔蒙德和史凯衷。

这个男孩坐在一棵倒下的树干上,靠着一根像柱子一样直立着的粗断枝。

盖尔蒙德在他旁边坐下。"你还好吗?"他问道。

史凯衷点了点头。"我很好。"

盖尔蒙德知道他一点儿都不好,他猜测应该是与拉夫为了审讯撒克逊人所做出的事情有关。过了一会儿,他问道:"你遵守你的誓言了吗?你有没有杀死任何手无寸铁的人?"

史凯衷摇了摇头。

"那么你已经坚守了你的荣耀,不需要感到羞耻。没有人需要为别人的行为负责,你自己走好你的道路,让拉夫做他该做的事情,明白了吗?"

男孩第一次抬起头来,他的肩膀似乎挺直了一些。"我明白了。"

"很好,那我就不打扰你休息了。"盖尔蒙德说道,他让海拉海德军的全体战士也整装待发,直到暴风雨逐渐停了下来,虽然乌云依然笼罩在他们上空。他们在还有一些光亮的时候就撤出了树林,然后他们在无月无星的黑夜里,点着火把向南骑行。路上的泥坑使他们的行进速度慢了下来,因为没有一位战士愿意冒着马匹残废的风险赶赴战场。在行进了四英里之后,雨势又逐渐变大,把他们从头到脚都淋了个遍,彻骨的寒冷侵蚀着他们的骨髓。

当他们终于到达万蒂奇的大殿时,发现这里是有着四面高大木墙的堡垒,而且各面有着一条深沟,沟底聚集了一到两英尺深的雨水。

这是一个足以容纳一小支军队的堡垒,盖尔蒙德观察着城墙,但没有看到上面有任何动静,也没有看到任何火光和炊烟。

"看起来像是座空城。"毕尔娜说道。

"空气太潮湿了,没有办法放火焚城,雨会扑灭我们燃起来的任何火苗。"施泰因诺尔弗说。

史凯裘指了指。"大门开着。"

盖尔蒙德望着这片黑暗和雨幕,试图判断男孩的观察结果,但他没有办法看清楚。"你确定吗?"

"我确定。"史凯裘说道。

"也许他们听说了我们的消息,然后逃走了。"毕尔娜说。

"我们进去看看吧。"索格里姆说。

盖尔蒙德觉得这很有吸引力,即使只是为了避雨。回到森林里没有什么意义,因为那里并不比道路干燥多少,而他本来就想离开那片森林。

"我们进去吧。"盖尔蒙德说,"但要小心弓箭手和陷阱。"

于是他们骑着马继续前进,当他们到达堡垒时,盖尔蒙德带头走过沟上的木桥,他的目光时刻盯着城墙顶部。透过大门,他看到后面有一个大殿,北面是一个开阔的院子。低矮的建筑、谷仓和棚子环绕在大殿周围,建在防御设施以内,而西边有一口井。雨水从屋顶上流淌下来,顺着紧闭的漆黑窗户,在堡垒的角落里汇聚成一个个小泥潭。盖尔蒙德没有看到任何人,也没有听到除了雨声之外的任何声音。

他下了马。"拉夫、维特,看看能不能在这些外围建筑里发现什么不对劲的地方。索格里姆、毕尔娜,跟我来。其他人,做好战斗或撤退的准备。"

他穿过院子向大殿缓步走去,毕尔娜和索格里姆也下了马紧跟其后。在进入大殿之前,盖尔蒙德拔出了剑,身后的两位战士也拔出了他们的武器。另一边,拉夫和维特同样拔出了自己的武器,从一个低矮的门洞进入最近的小屋。盖尔蒙德向内推开了殿门。

大殿内伸手不见五指,犹如被黑暗淹没了一般,他们借助索格里姆带着的火把才得以看清大殿内的景象。里面的寂静让人感觉更加沉重,雨水不停敲打着屋顶。

盖尔蒙德借着有限的火把光亮往前走,经过桌子和长椅,还有一个留有灰烬的炉灶。大殿里没有任何足以构成威胁的东西,不管是外露的还是潜藏的。

"看来他们真的走了。"毕尔娜说。

索格里姆用火把点燃了找到的一个火盆,升起的火焰照亮了大殿更多的地方。一个王座矗立在远端,通过两边的门洞望去,后面似乎还有房间,上面也有二楼。

索格里姆深入大殿,经过王座,从右边的门洞走了进去。片刻后,他从左边的门洞回来,拿着一块面包,摇摇头。

"后面的贮藏室存满了东西。"他说道。

"落荒而逃,"毕尔娜说道,"他们离开得很仓促。"

看起来似乎是这样,但盖尔蒙德仍然不放心,拿着索格里姆的火把,找到了北面向上的楼梯,对上层房间扫视了一圈。他发现了床、椅子和桌子,但没有发现任何值钱的东西,也没有发现隐藏起来的撒克逊人。从朝南的窗户里,他可以看到院子,海拉海德军的战士们在雨中等待着,看起来又冷又可怜。

他回到了下层。"我们今晚就在这里过夜。"他说,"闩上大门,把马匹拴在仓库和棚子里干燥的地方,然后让大家进来。"

毕尔娜和索格里姆点头离开,盖尔蒙德在附近找到柴堆,在壁炉里生起火来。然后他去贮藏室看看索格里姆看到了什么，他发现架子上有着奶酪、面包、鸡蛋、一筐筐干蘑菇和水果、很多桶啤酒和葡萄酒，这些东西把架子都压弯了。天花板上挂着一只被烟熏过的、带盐壳的猪腿。

他想不出为什么撒克逊人把其他东西都带走了，却留下了这些储藏品，但看到这么多食物，他的口水已经流了下来，海拉海德军的战士们显然不会像撒克逊人那样愿意浪费掉这些美食。

他把火腿拿下来，然后把它搬到主厅里，他的一位战士此时也走进来，把头上和胡子上的雨水抖落了下来。战士们抬头看着盖尔蒙德，他把火腿放到中间的桌子上，一声巨响，他掰开了一部分盐壳。

"今晚我们吃些好的。"他说道，而他们也确实是这么做的。

早在日出之前，贮藏室就已经空空如也了，撒克逊大殿里的每个人肚子里都装满了食物和酒。大雨停息，乌云散去露出了星辰，这意味着他们离开这里时可以烧掉这个地方，但盖尔蒙德决定等到早上，让海拉海德军的战士们睡上几个小时。

日出时分，他站在堡垒的墙上，眺望着富饶的韦塞克斯土地，放眼望去尽是田地、牧场和伐木场。盖尔蒙德望见许多橡树都长得笔直高大，适合用来造船，可以被造成龙骨、船底肋骨或是木板。在南方的地平线上，一条绿色的山脊自东向西延伸，黎明的曙光照在山脊的中央，薄雾笼罩在高低起伏的山上。

与基督教的神殿和修道院不同，万蒂奇堡垒有着坚固的防御，墙上有提供给弓箭手的缝隙，还有窥视孔。大门上方有一个狭窄的斜口，防守者可以通过这个斜口攻击桥上的敌人。盖尔蒙德听到脚步声从木制楼梯传来，转过身时看到史凯裘爬上了墙头站在他旁边。他们一起靠在雨水打湿的木头上，胳膊环抱在木头的顶部。金黄色的曙光照射到史凯裘蓝色的眼眸里,盖尔蒙德可以从男孩紧皱的眉头中看出他在考虑沉重的事情。

"我们很快就要行军了。"盖尔蒙德说,"要是现在还不问出你的问题,就需要再过一段时间了。"

史凯裘笑着揉了揉眼睛上的疤痕。"你很了解我。"

盖尔蒙德等着他整理思绪。

"在森林里的时候,"男孩说,"你告诉我,没有一位战士需要为另一个人的行为负责。"

盖尔蒙德点了点头。"我是这么说的。"

"但誓言呢?如果一位战士向一位国王发誓效忠,而那位国王要求战士做一些不光彩的事,那战士该怎么做呢?是违背誓言更糟糕,还是做不光彩的事情更糟糕?"

盖尔蒙德又把目光转向南面的山脊,不知道该如何作答。"如果你担心自己能不能进入英灵殿,"他说,"我不知道奥丁会如何看待这件事,只有先知才能告诉你。但对我自己来说,我知道我可以忍受什么样的耻辱。违背誓言不是一件小事,但我认为做了不光彩的事,还把责任推给别人,那就更糟糕了。"

"即便是一位国王?"

"尤其是国王。如果每位战士都选择坚守荣耀,就不会有那么多卑鄙无耻的国王了。"

"我想确实是如此。我认为古思伦——"史凯裘忽然停了下来,指着东南方向,"那是什么?"

盖尔蒙德眯着眼睛看向他所指的方向,从墙上退了一步。山脊上出现了一条黑线,而且随着时间的推移,它越来越粗,越来越长。"那是一支军队。"他说道。

"阿尔弗雷德？"

"继续观察！"

盖尔蒙德转身快步跑下楼梯，甚至几乎是跳着下去的，然后穿过院子向大殿跑去。他冲进大殿，唤醒地板上熟睡的海拉海德军战士们，当他们还处于刚睡醒的迷糊状态时。盖尔蒙德一边踢着他们一边朝他们吼叫。

"阿尔弗雷德来了！"他大喊道，"拿起你们的武器！所有人都到院子里去！"

"阿尔弗雷德？"索格里姆坐起身来，眼冒金星，推开了身上一篮子苹果核，那是有人在他睡觉时倒在他身上的。"我还以为他离这里还有两天的路程。"

"我也是。"盖尔蒙德说，"他一定是连夜行军了。"

"或者说那个撒克逊人的意志比我想象的要强。"拉夫在屋子另一侧，一边系着剑，一边皱着眉说道。

盖尔蒙德也想到了这一点。"现在已经不重要了。"他说。然后他转身离开了大殿，在院子里，他朝史凯裘喊道："你看到了什么？"

"他们的队伍无穷无尽！"男孩回头喊道。

盖尔蒙德为自己的愚蠢感到愤怒。他进入万蒂奇只是为了寻找隐藏的敌人，但他现在不禁怀疑撒克逊人留下的食物其实是诱饵，是为了让丹族人留在那里，直到阿尔弗雷德来杀死他们。如果是这样，那么埃斯蒙德的警告比盖尔蒙德预想中传播得更快、更远。也许有人会质疑让这孩子活着是否明智，但盖尔蒙德的任务是诱敌，他便可以顺水推舟让这个孩子活着并去传递口信。他和海拉海德军的战士们被派去吸引阿尔弗雷德，这个任务他们完成得很好，其中的危险他们心知肚明。

太阳还没有升到城墙之上,他的战士们从大殿里出来,往拳头上哈着气,步入了清晨冷冽的雾气当中。当海拉海德军聚齐之时,盖尔蒙德爬上半截楼梯,转身面对他们,向他们发表了一番真诚的演讲。

"我们将在这里坚守阵地!"他说道,"直至最后一位战士阵亡!如果我们试图逃跑,阿尔弗雷德很容易就能从山脊上看到我们,他就会知道我们的真实人数。他可能会追上杀了我们,但这不是我所担心的。当阿尔弗雷德看到我们不是一支大军时,恐怕敏锐的撒克逊国王就会发现他被骗了。"盖尔蒙德指着南方,"古思伦只需要再过两天就能拿下韦勒姆!为了那些已经倒下的人,也为了那些还在战斗的人,我们必须在这里挡住阿尔弗雷德的军队!"他指了指脚下仍湿漉漉的地面,"你可能认为我们人少,但撒克逊人不知道城墙后面站着多少战士。他们不知道他们将要和什么样的丹族人作战!"他拔出他的剑"手足之礼",将它高高举起,"过了今天,他们就会知道我们!今天之后,整个英格兰都会因为我们的名字而颤抖,因为我们是海拉海德军!"

他的战士们发出吼声回应,许多人也高举起武器。盖尔蒙德下了楼,命令众人用堡垒中能找到的最重的梁柱把大门撑住。然后,他下令用能找到的所有木头在大殿里生起火来,把桌子和长椅也当作燃料,并让人把每一块石头都扔进火焰里加热。

施泰因诺尔弗很快就找到了盖尔蒙德,他对这些准备工作满意地点了点头,并指了指一个大水壶。"我们没有多少脂肪可以煮,但我们可以把它装满水。"

"放入一些马粪和泥巴搅拌。"盖尔蒙德说,"一些能粘住撒克逊人皮肉的东西。但也要尽量把我们有的脂肪融化掉。"

年长的战士又点了点头,前去确保这些事情顺利执行,而盖尔蒙德则回到院子里,他发现大门已经被加固得很好,可以承受大量撞击。

他不知道这样能不能抵挡住两天的攻击,甚至哪怕是一天也行,但他知道,命运会决定这些事情。食物所剩无几,战士的数量也很少,只有命运女神知道,海拉海德军当中,谁能在即将到来的战斗中幸存。

盖尔蒙德召集了队伍中为数不多的弓箭手,命令他们在城墙上的箭缝前就位。然后他爬上城墙眺望敌军,看到阿尔弗雷德的骑兵首领们现在位于离万蒂奇不过一英里的地方,他们已经转向北面,从小路上下来向着堡垒袭来。他们身后,撒克逊人的队伍肩并肩地行进着,五六名战士一排,整个队伍长达一英里,几乎已经到了他们来时的山脊。

"有多少人?"史凯裘问道。

"至少有三千人。"盖尔蒙德说。

"我的天哪。"男孩低声说道,"毫无疑问我们惹毛了阿尔弗雷德。"

"丹族人军队的消息一定传到了他那里,所以他带了一支撒克逊军队。"他越过肩膀看向院子里,"我们不是一支大军,但我们必须尽力看上去像韦塞克斯国王所期待的一支军队。"

史凯裘笑着说道:"我们可不想让一个国王失望,哪怕是一个撒克逊国王。"

盖尔蒙德也笑了出来,他们一起看着敌人越来越近,直到骑手们把马停在离城墙四分之一英里的地方。后面的战士们向两边散开,形成了一条至少一百英寻宽、六名战士一列的队伍,后面还跟着第二条同样规模和兵力的队伍。

"他们不会以为我们会骑马出去和他们战斗吧?"史凯裘说。

"如果我们这样做,他们会很高兴地迎接我们。"盖尔蒙德说,"但我想他们只是想让我们知道我们跑不掉了。"

"你认为阿尔弗雷德在其中吗?"

"是的。"盖尔蒙德说,"他不是懦夫。"

不一会儿，几个骑马的撒克逊人带着一队战士离开了军队，向一片榆树林走去。盖尔蒙德知道他们会砍下一棵树来做攻城锤，他感到十分憋屈，但只能眼睁睁地等待敌人向他们进攻。他听着远处斧头砍树的声音，当骑手们最终回来时，他们把树干拖到马后，盖尔蒙德知道战斗很快就会开始。

"到墙边去！"他喊道，"拿火来！还有石头！"

海拉海德军的战士们从大殿里走出来，提着湿漉漉、热气腾腾的桶，桶里装满了发光的火石；后面跟着两位战士，他们手中提着冒着泡、散发着臭味的水壶。这些水壶重到让他们步履蹒跚，他们并肩扛着一根下垂的杆子，水壶悬挂在他们之间的杆子上。当他们到达大门跟前时，他们将绳子编织成了摇篮一样的形状，将壶系在里面。当他们把壶送到墙顶时，一大群撒克逊人正用他们的攻城锤走向大门，每一步都走得很慢、很艰难。

在敌人到达射程内前，他们把盾牌举过头顶，但盖尔蒙德的弓箭手拔出了弓箭，瞄准着敌人，准备朝撒克逊人露出的任何弱点或空隙射击。

"稳住！"盖尔蒙德喊道。

一道由十几名战士组成的盾墙跟在攻城锤后面，守护着敌人的弓箭手和第二波撒克逊人，他们随时准备接替任何倒下的人。当攻城锤越过门前的桥梁时，桥梁发出了吱嘎声，紧接着，敌人的盾墙分离开来，宽度刚好可以让后面的弓箭手射出箭矢。

"找掩护！"盖尔蒙德喊道。

他和海拉海德军的战士们躲在防御设施内，敌人的箭矢在他们身旁呼啸而过，然后整个堡垒似乎都随着攻城锤的第一次撞击而颤抖起来。

"弓箭手！"盖尔蒙德喊道。

他的弓箭手们走到墙体的缝隙前，瞄准盾墙，放出箭矢，迫使那些撒克逊人在接下来的一两分钟内躲藏起来。在这段间隙里，盖尔蒙德举起手示意拿着水壶的战士，就在攻城锤再次撞击的时候，他下了命令，三位海拉海德军的战士将水壶里滚烫的东西从大门上方的斜洞里倾泻而下。

敌人们在下面尖叫着，因为嘶嘶作响的污泥顺着盔甲的空隙流到了身体上。他们中的许多人掉进了沟里，在水里挣扎。前面没有了战士持举，攻城锤的前端斜下刺入地面。撒克逊人从盾墙后面冲上来要填补空缺，盖尔蒙德知道必须把他们赶回去。

"扔火石！"他大喊道。

海拉海德军的战士们将一桶桶烧得通红的煤块和石块朝城墙下倾倒，将他们燃烧的瓦砾从城门上方的洞口滚落下去，这些滚烫的东西击打着敌军的头颅和盾牌。弓箭手一箭接一箭地射击桥上的战士，把更多的战士射翻到了沟里，但阿尔弗雷德的弓箭手们以牙还牙。

盖尔蒙德知道他已经开始失去战士，他能听到他们的哭嚎声。在他的视线所及范围内，他看到一些人从墙头掉到了下面的院子里，但他还不能停下来为他们祈祷或哀悼。

当桥上的撒克逊人终于因为损失了太多的战士，以致无法撑起攻城锤的重量时，树干的后端轰然倒下，发出一声巨响和碎裂声。那些还站着的敌人迅速从桥上退了下来，退到盾墙后面，把攻城锤留在了原地。

"燃油！"盖尔蒙德大喊道，"把它倒在攻城锤上！"

附近的战士们看起来十分困惑，他们认为没有敌人在下面，热乎乎的燃油会被浪费掉，但盖尔蒙德下令这么做的原因并不是为了伤害敌人。这些燃油会让攻城锤变得滑溜溜的，阿尔弗雷德肯定会派第二波人,燃油会让攻城锤变得难以搬运,不过盖尔蒙德知道这并不能抵挡很久如此猛烈的攻势。

韦塞克斯国王刚刚损失了三四十个撒克逊人,几乎等同盖尔蒙德小队的战士数量,但他仍然率领着一支三千人的军队。阿尔弗雷德的第一次进攻很可能是对据点防御的一次试探,他的第二次攻击将是认真的。

"更多的火焰与投石!"盖尔蒙德喊道,"把水壶装满!"

他的战士们拿着水桶从墙上跳下来,他们把沉重的水壶降到院子里,但盖尔蒙德担心这还不够。他们用来当燃料的那点木头很快就会用完,他的弓箭手也会用完箭矢。看来撒克逊人很可能会在太阳落山前攻破大门,盖尔蒙德需要一个计划来应对接下来肯定会发生的血腥肉搏。在那之前,他在寻找减缓敌人速度的方法——或许可以通过摧毁桥梁来实现。

盖尔蒙德沿着城墙走到大门的位置向下看去,桥两边的沟渠里堆满了撒克逊人。他们被水浸泡着,插满了箭,有的还在挣扎。他决定应该把攻城锤留在桥上。它太湿了,烧不起来。即使海拉海德军的战士们能把它从桥上滚到沟里,撒克逊人也会再砍倒一棵树。但如果盖尔蒙德能烧掉攻城锤底下的桥,那么不管阿尔弗雷德砍了多少树都无济于事。

"撒克逊人逃走了!"一位战士喊道。

盖尔蒙德看向南边,那里阿尔弗雷德的军队似乎在迅速撤退,以十分迅速的行军方式向山脊后退,但盖尔蒙德怀疑这一切的真实性,即使海拉海德军的战士们已经爆发出疯狂的欢呼声。

施泰因诺尔弗和他一起站在墙上,他的胸口满是鲜血,但在盖尔蒙德问起之前,年长的战士摇了摇头,说道:"这不是我的。"

"史凯裘？"盖尔蒙德问道。

"他没有受伤。"

"那是谁——"

"索格里姆。"老战士说，"他不太可能活下来，但我不确定我们中是否有人真的能活下来。阿尔弗雷德在做什么？"

盖尔蒙德摇了摇头。"看起来他要离开了。"

"离开，在吃了几颗鹅卵石和一些马粪之后？他可不那么容易被吓到。"

"也许他希望把我们引出来。"

"我对此表示怀疑。"施泰因诺尔弗用眯起的眼睛注视着山脊，"阿尔弗雷德知道堡垒能容纳的战士不超过一千人，这样的数量早晚会被消耗殆尽。这意味着他也知道他的军队至少是我们的三倍。除非他是个傻瓜，或者觉得我们是傻瓜，才会希望我们能追击他。"

"也许古思伦的消息已经传到他那里了。"

"也许吧，"施泰因诺尔弗说，"但他似乎在向西行进，而不是向南。"

"我必须知道他的去向。"盖尔蒙德看着撤离的撒克逊军队说，"我不喜欢这样。"

"我还活着，这就足够我庆幸了。"老战士说道，"看来运气和诸神还站在你身边。"

盖尔蒙德想同意他的说法，但他并没有从自己小队的命运转折中感受到运气或是诸神的存在。相反，萦绕在盖尔蒙德胸口的恐惧似乎在他耳边低语，他的战士们本该全部死去，却以某种方式欺骗了死神，为此他恐怕会付出沉重的代价。

第二十八章

撒克逊人射杀了三名海拉海德军的战士,还有几位战士受了伤,其中两名伤势很重。盖尔蒙德担心他们活不了多久了,尤其是索格里姆。这名壮硕的丹族人的右侧两根下肋骨之间中了一箭,箭头深深地刺进了他的肝脏,但他在战斗的怒火当中折断了箭杆继续杀敌,带刺的箭头留在了他的体内。施泰因诺尔弗试图将箭头拔出,但索格里姆的鲜血从伤口里喷涌而出,搞得施泰因诺尔弗浑身沾满了血。在与每一位哪怕只是略懂一点治疗的海拉海德军战士交谈后,这位年长的战士决定不再冒险。而索格里姆已经握着剑躺在地上,准备迎接死亡,因为这很可能就是他最后的结局。

自从攻城结束,阿尔弗雷德撤退后,毕尔娜每时每刻都陪着受伤的战士。某天晚上,盖尔蒙德坐在毕尔娜与索格里姆的身边,他们正身处大殿王座后面的一个房间里。索格里姆躺在铺着毛皮和毯子的床上,脸色十分苍白,呼吸急促。他的身边放着一盆血水,旁边还有血淋淋的破布和金属工具。战士强撑着自己不动，因为只要稍微动一下，伤口就会剧痛无比。他一直闭着眼睛，但他还没有因为失血过多而休克。

"为我做一件事吧，海拉海德。"他咬着牙说道。

"说吧。"盖尔蒙德说。

"让古思伦把我的十镑银钱给毕尔娜。"

盖尔蒙德看了一眼毕尔娜，她伸手握住了索格里姆的手。"我不在乎这个。"她说道，"我不想要。"

"但我希望你能拥有它。"索格里姆睁开眼睛，看着盖尔蒙德，"你愿意为我这么做吗，海拉海德？"

盖尔蒙德一直没有意识到这两位战士已经变得这么亲密，甚至没有意识到他们已经两情相悦。作为他们的指挥官和朋友，盖尔蒙德觉得这是他的失职，但他仍点了点头。"我会尽最大努力去完成。"

听到盖尔蒙德的承诺，索格里姆似乎松懈了下来，更深地陷入了床中，他又闭上了眼睛。"有阿尔弗雷德的消息吗？"

"拉夫和维特还没有回来。"盖尔蒙德说，"我们只知道他率军向西行进了。"

"西边有什么？"毕尔娜问道。

"撒克逊人。"索格里姆说，"而在那些撒克逊人的西边还有更多的撒克逊人，然后是不列颠人，最后是大海。"他的嗓音变得低沉，并且带有怒气，"我希望我能活到亲眼看见韦塞克斯和英格兰沦陷的那一天，但看来命运另有安排。"

"他们会被攻陷的，"毕尔娜说，"你或许还能活着看到——"

"我已经是个将死之人了。"索格里姆睁开眼睛看着她，"你知道的。"

她似乎想要争辩,但她什么都没有说,点了点头。"如果你是,那么我会在最后一战中喊出你的名字,让你在英灵殿听到。"

"你是唯一一个让我害怕过的女人。"索格里姆说,"我想这就是为什么你是我唯一爱过的女人,我的爱人。"

毕尔娜紧闭双眼,低下了头。

"我已经准备好了,海拉海德。"索格里姆说,"你需要立刻出发,我继续苟延残喘也没什么用处。"

盖尔蒙德想要起身。"我去让施泰因诺尔弗——"

"不用,"索格里姆说,"把钳子给我,我自己来吧。"

毕尔娜抬头看了看盖尔蒙德,他犹豫了一下,然后伸手去拿工具。

"我需要你来拿好它。"索格里姆接着说,"之后,就交给我吧。"

盖尔蒙德点了点头,然后把索格里姆身上的亚麻布绷带缓缓揭开,看了看伤口。看来在施泰因诺尔弗寻找箭镞的过程中,伤口已经被扩得更大了。盖尔蒙德尽量轻柔地拨开皮肤,伤口开始出血,毕尔娜主动将血液擦掉。

索格里姆打了个寒战,哼了一声。"你看到了吗?"他问。

盖尔蒙德向伤口里看去,他瞥见一支破烂的箭杆刚好从两根白色的肋骨之间伸出来。"我看到了。"

"用钳子好好抓住它。"

盖尔蒙德的眉毛上已经布满了汗水,他屏住呼吸,把工具推进了伤口里。索格里姆发出一声喘息,然后面目狰狞地咆哮着,盖尔蒙德努力让钳子的尖端抓住箭柄。当他紧紧地抓住后向后靠了一下,让索格里姆接过工具。

"等你准备好了。"他说。

索格里姆伸手握住了钳子。"我很荣幸为你而战,盖尔蒙德·约尔森。"

"我才应该感到荣幸。"盖尔蒙德说。

索格里姆张开另一只手,毕尔娜把他的钩斧放入他的手中。"我很荣幸能在你身边作战,毕尔娜·格姆多蒂尔。"几滴眼泪从他的眼睛里渗出,顺着他的太阳穴流了下来,"我会在我身边的长椅上为你留个位置。"

"我会加入你的,"她说,"当命运允许的时候。"

索格里姆抬头看了看天花板,深吸了一口气,当他从伤口里拔出了箭镞时,发出了一声怒吼。箭上的倒刺将肝脏扯得四分五裂,鲜血像泉水一样从伤口里涌了出来。毕尔娜向前倾身,用一块破布按住伤口,想要阻止出血。索格里姆似乎没有注意到这一点,相反他把箭镞举在眼前。

"我希望我能把这份礼物返还给送给我的撒克逊人。"他说。

毕尔娜呜咽着,她的手已经被鲜血浸透,伤口仍然流血不止。

索格里姆的手臂慢慢地软了下来,垂到了他的身边,他手中的钳子也掉在了地上,但他紧紧地抓住了他的斧头。他的眼睛逐渐失去了光彩,呼吸也渐渐停止。在他死后过了一段时间,毕尔娜才靠了过来,望着那具尸体。又过了很长一段时间,她才开口说话。

"你不准向古思伦要他的银钱。"她说。

"我告诉他我会的。"

她低头看了看自己的手,然后她转身把它们浸在盆里。她把手掌和手指在水里搓了又搓,拧了又拧,好像要把手上的血迹彻底洗掉。"他有一个计划。"她说。

"什么计划?"

"他想用我们的银钱——他和我的银钱,买下一个大农庄,建一个大殿。在那里，我们会像夫妻一样住在一起。"她把手从水盆里伸了出来，"他经常说起这件事。"

"你想要那种生活吗？"

毕尔娜叹了口气，用湿漉漉的手背按住额头。"我还没有决定好，也许我愿意。"然后她低头看着索格里姆，"我让他以为那是我想过的生活。"

"我父亲大殿里的一个诗人曾经告诉我，战争和耕作是大同小异的。但我必须告诉你，我不认为你会快乐地挤山羊和奶牛的奶，或者收集鸡蛋。"

她笑了，但仍然带着哭腔。"我几乎对他说过同样的话。"

"我们在伦敦的时候，你和我，还有阿斯莱夫，一起谈了种田的事。你还记得吗？"

"我记得，我离开你们这些小崽子去找索格里姆了。"她自顾自地笑了起来，"那是我第一次和他在一起。"

盖尔蒙德对此毫不知情，他又一次感到了他的失职。"现在我明白他为什么要你拥有他的银钱了。"

"这也是我不收的原因，所以不要向古思伦要。即使我曾想要过那种生活，现在也已经不复存在了。除了他，我不会再想和其他人过那种生活。"

盖尔蒙德点了点头。"那就这样吧。"

"我想向你要另一样东西。"

"说吧。"

"让我杀撒克逊人，数不胜数的撒克逊人。"

他又点了点头。"这一点，我可以做到。也许我们——"

"盖尔蒙德！"施泰因诺尔弗走进房间，但他在门口停了下来，他的目光陆续落在了毕尔娜、索格里姆的尸体、积聚的血液和那把钳子上。他发出一声短促的叹息。"我很高兴他的痛苦已经结束了,"他说,"而且这个时候刚刚好。"

"你为什么这么说?"

"拉夫和维特已经回来了。"

盖尔蒙德看了一眼毕尔娜,有点担心留下她一个人。但她向盖尔蒙德点了点头,盖尔蒙德拍了拍她的肩膀,然后站了起来。他穿过房间,和施泰因诺尔弗一起回到正厅,他的两个斥候在那里等候。

"你们发现了什么?"他问。

"一支丹族人的军队。"维特说。

"什么?"盖尔蒙德以为自己可能听错了,"谁带领他们?"

"乌巴,"施泰因诺尔弗说,"不可能是别人,他一定是从爱尔兰回来了。"

"我们认为是乌巴,没错。"拉夫听起来喘不动气,脸色苍白,"当我们到达他们那里时,阿尔弗雷德的军队已经发动了攻击,所以我们保持了距离。"

"有多远?"施泰因诺尔弗问道。

"离这里有六英里。"拉夫说。

"有多少丹族人?"盖尔蒙德问道。

维特犹豫了一下才回答:"也许六百人吧,不超过八百人。"

片刻的沉默之后,施泰因诺尔弗转向盖尔蒙德。"你有何打算?"

盖尔蒙德花了些时间思考。"在未知的国度里行军这么远,这会是一个十分凶险的夜晚。但在黎明前,让每一个还能战斗的海拉海德军做好准备,而伤员可以跟在后面。如果我们到达战场时,战斗仍未结束,我们将和乌巴一起对抗阿尔弗雷德。"

"这样做明智吗？"老战士问道，"阿尔弗雷德的军队几乎是我们丹族人军队的四倍，我们这支小队对战局没有任何影响。"他靠近了一些，"别忘了，你和乌巴还有血仇。"

"我没有忘记，"盖尔蒙德说，"但只有懦夫才会相信只要避开这场战斗，他就能永远活下去。他们是丹族人，并且在为了夺取韦塞克斯而战斗，甚至可能是我们把阿尔弗雷德的军队引到了他们身边。他们的战斗就是我们的战斗。"

施泰因诺尔弗皱了皱眉头，但他低头接受了盖尔蒙德的决定。然后他动身去把这个计划传达给整个小队，盖尔蒙德此时转向了拉夫。"你看起来不太好，我的朋友。"

"这没什么。"他说，"可能是昨夜的雨让我着凉了。"

"他的手臂在发热。"维特说。

盖尔蒙德看着亚麻布绷带。"给我看看。"

"不是大事，"拉夫说，"在你担心我手臂上的小伤之前，你还有更重要的事情要处理。"

"那就去好好处理一下吧。"盖尔蒙德看了一眼维特，"在它恶化之前。"

白发的丹族人点了点头，瞪了拉夫一眼，好像他们已经为这件事争论过很多次了。

盖尔蒙德前去告诉毕尔娜，她很快就可以屠杀一整支撒克逊人的军队。之后盖尔蒙德帮她把索格里姆的尸体包好，抬到主厅里，将其放在其他死去的战士的尸体旁边。在那晚的大部分时间里，海拉海德军的战士们用故事和歌声来纪念死者，之后他们宰杀死者的马匹作为祭品，在第二天早上离开之前，他们点燃了万蒂奇堡垒，给牺牲的战士燃起去往英灵殿的盛大篝火。

盖尔蒙德没有向南走阿尔弗雷德的军队走过的那条山脊路，而是带领他的战士们沿着一条低洼顺着山脉走向的道路向西行进，茂密的森林为他们提供了掩护。拉夫和维特在最前方带路，海拉海德军战士们跋山涉水，在正午之前到达了战场。

盖尔蒙德在看到战场之前就闻到了死亡的气息，当他的小队来到一座又宽又浅的山谷里时，除了渡鸦的叫声外他什么也听不到。整座山谷仿佛被鲜血浸透了一般，散落着数百名丹族人的尸体。一堆堆冒着烟的焦木和灰烬标示着营地帐篷所处的位置，不远处是一条狭窄的河岸。看来撒克逊人已经离开了，留下沉默的死者在阳光下腐烂。

"这一天，进入英灵殿的大门会很拥挤。"施泰因诺尔弗说。

盖尔蒙德凝视着那些被砍伤、刺穿、切断的尸体，他又重新感受到在阿尔弗雷德撤退时感受过的恐惧，这股恐惧感穿过了脖子，直达肠胃，让盖尔蒙德浑身冰凉。他早知道他们会为自身的运气付出代价，而眼前的死者正应了他的担忧。"乌巴已经死了。"他说。

"你怎么会知道？"史凯裘问。

毕尔娜回答道："没有一个拉格纳之子会从战斗中逃跑。他会战斗到最后一刻，最终和他的战士们一起死去。"

乌巴的死意味着盖尔蒙德与丹族人的血仇已经结束，但其结束的方式并没有给他带来欣喜和安慰。"古思伦会难以接受这样的损失。"

"他会吗？"施泰因诺尔弗问道。

"你什么意思？"

"这会不会是他的计划？你认为他知道乌巴会到这里吗？"

其他的海拉海德军战士用愤怒的神色瞥了他一眼，年长的战士挺直了身体摆出防御姿态。

"不可能只有我一个人这么想。"他说，"古思伦派我们来这里，是希望让阿尔弗雷德在这里寻找丹族军队。"他向战场努了努头,"阿尔弗雷德确实找到了一支丹族军队,当初来到英格兰的丹族国王现在只剩下几个人了,古思伦是其中之一。"

盖尔蒙德希望施泰因诺尔弗是在胡说八道,但当他想到古思伦时,他想起了他在剑桥受到过的怀疑和不信任。附近的海拉海德军战士在马鞍上坐立不安,互相看了一眼,感到很不舒服,但什么也没说。

毕尔娜发话了。"古思伦是很狡猾,但他绝不会背叛拉格纳之子。他需要乌巴来夺取韦塞克斯。"

"阿尔弗雷德现在在哪里?"维特问道,"撒克逊人一定是在血迹未干之前就从这个地方离开了。"

盖尔蒙德骑着恩巴尔朝战场里走去。马儿对死亡的景象和气味发出了鼻息声,不过几步,他们就已经过了几十具尸体,还有更多的尸体向南北两边不断延伸。盖尔蒙德凝望着他们,不知道自己在寻找什么,他知道自己永远也没有办法搞清楚这些死亡有何意义和理由。即便命运三女神有她们如此编织命运之线的理由,她们也不会将其透露给凡人。

海拉海德军跟着盖尔蒙德步入了血淋淋的战场,当恩巴尔沉重而缓慢地行走时,史凯袭在身后说话了。

"那是什么?"他问,"那是一匹马吗?"

盖尔蒙德回头看了一眼,然后顺着男孩指的方向看去,在山谷上方的山坡高处,一匹雕刻出来的马,气宇轩昂,仿佛从高处俯视着他们。它在丘陵绿色的草皮上闪着白光,从鼻子到尾巴至少有五十多英寻长,肆意奔驰的动作被凝固在土地里。它的壮观和美丽让盖尔蒙德想到了奥丁的坐骑斯莱普尼尔。这个伟大的生物俯瞰着这片土地,几乎让他忘记了他所踏过的尸体。

这匹白马让海拉海德军战士们分心,以至于他们没有注意到有一帮撒克逊盗贼和拾荒者在死者身上捡东西,但毕尔娜把他们赶跑了,并在拉夫和维特的帮助下把其中四个人抓了过来。在毕尔娜享受杀死他们的快感之前,他知晓了这里发生的战斗,而且看来他们还知道得不少。

盗贼们知道被烧毁的营地是乌巴的,因为撒克逊人夺走了他的渡鸦旗。他们还知道乌巴已经倒下了,因为撒克逊人事后曾说过,杀死丹族国王是多么的困难,乌巴赤手空拳地杀了许多战士才最终死去。拾荒者们不知道阿尔弗雷德往哪里去了,但他们说他的军队是为了和更多其他的丹族人作战而匆匆忙忙地顺着山脊路离开的。当史凯裘问他们是谁把白马刻在山坡上的时候,他们说这是巨人的杰作,在罗马人来到英格兰之前,巨人居住在这片土地上。他们还说在山脊路上有一个铁匠铺,属于一个叫威兰德的巨人。之后,毕尔娜割断了他们的喉咙,用索格里姆的钩斧把他们的头劈成了两半,她现在拿着这把钩斧来纪念索格里姆。

"阿尔弗雷德正在向韦勒姆进军。"维特说。

"不管他是否在往那里前进,"盖尔蒙德说,"我们已经完成了任务,现在必须骑马前往埃克斯河和在那里等待的船队会和,我们将使用撒克逊人的山脊路。"

"要在威兰德的铁匠铺停一下吗?"施泰因诺尔弗问道,他的声音很低,足以让其他人听不到他的声音。

这个名字也让盖尔蒙德十分好奇,他想也许这就是撒克逊人对韦兰的称呼吧,他向四周看了看,然后回答道:"我们去看看那里有什么。"

他们等着受伤的海拉海德军战士们赶上他们,然后盖尔蒙德带着他的小队离开了那个有着死人和白马的山谷,顺着山脊路朝南边行进,从山脊所在的高度他们可以看到四面八方好几英里外的情况。当他们顺着山脊路向西南方向走的时候,山上的风猛烈地呼啸,直到他们走进了一片稀疏的树林,那是盖尔蒙德以前就见过的山毛榉林。

"我见过这个地方。"他对施泰因诺尔弗说。

"怎么见到的?"

"我在紫杉树下梦见过。"

进入那片树林后不久,他们来到了盖尔蒙德所见过的那座长长的古坟,梦中韦兰就站在那里。不过在他的梦中,那些矗立的石头像是刚刚凿出来一样。耀眼的日光下,在他的战士们的陪伴下,那个地方似乎比任何罗马城或竞技场的废墟都要古老得多,而且仿佛会永恒不变一般。盖尔蒙德牵着恩巴尔的缰绳向古坟走去,那里黑暗、低矮的入口通向泥土中,而大多数海拉海德军的战士在经过那里时,都迅速走到了山脊路的另一边,斜视着它。只有施泰因诺尔弗和史凯裘紧跟着盖尔蒙德,不过毕尔娜比其他人更靠近古坟。

"你在做什么?"她问。

"继续前进。"盖尔蒙德说,他知道他们中的伤员会减缓他们的行进速度。"我们今天晚些时候会追上你们的。"

她俯身看着盖尔蒙德身后的土丘和石头,困惑地皱着眉头,但最终还是点了点头,继续前进。盖尔蒙德等待着,直到看到海拉海德军的战士们消失在树林深处后,他从恩巴尔上下来。施泰因诺尔弗和史凯裘也下了马,但当他们和盖尔蒙德一起往古坟走去时,盖尔蒙德阻止了他们。

他说:"我一个人去。"

施泰因诺尔弗向漆黑的入口望去。"你确定吗?"

"我确定。"

年长的战士向最近的一棵树指了指。"你需要一个火把来——"

"如果这真是韦兰的另一个铁匠铺,"盖尔蒙德说,"那我就不需要它。"

施泰因诺尔弗眨了眨眼,摇了摇头,然后说:"至少拿着这个。"他抽出祭祀刀,在手里翻了翻,把它的手柄朝盖尔蒙德递去。"你可能需要一些比你的剑更短的东西来进行突发的战斗,你的刀鞘自从雷文斯索普之后就一直空着。"

"谢谢你。"盖尔蒙德接过剑,并不是因为和施泰因诺尔弗一样感到恐惧,而是为了让他感到安心。

"那于你对付尸鬼没有任何帮助。"史凯袭说。

盖尔蒙德咧嘴一笑。"这里没有尸鬼。"然后他转过身,向古坟入口走去,他只停了一会儿,检查了一下脚下的情况,然后就向黑暗中迈出了第一步。

石头砌成的台阶在将盖尔蒙德带入一条狭窄的走廊之前,并没有沉入地下多深,低矮的岩石天花板迫使他弯下腰来前进。当他沿着那条通道走下去到了阳光所不能及的地方时,面前是一个狭窄而空无一物的房间,尽管那里一片黑暗,但他还是能看出它与韦兰在海底的大殿完全不同。盖尔蒙德闻到了潮湿的泥土味,摸到了粗糙的石头。这些石头是由人类亲手打造的,而不是出自阿萨神族、巨魔或精灵的手,他知道这不是神明的锻造厂。

他静静地坐着,觉得自己的希望落空了,但也说不出自己进入古坟时希望看到什么,他想知道自己的梦境是什么意思,因为他知道自己见过这个地方。

"韦兰?"他低声说,他的声音在石壁之间回荡,变得更加响亮,"你在这里吗?"

铁匠毫无预兆地出现在他面前,明亮得就像干柴里突然燃起的火焰,伫立在石地正中央,十分耀眼。他穿着与以前不同的外衣,也没有头盔或板甲,但盖尔蒙德认出了他的眼睛,以及长脸的形状。

"是你,"盖尔蒙德说,"这么说你也被称作威兰德。"

"一些人是这么称呼我的。"铁匠说。

盖尔蒙德环顾了一下这个小房间。"这也是你的锻造厂吗?"

"这不是我的锻造厂。"他说,"这个地方还不够古老,但它就在我锻造厂的边界内。"

"那你的锻造厂在哪里?"

"它就在这里,但在地下深处。通往它的道路对你是关闭的。"他悄无声息经过石面,靠近盖尔蒙德,"你怎么会认识我?"

铁匠的问题让盖尔蒙德怔了一下,陷入了沉默。"我是盖尔蒙德,约尔之子,他的父亲是哈夫,而哈夫的父亲是约尔雷夫。你曾经把我带到你在海底的锻造场,你不记得我了吗?"

"不,我不是你见过的韦兰。"

盖尔蒙德思考着这话的意思。"你和另一个人共用这个名字?"

"是的,我们是同一个生命的不同记忆体,但我已经很久没有听到其他记忆体的声音了。"

"为什么呢?"

"这很难解释。我……正在死去。但是过程十分缓慢,你的子孙后代的离去会比我的彻底消失更早。"

"我不了解你的种族。"盖尔蒙德说。

"如果你了解的话,那才是非常不可思议的事情。"

"你知道那枚臂环吗,海尼特尔?"

"我知道我制作的所有臂环,但没有一个臂环的名字这么新。你为什么问起它？"

"你——不，海底的韦兰，他把那枚臂环给了我。"

"是吗？"铁匠停顿了一下，"你戴着它吗？"

当盖尔蒙德想要张口回答时，一阵突如其来的羞愧感让他吃惊，一时没能开口说话。"并没有。"

"那么它在哪里？"

这个问题让盖尔蒙德觉得自己在某种程度上辜负了铁匠，或者说辜负了自己，他低头看着古坟的地面。"我把它给了我的国王。"

韦兰扬了扬眉毛。"为什么？"

"我相信戴上它是他的命运。"

"命运是由自身创造的。"韦兰说，"那枚臂环是天理。如果它是给你的，那它就是属于你的，你可以戴着它。放弃我的一枚臂环，就等于放弃了至高无上的力量。"

盖尔蒙德对此没有作出回答，因为他知道这是真的，虽然他需要韦兰的话才能看得如此清楚。他时常后悔把臂环给了古思伦，不管是不是命中注定。他的荣耀感让他不愿意对自己承认这一点，因为他曾对国王发过誓。但现在他发现，这件事与他的荣耀感关系不大，而是和他的权力息息相关，而如何处置这枚臂环的权力永远都在他手上。他越是怀疑丹族国王，他就越想把臂环拿回来。

"你为什么来这里？"铁匠问道，"我的锻造厂已经被埋没了，炉火早已熄灭。我不能再给你任何东西了。"

"这不是我来这里的原因。"盖尔蒙德说，"我梦见过这个地方。"

"那是因为你曾在我的一个锻造厂里面待过。当你靠近另一个的时候，你的潜意识感觉到了，于是你想要找到这里。"

"也许是这样，但我认为还有其他原因。我想我需要听你说说那枚臂环。"

"也可能是这样,"铁匠说,"你们人类常常只会听见想听和需要听的东西。你还有什么想说的吗?"

如果眼前的这个韦兰更像海底的韦兰,盖尔蒙德也许还会留下来叙叙旧,但他此刻明白自己来这里的使命已经达成,他知道施泰因诺尔弗和史凯袤该开始担心了。"没有了,但我想谢谢你。"他说,"我现在要离开了。"

"我没有权力送你去哪里或者留下你,但这里随时欢迎你,盖尔蒙德,约尔之子,哈夫之孙,约尔雷夫之曾孙。"

盖尔蒙德躬了躬身,当他抬起头来的时候,铁匠已经消失了,又小又黑的古坟里只剩下他一个人。他离开墓室,沿着狭窄的石道缓慢地前进,回到了刺眼的阳光下。有那么一瞬间,他不得不用手遮住眼睛,眯着眼睛瞧施泰因诺尔弗和史凯袤。

"怎么样?"老战士说,"你在里面待了很久,应该是发生了什么事。"

盖尔蒙德把祭祀刀还给他。"我和韦兰谈过了。"

"他说了什么?"史凯袤问。

"比他第一次和我说话时说得少,但足够了。"

施泰因诺尔弗将他的祭祀刀插回刀鞘中。"对于什么来说足够了?"

"足以让我知道我必须做什么。"盖尔蒙德向恩巴尔走去,爬上马背,"但首先,我们得拿下韦塞克斯。"

第二十九章

到达德文郡和埃克斯河需要五天时间,盖尔蒙德本可以带领海拉海德军快马加鞭在四天内到达,但小队中的伤员需要缓慢行进。他们一直沿着山脊路穿过韦塞克斯郡,进入多塞特郡,直到他们到达莱姆河。从那里他们沿着河岸向西走,直到他们来到埃克斯河和古思伦要他们占领的罗马城。盖尔蒙德本以为会看到一支由两百多艘长船组成的船队,载着多达四千名丹族人的军队,却发现河岸上仅仅停泊着几十艘船。

盖尔蒙德进城后才知道,海上的一场风暴已经导致一百二十艘长船和三千多位战士葬身海底,其中包括安文德和奥赛特尔两位国王。这场灾难让幸存的船员们难以承受,许多人认为风暴是一个邪恶的预兆而驶回了他们的来处,留在德文郡的丹族人也没有丝毫战斗的欲望。

船队的损失也让海拉海德军深受打击,尤其是在发现乌巴的军队被屠杀之后,整个营地里充斥着绝望的气氛。只有傻瓜才不会想知道是运气，是命运，还是诸神背叛了丹族人，让他们走向毁灭。

"古思伦现在怎么能拿下韦塞克斯呢？"一天深夜，施泰因诺尔弗在没有旁人的时候，盯着火堆问道，"没有乌巴，船队又在海底，丹族人打不过阿尔弗雷德的。"

"古思伦很狡猾，"毕尔娜说，"他会找到办法的。"

施泰因诺尔弗对着火苗吐了一口唾沫，火苗嘶嘶作响。"阿尔弗雷德也很狡猾。"

如果不是因为海尼特尔，盖尔蒙德可能会更同意这位年长的战士。可只要古思伦有海尼特尔在身，他们仍然可以拿下韦塞克斯，即使他们已经损失惨重。

"也许阿尔弗雷德已经倒下了。"维特说，他坐在拉夫身旁，而拉夫正躺在火堆旁边，身体虚弱，发着高烧，"古思伦可能已经在韦勒姆打败了撒克逊人。"

施泰因诺尔弗摇了摇头，仿佛不相信这种可能性。

"我们只能等待结果，"盖尔蒙德说，"希望能像你说的那样。"

几天后，埃斯基尔带来了消息。自离开伦敦之后，盖尔蒙德就再也没有见过他。这位战士从韦勒姆向东骑了六十英里的路程，路途十分艰难，几乎把马弄瘸了。海拉海德军的战士们让他坐在他们的火堆旁，让他能够吃东西休息。

"古思伦很容易就拿下了韦勒姆，"他说道，"但是阿尔弗雷德不久之后就带着军队来了，现在……他们正在讲和。"

盖尔蒙德难以相信。"讲和？"他几乎要喊出声来，"在我们为古思伦的计划冒了一切风险，失去了一切之后，他居然要和撒克逊人讲和？"

"没错。"从埃斯基尔的脸色可以看出来，他和盖尔蒙德一样对他们的国王感到失望。阿尔弗雷德让古思伦向他的神明的十字架发誓。"

"那么古思伦的誓言是毫无意义的。"毕尔娜说,"十字架证明不了什么,他一定有一个计划。"

埃斯基尔对此没有回答,然后面露难色看着盖尔蒙德。

"怎么了?"盖尔蒙德问道。

丹族人用舌头舔了一下牙齿,好像他不喜欢嘴里的话的味道。"古思伦还对你给他的海尼特尔发了誓。阿尔弗雷德不知道从哪了解到的那枚臂环,他要求古思伦立下了一个关于它的誓言。"

"古思伦也同意了。"施泰因诺尔弗不屑地冷笑道。

"古思伦变了。"埃斯基尔说,然后摇了摇头,"他不再是我在日德兰宣誓效忠的那个人了。他把乌巴的死看得比失去他的长船还难受,现在的他情绪很不稳定,一会儿悲痛万分,一会儿暴跳如雷,行事不加思考,也不如过去那样狡猾。但我离开时,艾沃尔已经去了韦勒姆,看来古思伦听了她的话,所以一切都还没有结束。"

知道艾沃尔为国王出谋划策给盖尔蒙德带来了一些安慰,但阿尔弗雷德知道海尼特尔的事却让盖尔蒙德感到不安。他不知道撒克逊国王是如何了解到有关这枚臂环的事,但关于它的传闻也传到了雷文斯索普的海什木的耳中。盖尔蒙德记得约翰神父问过古思伦是否从异教遗迹中汲取力量,所以也许韦兰的手艺并不完全如盖尔蒙德所想的那么隐秘。

"古思伦对海拉海德军有什么要求?"拉夫说,他躺在维特旁边,声音中透露出紧张。

埃斯基尔似乎犹豫了一下才回答:"现在古思伦和艾沃尔已经终止了休战协议,烧毁了韦勒姆。"

"他会违背自己的誓言?"史凯裘问道。

"如果是我就不会受任何撒克逊人的誓言约束。"毕尔娜说。

盖尔蒙德不确定他是否认同这个说法,特别是这个誓言当中还涉及了海尼特尔。"阿尔弗雷德现在在哪里?"他问道。

"在一个叫奇彭勒姆的地方,"埃斯基尔说,"那里没有城墙,阿尔弗雷德也没有什么战士保护自己。他在那里参加基督徒们的宴会,那是古思伦计划进攻的地方,他想让所有还能战斗的人都和他一起参战。"

"事到如今还剩下什么?"施泰因诺尔弗说,"船队沉入海底深渊,乌巴已经死了。"

"不是所有的撒克逊人都愿意为阿尔弗雷德而死。"埃斯基尔说,"据说有一个老战士被砍成两截,绑在他的郡长的大殿门上。威尔特郡的伍尔夫赫尔已经向古思伦宣誓效忠了。而艾沃尔在英格兰各地有许多盟友,也有欠她人情的敌人,他们将在她的旗帜下作战。"他转向盖尔蒙德,"我听说约尔和卢芙文娜也会响应她的号召。"

"一切都还没有结束。"盖尔蒙德说。

埃斯基尔点了点头。"一切都尚未结束。"

"我们什么时候进攻?"维特低头看了一眼拉夫问道。

"四天后,"丹族人说,"在基督徒称之为主显节前夕的盛宴期间。"

"古思伦没有给我们太多时间行军。"施泰因诺尔弗说。

埃斯基尔又犹豫了一下。"国王没有派我来。我是出于自己的意愿来找你们的,因为你们是非常勇敢和重视荣耀的战士。我知道你们会想在你们的丹族同胞身边作战。"

围在火堆旁的海拉海德军,因古思伦对他们队伍的轻视而感到困惑和愤怒,沉默不语。

"我们为他而战,为他而死,"维特最后说,"而他却想遗忘我们。"

"是因为他欠我们的银钱吗?"拉夫问道。"也许他——"

"不是这样的。"施泰因诺尔弗环视了一圈,"或者说,不只是这样。他并不仅出于贪婪才这么做,他有更直接的理由。"他转向盖尔蒙德,"古思伦之所以这么做,是因为他害怕你。古思伦在你身上看到了我多年前看到的东西。你具有当国王的潜质,盖尔蒙德·约尔森,你迟早会意识到这一点,并会占据自己的一席之地。"

盖尔蒙德感到脸颊有些发热,这热气并不是来自篝火,他等待着海拉海德军的战士开口反对这位年长的战士,以捍卫古思伦的荣耀,但没有一个人开口,甚至连埃斯基尔也没有。

"我们要参战吗?"史凯裘问道。

盖尔蒙德没有考虑多久就回答道:"是的,我们参战。但我们不为古思伦而战。我们为穆里,为阿斯莱夫,为索格里姆——为每一个死去的海拉海德军的战士而战。我们为艾沃尔而战,为在她的号召下向奇彭勒姆进军的每一个同胞而战。你们愿意和我一起帮助他们赢得这场战斗吗?"

"你忘了一个人。"维特说。

盖尔蒙德感觉到周围人的目光在注视着他,但他想不出这位战士是什么意思。"谁?"

施泰因诺尔弗发出一声咆哮:"是你,你这个浑蛋!我们为你而战!"

片刻的沉默后,战士们都笑了起来,笑声持续了一段时间。之后海拉海德军们去做战斗准备,埃斯基尔来到盖尔蒙德面前。

"你现在要去哪里?"盖尔蒙德朝这个身材魁梧的丹族人问道。

"我和你一起行军,"埃斯基尔说,"如果你允许的话。"

这个提议让盖尔蒙德很惊讶。"你不担心古思伦会认为你违背誓言了吗?"

埃斯基尔摇摇头。"我不在乎一个破誓者会怎么想。"

"那么我欢迎你和我们一起行军,"盖尔蒙德说,"而我很荣幸能再一次和你一起作战。"

第二天早上他们离开埃克斯河,沿着罗马大道进发。经过一天的艰苦骑行,他们来到了一片由池沼、河流、浅湖和水中小岛形成的巨大湿地,这让盖尔蒙德想起了他第一次被冲上英格兰海岸时穿越的沼泽。他们顺着高过周围地面的罗马大道向北移动,让他们不至于陷入湿地当中,这些湿地一直延伸到西边的地平线,甚至更远的地方。又过了整整一天,他们才离开了湿地,来到了相对干燥的丘陵地带。

从那个高度,他们可以看到东面有一片巨大到一望无际的森林,埃斯基尔称它为塞尔伍德。众人沿着罗马大道又走了一整天,森林在不远处若隐若现。当天晚上他们停下来休息时,森林投下的阴影几乎笼罩着他们。在营地旁边有一块巨大的锯齿状岩石,据说那块岩石是曾经雕刻白马的巨人举起的一块立石。

盖尔蒙德发现自己难以入睡,他知道第二天他们将前往奇彭勒姆参战,在那里他将与父亲和母亲并肩作战。第二天清晨,他早早地起了床,他的毯子和周围的地面都蒙上了一层薄薄的雾淞,牙齿在寒冷中咬得咯吱咯吱响。就在海拉海德军众人骑上马正要离开的时候,拉夫从马鞍上翻了下来,重重地摔倒在盖尔蒙德的身边。

维特跃下马来,飞快地来到他身边,很快盖尔蒙德和其他几个人就围在了两个丹族人的周围。拉夫喃喃自语,但都是含糊不清的话语,他的嘴唇已经发青。

"是他的手臂。"维特说,"他伤口的感染面已经加大了。"

施泰因诺尔弗在他旁边跪下来说:"让我看看。"

他和维特脱掉了拉夫的盔甲、外衣和亚麻绷带,由于战士的身体十分虚弱,这项工作变得困难重重。当他们把绷带从受伤的手臂上扯下来时,盖尔蒙德的胃里翻江倒海。拉夫的伤口已经溃烂了,黑色的血管像毒蛇一样在他的皮肤下面爬行。

"你这个愚蠢又自大的浑账。"施泰因诺尔弗说。

索格里姆死亡的记忆仍在盖尔蒙德的脑海里徘徊,想到现在又要失去拉夫,他就怒火中烧。"现在要做什么?"他问。

施泰因诺尔弗向后一靠,双手放在大腿上,上下打量着手臂。"必须截肢,"他说,"现在就要动手。如果我们不这样做,他就会死。但即使这样也不一定能把他从生死线上拉回来。"

对此盖尔蒙德也早有预料,但他发现很难开口。对拉夫这样的战士来说,失去一条手臂就等于死亡。维特把手放在同伴的额头上,靠得很近。他看着拉夫的脸,似乎想要征得拉夫的同意,做该做的事。但黑发的丹族人神情恍惚,完全不知道自己的身体正在发生什么。维特看着施泰因诺尔弗,闭上眼睛,点了一次头。

"我相信他会原谅我。"他说。

盖尔蒙德把视线从维特身上移开,看向海拉海德军,他们中的许多人都留在马背上,他想到了他们还要继续行进一整天。"这要花多少时间?"他问施泰因诺尔弗。

"收集我们所需要的东西,并顺利完成吗?"施泰因诺尔弗说,"至少要半天时间。"

"那会让我们错失战斗的良机。"埃斯基尔说。

盖尔蒙德希望这不会导致像阿什当战役中西德罗克领主和他的战士们那样的下场,为了避免这种情况,他命令他的队伍按计划行军。他说:"我将和拉夫在一起。我在阿宾登向你们发过誓,我不会留下任何人,我不会违背这个誓言。维特会留下,我也是,施泰因诺尔弗和史凯裘也会留下。其他人则——"

"我也要留下来，"埃斯基尔说，"我和你一起行军，海拉海德。"

盖尔蒙德抬头看了看丹族人，点了点头。然后他转向毕尔娜："我说过我会让你杀撒克逊人。"

"是的。"她说，"你是这么说的。"

"我相信除了你不会有人能带领我们的战士作战了。"盖尔蒙德说。

"是的，没错。"她笑着走到她的马前，在她爬上马鞍后，她说，"我会尽量留一些撒克逊人给你，但我不敢保证。"

"做你必须做的事。"盖尔蒙德说道，"愿奥丁和提尔与你同在。"

毕尔娜向他点了点头，召集了海拉海德军其他人，然后他们就疾驰而去。盖尔蒙德在他们离开他的视线之前回过头来看向拉夫，他问施泰因诺尔弗："你需要什么？"

"清水、火焰和滚烫的钢制品、疗伤用的植物、捆绑用的亚麻布。"老战士说。

"我们会去办妥的。"维特说，他们像同一个人一样步调一致，行动迅速。

到了中午，他们从一条清澈的小溪里收集了水，从树林里收集了植物，他们把几把斧头和刀的刀刃埋在滚烫的余烬里。拉夫已经停止了喃喃自语，现在昏昏欲睡，但施泰因诺尔弗说，当他们砍下第一刀的那一刻，他会像熊一样抵抗，所以他们把他绑了起来，并在他的牙齿间拉紧了一条皮带。施泰因诺尔弗准备开始动手时，他们都把头别开，眼睛看向别处，但又时不时看向拉夫。

他先用冰冷的刀刃切开最上层的皮肤，绕着拉夫的上臂划了一圈，这样以后肉就会再次愈合在一起。他把丹族人的皮肤像袖子一样卷起来，然后用发红的刀刃切开更深层的肉，空气中充满了嘶嘶作响的声音和烧焦的肉的味道，盖尔蒙德一下子就想起了他在山中与哈蒙德的磨难。热钢的灼烧减缓了出血，但仍有鲜血流出，拉夫身下的泥土甚至已经被鲜血染红变成了泥浆。在这过程中，拉夫号啕痛哭，眼睛鼓胀，脖子像航行中的船绳一样紧绷。

当施泰因诺尔弗切到骨头时，他把刀子换成了斧头，他把一块平坦的石头放在拉夫的手臂下面，准备朝手臂砍下去。年长的战士汗流浃背，他深呼吸了好几次，才用斧头砍了下去。一声沉闷的响声，又是一声，然后是斧刃碰到石头时的响声，骨头断成两半，胳膊应声掉了下来。

"用锯子会更好一些。"施泰因诺尔弗一边说，一边挑开松散的骨片。

老战士用热水清洗了残肢处被撕裂的肉，并将残留的皮肤和肌肉收拢了起来，像一个袋子一样缝在一起，但他留了一部分开口，这样可以让积血流出。他用收集的药草塞进了开口处。

拉夫已经停止了号叫，转为茫然的呜咽。在他们给他松绑之后，埃斯基尔像抬孩子一样轻松地把他抬了起来，把他带到不远处的树林里。维特告诉他把拉夫放在哪里，然后施泰因诺尔弗把毯子和毛皮盖在了他的身上。

"光是那么做的惊吓就能杀死一个人了。"施泰因诺尔弗说，"让他保持温暖。"

"我会的。"维特说，"而且不管会发生什么事，我都很感激你。"

"我希望这么做足够让他康复了。"年长的战士低下头离开了。

"我很感激你们。"维特说，"但现在你们必须骑马到奇彭勒姆去，我会尽快把拉夫带到那里去。"

"我不会丢下你的。"盖尔蒙德说。

维特把一只手放在盖尔蒙德的肩膀上。"你已经没有什么可以做的了，现在要看命运了。如果拉夫要死，我希望在他走之前能和他单独相处。"

过了好一会儿，盖尔蒙德才同意。"如果我没在奇彭勒姆见到你们，我会回来找你们的。"

"如果我们没在那里，那我们就在这里。"维特说，"现在走吧，在毕尔娜杀死所有撒克逊人之前。"

盖尔蒙德低头看了一眼拉夫，然后他离开了树林。他朝恩巴尔走去，海拉海德军的其他人都骑上了自己的坐骑，而维特牵着他和拉夫的坐骑回到树林里。

"烧掉那只手臂，"施泰因诺尔弗说，"否则，里面的灵魂之物会折磨得拉夫痛不欲生，瘙痒难耐。"

"我会烧掉的。"维特说。

就这样，盖尔蒙德策马向北奔去，但他留下了一个祈求——希望神明赐予拉夫痊愈的力量。

第三十章

他们沿着罗马大道向奇彭勒姆走了十英里,史凯裘看到一支骑兵沿着东边的山脊向南奔去,盖尔蒙德让他的战士们停下脚步,想看看来者何人。他们正在策马疾驰,整支队伍大约有三十个强壮的战士,并且没有悬挂任何旗帜。

"他们是撒克逊人,"施泰因诺尔弗说,"从他们的盾牌和头盔上就能看出来。除此之外,我不能——"

"是阿尔弗雷德。"埃斯基尔说。

盖尔蒙德吃力地想看清楚对方的样子。"阿尔弗雷德?"

"是的,阿尔弗雷德。"埃斯基尔往地上吐了一口唾沫,"我在韦勒姆见过他,那些战士也和他在一起。我知道他们马匹的颜色。"

"他在做什么?"史凯裘问道。

"他逃离了战场,"施泰因诺尔弗说,"也许战局已经对他不利了。"

"也许吧。"盖尔蒙德说。

他必须作出抉择，而且只有片刻的时间来让他思考，是追击阿尔弗雷德，还是骑马继续向奇彭勒姆前进。他只带了三位战士，数量少到无法和对方抗衡。但如果埃斯基尔是对的，那么阿尔弗雷德已经从丹族人手中溜走了，这就意味着无论是谁赢得了最后的胜利，奇彭勒姆之战都不会是韦塞克斯的末日，因为只有当阿尔弗雷德被抓走并被杀死时，韦塞克斯才会沦陷。

"你确定是他吗？"盖尔蒙德问道。

"我愿意以我哥哥的剑发誓，"埃斯基尔说，"那是阿尔弗雷德。"

"他们能看到我们吗？"史凯裘问。

"他们没有放慢速度或改变方向。"施泰因诺尔弗说，然后环顾四周，"我们这里地势比较低，有几棵树掩护，而且我们只有四个人，他们可能没有发现我们。"

"我们必须跟着他。"盖尔蒙德说，"我们打不过那么多人，但我们可以知道他的去向，也许就能找到杀死他的方法。即使没有办法杀死他，我们也会知道他在哪里，以后我们可以带着更多的战士回来。"

其他的人都同意这个计划，于是他们调转了方向，骑马跟在战团的后面，尽量保持隐蔽，同时标记着敌人所走过的路。撒克逊人沿着山脊一直走到塞尔伍德的北部边缘，他们在那里走下了高地，沿着罗马大道向南骑行。盖尔蒙德和他的战士们在不跟丢国王的情况下尽量靠后跟着，他们相信即使被看到了，撒克逊人也不会认为区区四名骑手是古思伦派来追杀他们的敌方丹族人。

最后，他们经过了一块石头，那块石头正是今天早上他们砍断拉夫手臂的地方。盖尔蒙德在他们疾驰而过的时候看到了那片血淋淋的地面，他希望自己能停下来看看拉夫是否还活着，但他们没有时间绕路。

当太阳快要下山的时候，撒克逊人停了下来，在路边扎营准备过夜。盖尔蒙德和撒克逊人都没有点燃篝火，盖尔蒙德让他的战士们保持安全距离，以避开阿尔弗雷德手下正在放哨的侦察兵。

太阳还没有升起，敌人就再次上路了，那天他们骑马进入了由沙丘和谷地组成的高地，而这些高地正是早先让海拉海德军得以避开沼泽地的高地。继续行进的六英里中，他们穿过了桦树和枫树的树林，在青草丛生的山丘和有着苍白的石头的崖壁下行进。当罗马大道从高地延伸到沼泽地时，撒克逊人又向南疾驰了近二十英里，才再次停下来休息了一夜。第二天早晨，他们从道路上向西骑去，走到了平坦的湿地上。

"看来他们知道穿过沼泽的路。"施泰因诺尔弗说。

"我想他们从离开奇彭勒姆后，就知道自己该怎么走。"埃斯基尔说，"这次逃跑在我看来是早有计划。"

"为了达成什么目的？"史凯裘问，"他们要去哪里？"

"我们很快就会知道了。"盖尔蒙德说。

然后，他和他的战士们也跟着敌人走进了沼泽地，穿过高高的草丛和被雾气包裹着的浓密的赤杨林，他们一路都没有弄湿自己的双脚，只因为带领他们的撒克逊人一直走在坚实的陆地上。即便如此，走的路也常常是又窄又险。到了中午，他们迎来了这场追踪的终点，没有办法更接近敌人了。

他们蹲在草地上，从芦苇丛当中窥视，阿尔弗雷德和他的战士们正骑着马，去往一个由小岛屿组成的坚固堡垒，一条木制桥梁横跨在浅湖上连接着两座岛屿。一个小村子坐落在离陆地最近的小岛上，周围挤满了小船，村子被一扇大门和众多战士防守着。但在第二座小岛上，撒克逊人已经筑起了高高的木桩墙，并在丛生的树木中建立了一个据点。"

埃斯基尔摇了摇头。"就像我说的那样,这次逃亡早有计划。"

"我想你是对的。"施泰因诺尔弗说,"那个据点很坚固,而且看起来是新建的。"

"攻占它的希望大吗?"史凯裘问道。

年长的战士往身后看去,观察着他们来时的路。"没有军队能在那样的道路上行进。"

"可以驾驶长船朝它发起进攻。"埃斯基尔指着包围着岛屿的湖,"那湖水一定会与大海相接,如果——"

"但古思伦没有船队。"盖尔蒙德说,挫败感使他的声音变得更尖锐,"而且我相信阿尔弗雷德知道这一点。他之所以选择这个地方,是因为他知道丹族人无法攻下这里,也因为这里有他需要的一切。这里有水、有食物,都是我们无法触及的。阿尔弗雷德可以坐在那座岛上,继续自称韦塞克斯的国王,直到他老死为止。"

"他是可以自称国王,"施泰因诺尔弗说,"但是是什么地方的国王?这片荒芜的沼泽吗?"

"对撒克逊人来说,即便失去属地,他也是名副其实的国王。"盖尔蒙德说,"你必须像基督徒那样思考,阿尔弗雷德是他们上帝的国王,当他活着的时候,韦塞克斯郡总会有郡长追随他,即便他正处于这片沼泽地中。"

"那我们能做什么?"史凯裘问道。

"我不知道,"盖尔蒙德说,"但我们必须把杀死他的计划留到另一天。因为现在我们要去奇彭勒姆,去战斗,去告诉古思伦和其他丹族人我们所知道的事情。"

他的三位战士似乎不愿意离开,盖尔蒙德明白为什么。阿尔弗雷德逃往的小岛就在他们面前,几乎就在箭矢的射程之内,站在离敌人如此之近的地方,却没有力量去拿下他,杀死他,这确实是件让人感到发疯的事情。

"我们走吧。"盖尔蒙德说。

他们试图从来时的路离开沼泽,却在森林、草丛和泥沼组成的迷宫中迷路了好几次,这更显示出阿尔弗雷德的据点易守难攻。当他们终于走出沼泽地,走到罗马大道时,他们已经被蚊虫咬得浑身是包,精疲力竭。天色已经暗了下来。他们不得不休息一晚再向北行进。

两天后,他们到达了塞尔伍德的立石,盖尔蒙德在那里停了下来,想看看维特是否还在附近的森林里以及拉夫的情况如何。他们徒步前行,牵着马走进树林,他们发现受伤的丹族人躺在他们离开时的那个地方。拉夫闭着眼睛,脸色几乎和维特一样苍白,毛皮被下的胸口似乎没有任何起伏。盖尔蒙德没有看到维特的踪迹,但他知道另一位战士会在附近的某个地方,当他向拉夫移动时,他想知道他是否已经从他们离开时的高烧和惊恐中醒来。

就在这时,盖尔蒙德听到了一阵低沉的风声,他转过身来,看到一根长矛的矛头从树后刺向了他的喉咙,但当挥舞长矛的战士看清来人时,长矛立刻收了回去。

"盖尔蒙德!"维特将"永眠之息"的后端插在地上,躬下身去,"原谅我,我应该先看清是谁的。"

"你确实看了,"盖尔蒙德说,"这就是为什么我的头还在。"

"海拉海德?"

声音从地上传来。盖尔蒙德低头看向拉夫,后者正面露惊讶的神色看着盖尔蒙德,盖尔蒙德单膝跪在了拉夫身边。"你还活着?"

"我希望我还活着,"拉夫说,他的声音很轻,笑容很虚弱,"因为我知道我不在英灵殿。"

"你有索尔一般的力量。"盖尔蒙德说。

"还有提尔一般的运气。"拉夫低头看了看自己的残肢,"但我的肢体并不是被芬里尔①夺去的,而是输给了撒克逊人的刀刃和自己的愚蠢。"

"我很抱歉,"盖尔蒙德说,"如果我们能找到办法保留住——"

"我知道。"拉夫抬头看着维特,他们互相交换了一下眼色,"这是我自找的,也是我的毁灭。"

"没有什么是无法挽回的。"盖尔蒙德说,"你还是位海拉海德军战士,即使只有一只手,你的勇猛也抵得上两个撒克逊人。"

拉夫哼了一声。"这不是什么壮举,但我谢谢你这样说。"

"你的手臂如何?"施泰因诺尔弗问道。

"我想维特把它烧了。"

史凯裘笑了出来,但施泰因诺尔弗没有。"你知道我的意思。"老战士说。

拉夫又看了看自己的断臂。"是有些疼痛,但它会愈合的。"

施泰因诺尔弗转向维特。"还发烧吗?"

"他烧了两天,但后来就退烧了。"肤色苍白的丹族人说,"伤口还在流血,但流出来的血基本上很干净了。"

施泰因诺尔弗笑了笑。"这是个好消息。他需要多吃奶酪、肉和蜂蜜,多喝麦芽酒。"

"我非常愿意这么做。"拉夫说。

"你能骑马吗?"盖尔蒙德问道。

---

①诸神黄昏当中阿萨神族的主神奥丁之子提尔被芬里尔咬断过右手,从此成了独臂之神。而拉夫现在同样也是独臂,所以他将自己比作提尔,虽然有着提尔一般的运气,但胳膊并不是被芬里尔夺去。

维特似乎要替他说不，但拉夫先开口了："我能骑马，我对这森林越来越厌烦了，除了松鼠就没什么可以吃的。"

"那我们就继续前行吧。"盖尔蒙德说。

他们十分迅速地收拾了营地，然后把拉夫扶了起来。当毛皮和毯子从他身上掉下来时，他浑身颤抖着，脚步也不如盖尔蒙德希望的那样稳健。拉夫需要有人和他一起骑马，让他稳坐在马鞍上。由于恩巴尔是他们最高最宽的马，盖尔蒙德把他的坐骑提供给维特和拉夫，让他们一起骑，而他则骑着维特的坐骑。

尽管恩巴尔力大无穷，步履稳健，但骑行时的摇摆和停顿还是让拉夫的断臂疼痛难忍。他汗流浃背、龇牙咧嘴，但他没有抱怨。他们经常停下来让拉夫休息，这延缓了他们的行程，迫使他们在罗马大道边多扎营了一个晚上。

当他们最后到达奇彭勒姆时，他们看到周围的土地上有战斗的痕迹。城镇坐落在山岗上，脚下的低洼处弥漫着薄薄的晨雾。成堆腐烂的撒克逊人的尸体为渡鸦、狐狸和其他食腐动物提供了血腥的早餐，空气中还残留着用来火葬死者的柴堆散发出的淡淡烟味。盖尔蒙德统计着烧焦的木材堆，向奥丁默默地表示感谢，他们的尸体比撒克逊人的尸体要少得多。虽然阿尔弗雷德可能已经逃走了，但似乎丹族人已经占领了这片土地。

当盖尔蒙德的小连队爬上山坡向镇子走去时，他们经过了一群丹族人和撒克逊奴隶，他们正在挖深壕沟，筑起高墙。

"古思伦打算留下来保卫这个地方。"埃斯基尔说。

"他应该向温彻斯特进军。"施泰因诺尔弗说，埃斯基尔点头表示同意。

他们找到了一间可以让拉夫休息的酒屋后，盖尔蒙德去找毕尔娜和他的海拉海德军们，看看他们的情况如何，当他发现毕尔娜身体安然无恙时，他很高兴。但她的心底和脑海里仍在为失去索格里姆感到悲痛。她的内心仿佛一个冰冷的空洞，无论她倾洒多少撒克逊人的鲜血，都无法填满它。不过当她得知拉夫还活着时，她的心情稍有振奋，并且立刻去看望他了。除此以外，海拉海德军还剩下二十七人，盖尔蒙德在去寻找自己的父母之前，向他们一一问候。

他试着向镇上的几个丹族人打听哪里可以找到约尔和卢芙文娜，但每次听到这些名字，丹族人都把目光投向下方，只是指了指路。当盖尔蒙德到达他们指向的住所时，他知道了他们沉默的原因。

他的母亲独自坐在榆树的树荫下靠着小屋墙壁的长椅上。她之前一直在那里睡觉，盖尔蒙德看着她，但母亲并没有注意到他。她凝视着村子边界以外的某个地方，她的脸和眼睛里没有表现出任何感觉和思想，仿佛她的灵魂已经离开了她的身体。当她终于抬起头来看到了他时，有那么一会儿她似乎不认识盖尔蒙德了。但很快她清醒了过来，把灵魂拉了回来。

"盖尔蒙德。"她说，当盖尔蒙德靠近时，她站起身来。

"母亲。"

他们拥抱在一起，紧紧相拥了一段时间，什么也没说。盖尔蒙德不想听见母亲随后便会告诉他的话，他也知道她不想说。他觉得自己仿佛站在某个命运之门的门槛上，一旦跨了过去，就再也回不来了。

他感到怀里的母亲很瘦小，她的头发还散发着火葬柴堆的烟味。

"父亲？"他终于低声说了一句，做好了心理准备。

她把盖尔蒙德抱得更紧了，然后是一段漫长的静默。最后她松开了手，双眼通红，但很干涩，仿佛她已经把所有的眼泪都流尽了。

"世界失去了颜色。"她说着，摸了摸她戴的一枚银色胸针，"我感觉得到我的心仍在胸中跳动，但我无法理解，一颗已经死掉的心怎么还能继续跳动呢？"

"我很抱歉我不在这里。"盖尔蒙德说。他想到了父亲在战场上，孤身一人，被撒克逊人包围着，需要另一位战士帮助，盖尔蒙德很想冲到他身边，但他感觉自己内心里好像有一股毁灭的浪潮向他袭来，而他正在努力摆脱它。"如果我在那里，也许我可以——"

她捂住他的嘴唇。"不要再说了，我的儿子。你没有什么可以做的，这是命运。"

盖尔蒙德把她的手从嘴边拉开。"我叫他和我一起攻打韦塞克斯，我们一起站在约克的河边，我请求他——"

"这就是命运。"她说，"只有懦夫才会认为只要避开这场战斗，他就能永远活下去，但死亡是没有办法避免的。这不是布拉吉常说的吗？你要为你父亲凭着勇气和荣耀迎接死亡而感到骄傲。"

那一刻，盖尔蒙德觉得自己跨过了他一直停留的门槛，走进了一个黑暗的大殿，大殿里有一个空荡荡的王座，那个空荡荡的座位让他难以呼吸。其他的东西几乎没有什么变化，然而周围的一切都变得陌生起来，仿佛只有在他失去的东西的衬托下才有意义。

"在这里等着。"他的母亲说，她弯腰从低矮的门缝中走进小屋。片刻之后，她拎着一把祭祀刀回来了。"这是你父亲的，冥冥之中仿佛有人告诉我，让我把它从火中取出来，而我现在看到你失去了一把武器。"

她把祭祀刀给了他。这把祭祀刀的握把是由抛光的鹿角制成的，刀刃是法兰克钢制成的。当盖尔蒙德拿着它的时候，他感觉这把刀仿佛是为了他的手而生的，他知道这也会取悦神明。它的尺寸似乎和被渥尔娃女巫烧掉的那把约翰的祭祀刀一模一样，他发现这把祭祀刀和他还戴在腰带上的空鞘刚好吻合，就好像它们是一起制造的一样。

"雷文斯索普的先知告诉过我,我会找到另一把的。"他说。

"王国会灭亡,"他母亲说,"财富会失去,战士会阵亡,我也会死去,有朝一日你也会迎接死亡。只有一样东西永远不会失去,那就是一个人赢得的荣耀和名声。你是约尔的儿子,你要永远记住这一点。"

"也是卢芙文娜的儿子。"他说。

她笑了起来,这似乎是她已经好几天没有做过的事。"我以身为你的母亲为荣,我知道你父亲也以你为荣。他希望你能得到韦塞克斯,现在我们已经赢了。"

盖尔蒙德愣住了,不知道该如何说出真相,而又不夺走母亲仅剩的安慰。"快赢了。"他说道,当卢芙文娜对他所说的话感到疑惑时,他解释了他所了解到的阿尔弗雷德的情况。母亲同意他的看法,认为不能把撒克逊国王留在他的沼泽据点中。

"你告诉古思伦了吗?"她问。

"我还没有见到他。"

"现在去吧。"她说,"不能让阿尔弗雷德有时间和自由东山再起。但要谨慎选择你的言辞,古思伦现在是一个心事重重的人,你不可能知道你面对的他会是什么样的情绪。"

她给盖尔蒙德指了指坐落在村子山顶上的一座基督教神殿,他动身前去那里寻找国王。但在路上他遇到了艾沃尔,她正从山顶上下来。盖尔蒙德很高兴再次见到她,他们握手致意,一起站在神殿的阴影下。艾沃尔简短地表达了她对盖尔蒙德父亲的敬意,以及对他的哀悼之情,不过她似乎更替卢芙文娜感到悲伤,对此盖尔蒙德很感激。他知道母亲在今后寂寞的岁月里需要朋友。

"我听说古思伦欠你一个大人情,艾沃尔。"盖尔蒙德说,"我想如果没有你,他不可能赢得这场战争。"

"很遗憾你错过了，我的朋友。"

"我错过了一场战斗，"盖尔蒙德说，"但我没有错过这场战争。"

她给了他一个疑惑的微笑。"那是什么意思？"

"韦塞克斯还没有沦陷。"

"看看周围，海拉海德。"她指了指他们周围以及整个小镇，"我们给了他们重创——"

"阿尔弗雷德还活着。"盖尔蒙德说。

艾沃尔的心情黯淡了下来，她的眼睛仿佛蒙上了一层阴影。"确实他从我们手中溜走了，撒克逊国王是一个狡猾的人。"

"我们看见他逃走了。"盖尔蒙德说，"我和我的几位战士。我们追踪他到了南边沼泽地里的一处隐蔽处。"

"他在萨默塞特？"她问。

"我不知道那个地方的名字，但他在沼泽中的一个小岛上的据点的围墙后面。"

她若有所思地缓缓点点头。"阿尔弗雷德已经为了他的秘密计划准备了很长一段时间。他一直以来都想夺取英格兰所有撒克逊王国的统治权，现在也是如此。"

"已经没有什么撒克逊王国了，"盖尔蒙德说，"现在只剩下丹族人王国和韦塞克斯了，而韦塞克斯很快就会沦陷。"他向山上的神殿望去，"我现在去找古思伦，准备向——"

"他不会见你的。"她说道，"我刚刚去过，他拒绝见我。自从我们为死去的战士举行了火葬后，我就没有和他说过话。他谈起基督教的十字架的时候，那种说话的方式好像……"

"什么？"

她摇了摇头。"他已经变了，盖尔蒙德，这就是我要说的。"

"我看你不像以前那样自由和真诚了。"

"也许不是,"她说,"但我希望我更聪明了一些。"

"他也许变了个人,但他不会拒绝我。"盖尔蒙德从她身边走过,"我会让他听我说——"

她用手按住他的胸膛,阻止了他。"小心点,海拉海德。你要让你的言辞更加谨慎。"然后她放开了他,"人生中有很多一帆风顺的时候,也有遇上艰难险阻的时候。如果有一天,你不再宣誓效忠古思伦,雷文斯索普欢迎你。"

"谢谢你,艾沃尔。"他向山下母亲的小屋望去,"我希望卢芙文娜在那里也有一席之地,我不愿想到她一个人在约克。"

"我也欢迎她。"艾沃尔的笑容悲伤而温柔,"她也知道这一点,但你知道她会去她想去的地方。"

盖尔蒙德也露出了同样的笑容。"我知道。"

"我要离开奇彭勒姆了,但我希望能再见到你。"她向山上看了一眼,随即笑容就消失了,"一个在英国的诺斯人总是需要盟友的。"

他们拥抱了一下,然后互相道了别。艾沃尔继续朝山下走去,盖尔蒙德则朝山上走去,直到他到达基督教神殿,它看起来很像托斯雷德和他的修士们的神殿,可能更小一些。门侧面的门梁被铁质的铰链吊了起来,当盖尔蒙德绕过大门时,他大声喊了出来。

"我的国王,你在这里吗?"

"我在这里。"里面传来回答,"这不是再次死里逃生的盖尔蒙德·海拉海德吗?"

盖尔蒙德向昏暗的神殿深处小心翼翼地走着。有些窗户上嵌着彩色玻璃,但也有一些窗户已经被打碎,让刺眼的光线像互相碰撞的剑一样交错着照射进房间,盖尔蒙德听到靴子下的碎玻璃发出的刺耳的摩擦声。

"我已经回来了,"盖尔蒙德说,"带着阿尔弗雷德的消息。"

古思伦沉默了一会儿,然后他只是重复了这个名字:"阿尔弗雷德。"

国王的声音从神殿深处传来,盖尔蒙德穿过阴影、光线和尘土飞扬的空气向他走去。"是的,阿尔弗雷德。他藏在西南方向的一个据点里,艾沃尔称那地方为萨默塞特。那是一片有着深不可测的沼泽的险恶之地,但我想我们可以制订一个计划,在那里把阿尔弗雷德根除掉。"

古思伦没有回答,盖尔蒙德发现他站在基督教祭坛前。

"你听见了吗,我的国王?"他说,"阿尔弗雷德正在——"

"我听到了,阿尔弗雷德在萨默塞特。"

他谈起这件事的方式让盖尔蒙德觉得他可能早已知道。

"我一直在想我们如何去追捕他。"盖尔蒙德说,"这个任务会很艰难,但这是可以做到的。不需要一支庞大的军队,但我需要更多的战士,而不仅仅是我的海拉海德军。如果你给我——"

"随阿尔弗雷德去吧。"古思伦说。

"但是,我的国王,这是可以做到的。而且韦塞克斯绝不会——"

"让他待在那里吧!"

国王一瞬间的愤怒让盖尔蒙德退后了一步。"古思伦,我对你没有任何不敬的意思。我之所以这样对你说话,只是因为韦塞克斯的战斗还没有结束。"

国王似乎冷静了下来。"可能已经结束了。"

"怎么会?"盖尔蒙德皱起眉头,思考着古思伦话语背后可能的多种含义,"你在说什么?"

古思伦深深地叹了口气,这似乎让他的体格都变瘦了。"我是说,我对战争的厌倦程度比我第一次去你父亲的大殿时还要深。"

"我们都厌倦了战争！"盖尔蒙德喊道，愤怒和悲痛之情让他提高了嗓门，他已经无法压抑住自己的情感，"你想躲避它吗，在这基督教的神殿里？"

"躲避？"古思伦第一次从祭坛上转过身来面对他，"你，敢说我是懦夫？"

"我希望你不是懦夫。"盖尔蒙德克制着自己，想着艾沃尔所说的话，小心翼翼地思索着自己将要说的每一个字，"我看见你在这里建立防御，这很明智。有些时候，以退为进、积蓄力量是智慧的。但是为了保存力量而撤退，很容易因为恐惧而超出应有的时间。你可以肯定，阿尔弗雷德在他的地盘上没有闲着。我们多留他在那里一天，就多给了他一天喘息的机会。"

"那又如何？"古思伦说，"他没有办法从我们手中夺走麦西亚或东盎格利亚，他也没有办法夺取诺森布里亚。它们都已经是丹族人的土地了，这一点他心里有数。"

"暂时如此，"盖尔蒙德说，"但如果我们哪怕留下一个撒克逊国王，尤其是韦塞克斯的阿尔弗雷德，他们总有一天会夺回自己的土地。你知道这一点。"

古思伦回过头来朝祭坛走去。"也许有办法和阿尔弗雷德达成持久的和平。"

"持久的和平？"盖尔蒙德说，"这是什么话？那个来到阿瓦斯尼斯的丹族人发生了什么？你曾发誓英格兰将是我们的，但只有在我们拿下韦塞克斯之后才真的是我们的。这就是我航行到这片土地上的目的，这也是我对自己发过的誓言。所以我才向你发誓！我背弃了我的父亲、母亲和兄弟。"盖尔蒙德用拳头按着自己的胸口，仿佛在用刀子刺它。"我的父亲死在这里！我失去了战士和朋友！他们绝不能这样白白牺牲。"

国王又叹了口气说:"我感谢你的诚实,海拉海德。我会考虑你所说的话,但现在我已经无话可说了,请离开吧。"

盖尔蒙德站在那里好一会儿,怔怔地沉默着,因愤怒而颤抖着。他看得出来,他在国王这里将一无所获,他担心自己的愤怒会促使他说什么、做什么。他转身冲了出去。

第三十一章

"你应该杀了他。"毕尔娜说。

她的话让盖尔蒙德很吃惊,似乎也让其他聚集在营火旁的海拉海德军战士很吃惊。自他们一同回到奇彭勒姆已过去了几天。艾沃尔已经走了,盖尔蒙德的母亲回到北方等待哈蒙德返回约克。自他们最后一次谈话后,国王一直对盖尔蒙德不理不睬。除了城防外,国王对阿尔弗雷德和韦塞克斯毫无行动或是计划。即便如此,毕尔娜公开谈及杀死古思伦也似乎与她的荣耀不符,而且似乎也不被其他战士赞同。

"少说闲话。"埃斯基尔说,"当心有人误解你的意思。"

"这不是闲话。"盾女说道,"而且我说的并不是谋杀。盖尔蒙德应该公开挑战国王,许多人会追随盖尔蒙德。"

"时机还不成熟。"施泰因诺尔弗说,"古思伦依然太强了。"

盖尔蒙德知道年长的战士指的是海尼特尔,但此处只有很少的人知道他的真实意思。埃斯基尔知道臂环的力量,史凯裘也知道,但其他人并不知道。他们只知道古思伦在战场上的壮举，知道他是如何杀死埃塞尔雷德的，但这似乎已足以让他们同意施泰因诺尔弗的观点，即使毕尔娜对此嗤之以鼻。

"如果古思伦这么强，为什么他还不去杀了阿尔弗雷德？他在害怕什么？"史凯裘说。

盖尔蒙德曾多次问过自己同样的问题。海尼特尔给了国王进军萨默塞特的力量，他一个人就几乎抵得上一支军队。古思伦在奇彭勒姆的按军不动使盖尔蒙德认为，要么是国王对臂环已经失去了信任，要么是他有一个除了自己之外谁也不知道的隐秘而令人困惑的计划。

"恐惧来自许多地方，我见过强大的战士因为对一只小蜘蛛的恐惧而畏首畏尾。"维特说。

"那是一只毒蜘蛛。"拉夫在旁边说，听起来很是恼火。这个丹族人已能坐起身来，脸色也不再那么苍白。他仍近乎整日昏睡，但施泰因诺尔弗说他已跨过鬼门关，没有生命危险了。"一只致命的蜘蛛。"拉夫说道。

"我觉得阿尔弗雷德这只'蜘蛛'正在编织一张网。"埃斯基尔说。

"或许古思伦也在编织他自己的网。"史凯裘说。

"为了织网，"维特说，"蜘蛛必须离开它的巢穴，冒着危险爬上枝头。"

盖尔蒙德抬头看向山顶神殿在夜空映衬下的轮廓，除了一端闪烁着的一丝微弱光线，神殿的窗户比夜空更加昏暗。他不知道古思伦为什么要待在那个地方，这让盖尔蒙德很是困扰。韦兰和渥尔娃女巫都曾预言盖尔蒙德命中注定会遭遇背叛，他开始明白那指的是什么了。古思伦背叛了他和丹族人，但还没有彻底背叛，一丝挽回的机会依然存在，尽管有时盖尔蒙德觉得他们已经输了。盖尔蒙德不得不时常提醒自己,先知曾说他已经得到了克服难关的方法,只要他知道那方法是什么。他站起身来。

"你要去哪里?"施泰因诺尔弗问道。

盖尔蒙德朝山顶点点头。"再去试一试。"

"那就去吧,"毕尔娜说,"继续去说服他吧。但是语言早晚会失去作用,除了行动你别无选择。如果你想让战士们追随你,当那一刻到来时不要犹豫,也不要逃避。"

盖尔蒙德向她点了点头,并非表示赞同她,仅是为了让她知道他已听到了。然后他离开了营火,慢慢地向山顶走去。夜晚刮起了风,晃动着树梢,拖曳着薄薄的云朵穿行星空。他走得越高,风在山间呼啸得就越粗野。他低头弯腰顶着风前进,在爬到山顶的时候,几乎没有注意到两个人影从神殿的门口经过。

他们看起来不像是丹族人。虽然只有影子,但盖尔蒙德可以看到其中一个人身上的神父长袍在风中飘动,而另一个人则穿着带流苏边的奇怪衣服,还戴着帽子。他们像小偷一样窜过远处的山丘,离开了小镇,盖尔蒙德低下身子去追,但很快就因为黑暗中的树木和睡熟羊群的阻挡而被甩掉了。

他想到了古思伦,立即冲到了神殿前,担心国王可能已经被暗杀,他用拳头敲打着刚挂上的大门。

"古思伦!"他大声喊道,"我的国王,你能听到我说话吗?"

过了一会儿,门微微打开,国王从缝隙中望着他。"我正在睡觉,你想干什么?"他说。

盖尔蒙德没有从古思伦的声音中听出睡意,也没有从国王的脸上看到睡意。他朝盗贼们逃窜的方向看了一眼,他本想提及他们,但最后并没有说出来。

"干什么?"国王问道。

"很抱歉吵醒了您。"盖尔蒙德说道,"我一定是听到了风中的什么声音。"

古思伦哼了一声,关上了门,留下盖尔蒙德在寒风中站着,他想知道那两个盗贼的来路。他回想着自己看到的一切,意识到他们是从神殿里面走出来的,而国王是醒着的,没有受到伤害,并且他撒谎说自己正在睡觉。盖尔蒙德知道,如果他问起那些陌生人,国王也会对他说谎,也许还会采取措施不让他发现真相。

此后,盖尔蒙德每天晚上都躲在山脚附近的羊群中,看着树林和山坡,等待他们的到来。他没有告诉任何人,甚至都没有告诉施泰因诺尔弗,他观察了八个晚上,这八个晚上他什么也没发现,每天早上又得拖着酸痛的身体在天亮前爬进被窝里。但在第九个晚上,那个穿着神父长袍的盗贼独自回来了。

盖尔蒙德偷偷地跑到他身边,轻松地将他扑倒在地上,羊群被吓得四散逃开,然后盖尔蒙德把他按在地上,用父亲的祭祀刀抵住了那人的喉咙。这时,他才看清自己抓的是谁。

"约翰?"

神父眼中的恐惧消失了。"赞美上帝,是你,盖尔蒙德。"

"先别急着赞美他。"盖尔蒙德仍然用刀刃抵着他,"你在这里做什么,神父?"

"我……我在这里……"他支支吾吾地说不出话,"我是来看看丹族人是如何对待他们所奴役的奇彭勒姆人的。"

"这就是你在九天前的晚上来这里的原因吗?"

约翰的眼白在月光下变大了一些。"我——"

"你和古思伦在神殿里见了面,并且还有一个人和你在一起。他是谁?"

神父犹豫了一下。"他是位行吟诗人。"

"那是什么?"

"一位讲故事的人,歌手的一种。"

"一位吟游诗人?"

"丹族人可能会这么叫他。"

盖尔蒙德注意到神父肩上有一个皮挎包。"你背包里有什么?"

"没什么,"约翰说,"一些食物而已。"

"把它给我。"

"盖尔蒙德,请——"

"把它给我!否则别怪我动手。"

约翰似乎并没有更加退缩,反而恐惧有些消退,好像他一直在装样子。他的眼睛眯了起来,尽管刀刃抵着喉咙,他的身体却放松了下来。眼前的神父让盖尔蒙德觉得换了个人,他对这个人一无所知,在他们相处的所有日子里,他从来没有见过神父的这一面。

"你会杀了我吗,海拉海德?"

"不要叫我这个名字。"盖尔蒙德弯下腰,抓住皮挎包,从神父的手臂上扯了下来。纠缠中,祭祀刀划伤了约翰的脖子,留下了一条细细的血丝。盖尔蒙德把祭祀刀收了回来,向后退去。"起来吧。"

约翰站了起来,用两根手指擦了擦脖子上的血迹。"现在要干什么?"

盖尔蒙德看了看挎包里面,在那里他看到了几张卷起来的羊皮纸。他意识到约翰只是个信使,但现在盖尔蒙德得到了消息,而且神父不知道他已经能看懂字了。"现在你走吧。"他说。

"你要怎么处理我的挎包?"

"我会把它带到古思伦那里去。"

约翰点了点头,在黑暗中他似乎笑了。"如果我选择不走呢?"

"我不会杀你,神父。"盖尔蒙德将武器收进鞘中,"我现在怀疑我是否曾经真的了解你,但看在我们过去一起旅行的分儿上,我不会杀你。"

约翰低下了头。"我很感激——"

"但其他的丹族人会杀了你,当我呼唤他们的时候。你会很痛苦地死去。"

神父向山上看了一眼。"你会这么做?"

"我会的,"盖尔蒙德说,"我不知道你为什么会在这里,但我把你的命作为离别礼物送给你。同时我警告你,如果我们再次见面,我们将成为陌生人,诺斯人和撒克逊人,异教徒和神父。"

约翰好一会儿没有动,也没有说话,然后他再次低下了头。"我仍会为你的灵魂祈祷,盖尔蒙德·约尔森。"

盖尔蒙德耸了耸肩。"那是你的事情,随便你。"

约翰笑了笑,然后他转身不急不缓地离开了。盖尔蒙德看着他逐渐远去,直到他消失在树下的阴影里,然后他爬上山坡向神殿走去。

他没有直接去找古思伦,而是回到了海拉海德军们的篝火旁,他借着火光读了约翰挎包里的信件。他发现有些话很难懂,但他看懂了足够多的文字,足够了解到古思伦不光彩的事情和背叛的程度,他知道自己已经遇到了命中注定的背叛。随着对事实的了解而来的是内心的平静,但这种平静仿佛就像寒冬里冰封的土地,苦涩而又无情。他知道自己会做什么,他唤醒了施泰因诺尔弗,分享他所了解到的事情。

要不是眼前的羊皮纸,年长的战士也许不会相信盖尔蒙德的。他震惊得张大了嘴巴。"我不明白,"他说,"古思伦和阿尔弗雷德开始合作了？"

"是的。"

"合作了多久？

"我不知道。但丹族人和撒克逊人之间将有另一场战斗，而古思伦将在那里投降。他将受洗成为基督徒，得到罗马大道以东被称作韦塞林伽的土地，而阿尔弗雷德将保留韦塞克斯。"

"古思伦为什么要这样做？"

"只有他能知道了，我已经知道在英格兰有一股看不见的力量在运作，有着古老的兄弟会和教团。我的父亲和母亲在约克与他们打过交道，似乎阿尔弗雷德也参与了这一切。"

"现在他已经把古思伦引诱走了。"施泰因诺尔弗说，"也许阿尔弗雷德真的是一只蜘蛛。"

"还有一件事，"盖尔蒙德说，"阿尔弗雷德要求古思伦交出臂环。我不会让这种事发生。"

"你要做什么？"

"我要把它拿回来。"

"怎么拿？"

"我还不知道，但先知说办法已经在我手中了。"

"什么时候？"

"就在今晚，现在。阿尔弗雷德的信使会告诉阿尔弗雷德我已经拿走了挎包，他一定会采取行动的。

年长的战士站起了身。"那就让我们——"

"不，我的老朋友，"盖尔蒙德说，"我需要一个人做这件事。你必须叫醒海拉海德军其他人，并准备好带领他们离开这个地方，不管结果如何。如果我命中注定会死，那所有跟随我的人都会成为古思伦的

413

敌人。但我不认为死亡是我的命运。"

施泰因诺尔弗抓住盖尔蒙德,给了盖尔蒙德一个热烈的拥抱,这是他从未做过的事。盖尔蒙德感受到了这位年长战士的挫败、骄傲和爱。"死亡不会是你的命运。"施泰因诺尔弗说。然后他拉开了距离,擦干了眼泪。"我会叫醒海拉海德军的其他人,但我们不会不等你就离开,因为你会继续带领我们。"

在向山顶出发之前,盖尔蒙德最后一次向他点头。他心中毫无计划。他知道,在古思伦戴着臂环的时候,再怎么狡猾的人都无法打败他。就在几年前,在阿瓦斯尼斯的时候,他可能会认为如今自己将要做的事情鲁莽而愚蠢——而所谓的鲁莽其实就是畏惧命运的同时,直面这种恐惧,用蔑视的姿态去迎接它。盖尔蒙德以前也曾这样做过,但现在情况不一样了。他不惧怕命运,也不会追逐命运,所以他没有朝山顶冲去迎接命运,他不急不慢地向山顶走去。

当他到达神殿的门口时,他用指关节敲了敲门,他听到里面古思伦遥远的声音。

"进来吧!"

盖尔蒙德打开门,走了进去。

"你来晚了。"国王说道,他面对神殿尽头的祭坛,那里有一盏皂石灯在发光,但当古思伦转身时,他惊讶地往后退了一步。"盖尔蒙德?你在——"

"你以为谁会来?"

国王停了下来。"你想怎样,海拉海德?"

盖尔蒙德在大殿里朝他走去。"我想要臂环?"

古思伦笑了起来。"什么臂环?"

"韦兰的臂环,海尼特尔。我是来拿回它的,然后我就要带着海拉海德军离开了。"

"你终于承认你是个违背誓言的人了,我知道有一天你会背叛我。"

"这就是你送我去死的原因?而且是两次?"

"是的。"国王身后的光将他长长的影子投在盖尔蒙德身上,穿过地板和墙壁,让他看起来似乎像个约顿巨人,"但我也希望你能回来。"

盖尔蒙德在离祭坛几步远的地方停了下来。"我是在这里,而你才是那个违背誓言的人。"

国王嗤之以鼻。"怎么说?"

"你与阿尔弗雷德暗中做了交易。你会成为基督徒,背叛你的神,背叛你的战士,向那只撒克逊蜘蛛投降。"

古思伦一时没有说话。"你很狡猾,海拉海德。但你错了,我不可能成为一个违背誓言的人,因为我是一个国王,对谁都没有发誓。"

"荣耀呢?"盖尔蒙德问道。

"和平呢!"古思伦喊道,"拉格纳之子和向他们宣誓的战士们都已经被刀剑送入了坟墓,荣耀对他们又有什么用?我们丹族人已经受够了掠夺和战争的折磨了,我的战士们想在他们赢得的土地上定居下来。他们想喝酒,打猎,努力生活,娶妻生子,然后老去,说着关于他们年轻时的谎言。你想让我告诉他们继续战斗和死亡吗?"

"他们会死于生活,或者会死于战斗,他们注定会死,因为不可能和死亡讲和。只有懦夫——"

"不要跟我说命运!"古思伦的手伸向剑柄,"是命运击沉了我的船队,淹没了我的军队吗?是命运杀死了乌巴、伊瓦尔和波尔希吗?是命运让阿尔弗雷德和他的兄弟在阿什当取得胜利吗?"

"是的。"盖尔蒙德说,"但命运也给了你奇彭勒姆。"

"奇彭勒姆?"国王大笑了起来,满脸的苦涩和挫败感,"我们不是为奇彭勒姆来的！没有了阿尔弗雷德的奇彭勒姆是什么，不过是一间布满羊屎的小屋。"他拔出剑，指着盖尔蒙德，"我们来这里是为了韦塞克斯的国王！我们选择攻打奇彭勒姆是为了将他的家族斩草除根，但他还是溜走了。我们无法对抗郡长的军队，我们没有力量了，现在我们被威尔特郡、伯克郡和德文郡的战士包围了。如果你说这是命运，那么我说我们是被诅咒了。"

"但你有臂环。"盖尔蒙德说。

"我有的只是战争！"古思伦大吼道，"而我想要和平。所以我说没有命运，也没有诅咒。我们不过是稻草做的娃娃，我们必须自己创造和平，和自己的命运。"

盖尔蒙德知道，除了强大的先知谁也无法改变国王的想法。古思伦否认了命运三女神的力量，因为他缺乏勇气去迎接她们为他所编织的命运，这种懦弱很少能化作勇气。

"我会让你去争取和平，我会让你和阿尔弗雷德和平共处，但你必须给我臂环。"盖尔蒙德说。

古思伦叹了口气。"如果可以做到的话尽管来拿，海拉海德，因为我不会给你。"

"为什么？"

"阿尔弗雷德想把它毁掉。"他耸了耸肩，"这是和平的代价。"

盖尔蒙德拔出他的剑——"手足之礼"，冲向了国王。古思伦站在原地没有动，他几乎没有举起剑，盖尔蒙德用双臂的力量将剑从他的头顶上劈砍下去。

在他击中之前，盖尔蒙德感觉到他的剑慢了下来，好像切开了水。然后它似乎击中了石头，反弹回来的力道之大，使他的臂骨吱嘎作响，他后退了好几步。

"现在你明白了吧。"国王边说边朝他走来。

盖尔蒙德重新站定,转身再次面对丹族人。他不知道自己要如何打破臂环的力量,但无论结局如何,这不是一场他将投降的战斗。这场战斗从他将臂环交给古思伦的那一刻起,就已经注定了。

他号叫着再次冲了过去,依然双手持剑,这一次他将剑举到了肩膀附近,剑锋向上,指向前方。当他冲到古思伦身边时,他感觉到他的武器再次慢了下来,推着他的手臂和肩膀后退,然后国王挥动着他的剑,以远超普通人的力量将盖尔蒙德的剑扫到一边。

"手足之礼"被巨大的力量弹了出去,盖尔蒙德的手臂无法承受住这股力道,身体被扭转开来,剑从他手中飞了出去,撞到了十几步之外的神殿石头上,不断鸣响着。盖尔蒙德眼角的余光看到古思伦挥舞着剑朝他再次砍了过来,他赶忙倒地翻滚避开了攻击。

古思伦笑着说:"你把它给我的时候知道它是什么吗?"

盖尔蒙德一跃而起,从鞘中拔出父亲的祭祀刀。古思伦向他走去,像牧民赶羊一样在空中挥舞着剑。盖尔蒙德改变了自己的姿态和握法,用一只手更好地控制自己的攻击,稳住自己的身体。即使是最坚固的盔甲也有缝隙和薄弱的地方,所以他不断朝古思伦攻击着,挥砍、跳跃、闪避,想要寻找一个机会。但臂环的力量就像一堵墙、一扇盾一样包围着丹族人,而盖尔蒙德随着一次次的攻击变得愈加疲惫。

他后撤几步让自己歇口气,额头汗如雨下,他知道自己的死亡很快就会到来。如果古思伦是一个更年轻、更强壮的人,或者是一个更出色的战士,盖尔蒙德早就已经倒下了。他需要削弱正身处于他看不见的盔甲内的丹族人,就像他削弱克罗克一样。

"在你成为基督徒之后,我听说阿尔弗雷德会给你一个新的名字。"他说,"你会像他的一条狗一样,嗅着他的鸡巴,在垃圾中乞讨。"

古思伦笑了。"你什么都不知道，海拉海德。在英格兰，任何一个基督徒都会很荣幸地让阿尔弗雷德给他们洗礼。"

他冲向盖尔蒙德，迅猛有力地挥剑。盖尔蒙德努力握住祭祀刀，丹族人的攻击把它从一边抵到了另一边，直到抛光的鹿角剑柄因为他手掌上的汗水而变得湿滑。盖尔蒙德手心一滑，剑刃飞出了他的视线。

国王咧嘴一笑，在昏暗的灯光下，他仿佛是个巨魔。他用额头朝盖尔蒙德的脸撞去，撞破了他的鼻子。盖尔蒙德跟跟跄跄地向后倒去，嘴唇遍布鲜血，双眼因撞击和眼泪变得模糊。当古思伦向他走来时，他眨了眨眼睛，他看到古思伦手中的剑翻转着，准备朝下刺去。

他知道下一刻那把剑就会刺穿他，但他手中没有武器，没有办法和父亲一起去英灵殿。他只有布拉吉的青铜刀，就像他在海中溺水时一样。他把它从刀鞘里拔出来，但这次与他以为自己会被淹死时不同——他拒绝投降，只要他还一息尚存。

盖尔蒙德紧紧握住刀子，直到丹族人走到手边。

"再见了，海拉海德。"古思伦说，"你——"

盖尔蒙德手脚并用地朝古思伦扑过去，像一头狼。他以为会被甩到一边，但他却听到了一声哼声。然后他的胸口撞在冰冷的石板上，而国王跟跄着向后退去。盖尔蒙德看了看还在手里的刀，看到刀刃上的血，他意识到自己刺伤了这个丹族人。

古思伦也意识到了这一点。他低头看了看自己的大腿，那里的血迹正在不断蔓延，然后又用惊恐的神色抬头看了看盖尔蒙德和那把刀。伤口看起来并不致命，所以这不是他恐惧的根源。国王现在知道盖尔蒙德有一把可以杀死他的刀，他知道盖尔蒙德可以做到这一点。国王看到了自己的命运。

他丢掉了剑，一瘸一拐地走向祭坛，剑掉在了地上发出了剧烈的撞击声,而盖尔蒙德站了起来。

"你从哪里得到那把刀的?"古思伦问道。

"这只是一把普通的刀。"盖尔蒙德说,"这是一份礼物,提醒我到哪里去寻找真正的敌人和真正的危险。"

国王撞到了祭坛上,双手向后撑着来稳住自己。"如果我把臂环给你,你会让我活下去吗?"

盖尔蒙德笑了。"你还相信可以和死亡休战吗?"

"我们之间可以休战。"

盖尔蒙德又看了看那把青铜武器,想起了布拉吉,他最后一次用它来割肉,就是在他们谈论武器的那个夜晚。在这段记忆中,盖尔蒙德作出了选择,他抬头看着丹族人。"把臂环扔给我。"

"我怎么会知道你——"

盖尔蒙德举起刀子,把刀子夹在手指间,好像他要把刀子当作飞刀朝国王扔去。"臂环,"他说,"我不会失手的。"

古思伦伸起袖子,将手高高举起,然后慢慢地将臂环从手臂上拽了下来,直到臂环脱离他的手。他看了一会儿——然后他把它扔向盖尔蒙德。

金属在灯光下闪闪发光,反射着神殿四周的光景,然后盖尔蒙德从空中接住了它。他已经多年没有见过它,他重新欣赏着它,欣赏它的做工和美感,以及它的符文的光芒。他想海什木可能会希望看到它,可能会知道更多关于它的事情。他把它套在手上,推到手臂上,放在袖子外面。

"不要自寻烦恼,丹族人。"他说,"我不会杀你。有位智者曾告诉我,到了冬天,无论是国王还是奴隶,除了夏天播种的东西外,都不能指望收获什么。当时我不确定自己是否相信这句话,但现在我相信了。英格兰给了我很好的教训,战争只会滋生更多的战争。"

古思伦冷笑道:"所以现在你想要和平?"

"不是你的和平,"盖尔蒙德说,"不是懦夫的和平,也不是要求战士为你们而死的国王之间的和平。我再也不会向国王或领主发誓了。我将带着荣耀,创造我自己的和平。"

古思伦吞了吞口水,打了个寒战,用手扶着流血的大腿。"你会离开英格兰吗?"

"你怕我留下来吗?"他问道,但他没有等来答案,"我会遵循我的意志,随心所欲地去往任何地方。"

他说道:"王国会消亡,财富会失去,战士会死去。我有朝一日也会逝去,你也是。只有一样东西永远不会逝去,那就是每个人所赢得的荣耀和名声。而你,基督徒古思伦,永远不会忘记我是盖尔蒙德·约尔森,被称作海拉海德的那个人。"

尾　声

这个世上有陆上的国王，他们统治成片的土地，为了疆界的尺寸和形状而发动战争。他们是堡垒和权力的高墙内的囚徒，他们的自由和财富束缚于土地。这个世上也有海上之王，他们的大殿是航于鲸路的长船，他们从不在什么地方扎根——海浪和洋流是他们的王国，在那里，他们唯一知道的边界是海滩和海岸，以及他们勇气的极限。

在盖尔蒙德·海拉海德成为海上之王之前，在他定居在遥远的西方岛屿之前，他为丹族人在英格兰与撒克逊人作战，靠着智谋和勇气赢得了许多战斗。当丹族国王古思伦与韦塞克斯国王阿尔弗雷德媾和时，盖尔蒙德和他的海拉海德战士骑马北上，不久后他们与盖尔蒙德的孪生兄弟哈蒙德一同出了海。

与盖尔蒙德一同出海的包括施泰因诺尔弗和史凯裘、维特和独臂拉夫、巨人埃斯基尔和盾女毕尔娜、长腿索兰德和贾兰，以及众多立下誓言的海拉海德战士。他们前往世界的边缘劫掠和贸易，创下了广为传颂的壮举,获得了无与伦比的声名和财富,直到世人都熟知和畏惧他们的长船。

有人说盖尔蒙德戴着一个由铁匠韦兰打造的臂环,这个臂环能让他的皮肤像铁一般坚韧,武器已无法伤害到他——但在他去世后,在他的任何一个大殿里都没有发现臂环,没有戴在他的臂膀上,也没有与他一同埋葬在坟墓当中。世人皆认同,他无需臂环便可成为国王,他的荣耀实至名归。

日记

雨川荣一 著

9月24日

　　进入秋天之后，村子里便开始热闹起来。猎人们带着自己的弓箭，骑着马出门，大概一周之后就会满载而归。农民们都加快动作，准备新一轮的播种。牧民们则有条不紊地牵着自家的牛，去河边让它们饱餐一顿。有的时候我在想，这些牛的生活过得都比人好。

　　村长也开放了村里唯一的大篷车。每年到了这个时候，大篷车都会载着村里人去最近的镇子上做些生意，换来的钱和物品都用来准备过冬。我听说镇子上有许多新奇的东西，还能看到王国的士兵。我从来没有去过镇子上，因为我年纪还小。每年，村子里都会挑选表现最好的孩子们，跟着大人一起去镇子上。每次听到那些大孩子们讲述的故事，看着他们脸上骄傲满足的表情，我的心里就觉得很难受。所以我下定决心，在我十岁那年，一定要得到这个千载难逢的机会。

　　修道院的钟声敲响了，该去做礼拜了，然后就是每天枯燥的上学时间。虽然这么说，但是为了能够去一趟镇子上，我必须努力。

9月26日

今天有些奇怪,有一群身材高大、身上穿着铁皮的人跟着大篷车一起回到了村子里。车上的大人们看起来很慌张。那群铁皮人下了车之后立刻就找到村长,他们用旁人根本听不到的声音交流着什么。听完铁皮人的话之后,村长的脸色很难看,立刻招呼几个壮实的大叔上了篷车,跟着铁皮人一起离开了。

"听说那些人就是王国的士兵哦。"伊尔这么和我说。仔细一想,那些铁皮人的打扮和去过镇上的大孩子们所说的很像。但是我不知道,因为我也没去过镇子上,没有亲眼见过。我们也没办法去询问那些大孩子,因为他们现在都在田地里帮大人们的忙。

晚上,我们一家人坐在桌边吃着晚餐。我很喜欢妈妈做的汤,非常的鲜美,就着面包吃起来特别好吃。可是今天我的心思不在饭桌上,而是那几个铁皮人。

"怎么了,卡穆?没有什么食欲吗?"妈妈很细心地发现了我的小心思。

"妈妈,爸爸去哪里了?"

"爸爸被村长叫过去了哦。"

"他会不会也被铁皮人带走啊?"

我很害怕,我内心里有着一种本能的,对铁皮人的畏惧和反抗,就像是被他们带走的人永远回不来一样的感觉。我害怕他们也把爸爸带走。

"放心吧,卡穆,不会出什么事的。"坐在一边的哥哥安慰我说。

我很仰慕我的哥哥卡尔。他比我大六岁,但是力气已经能比得上大人们了。他经常在田里帮忙,不过更多的时候是在家里帮助爸爸做些铁匠的活。爸爸想让哥哥继承家里的铁匠铺,想要我去更大的镇子里上学,做一个虔诚的学士。

木门被粗鲁地推开——这让我们吓了一跳。爸爸一脸严肃地走了进来。

"爸爸!"我从椅子上跳了起来,紧紧抱住爸爸的右腿,不想松开。

因为我觉得,一旦我松手,爸爸就会消失在我的眼前。

爸爸摸了摸我的头,轻轻地推开了我。

"怎么了?"妈妈也被爸爸的表情所感染。

"爸爸,你不会也要和铁皮人一起走吧?"我很担心。

"不会。但是,最近几天可能会很难过。"

"什么意思,爸爸?"哥哥也站了起来。

"卡尔,这几天你得一直待在家里,和我一起干活。"

"我知道了,爸爸。可是……到底发生了什么事情?"

"村长刚刚都告诉我了,我们得加紧时间准备好武器和护具。"

"什么意思,是那些士兵们的指示吗?"

看来,那些铁皮人真的是王国的士兵。

爸爸点了点头说道:"听说,不久之后,那些从大海的另一边过来的野蛮人就要杀过来了。这座村子就是他们的下一个目标。"

我听说过那些野蛮人。据说他们是地狱的使者,从深海里爬行而出。他们高大、威猛而且凶残好战,已经有好几个村庄被他们摧毁。

这么恐怖的恶魔,马上就要袭击我们的村子吗?我们这些凡人,真的能打得过他们吗?

"别担心,卡穆。"爸爸察觉到我用力抓紧他的裤子,连忙来安慰我。"我们不会有事的。这次王国的士兵们提前通知了我们,他们也会来支援我们的。不会有问题的,只是最近爸爸和哥哥要忙一点而已。"

我没有说话,依旧紧紧抓着爸爸的裤子。

"答应我,卡穆。你就当没有听到这个消息,每天就和平常一样去修道院上课,好吗?"

我用力地点了点头。我觉得,只要有了和爸爸的约定,就不用担心他离我而去。

10 月 4 日

我有一段时间没有写日记了,因为我没有那个心思。

爸爸和哥哥最近一直都很忙碌,每天都能在天亮之前听到清脆的打铁声。当太阳躲进大山背后的时候,家里的炉火也依旧旺盛。

我遵守了和爸爸的约定，假装没有听过那个消息。可是随着时间的流逝，我越来越觉得这是在自欺欺人。村子里的大家很明显都知道了这个消息，但是都没有讨论什么。每天的生活也照旧，但是我能很清楚地感觉到，似乎有一大片乌云笼罩在村子的上空，久久不能消散。

今天是我的生日，但是大家和我一样，根本没有心情去庆祝什么。明明这是我的十岁生日……如果没有那些恶魔，从今天开始，我就可以坐上大篷车，去镇子上一探究竟了。

10月5日

今天又有四个铁皮人骑着马来到村子里。算上之前的，现在在村子里已经有十七个铁皮人了。爸爸和哥哥，还有村里的其他铁匠们都在没日没夜地打造着长剑和盔甲。村里的一些强壮的大人们也被集结在一起，似乎要和铁皮人一起战斗。

但是今天这四个铁皮人好像带来了不好的消息。他们在村长的家里商讨事情，而我正好路过这里，偷偷躲在房子外面透过窗户偷听。其他的内容我不太记得了，只有一句话我记得非常清楚：

"那群野蛮人的数量很多，我们需要更多的人手。你们得把那些青年人也给召集在一起。"

我越来越害怕了。为什么会有这么多的恶魔？为什么要召集青年人？这是不是意味着，哥哥他也要穿上盔甲，拿起长剑？

10月6日

我的担心是对的。和哥哥同龄的孩子们都被铁皮人带走了。哥哥还有其他铁匠的儿子们，因为要帮助打造装备，所以暂时留在了家里。可是按照他们的说法，一旦那群恶魔袭来，哥哥也要披挂上阵。

我从哥哥那里得知，这些恶魔并不只想把我们的村子毁掉，他们想要沿着河岸一路而上，摧毁附近的所有村庄。怎么会有这种人！

哥哥一直在安慰我，妈妈也是。他们一直告诉我不会有事的，可是我不觉得这会让我安心，反而让我觉得不安。

黄昏时分，这份不安应验了。

修道院的钟声再次响起，但这次不是来自天堂的呼唤，而是来自地狱的丧钟。

那群恶魔来了！

10月8日

  恶魔们包围我们的村子已经两天了，但是他们没有任何的动作，只是在村子附近安营扎寨，似乎在等着什么。

  如果他们一拥而上，村子根本抵挡不住。我们没有坚固的石墙，没有高大的城门，更没有宽大的护城河或者险峻的山崖。这里只是一座靠在河岸边上的小村子，他们为什么要等待？

  这两天我根本睡不着。爸爸和哥哥依然守着炉火。他们似乎已经忘记了睡眠，每天都和火炉打交道，铁水和汗水就是他们的伙伴。

  我能听见，那些恶魔们的船靠岸的声音。他们的船很奇特，是那种非常狭长的船。我从来没有见过这样的船只，也许这就是他们能够在地狱的岩浆里航行的原因？

  我能听见他们下船，双脚接触到水面发出的声音，我仿佛能够根据这个声音想象出那不断扩散的涟漪。

  我很讨厌这样。在自己清楚敌人位置的情况下，在明白自己无力反抗的情况下，他们仍然按兵不动。就像是一群牧羊人在审视自己的羊圈一样。

  但是我们没有办法，我们就是被圈在羊圈里的羔羊。

10 月 14 日

我终于找到了我的日记，太好了，它没有被火烧掉。

妈妈，你还好吗？我现在很好，越来越多的士兵赶了过来，给予我们帮助。现在我不会叫他们铁皮人了，他们是好人。

对了，还有另外一群人。他们的长相和那些恶魔很像，甚至可以说是一模一样。但是他们是好人，他们击败了那群恶魔。他们披着披风，身上的衣服是蓝色的，和那些恶魔的红色完全不一样。

我想记录之前发生的一切，我不想忘记之前发生的事情，即使这样会让我很痛苦，但是我也要这么做。妈妈，请给我勇气。

四天前的黄昏，那群恶魔发起了攻击。他们等不下去了，或者是他们等到了。总之，他们吹响了撒旦的号角，然后一拥而上。他们踹开了村子的大门，拿起火把，点燃了我们的屋子。士兵们和武装起来的大叔还有大哥哥们和他们厮杀在一起，如果可以我真的想忘记。他们使用的武器是斧子，就是平时我们用来砍柴的东西。他们有的双持斧子，或者一手拿着斧子、一手拿着盾牌。他们就像是刀枪不入一样横行霸道，一条条生命在他们的武器下消散。他们冲进屋子里，似乎要把整个村子掀个底朝天。但是他们最终的目标，是我们躲藏着的这座修道院。

修道院的大门很坚固，窗户也用木板一次次钉了上去。大人们甚至把顶上的大钟拆了下来，挡在了门后面。而且，修道院是上帝眷顾的地方。所以，那些恶魔进不来。

可是，这让他们转变了思路。他们不进来，他们只需要把这里毁掉就好了。

修道院的外墙有一处因为一些原因脱落了，没有石墙的保护，露出了里面的木制骨架。他们就用火焰点燃了那里，然后在外面等着我们被烧死。是的，既然他们进不来，我们也出不去。我们就是瓮中之鳖。

我不知道过了多久，因为不断涌入的黑烟让我失去了对方向和时间的判断。我听到了木头断裂的声音，紧接而来的就是坠落的石砖和燃烧的火焰。

修道院里一片混乱，我看不清任何东西，只是感到有人推了我一把，然后是有什么人握住了我的双腕。

我慢慢适应了周围的环境，却不敢接受眼前的现实。

妈妈被压在一块巨大的石砖底下动弹不得，红色的液体从她的身下流出。我呼喊着她，她没有回应，只是自顾自地呢喃自语。

我用尽全力去听，在她离开我之前，终于听懂了她在说什么。

"活下去……"

我被那些恶魔抓住了，被他们拖到了村子中央的那片空地上。我看到了活下来的人们，还有我的爸爸和哥哥。太好了，他们没事。但这句话真的应该是在这种场合下说出来吗？周围全是焦黑的废墟，只剩下几座房屋依旧倔强地站立在原地。

我听不懂他们的语言，大概那就是来自地狱的回声。我只知道我们要被杀了，他们绝对不会留下活口的。

我准备闭上眼睛，接受这一切。对不起，妈妈，我没有完成你对我的嘱托。

但是在我闭上双眼之前，我看到了一道黑影穿梭在废墟之间。他的身手十分敏捷而且寂静，没有人注意到他。我只是一个偶然。

他一跃而下，一个尖锐的声音划破天空。他的左手臂刺穿了站在我面前的恶魔，然后迅速转向他的第二个目标，紧接着是第三个，第四个……

村子的另一边，一群高大强壮的人冲了进来。他们的武器和这些恶魔很像，他们用恶魔的武器杀死了恶魔。

我看到他们的脸，看到他们的身材，他们也是恶魔。

但是他们救下了我们。

之前那道黑影走到我的面前，这时候我才发现他的左臂上绑着一柄剑。

他替我解开了绳子，没有说什么便转身离开。

我看不清他的脸，他把自己的长相隐藏在那顶兜帽的阴影之下。就像之前，他隐藏在废墟的黑暗之中一样。

10 月 16 日

他们就要离开了，那群善良的恶魔还有士兵们都要离开了。我也和爸爸还有哥哥一起，坐上了大篷车。但是这次我们不会去镇上了，我们要去一个很远的地方。

我又看到了之前救下我的人。这次他没有戴着兜帽，但是我依旧没办法看见他的长相。他离我很远，而且经常背着我的方向。

但是他似乎能和那些士兵们交流，他和国王应该是朋友？那这么说，他们不是恶魔，恶魔是不会和国王做朋友的。

篷车开动了，我们就要离开这片土地了。妈妈，请替我们守护这里，好吗？

我们要从那个人身边经过。即使这样，我还是不知道他的样貌。但是终于我能听到他们的谈话。可惜的是，当我从他身边经过时，他正在和自己的同伴，用我不知道的语言交流。

一个军官上去问话，似乎是在问什么人的名字。但是这个时候篷车已经走远，声音又一次模糊起来。

我隐约听见了他们的谈话，我听见了可能是名字的单词。

"无骨者伊瓦尔，"还有……

"狼吻者艾沃尔。"

(本文为《刺客信条：英灵殿》官方征文活动优胜作品，参赛题目为《Diary》)

Assassin's Creed® Valhalla: Geirmund's Saga
Original English language edition frist published by Penguin Books Ltd,London
Copyright © 2021 Ubisoft Entertainment. All Rights Reserved.
Assassin's Creed, Ubisoft and the Ubisoft logo are registered or unregistered trademarks of Ubisoft Entertainment in the U.S. and/or other countries. The moral right of the author has been asserted.
Simplified Chinese edition copyright: 2021 New Star Press Co., Ltd. All rights reserved.
All artworks are the property of Ubisoft.

封底凡无企鹅防伪标识者均属未经授权之非法版本。

著作版权合同登记号：01-2021-1339

图书在版编目（CIP）数据

刺客信条：英灵殿．盖尔蒙德之章 / 法国育碧娱乐公司著；红房子，霍一桐译．-- 北京：新星出版社，2021.8
ISBN 978-7-5133-4535-4

Ⅰ．①刺⋯ Ⅱ．①法⋯ ②红⋯ ③霍⋯ Ⅲ．①长篇小说-法国-近代 Ⅳ．① I565.44

中国版本图书馆 CIP 数据核字 (2021) 第 121592 号

刺客信条：英灵殿．盖尔蒙德之章

法国育碧娱乐公司 著　红房子 霍一桐 译

统筹策划：贾 骥　宋 凯
出版监制：张泰亚
责任编辑：孙志鹏
助理编辑：嘉泽晋
助理美编：张　佳
责任印制：李珊珊

出版发行：新星出版社
出 版 人：马汝军
社　　址：北京市西城区车公庄大街丙3号楼　100044
网　　址：www.newstarpress.com
电　　话：010-88310888
传　　真：010-65270449

读者服务：010-88310811　service@newstarpress.com
邮购地址：北京市西城区车公庄大街丙 3 号楼　100044

印　　刷：三河市兴达印务有限公司
开　　本：910mm×1230mm　1/32
印　　张：13.625
字　　数：327千字
版　　次：2021年8月第一版　2021年8月第一次印刷
书　　号：ISBN 978-7-5133-4535-4
定　　价：49.00元

版权专有，侵权必究；如有质量问题，请与印刷厂联系调换。